U0941633

太行沃土

河北阜平脱贫攻坚纪事

关仁山 著

河北出版传媒集团
河北人民出版社
石家庄

图书在版编目（CIP）数据

太行沃土 : 河北阜平脱贫攻坚纪事 / 关仁山著. —石家庄 : 河北人民出版社, 2020.10
ISBN 978-7-202-14951-5

Ⅰ. ①太… Ⅱ. ①关… Ⅲ. ①纪实文学—作品集—中国—当代 Ⅳ. ①I25

中国版本图书馆CIP数据核字(2020)第161541号

书　　名　太行沃土：河北阜平脱贫攻坚纪事
　　　　　TAIHANG WOTU
　　　　　HEBEI FUPING TUOPINGONGJIAN JISHI
著　　者　关仁山

选题策划　王斌贤
责任编辑　丁　清　王　岚
美术编辑　李　欣
责任校对　余尚敏

出版发行　河北出版传媒集团　河北人民出版社
　　　　　(石家庄市友谊北大街330号)
印　　刷　河北新华第二印刷有限责任公司
开　　本　787毫米×1092毫米　1/16
印　　张　22
字　　数　256 000
版　　次　2020年10月第1版　　2020年10月第1次印刷
书　　号　ISBN 978-7-202-14951-5
定　　价　75.00元

好大一棵树　深情藏沃土

——题记

MULU 目 录

太行沃土
河北阜平脱贫攻坚纪事

第一章　雪落太行静无声

太行沃土

河北阜平脱贫攻坚纪事

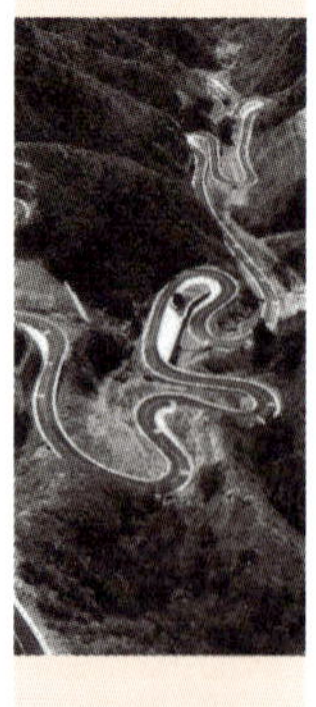

太行山的雪和她的沃土一样美丽而富饶。

太行山的雪，是壮美的。雪来时，寒气骤降，风雪交加。雪过后，“山舞银蛇，原驰蜡象，欲与天公试比高”，“须晴日，看红装素裹，分外妖娆”，一幅“北国风光，千里冰封，万里雪飘”的壮美图画便呈现在世人眼前。走在雪后的原野上，看远处的山峰，都成了雪峰，还有那近处的“大雪压青松”，千姿百态，美不胜收。

然而，唐荣斌老汉和顾宝青大娘面对这美丽的雪景，却没有一点欣赏的兴致。他们怎么也没有想到，2012 年 12 月 29 日，一场瑞雪，竟然使骆驼湾的世事全变了。这一天早上，白雪皑皑，山山岭岭被覆盖得严严实实。天很冷，风很响地拍打着门扇。下雪了，雪花纷纷扬扬。雪落太行静无声，瑞雪兆丰年啊！

唐荣斌和顾宝青夫妇仰脸望着雪花。他们夫妇有个小秘密，就两天前，骆驼湾村支书顾润金到家里来，让他们稍稍准备一下，说有上级领导来慰问，是哪位领导没说。两个人一听就慌了。翌日凌晨，鸡叫二遍，他们起床，唐荣斌从炕上爬起来，穿上破旧的棉衣，拿起小笤帚疙瘩，将自己干了巴叽的棉衣打扫干净，顾宝青换了一件新衣裳，凌乱的头发梳得规整锃亮，脸上皱褶舒展开了，透着少有的红润。

吃了早饭，顾宝青简单清理一下屋子，其实，昨天就用抹布擦了一遍，这阵抬头又看见房顶到处是灰尘和蜘蛛网，她让唐荣斌用小笤帚划了两下，干净多了，然后就抬头望了望窗外。

太行山山顶已经戴上了巨大的雪帽子！太行山的冬天有下不完的雪。这道山谷，拐到骆驼湾这里开始瘦了，瘦得只剩下一道细细的脊梁。脊梁弯曲的山顶，有点像骆驼的脊梁，山峰突兀，叠嶂错落，早晚霞光照耀，远看就像一头卧着的大骆驼。到了歪

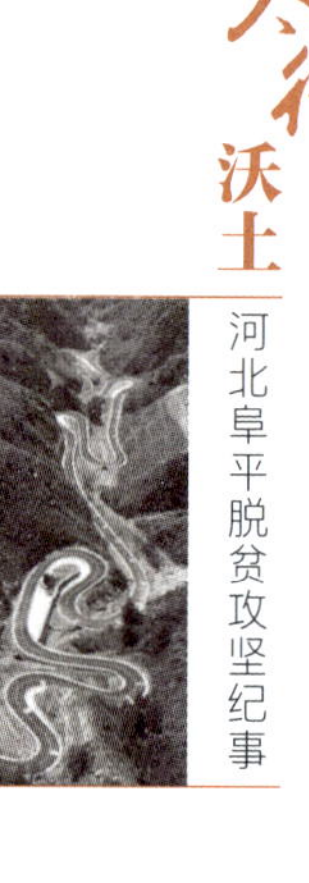

头山那边，山体陡峭，地势险恶，无路可走。但是，有许多怪兽奇鸟出没。比如大鸟苍鹭，就喜欢在骆驼湾山涧飞翔。

太行山见证了这个普通村庄的变迁。明代洪武年间，其因卫河码头骆驼商道得名。村南的几座山峰称“辽道背”，南有驼梁，东有天生桥，西侧60公里就是山西五台山了。“辽道背”上的落叶松、油松、蒙古栎越发显得朦胧，如果碰上雪天，白白的雪挂异常美丽。

喜鹊喳喳叫了两声，震落院里树上的雪粉，飞向空中消失得无影无踪了。顾宝青惊喜地喊了一声：“老头子，你看，喜鹊！”

唐荣斌佝偻着腰钻出来，仰着白发斑斑的头颅，什么都没看到。他以为是大雪反照的强光刺花了眼，使老伴儿产生了幻觉：“宝青，喜鹊在哪啊？瞅花眼了吧？”

顾宝青笑了，抬手指着：“你这二五眼啊，你看，你看，两只呢！”

喜鹊呼啦啦飞过，唐荣斌的眼睛还是模模糊糊的啥也看不见。顾宝青嗔怨说：“唉，你啥都瞅不见！快去吃药吧！”唐荣斌要把精神集中到内心，而不是在眼睛上，呵呵一笑说：“那好啊，看到了，双喜鹊到必有喜事啊！”说着，回到破烂的石屋里吃药。主卧门口放着一个小柜子，上边摆满了大大小小的药瓶，那是唐荣斌吃的药。唐荣斌记性不好，吃药都是顾宝青分好，包好。

顾宝青背靠着院里的巨石看雪，脸上充满了期盼。庄稼人的生活啊，什么时候才能改变呢？早晚会改变的！她的心里充盈起躁动不安的情愫。

顾宝青的目光落到自家破落的房子上，心情立马沉重起来。雪花和喜鹊是浪漫的，现实却是冷酷的。破败歪斜的旧房子，又让她的思绪回到无情的现实。她记得，自从嫁到唐家，房子就没有翻修过，旧房山墙上裂开了大口子。如果赶上雨天，房顶滴滴答答漏水。她家有三小间屋子，黑黑的墙壁上挂着玉米棒子和红辣椒，一盘土炕占去一半，火炕上几乎不能藏任何东西，种土豆和玉米用的家什散乱摆放在角落里。儿子分家闺女们出嫁以后，她不知道把那只破箱子摆在哪，索性就摆在堂屋的原处，冬天往箱子盖上压大白菜，夏天放被子和棉衣，再用一块灰布罩住。顾宝青认为自己是个苦命的女人，要了一辈子的强，自己盖不起房，儿女也盖不起房！贫穷总是让她在众人面前抬不起头来，领导慰问，在她的理解等于怜悯，让别人怜悯自己总是不光彩的，这让领导看见这破屋烂舍，将是一件多么尴尬难堪的事情啊！

唐荣斌吃了药，抓了一把扫帚哧啦哧啦扫雪。这在顾宝青看来，老唐就是没心少肺，整天傻吃蔫睡的。

顾宝青却弯腰捧着大团的雪，往黑洞洞的墙缝里填。唐荣斌愣了，这个从不莽撞的婆娘，今天犯的是啥神经？雪化了，房子里该渗水啦，你这是傻啊？

顾宝青拍打几下粘泥带雪的手，对着扫雪的唐荣斌说："这房子太破了，人家客人来了，瞅见这大窟窿小眼儿的，多不好意思啊！"

唐荣斌说："你呀，死要面子活受罪！净帮倒忙，人家领导慰问，就是看我们房子有多破，家有多穷，你日子富得流油啦，还慰问你干啥？"

顾宝青七上八下的心，稍微安稳了一些，嗔怨地瞪唐荣斌一眼："没骨头的货，受穷的脑袋！"

唐荣斌没吭声，继续扫了一阵雪，然后挺直腰，揉了揉发木的太阳穴，脑子一片空白。他叹息了一声："唉，阜平都穷啊，能是我老唐一人的错吗？过往啊，扶贫干部经常慰问，有啥大惊小

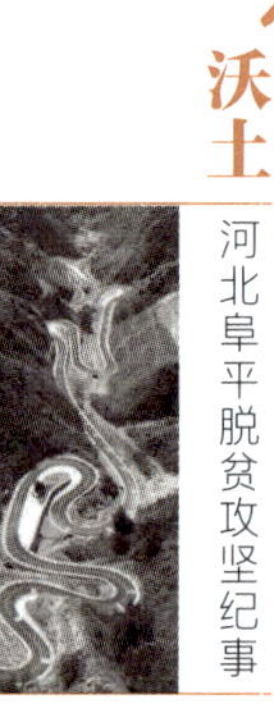

怪的呢？”

顾宝青不吭声了，捡起笤帚哗啦哗啦地扫雪。

唐荣斌扫到门口，一探头，瞅见胡同里的泥土小路，被雪壳盖得严严实实。唐荣斌用手扒拉着墙头上的雪。石头墙壁七拧八歪，参差不齐，一片破败景象。

傍晚的时候，雪停了。唐荣斌和顾宝青夫妇继续在院里扫雪，然后就进入了梦乡。他们是河北保定阜平县龙泉关镇骆驼湾村的普通农民。

喜鹊叫，喜事到。果然，第二天，普通的人遇到了大喜事！

2012 年 12 月 30 日，这一天上午，习近平总书记乘坐的汽车，停在了骆驼湾戏台前，车门打开的一刹那，天空亮了，人们不约而同地惊叫着：“哇！竟然是习总书记啊！”习总书记顶风踏雪来到了唐荣斌和顾宝青的家，随后去了陈德印和唐宗秀家。唐荣斌和顾宝青惊呆了，说领导来慰问，做梦也不敢想是习总书记到他家慰问。

天气寒冷，温度是零下 13 摄氏度。习总书记踏雪到来，让唐荣斌一家倍感温暖，终生难忘。这些庄稼人似乎忘记了劳累和忧愁，脸上充满激动和欢喜，各自考虑着猛然出现的新生活的契机。

习总书记在他家盘腿坐在炕上的火盆一旁，问寒问暖。习总书记给他们家带来了慰问品。唐荣斌和顾宝青回忆时记得，那天虽然很冷，还下着雪，但是他们家小院像过年一样喜庆。房顶上的雪悄然融化了。一台 21 英寸的彩电，是唐荣斌家唯一的电器。习总书记让他打开电视，问他能看几个台，问到家里的电话能不能打长途。习总书记还叮嘱唐荣斌，把小孙子的教育搞好，希望就在下一代，下一代要过好生活，首先得有文化。

顾宝青记得习总书记在骆驼湾讲过的话，“只要有信心，黄土变成金”，信心多么重要！他们永远记在心里了！

雪住了，唐荣斌和顾宝青站在家门口，欣喜地望着自家小院，听自己的心跳：天呐，这不是做梦吧？掐掐自己的胳膊，疼，确信不是在做梦。

习总书记还在骆驼湾看望了陈德印和唐宗秀夫妇一家。习总书记进屋就坐下来，与他们亲切地聊天。唐宗秀家，一张土炕占去半间屋子，炕上摆着一个取暖的火盆，余下半间，摆放着两个柜橱和一张桌子。习总书记问他家种了几亩地，粮食够吃不够吃，养猪了没有，还问到他们有什么要求没有？

唐宗秀家门外的小路，用石头铺砌而成，走在上面深一脚浅一脚，她特意扶着习总书记缓缓走出门外，她说总书记慢着点走。习总书记也叮嘱她说，路滑，你也慢着点走！

天黑了，日头一下子掉进太行山背后，天空开始疏淡，如奶液注了清水，薄薄的亮色透出来，渐渐地，天上亮出几颗星星，渐渐地，一轮很大的月亮走进人们的视野。

村支书顾润金说，当时的骆驼湾有608口人，428人为贫困人口。2011年村民年均纯收入只有900多元。骆驼湾是一个贫困村。每家那一湾山坡地，对于靠大吃饭的山民，如同金子一般珍贵！骆驼湾与整个阜平县的贫穷，是有原因的，除了耕地少，人均半亩地外，生产农产品比较单一，玉米、土豆，混个温饱都困难，别说富裕了。村民热爱家乡的山山水水、一草一木，可是他们的生存意识往往只是活着的意识，他们没有想过，一个自然条件好的山村，怎样才能利用现有资源活得更好呢？

房子破，不丢人，有了钱，盖新房。顾宝青不再羞涩和自责，骆驼湾哪家不是塌墙烂院？黄泥石头屋子，低矮，破旧，已经有七十年，年久失修，破败不堪。院子里有一块硕大的石头，像一

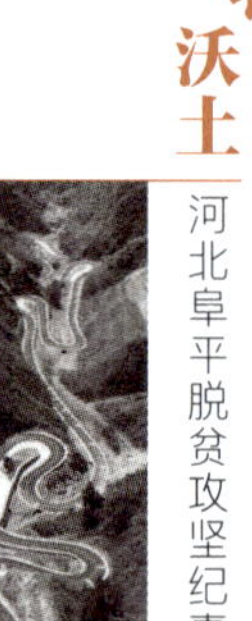

块磐石，死死地压着他们，让人喘不上气来！过去有看风水的人说，这块大石头压运，不仅压老两口，还压唐家后人运气！顾宝青看着石头不顺眼，心里烧着火一般焦灼。她想找人把巨石用吊车拉走，儿子唐俊峰联系了保定曲阳，曲阳回话说，需用两辆100吨的吊车，花一万块钱呢，老两口吓住了！在巨石和资本面前，唐荣斌和顾宝青感到自己的渺小无助。后来，又有人过来看风水，说多亏了这块大石头，给他们家带来了喜气和好运！唐荣斌把看风水的骂跑了：滚吧，瞎子算卦两头堵，我们不信歪信邪，老百姓只信共产党！顾宝青瞅着那块巨石，又顺眼了，常常过去抚摸一阵，心情好，连石头都有了温度！顾宝青生性贤惠，一辈子不知道挑别人的不是，感情总是贴着家人感情，如果得别人一点好，她的心就感激得如热锅里的水，沸沸扬扬。其实，顾宝青对唐荣斌也是满意的，老唐身体不好，心眼儿好，憨厚，实在，勤快，跟上这样的男人，讨吃要饭也是放心的。

生活啊，让人怎么说呢？这么说吧，谁愿意贫穷？谁愿意得病呢？骆驼湾哪家日子不是这样过的呢？人们与贫穷的日子绝望地拉锯，拉来拉去几十年，日子越拉越穷。每天从破旧窗子探出头去，望见太行山顶，日出日落，都看在眼里，记在心上。顾宝青记得，唐荣斌就是2007年养牛失败，身体开始塌的。其实，政府扶贫从来没有间断过。那一年，唐荣斌和骆驼湾的农民，响应政府号召，从政府手里购进内蒙古肉牛，指望发家致富，可是，内蒙古肉牛在阜平水土不服，拉肚子，草料吃得不少，怎么也不长肉。

凡事都在探索中，阜平政府没有轻言放弃，继续推广“周转畜”扶贫，用扶贫办的扶贫资金购买奶牛，以村为单位领回，交由农户饲养，农户一年后返还扶贫办一头奶牛。村支书顾润金找到唐荣斌和顾宝青，肉牛不行换奶牛，唐荣斌和顾宝青犹犹豫豫，耐不住支书相劝，答应养奶牛，不知是阜平的草料不好，还是气候问题，奶牛出奶不好，唐荣斌担心地望着奶牛，担心了半天的祸事，到头来还是砸在自己的脑瓜顶上。2008 年河北爆发三聚氰胺事件，唐荣斌陷入牛奶卖不出去的困局。那天晚上，夜色从四周挤压过来，唐荣斌沮丧地回家了，提着一桶牛奶，顾宝青愣住了，唐荣斌说牛奶退回来了，顾宝青都急哭了，瘫软在地，一把鼻涕一把泪：老天爷啊，睁睁眼吧，这日子还叫不叫人活啦？唐荣斌将一桶牛奶泼在院里，蹲在地上，抱头哽咽。

似乎走进了一个扶贫怪圈，骆驼湾人光拉套而得不着好儿，得不到好就不愿意再好好拉套。唐荣斌破罐子破摔了，哭丧着脸回到三亩地上继续种玉米。靠种玉米度日，还增加了一个头疼的负担：还养牛的债务。唐荣斌累得直不起腰的时候，顾宝青扶他坐在滚烫的石板上歇一歇。顾润金支书过来看望他，养牛失败，那种负疚感沉重地压得他喘不上气来，顾书记安慰唐荣斌想开一些，唐荣斌憨厚地笑笑：“你们干部也是好意，让我们富起来，享享福！福，在心不在物；命，在人不在天！”顾润金嘿嘿地笑了：“老唐行啊，心路比我还宽！说话咬文嚼字啦？”

有一天傍晚，唐荣斌突然晕倒在自己家山坡地里。顾宝青喊来人，把他背到村卫生所，是高血压犯了。穷人家福薄命大，唐荣斌被抢救过来了。他本来患有高血压心脏病，养牛赔钱，高血压越来越重了，常年吃药。其实，顾宝青也是糖尿病，每天也离不开药。他们都舍不得买好药。更让顾宝青尴尬的是，因为房子小，四个孩子拜年都要轮流。儿子唐俊峰在骆驼湾，三个闺女出嫁到外村，每年春节回家拜年，都是轮流着过来，不然屋里搁不下。大闺女唐俊娟与丈夫孩子初一来，依次往下推，当然也有调

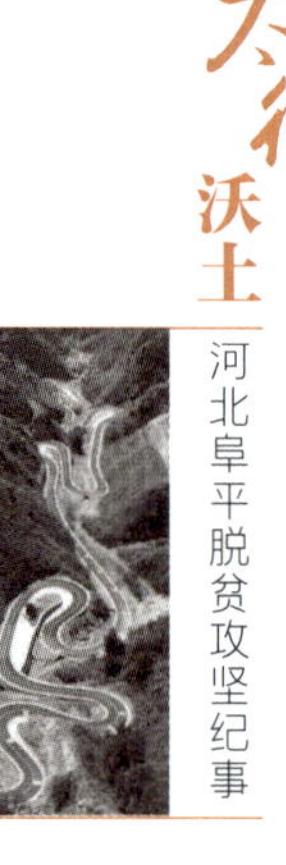

整的时候，几个闺女总是见不到面。有过误会有过争吵，穷人争吵不是大事，她发愁孩子们的家境。二闺女二姑爷在内蒙，也常年在外，说好听了是打工，其实是个流浪汉，家里的日子紧巴巴的。顾宝青对女儿们给他们拜年的事一年比一年认真，但是，房子小，尴尬的局面一直无法改变。为这顾宝青常常垂泪，她心灵深处好像有什么锋利的东西，隐隐地刺痛着她，折磨着她。

唐荣斌看出了顾宝青除了劳累，还有心事，就安慰她说："宝青，别愁眉苦脸的啦，日子会好起来的！"顾宝青唐荣斌每天下地干活，依旧勤快，可唐荣斌身体一天不如一天。顾宝青对老伴儿唐荣斌疼爱有加，体贴备至。生活和劳动是平静的，政府再号召扶贫，他们总是观望，你有千囊妙计，我有一定之规。

山高高不过天。风雪过去，天空湛蓝湛蓝的。这一次，唐荣斌和顾宝青觉得，奇迹真的出现了，他们很清楚，习总书记来了，而且到了他家，老唐激动得心都要从喉咙里蹦出来了，对于骆驼湾每个农民来说，尽管重要的还是勤劳，但是，骆驼湾人最困难的日子终于熬到头了。

政府很快行动起来了，在唐荣斌和顾宝青的印象里，领导来了一拨又一拨。春节刚过，驻村干部张玉奇带领三名省委办公厅同志到了骆驼湾。他们先是入户走访，了解每户实际情况，然后召开党支部和村民大会，共同制定目标。张玉奇组长有着特殊任务，需要给大家完成十件好事。

鸟儿恋旧窝，更不用说人了。骆驼湾村和顾家台，确定为就地提升村，要住新房了，这让骆驼湾老百姓欢欣鼓舞。政府帮助老百姓盖大房子，盖好房子！这让顾宝青脸上有了喜悦，红润的喜悦。唐荣斌老汉眉头中间的疙瘩舒展开了。

顾家台人记得，也是同样的时间，习近平总书记从骆驼湾来到了顾家台村。

习总书记亲切走访了顾成虎的家。顾成虎回忆，大雪天，风很冷，顾叔军支书陪同习总书记到了顾成虎家。

破旧的屋舍，院里堆满了玉米棒子。习总书记问顾叔军：“一亩地能挣多少钱？”

顾叔军说：“收成好的年份，挣千把块钱！”

习总书记扭头问顾成虎：“吃得怎么样？住得怎么样？”

顾成虎一一回答，能够吃饱！

习总书记还去了旁边的一家小卖部，是顾叔军妻子开的。习总书记问：“日常用品都能供应得上吗？”

顾叔军说：“供应得上，挺方便！”

随后，习总书记在顾家台村委会召开了由两委班子、村民代表和驻村工作组参加的座谈会。

顾成虎，高高的个头，红红的脸膛，说话底气足，声音响亮。他一家不是顾家台最穷的，但是具有典型性。他住的房子很破，已有几十年的历史。家有 4 口人，女儿顾文香没钱上学，早早干活，老伴儿王转荣常年有病吃药，病重的时候，起不来炕，30 岁的儿子顾文利有些痴呆，时而昏睡，时而清醒，没有劳动能力，家里主要就靠顾成虎了。三亩山坡地，种了玉米种土豆，别说换钱，自己吃饭也是饥一顿饱一顿。全家就顾成虎一个壮劳力，但是，他生性马虎大意，把应该放在炕上的土豆放在了院里的储藏间，土豆烂了，弄得整个屋子臭气熏天，像个畜圈。王转荣鼻子不好使，这熏人的味道闻不出来。

顾成虎心里知道，顾家台村支书顾叔军对他一家照顾得好。顾叔军 1958 年生人，2002 年入党，2011 年到 2014 年担任顾家台村党支部书记。没有顾支书，他得睡大街上了。

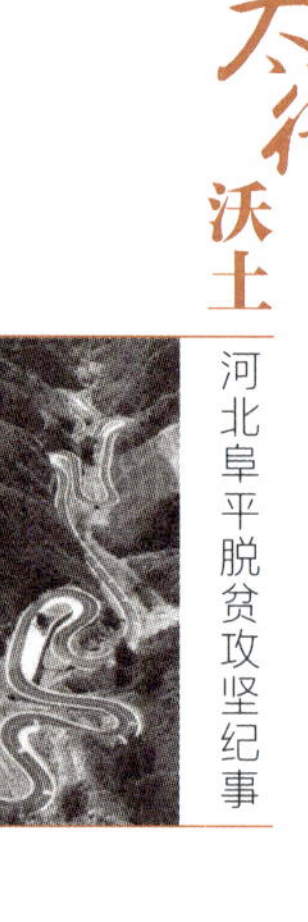

顾成虎多亏有一个好身板，他暗暗告诫自己，身体别塌，如果像村里陈老五那样脑血栓，走路横着走，那这个家就真的完了。他一天并不闲着，给老婆做饭、洗衣裳，到梯田干活，猪圈喂食，有时候蹲在陈国家门口的石台上，找人蹭一根烟吸。吸烟，是他一天歇息的时间。

几年前的一天，顾成虎家房子塌了！

顾成虎家老房子土石结构，山墙歪斜，房子四面漏风，房顶有瓦片吹开，时动时响。新中国成立初期盖的，60 年没修，能不塌吗？也算老天有眼，那时秋后，山风渐渐凉了，他从地里回来，快到家门口时，听见轰地一响，就看见房子倒了，狼烟四起。老婆王转荣还在破房子里躺着呢。他扔下锄头，疯了一般扑过去，呼喊着，双手刨着，终于在老板柜一侧找到她，他将王转荣拽出来。王转荣都成了泥人，在他怀里咳嗽了一声。他从转荣嘴里抠出一个块泥，转荣睁开了眼睛。转荣命大，灌一口水，就活过来了。王转荣沮丧地说："救我干啥？还得拖累你和孩子！"顾成虎紧紧抱住王转荣，哭了："一家人就是要在一起，你有一口气，家就在，我们一家人就能活着！"王转荣四下张望，哽咽了："活着？活着多难啊！房子都没了，住哪儿啊？"顾成虎咬了咬牙说："莫怕，有党和政府在，有困难找顾支书呗！"老婆心中踏实一些了。

顾成虎有一个优点，面相憨厚，为人谦和，会套近乎，他苦笑着找到顾叔军支书，顾叔军叹息一声说："人没事，比啥都强！村里打工走的，有空房子，给你家先借个房子住吧！你可别嫌破啊？"顾成虎笑笑，点点头说："不嫌，不嫌，哪有讨饭吃嫌饭不好的？"

借到房子，顾成虎肩头一耸，眼睛里转着泪花。顾成虎带着儿子女儿简单收拾一下，就搬过来了。没有啥东西，仅有旧箱子、破锅、碗筷，水桶还被砸扁了，他用石头一点点敲过来了。日子再苦也得往下过。在王转荣面前，顾成虎强作欢颜，可到了梯田，看见冷冰冰的石头，看见卷着叶子的玉米，他就愁容满面。顾家台的气候，春天旱，夏天涝，种玉米也是靠天吃饭，靠玉米能盖上新房吗？他心中悲凉，百感交集，真想一头撞死，都说虎在山中能成王，我顾成虎算什么虎啊？活得这么憋屈，这般窝囊！

也许因为房子塌了，也许因为顾成虎太穷，有一定的代表性，所以顾叔军支书一直挂记着顾成虎。顾成虎家的包袱太重了，凭他一家人折腾，哪有出头之日呢？

春节过后，春天来了。树枝冒了绿芽。顾叔军到顾成虎家，看望顾成虎和王转荣。王转荣在炕上躺着呻吟，顾成虎刚刚挑着一担水进来，清凌凌的水倒进水缸。顾叔军笑着说："是骆驼湾那边的水吧？"顾成虎说："是啊！"顾叔军说："这水没污染，就是太行山天然矿泉水！沏茶最好！"

本来就饥肠辘辘，据说茶水碱性大，喝了饿得更厉害。再说了，顾成虎哪有钱买茶啊？顾成虎嘿嘿一笑："等我家富了，盖了新房，一定请顾书记喝茶啊！"

春天来了，去年春天发生的矛盾今年春天还在继续。乡村问题，积怨很深，碰了脚脚疼，碰了头头疼，万一弄不好，告状的一片。比如顾家台和骆驼湾的饮水之争，就是一个难题。说到水，那是一场不小的冲突啊！两村相距4公里。一条小河连接着顾家台和骆驼湾。骆驼湾在东边，水质好，顾家台在西侧，水里含氟高，水质发涩，喝了黄牙。顾家台老百姓愿意多走几步到河东担水，骆驼湾人就恼了，两边人就有了矛盾。起初争吵，后来在去年春天里的一天，争吵升级，骆驼湾的老人躺在地上打滚，不让顾家台人接水。顾家台有个长者，像是中了邪，一意孤行，撺掇

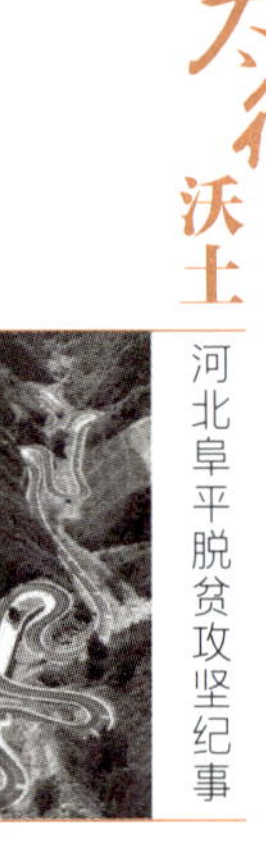

村人与骆驼湾人对抗到底。顾成虎身板好，一个村民担着水桶到家里找他说："成虎，你的名字，有虎气，也有猴气，还应该再添点虎的霸气，你去了一定镇得住骆驼湾的人！"顾成虎也是气愤："骆驼湾人太不像话了，我们不能再窝囊啦！"顾成虎刚刚迈步，躺在床上的王转荣大喊："顾成虎，你给我回来，你算哪一根葱啊？喝啥水不行？为水打架，你有个三长两短，我和文利咋活？"顾成虎来了倔脾气，说："转荣，放心，不会有事的，我给乡亲们壮胆！"说完就气愤地走了。王转荣拍着炕席大骂："你个缺德的东西，回来啊！"喊完，就剧烈咳嗽。她心闲，脑子里想的事多，自然苦恼就多起来。儿子顾文利就那样了，她想让闺女文香读书，有了资本，将来招个好女婿进门，顾家就有救了。

到了晚上，冷风袭来，顾成虎带着一阵风回家了，水桶空着，顾成虎的脸还青了一块。王转荣斜视着他，心疼地说："挨打了吧？脸青了没啥，别缺胳膊短腿就行，让你别去非得去！"顾成虎说："骆驼湾人忒凶，拿水当命，没劲！"王转荣说："我们就吃西河水，又咋了？祖祖辈辈不都这么喝过来的？"顾成虎一边做饭，一边皱着眉头说："老婆，我们也有治骆驼湾人的办法！这招儿准灵！"王转荣眼睛转了转，疑惑地问："啥办法？""有的老百姓嚷嚷，我们顾家台人也不是吃素的，不能坐以待毙啊，别忘了，他们过我们顾家台的路，明天把路给堵上，看他们还敢不敢截水？"顾家台几个老农，果然就堵了路。在路口，骆驼湾人和顾家台百姓越吵越凶了！

事情闹到龙泉关镇，刘俊亮镇长知道了，急忙把两村支书叫到一起。

在顾家台村委会，顾成虎和几个老百姓过去旁听。过去，因为水的事情，两村闹得不是一年两年了。顾叔军和骆驼湾的顾润金支书知道后，装糊涂，睁一只眼闭一只眼。刘俊亮说："润金，叔军，你们别都干闷着啊！水的问题，路的问题，到底咋解决？"

顾叔军和顾润金对望了一眼，没吭。

刘俊亮想了一下，冰冻三尺非一日之寒，还应该逼一逼他们。他站起来，斩钉截铁地说："你们两书记，都姓顾，一笔写不出两个顾！争来争去，有意思吗？"

抢水老百姓听着，感觉刘俊亮说的在理，为自己鲁莽而懊悔。

刘俊亮说："骆驼湾，让水，顾家台，让路！跟你们说，都是乡里乡亲，不能争大掰小，县里，镇里，村里，赶紧寻找好项目，让乡亲们尽快脱贫！"

顾叔军和顾润金答应了，握手言和。

两村支书回去，平息事态。骆驼湾放水，顾家台让路。可是，事情总有反复，有一天晚上，顾家台大戏台唱戏，骆驼湾来人看戏，怨气没消，提到水和路，两拨人又厮打起来，甚至动了石头，流了血。

刘俊亮再次来到顾家台和骆驼湾，继续做工作，走家串户，直到深夜。他深知，都是穷困造成的。只有让乡亲们脱贫，家家通了自来水，修好柏油路，才能从根本上解决问题。百鸟在林，不如一鸟在手！得让乡亲们看到实实在在的利益！

第二章　春潮涌动

河北阜平脱贫攻坚纪事

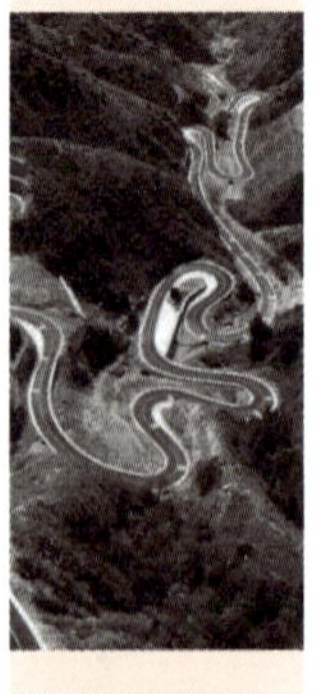

习总书记鼓励阜平的干部群众：只要有信心，黄土变成金！

大雪消融。虽是寒冬，可是阜平大地已经听到滚滚春雷的涌动。全国脱贫攻坚的号角，已经在阜平大地吹响！

习总书记离开了阜平，却留下了谆谆嘱托。阜平大地沸腾了。阜平电视台反复播放习总书记的讲话：

只要有信心，黄土变成金。各级党委和政府要把帮助困难群众特别是革命老区、贫困地区的困难群众脱贫致富摆在更加突出位置，因地制宜、科学规划、分类指导、因势利导，各项扶持政策要进一步向革命老区、贫困地区倾斜，进一步坚定信心、找对路子，坚持苦干实干，推动贫困地区脱贫致富、加快发展。各级领导干部要心里装着困难群众，多做雪中送炭的工作，满腔热情为困难群众办事。

骆驼湾人，顾家台人，阜平人，都看着电视，听着广播，看不够，听不够啊！到了夜晚心情都不能平静，人们奔走相告，一群一伙，说笑，议论，喧腾的人声，将死气沉沉的骆驼湾激活了！人们怀着对未来生活的激情，对幸福生活的向往，开始做着属于自己的规划和准备。是啊，幸福是奋斗出来的，大干一场的机会到来了！

世界上没有绝望的处境，只有对处境绝望的人！

面对困难，中国人不会屈服，河北人不会屈服，阜平人不会屈服，为了革命老区尽快脱贫，可走千山万水，可说千言万语，可吃千辛万苦，可用千方百计。习总书记的嘱托，如春风化雨，正在转化为各级党委政府的实际行动！河北省委省政府立刻成立阜平扶贫攻坚领导小组。1月7日至9日，时任省委书记张庆黎到阜平县深入调研，研究解决扶贫开发工作的困难和问题。1月23日，阜平县召开脱贫致富奔小康动员大会。组织动员全县21万干部群众，向贫困宣战，向小康社会进军！

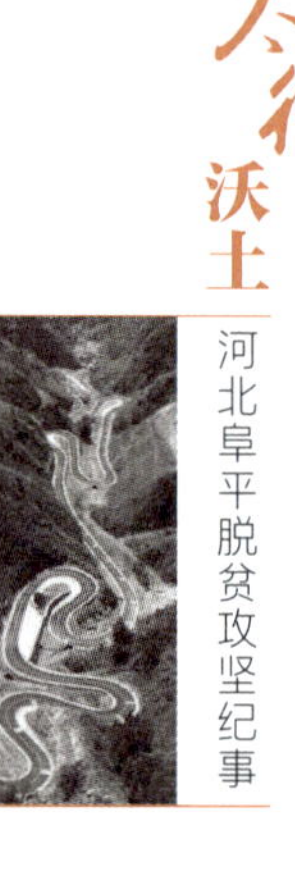

群众说，脱贫致富的路上，我们信心十足！

干部说，一定要想方设法让老百姓过上好日子！

在阜平干部群众中间，听到的都是这样的话。因为他们看见了未来生活的曙光！

龙泉关镇镇长刘俊亮记得当地流传这样一个顺口溜：人均一亩地，种点小玉米，喝点糊糊粥，盼望吃大米！在讨论会上，他剖析龙泉关镇贫困的原因：山高沟深龙泉关，乱石滩里挣钱难。这里土地资源贫瘠，水浇地少，旱地多，基础设施差，很多地浇不了水，交通条件差，非常闭塞，尽管有高速公路经过，但是，龙泉关没有出口，看得见，下不来！

后来刘俊亮话锋一转，激动地说："习总书记到骆驼湾、顾家台慰问困难群众，开座谈会，总书记的话既有感情，又有嘱托，讲得很清楚很实际，让大家认认真真把情况摸清楚，原原本本把政策落实好，农民要致富，关键靠支部！千言万语汇成一句话，党支部带领老百姓脱贫致富吧！"

顾家台村支书顾叔军说："习近平总书记的到来，让我们真切感受到了党中央对革命老区干部群众的亲切关怀，我们要深入领会总书记的讲话，特别是'只要有信心，黄土变成金'这句嘱托的深刻含义！"

骆驼湾农民唐荣斌说："习总书记到我家看望我们，除了感动，就是鼓舞，啥都别说了，跟着政府好好干吧！"

骆驼湾的农民唐宗秀微笑着说："习总书记真是平易近人啊，当时，总书记看到我家灶上锅里正煮着猪食，便拿起勺子跟我一起喂猪。俺当时很惊讶，问他您也会喂猪啊？总书记微笑着回答，我也在陕西当过农民，当然会了，我还会很多农活呢！"

骆驼湾的一位老支书陈德忠说："习总书记的到来，说明十八大以后的新一届领导集体，惦念咱老区农民，脱贫攻坚，还得靠党员冲锋在前！一个党员就是一面旗帜，一个党组织就是一座战斗堡垒，不论何时何地，都不能忘记自己是一名党员！我这老党员也想出一把子力啊！”

唐宗秀的老伴儿陈德印说：“致富要靠自己干，过去没事干，人穷出气都短，天天窝蜷在墙根儿，光等光靠不是个法子，好政策来了，浑身有使不完的劲儿哩，说到底得自个儿干活挣钱，把日子过得热气腾腾，只有这样才对得起总书记，对得起党和政府，对得起自个儿啊！”他的话声音洪亮，人们听了，掌声不断，都夸奖陈德印觉悟提高了！

李二国，男人名字，却是个 38 岁的美丽女子。2012 年 2 月，她刚刚接任中国人保财险阜平支公司经理。公司仅仅 8 人，业务开展困难重重，她有了畏难情绪，甚至想辞职。习总书记的到来，让她信心倍增，她激动地说：“我不辞职了，眼前的困难不是困难，阜平会好的，阜平好了，我们公司就会好的！”

从阜平大山里走出去的青年人周合伟，毕业于南京艺术学院，毕业后在景德镇开了陶艺设计公司。处于迷茫困顿状态的周合伟正和朋友在景德镇餐馆聚餐，看见新闻联播播出习近平总书记看望骆驼湾和顾家台的困难群众，他突然举起双臂，激动地喊道：“习总书记到我家乡啦！阜平要变了，我的机会来了。我要回去搞文化扶贫，为建设家乡出力，也找回真正的自己！”

阜平文联过去主办过一个文学刊物，名叫《枣花》，由于经费原因停刊了！枣树是阜平的“县树”，枣树上盛开的那一片淡黄的枣花，承载着阜平人的精神和梦想。如今习总书记来了，《枣花》复刊了！阜平的业余作家们，重新拿起手中的笔，投入扶贫题材的创作，稿件雪片一样飞到编辑部……

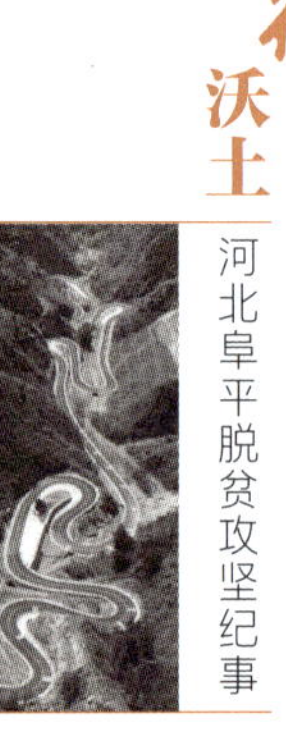

鼓舞，激动，亢奋，总是伴随着对过去岁月的沉重回忆……

这个世界人与人不一样，山与山也不一样，人和山都是有背景的。当你坐着汽车拐进太行山弯弯曲曲的山道，真正走进来，便会知道阜平还有那么一个庞大的世界。

《阜平县志》记载：阜平于公元1193年置县，如今已有800多年历史。全县总面积371.53万亩，耕地13.93万亩，人口20万，人均耕地0.7亩。阜平东南距离省会石家庄96公里，东距保定113公里，南距五台山78公里。由于地处冀晋两省交界，山高路险，山上石多土薄，不宜耕种，山山峁峁生长着小树和杂草。

暮色降临时，如果登上大派山往下看，灰色的云带渐渐笼罩下来，在群山与平原接壤地带的浅河滩，陡然亮起一片灯火，灯火闪亮，映照着一排排错落有致的房舍，像太行山上一朵朵盛开的山菊花。尽管还有些寒酸，但是，这人间灯火便成了那里最温暖的风景。

那便是小小的阜平县城！阜平古称“畿西屏障”，素有“穷山恶水”“阜平不富”之说。

别看阜平这地方穷，但人穷志不穷，不但不出刁民，反而养育了阜平人豁达豪爽、吃苦耐劳、渴望光明富裕、追求民主自由的伟大性格，同时，也形成了容易接受革命、呼唤改革、富有奉献和牺牲的精神！所以说，阜平的兴衰变迁，都与革命历史分不开。自古燕赵大地多慷慨悲歌之士，阜平历史上多次爆发农民起义和暴动，其英勇精神可歌可泣。太行山民间说唱艺人的乡韵里，英雄是鲜活的，土地是滚烫的，高山是挺拔的。阜平，一直等待着生命的复苏！

这一天终于来了！

1921年，中国共产党成立不久，共产党员王斐然、王家宾等人到阜平宣传共产主义。1929 年，他们在城南庄成立第一个党支部，阜平从此以新的面貌登上中国革命历史舞台！太行山激动喧腾着，像一锅沸水。的确，在中国革命斗争史上，人们根本不会想到在太行山荒凉的山沟沟里，党和人民建立的鱼水深情，埋下了革命的火种。1931 年 7 月，中国工农红军第 24 军挺进阜平，他们与阜平地下党一起发动群众，打土豪、分田地，开仓放粮，建立了中华苏维埃阜平县政府。时间不长，政权便遭遇失败，但这却给阜平人点燃了革命激情！卢沟桥事变之后，1937 年 9 月，罗荣桓率八路军挺进阜平，建立了民族革命斗争动员委员会。阜平因此闻名四方，城南庄率先成立了抗日义勇军。华北第一支人民抗日武装应运而生。打日寇、炸炮楼，英勇之气感动太行山。阴云时常布满低垂的天空，随之而来的是日寇疯狂报复，阜平人民陷入惶恐之境，风声鹤唳，提心吊胆。

胭脂河的流水，带着风的节奏和呼吸。胭脂河的波涛，托举着河两岸军民不屈的气节和灵魂。

为了配合反“扫荡”，1937 年 11 月 18 日，一个飘雪的上午，聂荣臻率晋察冀军区，从五台山移驻阜平。1938 年 1 月 15 日，晋察冀边区政府在阜平县成立！这一标志性事件，自有一番别样景象。聂荣臻的部队保卫家园，英勇杀敌，为红色阜平添加了浓重的一笔!

阜平，山林还在，滚滚雷声早已抽身而去。

阜平，不足九万人口的小县，两万人参军。他们参加了神仙山保卫战、东西庄战斗等著名战役。阜平还有 4000 多优秀儿女，组成两个“阜平营”，一个“青年支队”，编入正规军，驰骋沙场，涌现了李勇、李瑞、刘耀梅、耿奎等英雄。抗战期间，阜平是边区唯一一个不被日寇长期占领的“完整县”。

太阳总是红的，红得耀眼。解放战争时期，阜平成为可靠的

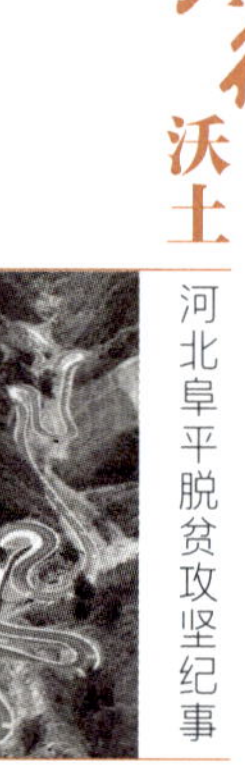

大后方。这一天非同寻常，星空灿烂，美丽的胭脂河闪闪发亮。1948年4月10日，毛主席和党中央从陕北出发，跨过黄河，越过五台山来到阜平，住在城南庄和花山村，在这里召开了土地会议，使土地改革走上正确轨道，召开军事汇报会，确定了“三大战役”的战略基础。晋察冀边区被称为“新中国的雏形”！

对于阜平，一穷露百丑。

俗话说，屋漏偏遭连阴雨。阜平的贫困，走入恶性循环怪圈。因其贫困，各种矛盾积压，上访、告状的多。其实，党中央和国家一直没有忘记革命老区阜平。那一年，电影演员田华来阜平城南庄拍电影。田华饰演电影《白毛女》中的喜儿，因为白毛女的故事原型，就发生在太行山西柏坡和阜平一带，所以田华深受阜平百姓喜爱，乡亲们纷纷到驻地看望她，田华也到老百姓家坐坐。当她看见老百姓还吃着野菜团子时，心中很难过。电影拍完，她回北京时带回几个菜团子，去了聂荣臻元帅家里，她对聂荣臻元帅说阜平老百姓还吃这野菜团子，聂帅捧着菜团子，双手颤抖，含着眼泪说：“当年九万阜平百姓，养活了我们九万军队，他们为革命作出巨大贡献和牺牲，我们对不起老区人民，阜平不富，死不瞑目啊！”

聂荣臻元帅的话传到阜平，阜平人民为之动容。

习总书记在阜平的座谈会上，就提到了聂荣臻元帅的这句动人心魄的话。习总书记还说到，自己小时候在北京八一小学读书，八一小学的前身就是在阜平城南庄的荣臻小学。是啊，阜平政治上的辉煌与经济上的滞后，是阜平地情的两极。红色历史闪闪夺目，一提到经济，瞬间黯淡。在阜平奋争的日子里，这句话戳到了政府领导和民众的心理痛点，其中辛酸几人能懂？

时光荏苒，阜平似乎在等待着什么……

第三章 拳拳赤子心

河北阜平脱贫攻坚纪事

2013年7月22日，郝国赤调任阜平县委书记。搞调研，找红根，挖穷根，上项目，成为他工作的当务之急。

郝国赤，姓郝，名国赤，60年代出生。他心里清楚，老人为他起这个名，有时代色彩，意思就是让他做国家的赤子！父辈对他的厚望可见一斑。他在农村长大，十几岁参加工作，在吉林干过地质勘探。他性格倔强，有些固执，有吃苦耐劳的韧性。传统家风和正统教育，培养了他善于思考的习惯和敢于担当的品质。

内心越是活跃激烈，外表越是平静。郝国赤心中暗暗发誓：阜平不富，我死不瞑目！

郝国赤遗憾没能参加习总书记在阜平的座谈会，但是，他常常揣摩一个问题，习总书记为什么把十八大以后看望贫困群众的第一站选在阜平？并在阜平首次提出扶贫。这里必有深意。他从习总书记在《河北省阜平县考察扶贫开发工作时的讲话》中，找到了答案：消除贫困，改善民生，实现共同富裕，是社会主义的本质要求。现在，我国大部分群众生活水平有了很大提高，出现了中等收入人群，也出现了高等收入人群，但还存在大量低收入群众。真正需要帮助的，还是低收入群众。

河北省有48个贫困县被列为国家级贫困县，阜平县与省内22个县被列入国家“燕山——太行山”集中连片特困区。

郝国赤在调研中得知，各级政府对阜平扶贫一直没有间断，甚至不惜花学费换脑筋。1986年，阜平县委县政府制定了“远靠林，近靠牧，不远不近靠果树，狠抓加工年年见收入”的方针，并且上级还通过加大对阜平扶贫开发的力度，来改变老区人民落后面貌，但阜平低收入人群很多，有的甚至温饱都成问题。比如，过去十七年阜平得到扶贫资金两个亿，如今，党的十八大以后，一年就是这个数字。这笔扶贫资金怎么花？花在哪里？郝国赤的理

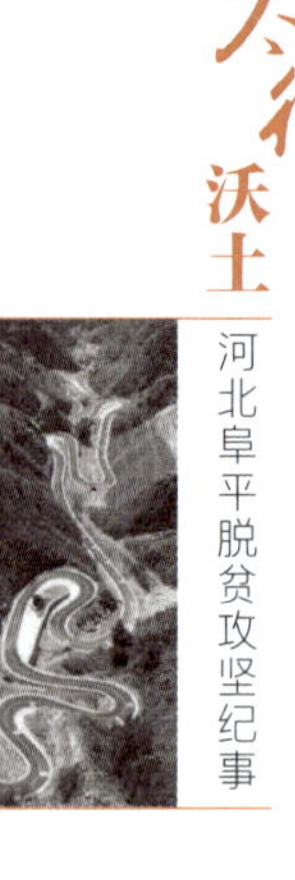

解：一定要啃硬骨头，有钱花在刀刃上，解决贫中之贫、困中之困的难题！

1994年以来，党和国家加大了对贫困地区帮扶力度，像阜平这样贫困地区的干部群众，脱贫愿望强烈，但是，效果一直不太理想，很多群众依然生活在贫困线以下。

阜平，山多地少，人均不到半亩地，还多是河滩山坡地，海拔高，冬季严寒，交通不发达，信息和技术滞后，人口比例严重失调，年轻人外出打工，村里老人和留守儿童居多，慢慢地，牛棚空了，羊圈空了，山上的果树也枯萎了。除了原有的枣树，依旧靠着玉米、土豆、大枣、核桃过日子。阜平贫穷依旧，百姓过着“紧紧巴巴”的苦日子。

说破一种神奇，那自身的魔力，会发出怎样破局的效力？

贫困和危机的出现，往往不是单一因素的结果。要想在困局中突围，在危机中发现机遇，有时需要勇气，有时也需要瞻前顾后，统筹兼顾。郝国赤在县里摸爬滚打了十几年，当过副县长、县委副书记、县长、保定发改委主任、保定市政府秘书长。在他刚来阜平的时候，保定市委书记聂瑞平与他行走在太行山上，两位书记一同走访了村村落落，他们好像穿过一个个黑夜，寻找穷困根源，寻找红色历史与现实的精神对接点。他们来到神仙山上，看了一场战役的现场，看到排列在那里的烈士墓碑，他们深深感觉到，革命烈士抛头颅洒热血，建立了社会主义新中国，革命先烈的血不能白流，社会主义本质，是让人民共同富裕！

世界为什么这样无情？没钱的越没钱，有钱的更有钱。需要细细深思，老百姓为什么没钱？穷根儿在哪里？

一天上午，郝国赤和县委办公室同志们来到了黑林沟村。这里景色优美，房屋破旧，原来是一个500多口人的中等村庄，如今只剩下 50 口人。年轻人打工走了，姑娘们嫁到外地了，村支书 82 岁，村主任 56 岁，听人讲这个村 47 年没有盖过新房，说明 47 年村里没有男人娶过老婆。后来，郝国赤自己总结了一个规律：看一个村庄脱贫的标志，就看村里年轻人是否回来，盖没盖新房，看年轻人是否能娶上媳妇。郝国赤问老人，养儿为防老，孩子们都走了，养老怎么办？ 82 岁的支书高血压，还耳朵聋，没有听见，村主任说，男孩外地倒插门的时候，是有协议的，不能管男方老人养老。郝国赤一愣，为什么这样啊？村主任说：“如今人都现实，不然女方也不接受啊！唉，孩子过好日子，我们老的就知足了！”郝国赤问村支书：“你们想过脱贫致富吗？”82 岁的村支书这次似乎听见了，咳嗽着说：“自然减员啊，人走了，村里没有人了不就脱贫了吗？”村主任嘿嘿傻笑，郝国赤却一点笑不起来，心中一阵阵痛。他们是自嘲，更是抱怨！

封闭的大山，封闭的环境，不仅带来了一代一代的贫困，年长日久，也麻痹了人的思想和精神，为了逃离这种精神痛苦，他们养成了逃避的习惯。

郝国赤说到老百姓家里看一看，村支书说腿软走不了，就让村主任带到久病卧床的李奶奶家。

小院像是一片废墟，门楼倒了，石头房子也是矮矮的。村主任和郝国赤弯腰走进去，屋里黑黑的，充斥着陈腐味道。

李奶奶哮喘严重，还有心脏病，几乎卧床不起，家里破旧不堪。人极瘦，头发花白。村主任说：“这是县委郝书记看望您来啦！”李奶奶不抬眼皮看郝国赤，只顾自己拍打着炕沿儿哭喊：“老天爷啊，我咋还不死啊？我咋还不死啊？”她的手虽然无力，炕席还是被拍得啪啪响。村主任觉得难堪，马上介绍说：“这是新来的郝书记来看你了！”李奶奶继续哭：“啥好书记坏书记？书记

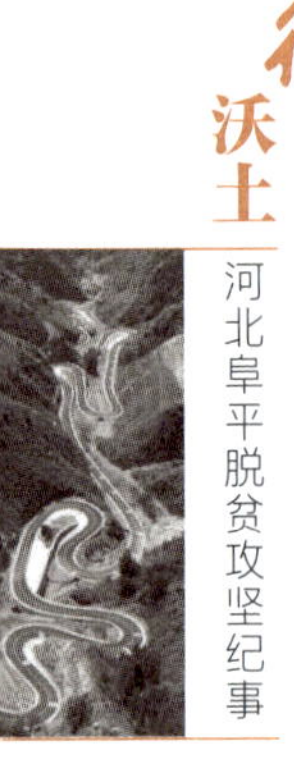

哪有不好的？快让我死吧，死了就不遭这罪啦！”村主任有些尴尬，无奈地摇头。

郝国赤俯身拉着李奶奶干枯的手，说：“大娘，政府会管你的，会治好你的病的！好好活着，好日子就要来啦！”李奶奶当场哭得鼻涕一把泪一把的。别人劝解的话，也就这么多，再说也无益。郝国赤感觉李奶奶不是装哭，她是从心底凉透了，绝望到家了，他看不下去了，赶紧扭了头，两行眼泪掉了下来。老村长背过身去，掉泪了。

李奶奶还在哭，久久啜泣，喊哑了嗓子，哮喘犯了，喊不出声来。

郝国赤心中凄凉，他的眼前幻化出那个美丽的小村庄，正以最后的沉寂向世人诉说着生命消失的沉重。自此以后，李奶奶被病痛折磨的样子，绝望的呼喊，就像一根刺深深地扎在他的心里。

老村长偷看郝国赤的脸色，他担心郝书记生气。一般常理，领导民访，愿意看到百姓对政府感恩的温暖一幕。而郝国赤不是听赞歌来的，他也不是那样虚荣的领导，他要看到百姓生活的真相。老百姓生存问题严重，怎能期待他们微笑？怎能期待他们唱赞歌？李奶奶是贫困农民的代表。生存问题，心理问题，疾病问题，再理性的人也有难以招架的时候，也有难以苦熬的绝望。李奶奶的哭喊是真实的，我们就要面对这种真实来决策！

郝国赤还听到一家的悲惨故事。大台乡桃园村，有一个 1944 年入党的老党员卢凤亭，他想去看望一下这个老人。老人如今 85 岁了，丈夫早逝，留下三个儿子，老大老三是残疾，生活不能自理，都没有成家，老二在外面打工，挣点辛苦钱养家。卢凤亭老人担负起照顾两个残疾儿子的重任，可以想象，这样的家庭多么贫困！不幸总是连着不幸。一天卢凤亭老人上山背柴，不料闯入修路引爆作业区，引爆雷管，轰隆一声巨响，一块飞来的石头将老人左腿穿了个洞，血流如注。硝烟散去，人们跑过来时，卢凤亭老人浑身是血，几乎没了呼吸。人们把她抬到车上，急忙送到医院，老人有幸活过来了。老人流着眼泪说："我还有两个残疾儿子呢，我不能死啊，我走了，他两个咋活啊？"村主任和医生跟着落泪。

郝国赤听到这个事，心情沉重，脑子里第一个反应：新农村医疗之外，应该出台一个新机制，重大疾病慢性病救助机制，像这样极困家庭，别说还没有脱贫，就是脱贫了也还会返贫。

郝国赤继续调研，这个世界上，人跟人是不一样的，黑林沟老百姓是这样的落魄现状，到了骆驼湾，听到人们对住房就业的愿望，他看到了农民的另一种心态。阜平人对新来的郝书记寄予厚望，这心情可以理解，希望尽快看到他的"三板斧"，看到扶贫成果。郝国赤却是沉着应战，他没有压力是假的，但是他还想继续调研，没有调查研究就没有发言权，就不能做出正确抉择。郝国赤深知中医"望闻问切"的辨证施治。不知病源在哪就不能下药，新问题源于老问题，但是，不能纠结在历史层面上，需要用创新发展的眼光去看，去解决，不然扶贫会落空，赶超发展更无从谈起。

这个下午，山风刮得响，卷起树叶和纸屑，直往人脸上扑。郝国赤书记顶风来到唐荣斌家。天还没有黑，屋里就黑乎乎看不清楚了。这一家极为特殊，这是习总书记看望过的家庭，听听他们的心声极为必要。

龙泉关镇镇长刘俊亮和骆驼湾村书记顾润金陪同。唐荣斌从灶火旮旯里转出来，热情地让他坐。知道没个好坐处，地上连个好凳子都没有，炕上的旧被窝压着大窟窿小眼儿的烂席片。郝国

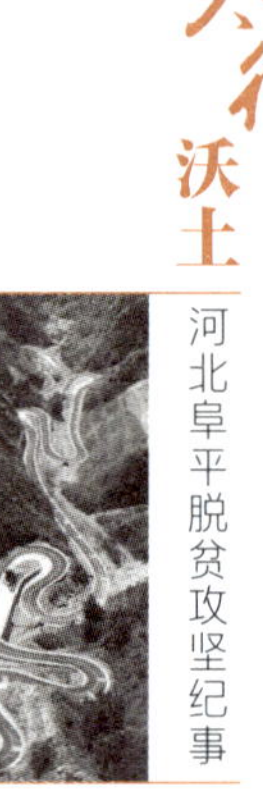

赤书记只能坐在炕沿儿上听他们说话。

唐荣斌有怨气，大声说："你们让养牛，养了肉牛养奶牛，哪样挣过钱？"

顾宝青定定地看着老唐，额头的汗都出来了，用手擦了一下："老唐，郝书记第一次登咱家门，你这是啥态度？牛又不是郝书记让你养的。你跟郝书记说得着吗？"

顾润金瞪了眼："老唐，你是哪壶不开提哪壶啊！六根指头挠痒痒，多此一道儿，你该干啥干啥去吧，我们跟宝青说话！"

郝国赤憨厚地笑了，摆了摆手说："有牢骚就让老唐发一发吧，让乡亲们说话，天不会塌下来！"

唐荣斌瞪了顾宝青一眼。

顾宝青说："他养牛后悔了，悔得寻死觅活！"

刘俊亮和顾润金对视一眼，表情严峻起来。

郝国赤书记说："让老唐说几句真话，我就是听真话来的！"

唐荣斌咳嗽了一阵，叹口气说："还是郝书记开明。我发牢骚，知道分寸。大领导来咱家，我咋不说呢？咱骆驼湾人，这不是盼着郝书记给咱解决贫困问题吗？"

郝国赤沉重地说："对呀，路走对了，就不怕远！我一来就调研，就是为了找对致富的路子。什么样的产业更适合我们阜平？更适合骆驼湾？养牛，养羊，不是不可以，但是两种两养，也是当时县委和政府的决策，还是有贡献的，只是，我们要解放思想，必须从已有思维模式里挣脱出来，老唐你养牛没养好，到底是为什么？说说看！"

唐荣斌沉默一阵说："我琢磨啊，深山沟里养牛，安全性不够，摔死一头，跑丢了一头。还有啊，没有过硬技术，牛不长肉，更可气的是卖牛难啊！辛辛苦苦养半天，只能卖给二道贩子，唉，钱都让人家挣去了！”

郝国赤听了一愣，扭头对顾润金说：“村里这种情况多吗？”

顾润金说：“有一定代表性，一家一户争取点扶贫款，种点啥，养点啥，没技术，成本高，与市场不对接，有点风吹草动，可就白忙活啦！”

郝国赤陷入深深思考中。他当过发改委主任，心中明白，在市场经济环境下，一家一户的生产经营方式是不能与市场匹配衔接的。他拉长了声音说：“打造致富产业，是群众脱贫的根本，从阜平的实际情况看，种植业、养殖业，仍然是群众收入的主要来源，关键是种什么养什么？如何种如何养？我们一定要按照习总书记说的，要因地制宜，紧紧抓住阜平特点和优势，取长补短，发扬光大，真正闯出一条让老百姓脱贫致富的路子来！这方面，你们要多动动心眼儿，好好谋划一番。天无绝人之路，功夫到了，一定会有突破的！”

顾润金和刘俊亮纷纷点头。

郝国赤还问了一些住房的事，顾宝青来了兴趣，说了说房子的事。郝国赤静静地坐在那里，望着她的脸，像是把心掏给她似的。

郝国赤跟刘俊亮说：“刚刚你听见了，老唐、宝青都非常关心住房，赶紧跟驻村干部结合，商量一个方案出来！”

唐荣斌老两口簇拥着，一直把他们送到院子的烂石头墙外。郝国赤回头又看了看小院，嘴上没说，心中已有了规划一号院的念头。

离开骆驼湾，郝国赤去了顾家台，本来想到顾成虎家聊一聊，刚到村口看到的一幕，让他心灵触动。

头伏天，村口静静的，白花花的日头照耀着顾家台小广场。

村里十几个人坐在矮墙上，石头台阶上，有老人，也有壮年。

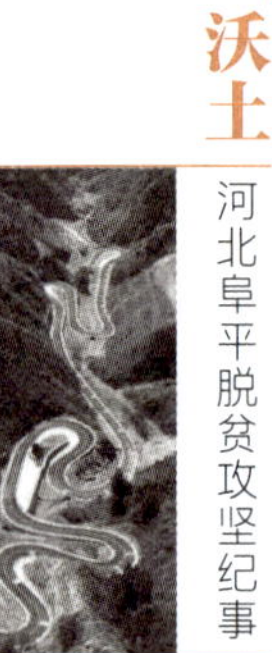

人们脸木木的，陌生而冰冷。汽车停下来，他们张望了一下过来的人群，麻木地收回目光，呆呆地坐着。郝国赤问村支书顾叔军："这些人怎么都闲着没事干发呆发愣啊？"顾叔军叹息着说："这儿的人啊，除了出去打工的，大多是八九点钟起床，十点左右吃饭，然后就在这闲聊一阵，下午三四点钟再吃一顿饭，晚上八九点钟就躺下睡觉啦！"

刘俊亮在一旁帮腔说："郝书记，种玉米和土豆，这个季节啊，农民是没事干的，阜平是一季收成，有半年的时间就是两餐一觉。"郝国赤问："长期这么待着，也不是长久之计啊，就不能在家门口找点活干，挣点钱？"顾叔军摇头说："干啥呀，人均不到半亩地，还大多是山坡坡地，好歹侍弄一下得了，除了出去打工，没有事情干，祖祖辈辈都是这么过的。人们就习以为常了。"

有个村干部插嘴说："嘿，别人说我们顾家台虽然穷，但是幸福指数不低，那是饱汉子不知饿汉子饥啊！我们想挣钱，也没有门路啊！"

郝国赤没有吭声，心中像打翻了五味瓶。这里与骆驼湾一样，致富产业的打造，必须尽快搞起来。老百姓的懒惰，有思想观念落后，也有个人文化水平低，更有缺乏生产技能的原因。脱贫攻坚，老百姓是主体，光靠嘴巴说说不行，得尽快让他们动起来，政府要帮助他们选择产业，同时，扶贫要扶人！扶志气，扶智慧，扶勤劳，扶诚信！所以，还要找到一种好的机制模式，把老百姓发动组织起来，激发他们的内生动力。

返程路上，郝国赤坐在颠簸的汽车里，透过朦胧的泪眼，看见顾家台、骆驼湾梯田坡地的玉米、土豆和果树，昏黄的落日余晖铺洒到山坡，农民的腰杆在山风中弯曲颤动，淌着汗水的臂膀在微微晃动……

他是痛苦的，艰难的，面对未来的路充满迷茫与未知……

郝国赤回到县城宿舍，感觉浑身酸疼，像散了架。但是，这挡不住他的思考，阜平产业上怎样定位，产业扶贫如何突破？有人记得，政府曾经号召农民养牛，养牛损失惨重。阜平镇海沿村42岁的袁龙曾是养牛羊专业户，养牛赔了上千万，差点跳了崖。袁龙是刘俊亮镇长的同学，郝国赤从龙泉关镇长刘俊亮嘴里得知，袁龙的经营模式：县政府协调，扶贫办、村委会与袁龙的骥龙公司签订三方合同，约定奶牛由公司代养，每年每头牛向村委会支付1200元，这钱再由村委会转给贫困户。三聚氰胺事件后，牛奶卖不出去了，袁龙希望农民把牛牵回去，或以政府原始购牛价赔付，结果被拒绝了。袁龙找扶贫办，扶贫办认为这是公司与农户之间的事情，应该自行解决。公司亏损持续，公司卖牛，奶牛卖光，老百姓四处告状！其实，袁龙也委屈，他带领百姓致富的期望落空了，沮丧、失望与痛苦，只有他自己知道。

郝国赤书记听了极为震惊，只感觉喉咙发紧。找准方向，突破屏障，可不是一个小问题。

郝国赤进一步分析到，公司，政府扶贫办，加上农户的扶贫模式叠加融合没有错，当时县委县政府制定的“两种两养”也没有错，但是缺少了市场风险共担体系。金融保险都没有跟进。扶贫项目要与区域经济发展大形势衔接，如果不能衔接好，就会造成产品链条短，加工跟不上，产品附加值不高，抗风险能力弱。扶贫产品只有与区域经济发展衔接好，长短结合，才有可持续性，才能有规模，没有规模哪来产业化？没有产业化，哪来价格优势和抗风险能力？只有让公司和农户冲进大市场，方能在共同富裕道路上迈出坚实步伐！

人生如棋，天地为盘。

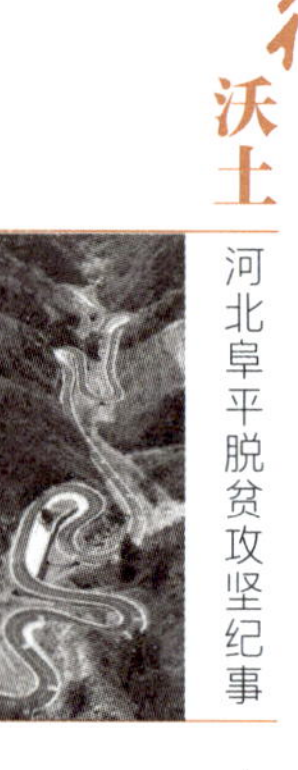

越来越接近真实，不同的调研，会有不同的做法，不同的做法带来不同的结果！路走对了，就不怕远！天上没有掉馅饼的事，对的路，不会送给你，需要艰难地摸索。不管怎样，郝国赤要对阜平走好每一步，做全局规划！

郝国赤一脸的智慧与冷峻。从商业角度说，成功的投资极其相似，失败的投资各有各的原因。成功的投资靠什么？巴菲特说过，独立思考和内心的平静！

郝国赤感觉到，过去种植核桃大枣，养牛养羊，不能是错，只是没有收到很好的效果，让百姓对政府失去信心。政府的一番好意，却让百姓失去信任。将来再号召什么他就不相信了！投资就是花钱，花扶贫资金，花每一分钱都有责任，要把钱花到实处，花出结果，花出真效率，花出最大化，让百姓腰包真正鼓起来！

郝国赤皱着眉头，陷入长久沉默。

人同此心，心同此理。在许多时候，郝国赤觉得感情和理智是一致的。没有调查研究，就没有发言权。不要轻易得出结论，需要到群众中，到市场上，好好走一走，看一看。他这次从产业角度考察，两个多月的时间，走遍了阜平的村庄、山水，也去了保定、石家庄、天津、北京考察农产品市场！

市场是敞开的，天空是澄澈的。

回到办公室，郝国赤的办公桌上放着一只霸王鞭。这是城南庄一位九十多岁老人送给他的。这个老奶奶当年是前进剧社的队员，给聂荣臻元帅和子弟兵表演过。

他拿起鞭子轻轻摇晃，鞭子两头的铜钱琅琅作响，竹声咔咔，钱音哗哗，悦耳动听，这让他不由自主地想起，老人讲给他的有关这支鞭子的往事。

抗战时期，抗敌剧社郑红羽对流传阜平等地的霸王鞭进行创新改造，用旧的形式表现新内容，支持抗战，各村都学会了打霸王鞭。霸王鞭由一根小竹竿做成，竹竿的两端各系一绺红绸子或红线绳，两端各横凿一个小槽，并排拴上两串铜钱，使用者手持中间，在锣鼓点配合下一边舞蹈一边有节奏地敲击双肩、双脚。

郝国赤凝视着鞭子，思索着当年对鞭子形式进行的创新改造，想到眼下的工作如何也进行一次改革呢？如何实现经济困局的突围呢？他决定了：无论如何，必须要来一场变革，为扶贫插上一对飞翔的翅膀！

郝国赤的心理定力，将是阜平人的心理定力。这源于党和政府以及社会各界的支持，源于厚重的红色文化滋养和新时代砥砺奋进精神的鼓舞，红色给了他自信心和自信力！他突然发现，两头的红色，两种红色的融合、提升，多像霸王鞭两头的红缨啊！

在太行山粗糙的石板上，任何成熟的真理，都可能成为赝品。郝国赤必须探索一条新路，真理之路。山上种果树，山下养食用菌，城里建社区，社区建工厂。这样，绿色、创新、融合、可持续发展理念渐渐清晰了，成熟了。

对于阜平，这是一个划时代的系统工程！

抛开养牛养羊的“两养”模式，原有老三样——大枣、核桃、板栗，产业转型升级，需要将产品品牌化。新三样——苹果、晚熟桃、葡萄，扩大开山种植规模，同时铺开阜平特色的家庭手工业。关键的关键，目前，阜平还没有主导产业，食用菌是一个希望，这是外出考察的一个设想。专家考察，阜平山水气候非常适宜食用菌的生长，如果成功就做大做强，完成市场化品牌化！政府扶贫扶持在前，老百姓管好中间这一段，后边销售创品牌要靠龙头企业！就地提升村，进行大规模房屋改建，确定搬迁村庄，建设高标准楼房，同时，为了给老百姓看病，县委决定建设大型

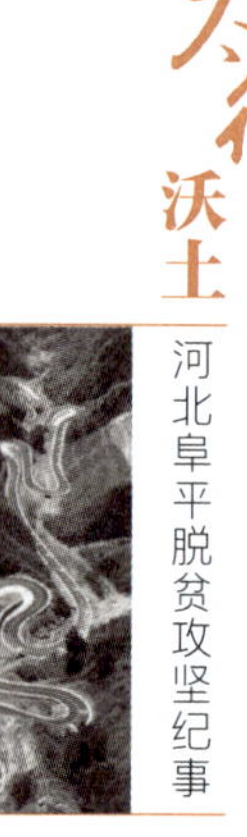

中医院，为了培养贫困地区技术人才，建设高标准的职业技术学校，这些综合起来，是一个大手笔！细化、推开的是总投资100多亿的项目。时间是这样安排的：2015年上半年准备，下半年整体推进。2016年，2017年，干出成效，整体大变样！

方案出来，正面反面的声音都有。有人担心这种抛开“两养”，大量扶贫资金和社会资金投入新产业食用菌，是有极大风险的，不怕一万，就怕万一，食用菌养殖万一坠入养牛的怪圈，阜平可经不起一点折腾啦！有人赞成说，当年聂帅在阜平打仗就说过，狭路相逢勇者胜！有人劝郝国赤书记，还是稳妥为好，阜平底子薄，经不住折腾啊！当然，更有人说，别劝了，郝国赤那性格我知道，他要是下了决心，九头牛都拉不回的，一切看结果吧！

各种议论，飞到郝国赤耳朵里，一度让他不踏实。但是，仅仅犹豫片刻，一闪就过去了。他想，为什么出现懒政？就是干部心底深处有一块地方硬不起来，就是有私心、有私欲，怕担责、怕告状。心底无私天地宽，真金不怕火炼，他郝国赤不怕这些，敢于担当不是喊在口号上的，那是真正的考验！一句话，你站出来，让群众看见你，议论你，质疑你，监督你，最后跟随你！

夜深了，天黑实了，没有星星出来。郝国赤冷静思考，当然，对于非议，不能情绪化，要冷静地分析。这些年的折腾，有些干部的心，在麻木中显得泰然了。也许这就是阜平人的命啊！向贫困宣战，怎么能认命呢？阜平的干部队伍，素质需要提升，需要改革、动大手术，这对于他的仕途，可能充满风险，充满挑战，但是没有退路！

动员大会上，郝国赤激动地说：“习总书记在阜平考察的讲话，我建议大家多学习几遍！总书记说了，只要有信心，黄土变成金！我们怎样深入理解？目前，不算北京的中直单位，河北省直单位以及唐山廊坊保定共派出154个驻村工作队，加上县里的十个，共派出164个工作队，全部入驻164个贫困村，都已经工作半年了。我们阜平干部，要和他们对接好，还要向人家学习！亲爱的同志们，我们马上进入阵地，进行一场战斗啊，这是与贫困的一场遭遇战！有人悲观，有人懒惰，这是非常可怕的，眼里有困难，就都是困难。眼里要是有办法，就一定能找到战胜困难的办法。我说，我们今天再困难，还有当年聂帅在阜平建立晋察冀抗日根据地困难吗？我没有怪大家的意思，阜平与全国贫困县一样，贫困原因是复杂的。但是，历史的重担落在我们这一代人肩上，我们必须投入战斗！”

战斗？久违了的字眼，让阜平干部热血沸腾，也胆战心惊。好像一下子回到了历史的峥嵘岁月。

郝国赤激动地说：“是啊，是战斗就会有牺牲！我们都要做好心理准备，无论牺牲利益，还是牺牲生命！我们共产党人就是要押上身家性命冲上去！确保打赢这场脱贫攻坚战！”

掌声雷动，会后是沸腾的喧闹声，大家情绪特别亢奋。

郝国赤的心强健了许多。天塌不下来，就是天塌下来，也得按塌下来处理，再煎熬也不顶用，逃避更不是办法。远水不解近渴，一边提升，一边外调。

后来，郝国赤与县委班子研究，把全县13个乡镇划为8个战区，各由一名县委常委分包负责，与乡村两级层层签订责任状，逐级压实责任，调动各种资源，一切战斗围绕脱贫攻坚干，一切保障围绕脱贫攻坚转，不获全胜决不收兵！

这是一场硬仗，更是一次新的“赶考”！

郝国赤觉得，现实的世界，感伤是弱者的姿态，毫无意义，改变不了什么。想当英雄，就要丢掉幻想，时刻投入脱贫攻坚的

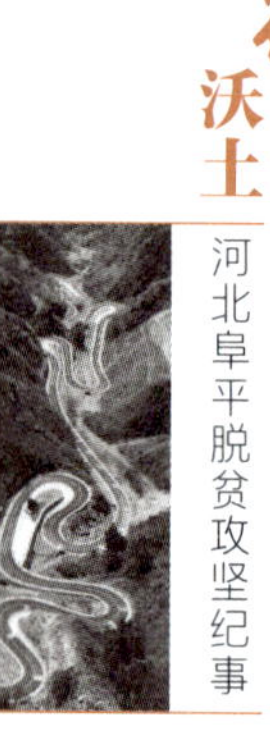

战斗！

整治煤场、关停矿山，紧接着规划梯田，开新梯田，种植果树，开拓一片花海，上马食用菌，引进硒鸽，手工业加工，郝国赤都要亲自到现场调研、指导。那一天，他到山坡上看一看，猫着腰，缩着肩，数着地垄，设计高低宽窄。这个时候，他在灌木丛中，听见鸟叫、蝉鸣，看见飞舞的蝴蝶，心中惬意。夏天了，有人以为郝国赤为感受室外的阳光才登上西庄村狗头山顶，俯瞰东庄西庄。微风中，他在山顶孤零零地站着，望着，想着……

眼前的事规划好了，还必须要想着阜平的未来！

思想的浪花，思维的链条，就这样在阜平大山里网织着一个立体形象。此刻，一个宏大的计划在郝国赤心中谋划着。郝国赤记得，1945 年 5 月，毛泽东主席在党的七大上指出："没有预见就没有领导！"显而易见，预见力、前瞻性，是领导者必备的能力。

实践证明，郝国赤书记就有这样的预见力！

东庄西庄大拆迁，狗头山开发，阜平中医院，阜平职教中心，阜平县经济开发区，都将在这里建设。阜平经济强县，跳跃式发展，将来还要靠这个经济开发区！

历史证明，阜平脱贫之船要从这条宽阔大河上启航了……

第四章　太行山上挂金伞

河北阜平脱贫攻坚纪事

阜平人，把食用菌香菇比喻成小花伞！后来，小花伞变成了金伞！

阜平有句土话：夜里设计千条路，白天还是磨豆腐！意思是说，思想上的巨人，如果光是空想，就一定是行动的矮子。阜平发展食用菌产业，真正在脱贫致富产业上实现了突破，并形成了“长短结合、多点支撑”的思路，在全县范围内重点打造食用菌、家庭手工业、林果种植业和旅游产业，要让每一个贫困户都参与到产业中去。

朝霞与落日同辉，阜平人喜欢看朝霞，也喜欢看落日，一种天空中飘红的感觉。郝国赤书记与刘靖县长经常商量，具有突破意义的项目在哪里？他们常常思考，只有让贫困户的农产品融入市场产业链，才能稳脱贫不返贫。农产品产销对接，围绕“菜篮子、米袋子、果盘子”，在蔬菜、食用菌、鸽子、大枣、苹果、木耳等农产品上做文章，通过平台，直供需求端，减少中间环节，让贫困农民直接受益。基于这样的理念，食用菌大棚，逐渐走进他们的视野。

阜平人说的食用菌，主要是指香菇。香菇憨头憨脑，花纹斑驳。食用菌喜微酸，为酸性食菌。专家论证，阜平林木资源丰富，气候温凉，昼夜温差大，具备食用菌生长的气候条件。2013—2014 年，阜平干部到东北，到承德，到唐山遵化，对食用菌几次考察论证。连续紧张的考察，让他们目不暇接，眼花缭乱。他们不仅要学习香菇市场定位，还要学习制作菌棒，从筛选、比配到筑制、采摘等一项一项工序。2015 年，县里决定上马食用菌大棚，涌现出了多家食用菌企业，阜平嘉鑫种植有限公司就是其中一家，董事长顾明德。郝国赤、食用菌专家通占元、侯桂森都在探索阜平食用菌发展规模和方向。经过多方考察，终于达成共识：阜平一

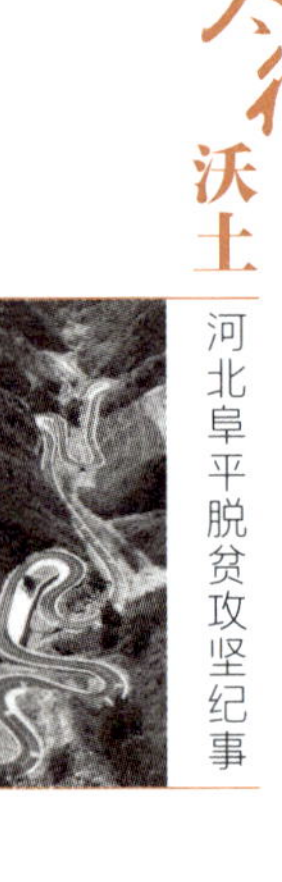

定要高起点，秉持现代经营理念，龙头企业统一制棒，统一技术辅导，统一销售，建成标准化、现代化食用菌企业。

方向明了，落实要靠嘉鑫种植有限公司的执行力，董事长顾明德是阜平土生土长的企业家，他对家乡有感情，太行山上有他的梦想。刘靖县长与他一说，他满口答应。是啊，他很有信心！他过去开矿，为了保护阜平的绿水青山，把矿停了，由矿山转型生态农业，他看准了食用菌产业，从资金到精力，都积极投入。他有一个好助手——总经理齐建利，无论是开矿，还是种植食用菌，都是他的得力干将。

顾明德与齐建利商量，规则和模式已经确定，阜平按照“政府+银行+企业+基地+保险+农户”模式开发食用菌，但是，第一期启动资金需要企业加大投入。政府负责征地，还协调了支持农户贴息贷款，企业负责建棚、制棒、技术、销售，等等。

万事开头难，香菇产业的曲折坎坷来自老百姓。土地流转补偿标准出来了，每亩土地每年补助1000元。征地普遍推不动，在老百姓这头卡壳了，不仅仅在补偿金上，还有老百姓的恐惧和担忧。以前“两种两养”吃过亏，一朝被蛇咬十年怕井绳。有的老百姓嚷嚷说：“政府号召什么，他们是为了政绩，你千万别上当，蘑菇赔了钱，地也给祸害了，赔了夫人又折兵，将来磕头都找不到庙门啊！”

土地流转僵住了！

农民没有吃过食用菌，更别提养了。过去，养牛养羊失败过，老百姓有疑虑。万一没了粮食，还挣不到钱，咋活命呢？他们强顶着，有人拒绝，有人观望，有人甚至宁愿种植高效山果，也不愿意拿土地搞食用菌大棚。

郝国赤迎来了得力助手刘靖。当时，刘靖是常务副县长，郝国赤与刘靖听到了各种杂音，又气又急。他们感到事态严重，马上商量，赶紧开会，说服动员。刘靖配合得很好。当年郝国赤当保定市政府秘书长的时候，刘靖是政府副秘书长。两人还是无话不谈的好朋友，郝国赤知道刘靖是保定涞水人，对太行山，对老百姓，都有深厚的感情，还知道他做事很下功夫，执行力很强。

郝国赤熟悉刘靖的工作风格，柔中带刚，做人如水，容万物，做事如山，不动摇。

食用菌项目开头第一炮，必须攻克难关！县委书记郝国赤和县长刘靖到天生桥镇开会，要求镇村干部到群众家中挨家挨户做工作。那一天，天生桥镇党委书记吴平和嘉鑫公司董事长顾明德来到了天生桥镇栗元铺村。

吴平来到特困户胡计宝家。60岁的胡计宝个头不高，黑黑的，瘦瘦的，但是，身体挺直，两只眼睛炯炯有神。破旧的老宅里，房根儿被耗子钻了洞，随时有倒塌的危险。胡计宝家不仅特困，还有外债。妻子身体弱，儿子车祸走了，瘫痪的女儿陪伴着他们，为了给女儿治病，欠了一屁股外债。

吴平到屋里，看了看胡计宝瘫痪的女儿，因为屋里杂乱，有怪味，胡计宝还是让吴平到院里说话。窗前有一棵大槐树，春天来了，槐花如雪，满院飘香。吴平和胡计宝坐在院里石桌前，一边喝茶一边聊天。听说胡计宝当过兵，话题就从当兵开始。虽说吴平没有当过兵，但对军人由衷敬意，所以话题就热烈起来。

吴平最后把话题自然转到食用菌大棚上来："老胡，土地流转，种植食用菌，你究竟是哪儿想不通呢？"

胡计宝倔倔地说："我这点地啊，鼓捣鼓捣就够吃了！香菇，那玩意儿，咱心里没底啊！"

吴平皱着眉头说："老胡啊，亏你还当过兵，是见过世面的。

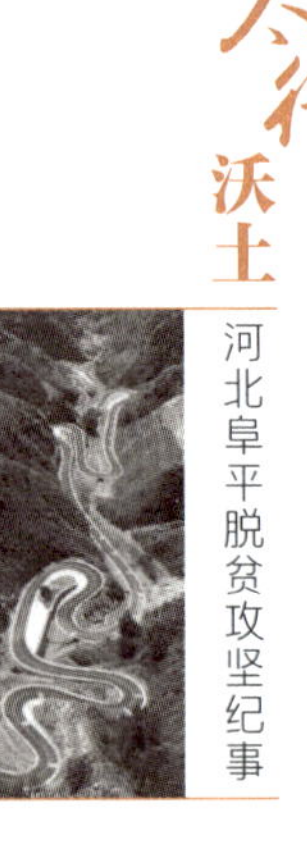

食用菌是政府和公司搞，不管赔了还是赚了，你的土地每年都能拿每亩一千块钱！你还可以在嘉鑫公司上班，得一份工资，这不是两全其美的事吗？还有什么想不通呢？话说回来，政府和企业，对于食用菌考察论证好久了，不会再走弯路了，这个产业不会赔的。这是我们阜平人都受益的大产业，有空我跟你细说！”

胡计宝呆呆地听着，理儿听懂了，事情还是糊涂。

吴平继续说：“马上建厂了，我可以安排你和嫂子到车间里上班，夏天晒不着，冬天冻不着，享福的日子就快来了！”

胡计宝还是闭着眼睛不吭声。他是个随和的人，为什么在流转土地上表现古怪？经过交谈，吴平知道了缘由。胡计宝说到自己打工的辛酸，女儿治病急需钱，工钱要不到的时候，他很绝望。家里这点儿土地，玉米和土豆养活了家人，这就是他家的命根子。种粮不挣钱，小钱还是能赚一点的。他怀着无奈的心情熬日子，觉得日子太苦了，时光太慢，简直熬不住。不是没有拼过，老胡养过羊，种过核桃，可是挣钱的愿望，随着黄昏的降临渐渐破灭了。

吴平看懂了，胡计宝心结在这点儿土地上，继续劝说：“听说你为了孩子看病，还借了点钱！所以，你更应该支持土地流转啊！我建议，你先上班，观察一阵，学会了技术，将来也包两个食用菌大棚，发财是没有问题的，这样一来，你那点外债还成问题吗？”

胡计宝久经历练，但是表情呆板，目光滞涩。这一次还是惊讶得差点失态，继而是万分感动。“你怎么知道我有外债啊？”

吴平苦口婆心，循循善诱，说得唾沫都干了。灯不拨不亮，理不摆不明。“你老胡是聪明人，怎么净说头脑僵硬的话呢？你非得靠种核桃种玉米养家糊口吗？”

这一次，吴平并没有完全说通胡计宝，但是，情感拉近了。

他看得出来，胡计宝口头有了一些松动。

隔了几天，吴平带来点米面和食用油，看望胡计宝。

胡计宝终于想明白了，笑了，心如烈火燃烧，眼如灯一样明亮。那是一种信任和期盼。

镇村干部继续挨家做工作。老百姓还是通情达理的，就看我们有没有耐心和诚意。

2016 年夏天，大规模建设食用菌大棚开始了，每个场地，车水马龙，人声鼎沸，热闹非凡，还引来一些看热闹的乡亲们。

县委书记郝国赤与县长刘靖做了顶层设计。郝国赤常常到企业来，除了查看大棚进展，就与专家通占元和侯桂森商量技术，与顾明德等企业家研究经营方式。为了跟大市场对接，县里出台政策，制定了“六统一分”政策：六统是统一制棒，统一品牌，统一品种，统一技术，统一收购，统一销售；一分是分户经营。这一方案，得到企业支持，老百姓也从心底拥护！栗元铺建食用菌大棚了，骆驼湾也建食用菌大棚了，顾家台也跟进了！黑色塑料棚，远远地看，既壮观又神秘，食用菌大棚在阜平铺开速度出乎所有人的预料！如果站在太行山上空中俯瞰，食用菌大棚像一片黑森林，在阳光下，又如一串串黑珍珠，晶莹璀璨……

盖好了大棚，建好了车间，胡计宝和爱人怀着期待而沉重的心情进入公司工作。经过培训，胡计宝在装袋车间当上了拌料工。妻子被安排在接菌室工作。

吴平听说建大棚的时候，胡计宝地里的玉米长高了，再等等就可以煮着吃了。公司的铲车开到地头，停下了。时间紧迫，老胡心疼得蹲在山坡上流泪了。落泪归落泪，他还是拿起锄头，带头冲进玉米地，狠狠地铲倒一棵棵亲手种养的玉米。他不仅舍弃自家玉米，还给旁边的邻居做工作：有舍才有得啊！

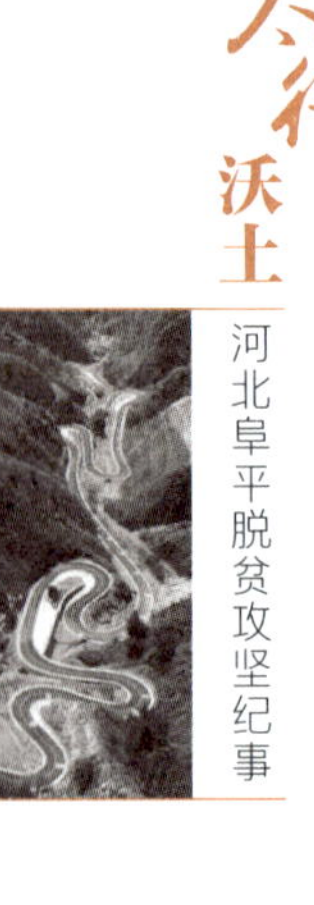

吴平到车间看望胡计宝："老胡，我都听说了，你不愧是军人，为了建大棚，带头铲玉米，好样的！"

胡计宝现在提起玉米还心疼，玉米棒子吐穗了，即将灌浆，说铲就铲了，他痛苦到难以形容的地步，常常做梦梦见玉米。

吴平看出他心情低沉，转了话题："好了，不提你的玉米了。入乡随俗向前看吧，这是一个全新的工作，你觉得这里工作怎么样啊？"

胡计宝憨笑着："挺好，挺好，谢谢吴书记！"

吴平低声说："你们两口子，收入不低吧？哎，说心里话，想没想过，你们两口子也承包食用菌大棚啊？"

胡计宝愣了一下，笑着说："谢谢你吴书记，我打工啊，每月收入 5000 块，老婆也能够每月挣 4000 块，这比干啥不好啊？至于承包菌棚，我再瞅瞅，再瞅瞅……"

吴平觉得颜面有光，笑了："别跟我绕弯弯儿啊，如今老百姓抢包菌棚，都抢红了眼，过了这个村可没这个店儿啦！"

胡计宝像吃了一颗定心丸，红着脸笑了："我琢磨琢磨啊！"他满脸的皱纹菊花似地开了。

2018 年，胡计宝和爱人凭工资就攒了十几万块钱，改善了家庭生活，给瘫痪的女儿买了一辆轮椅，穿上了漂亮的衣裳。胡计宝还揣着钱，还上了亲戚的借款！无债一身轻，他从来没有像今天这样轻松愉快。人们看到了他那毫不掩饰、喜盈盈的眼睛。记得借钱的时候，胡计宝感觉又煎熬又难受。算来算去，还是决定借这笔钱，怎样还，真是没个底哩！

可爱的儿子，可怜的儿子啊，就是听见胡计宝借了钱，才独自出去打工的。真是不幸，儿子却在车祸中走了，白发人送黑发人，这是老胡永远无法丢掉的悲伤。

回到家里，胡计宝一把抱住儿子留下的帽子和衣裳，捧起来，贴胸抱着，紧紧抱着，久久抱着，老泪纵横：“儿子，爸爸想你，你回来看看吧，爸爸把债还上了，家里也富裕了，回来看看吧！”

妻子和瘫痪的女儿跟着哭泣起来。

有悲也有喜。胡计宝住上了新房子，积极参加党员活动，他到了城南庄晋察冀革命边区纪念馆。在大院里，人们随着讲解员慢慢走过的时候，突然，胡计宝啪地一个立正，抬起胳膊，对着聂荣臻元帅的铜像，敬了一个庄严的军礼！

人们把惊讶的目光投向了胡计宝。

胡计宝内心越是活跃激动，外表越是平静。他表情凝重，目光如炬。他此刻想起了聂荣臻元帅那句话：阜平不富，死不瞑目！他用一个老兵的军礼，告诉聂帅，他作为阜平的特困户，如今富起来了！此刻，胡计宝还想起了一个流传民间的真实故事。

胡计宝记得，那是他小时候爷爷讲的故事：1942 年，抗战时期，太行山大旱灾，连续半年没雨，土地龟裂，五谷不生，颗粒无收。日本鬼子没了粮食，更是穷凶极恶，疯狂搜刮阜平老百姓口粮，老百姓有的饿死，有的逃荒，后来开始吃树叶，低处的树叶吃完了，就爬到树高处采摘。老百姓没了粮食，聂荣臻的部队也断了粮，军人饿着肚子怎能打鬼子啊？部队没有办法，也上树采摘树叶吃，一棵大树上的树叶，够一排的人吃上一天！聂荣臻司令得知这一情况，当即颁发一道独特的《树叶训令》：十五华里以内，禁止部队采摘树叶，把树叶让给老百姓！老百姓又有树叶吃了，但是，老百姓心中惦记子弟兵，用驴车拉树叶送给部队。一场战役过后，老百姓打扫战场，在一位八路军烈士遗体的兜里，发现几片干了的扁菱形树叶和两颗大枣！胡计宝的爷爷，曾经赶着驴车给部队送过树叶，还得过边区政府的奖励。

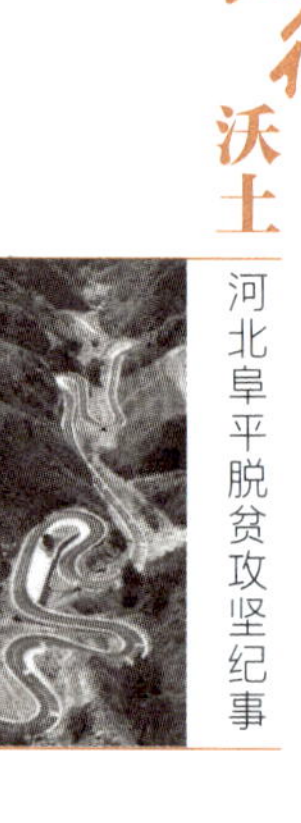

胡计宝为自己的爷爷自豪，他从爷爷嘴里知道了聂荣臻元帅，今天，他又亲眼看见了吴书记怎样待他，这种鱼水情谊，与当年有何两样啊！

花儿为什么这样红？小香菇为什么这样美？百姓管香菇称为“小花伞”，那是他们的脱贫伞！

说到食用菌，科技支撑非常重要！有两个关键人物，应该写入阜平食用菌发展史册。

2015 年 9 月 29 日，阜平县召开食用菌产业大会，标志着阜平食用菌产业作为战略性的脱贫攻坚产业内容，进入全面建设发展时期。大会宣布成立食用菌领导小组，刘靖为组长，同时成立了食用菌专家组，通占元为组长，侯桂森为副组长，组成 10 个人的专家组。他们的技术支撑，让郝国赤书记和阜平干部群众有了信心，激发起了更大的雄心与魄力！

通占元是省经济作物技术指导站站长，二级推广研究员，国务院特殊津贴专家，阜平县挂职副县长，人称“蘑菇县长”。通占元让侯桂森起草了一份《2015—2017 年阜平食用菌发展规划》，郝国赤书记看了第一稿，非常赞同，当场就批示了！

通占元 2015 年 9 月来到阜平，对阜平食用菌了如指掌。

通占元凭借一股钻劲儿，自学成才成为食用菌专家。他曾用两年时间对河北省野生菌种类和食用菌病虫害种类进行了调研，先后突破了玉米秸秆、棉秆规模化生产食用菌，攻克菇棚周年栽培等技术难题，研发了工厂化制作菌袋基料，林菌套作，山坝区食用菌高效生产先进技术，探索出食用菌产业现代生产模式。河北张家口张北县，传统种植口蘑，两年才出一季菇。通占元用他研发的山坝区食用菌高效生长技术，让高寒地区实现了周年产菇，单棚年创收益两万多元。

通占元到来之前，阜平食用菌产业几乎为零。只有2013年侯桂森帮助过的红草河村、马兰村以及大连地村有零散食用菌棚，他们还不能制造菌棒，要从易县买来菌棒。通占元和侯桂森的到来，让阜平大规模生产食用菌有了技术保障！

2015年8月，侯桂森从廊坊职业技术学校退休。他迷恋食用菌技术，是菇农的贴心人。起初他来到保定易县，经常从易县到阜平进行技术指导。2015年春天，他在马兰食用菌大棚认识了通占元，与通占元一起讨论技术问题。后来在阜平食用菌技术合作中两人结下了深厚友谊。

那一天上午，天气炎热。侯桂森在大台乡大连地村指导食用菌生产。这里有20个菌棚，郝国赤书记过来，两人一见如故。郝国赤参观了菌棚后握住侯桂森的手说："桂森啊，依你看阜平的气候条件，大规模种植食用菌怎样啊？"

侯桂森说："郝书记，县里是不是真心想干？"

郝国赤放大了嗓音，说："当然想啊！年初就谋划这事啦，还请来省里专家论证过呢！不过，阜平基础薄弱，担心本地条件，担心市场变化，所以，上这么大产业，非常慎重！"

侯桂森说："好啊，阜平气候条件跟易县差不多，不错，食用菌市场非常好，应该能够成功！"

郝国赤爽朗地笑了："好啊！有你专家这句话，我心里踏实多了，那我就带队到承德平泉县食用菌基地调研去啦！"

望着郝国赤的背影，侯桂森有一股暖流涌上了心头。

郝国赤带队从承德平泉、唐山遵化考察回来，决定大规模上马食用菌！

侯桂森和通占元开始建立食用菌技术服务体系，更加精准现代。从承德、邯郸等地过来一批技术员，手把手教授阜平农民。

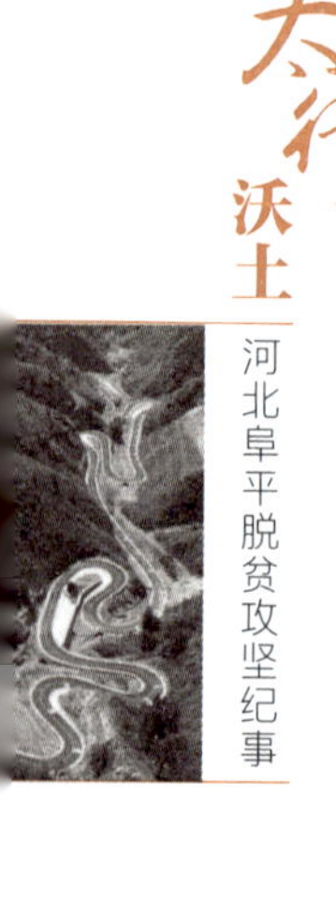

过去，这类产业都是一家一户经营。为了与大市场对接，通占元提出，必须引进龙头企业，以企业为主体带动食用菌产业。他托朋友拉关系，走访企业，表明诚意，促成了10家龙头企业，通过整合，留下了4家。通占元和侯桂森与企业商议，统一制作菌棒，制订了全国先进的菌棒行业标准。

在阜平县委县政府的指导和相关部门的帮助下，他们组织制订了阜平三年建成“一核、四带、百园覆盖”食用菌产业区域布局。短短一年时间，一片片菌棚建起来了，远远望去，像一片片云彩，那是托起明天希望的祥云啊！

2016年7月，夏日如火，人们顶着高温建设食用菌大棚。那些占了地得到许诺的庄稼人，都眼巴巴地盼着长出香菇，香菇变成钞票。可是，建大棚的时候，还是有一些坎坷。起初是老百姓贷款建设食用菌大棚，一个大棚4万到6万的成本，大台乡的几个菇农，越看心中越没底，脚底抹油开溜，嚷嚷着：“大棚不要了，贷款也不还了！”他们卷了铺盖跑了，村干部拦都没拦住。通占元和侯桂森听说，吃了一惊，万分担忧，还听说别的地方也出现这种情况，他们在北果园园区开了个简短会议，认为事情重大，具有普遍性，于是马上写信报告县委郝国赤书记和刘靖县长。县领导赶紧开会商议，决定改变策略，县里和企业结合，统一建棚。建设一流的二代棚，每个棚560平方米，存放30000个菌棒，长宽比例统一，外遮阳，内喷水，立体栽培，技术一流。老百姓只买菌棒生产，只负责管理，负担小，收益高，一场风波终于化解于无形。

香菇，香菇，你何时让阜平人眉开眼笑啊？可是，要想成功，谈何容易啊！对于菇农来说，技术确确实实是一个关键难题！

2016年夏天，史家寨乡下庄村菇农王卫清家菌棒变红了——感染了杂菌，他们一家人傻眼了！这怕要绝产绝收啊！父亲抱住头痛哭流涕，绝望的哀号刺穿王卫清的胸膛。他第一次看见刚强的父亲在他面前流泪，老人对命运的打击没有招架能力，王卫清也充满担忧，跟着抬手揩眼泪。本来他的志向是做一个阜平出色的菇农，谁知第一场就打了哑炮。

县长刘靖听说了，赶紧叫上侯桂森教授找到王卫清。王卫清已经把菌棒扔进沟里了，侯桂森让他抱回来，王卫清就乖乖把菌棒抱回来了。侯桂森低头捡起发红的菌棒，愣了愣，仔细看着说："没有问题，这种菌，也叫链孢霉，是你管理不当，调理一下，能够产菇的！"

王卫清呆若木鸡，可怜兮兮，问："是吗？咋调理呢？"

侯桂森又把菌棒情况分析一遍，把话说得发乎情，合乎理，滴水不漏，然后准备上车走了，王卫清截住了汽车，大声吼："你是专家，俺家要是亏本了，你要负责！"

侯桂森坚定地说："我经历过，你大胆种植吧，我负责！"

刘靖郑重地表态："听侯教授的，有事儿我负责！"

王卫清缓缓挪开身子，望着远去的汽车发呆。

王卫清还是不放心，又叫通占元过来看，通占元也说没问题，然后给他讲解调理办法。他这才放心大胆地干了。

王卫清一边学习一边调理，看着小花伞似的蘑菇，一天天长大，毛茸茸，圆溜溜，有一种特殊的美，像是有了灵魂，他开心地笑了，心里想，应该感谢这两个好专家啊！后来，这批菌菇挣了 3 万元，他还与通占元和侯桂森成为了好朋友。

两年后，通占元回省城了，侯桂森接任食用菌专家组组长。

侯桂森觉得肩上担子更重了。食用菌成功了，可是，还依然存在许多问题。那一天，侯桂森在王林口镇刘家沟食用菌现场，给刘靖发了短信，希望提升食用菌管理技术。侯桂森首次提出立

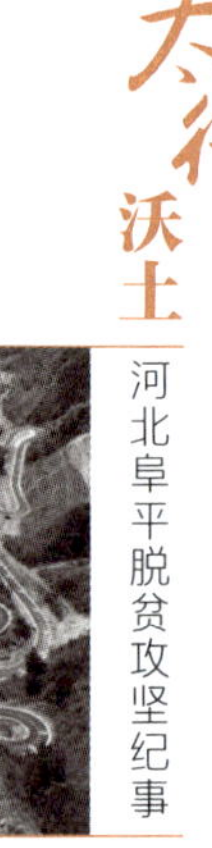

体层架，单面定量出菇，精细化管理。他力推当家品种“嘉鑫六号”，优势明显，90天出菇，转潮快，菇值硬，是市场高度认可的优质菇。

在侯桂森的指导下，阜平菇农都学会了疏蕾技术。香菇一出来，就能知道将来怎么样，将破损、畸形的部分都去掉了……

顾家台的贫困户马秀英，2016年夏天首批承包了食用菌大棚。贫困户承包食用菌大棚的时候，一个亲切响亮的名字诞生了：老乡菇！这是阜平食用菌品牌！

开始的时候，马秀英对技术心中没底，整夜睡不着觉，公司得知这情况，马上给顾家台派来了技术总监王子全。

公司把菌棒送到每一个棚区，王子全总监也到了。

王子全告诉马秀英，每根菌棒打七十到八十个孔来通氧，同时室内温度也要把握好，适当调节，一般不超过25度。其实阜平的每个菌棚区都是这样，配备了技术员，菌棒入棚，清理卫生、撒白灰、食用菌入棒、扎眼儿、剥袋、出菇……出菇的时候最需要人手。

马秀英的老公就来帮助她，有时还雇一些采菇人。雇的采菇人，每小时10元钱。

天热的时候，夜里要不断采摘香菇，有时候，马秀英后半夜还要采摘，稍有疏忽，就会影响蘑菇等级。公司根据市场，定了九个等级标准：花菇，白面菇，混装，包装，黑菇，小菇，菜菇，豆菇，片菇。花菇和白面菇，属于一等，价格6元至8元一斤；混装5元一斤；包装3元一斤；黑菇、小菇3元一斤；菜菇、豆菇和片菇一元半一斤。南方人讲究煲汤，马秀英的花菇和白面菇发往香港、上海、广州、深圳。

夏天热，温度如果超高，菌棒会长绿苔，香菇发霉，所以不能有半点闪失。马秀英每天战战兢兢地检查大棚温度。

可是，一场惊心的考验还是来了！

2016 年 7 月的一天，夜幕降临，一场大雨瓢泼而下。狂奔的雨水漫入食用菌大棚，马秀英发现菌棚一层食用菌被淹了。她发疯似地招呼丈夫，招呼雇的工人，赶紧抢险。王子全总监也来了，经过大家的紧急抢救，雨水被清理了，食用菌大棚恢复了往日的安宁。

马秀英呆呆地坐着，望着自己的菌棚，不说话，也不流泪，只是惊讶地看着悄悄生长的食用菌！

有一天，公司来人算营收账的时候，马秀英说："刨去各种支出，两个食用菌大棚三万棒，一年纯剩六万多元！我这不是做梦吧？"她说着，幸福之感溢于言表。

嘉鑫种植有限公司齐建利经理算了一笔账，公司带动阜平 8 个乡镇，建成食用菌规模园区 98 个，高标准大棚 4610 栋，年产食用菌和木耳 5.5 万吨，年产值达到 4.5 亿元，6620 户贫困户年均增收 1.7 万元，《阜平香菇：老乡菇圆老乡梦》入选农村农业部和国务院扶贫办联合评选的《产业扶贫典型案例》。

一方穷困，八方支援！

北京西城区金融街集团帮扶阜平台峪乡平房村食用菌产业。这村原来就建有 44 个食用菌大棚，他们帮扶赵立伟等贫困户建立了四季出菇的第二代大棚。可以说，这是香菇大棚华丽升级！一等菇产出率大大提高，每户承包的一栋棚，一年就可挣原来两个棚的钱。增收的农民眉开眼笑，快乐无比。

小小香菇啊，有着说不尽的故事，它给阜平人带来了财富，带来了尊严，带来了荣耀！

第五章　情系龙泉关

沃土

河北阜平脱贫攻坚纪事

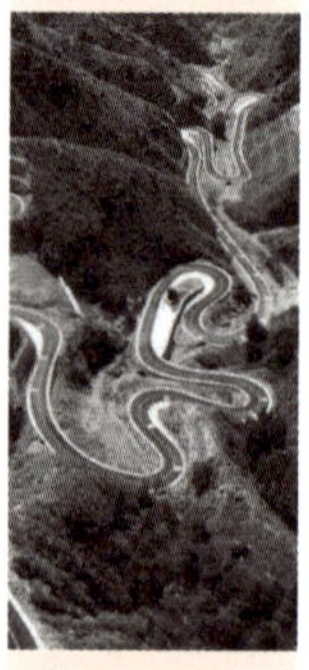

刘俊亮，个头不高，胖圆圆的脸，虎头虎脑，有两只弯弯的笑眼，模样有一点普通，在人群里一点不起眼儿，但是，该威严的时候，还是非常严厉的。龙泉关镇老百姓幽默地夸奖刘俊亮：生就一副蛮横相，藏着一颗菩萨心。

那一年，习总书记来到骆驼湾、顾家台的时候，刘俊亮是一镇之长。骆驼湾和顾家台两个贫困村，都在龙泉关镇。

龙泉关镇辖龙泉关、骆驼湾、顾家台、黑崖沟、西刘庄、北刘庄、印钞石、黑林沟、青羊沟、八里庄、平石头、大胡卜几个行政村，54 个自然村，土地面积 150 平方公里，总人口 8600 余人，耕地 10900 亩，山地 20 万亩，典型的贫困镇。刘俊亮听了习总书记的话，深受鼓舞。压抑而忧心的岁月终于过去了，可以放开手脚大干一场了！他口头常说一句话：苦不苦，想想红军两万五！几年下来，他一番摸爬滚打，使村庄巨变，赢得了郝国赤书记的赏识，也得到了老百姓的赞赏，后来被提拔为县人大副主任兼龙泉关镇党委书记。正好应了政坛流行的一句话：重用老实人，淘汰官油子！

有一天傍晚，爆发了突发事件！人们听见楼道里有人大喊："刘书记，刘书记，老道沟山上起火啦！起山火啦！"

喊声嘶哑，要死要活的，好像天都塌啦！

镇政府老同志感叹道："唉，我们太行山上，长点树不容易啊，刘书记，你赶紧去安排救火吧！"

刘俊亮迅速召集全镇干部和几个村支书，开了个简短的会，大家马上出发去老道沟救火！同时，他还派人向县委县政府汇报，请求消防队支援！

春天干燥，太行山容易发生山火。每年防火形势都很严峻。由刘俊亮坐镇，大伙儿心里踏实。刘俊亮救火非常有经验。龙泉

关镇山上几次大火，基本都是刘俊亮带头扑灭的。山火爆发，只要刘俊亮在，大家心中就有底。

灭火过程中，刘俊亮发明了一个绝招，叫打火头！说白了就是以火攻火！在大火没有烧到的前方，烧出一个隔离带，这种打法，成本低，风险大，效果好，风越大效果越好，但是，打火头是有诀窍的，隔离带放火点要看风向、地势、点火时间，万一有疏漏，不仅不能让两边大火对冲，而且会烧到自己人，甚至把火情扩大！

这一片着火点，基本是杂树窠，刘俊亮担心波及梯田上的核桃林、苹果林和蜜桃林。熊熊大火，烧红了天。风嗖嗖地刮着，火呼呼地响着，风助推了火势的蔓延。大火映得人脸红彤彤的。刘俊亮抬头，滚滚浓烟，啥都看不见，感觉天旋地转，天在哪，地在哪？

太行山干燥，能够找到的水源有限，基本靠用树枝打灭山火。这次火情极为严重，刘俊亮想知道大火的整体走向。这时有人说中央电视台正在龙泉关镇采访，可以借来摄影无人机，协助查看。

借助无人机传来的画面，刘俊亮查看完火势，果断做出分工。他坚定地说："同志们，今年这场山火很严重，这是一场生死之战！为了保卫我们的扶贫成果，山坡果树，食用菌大棚，还有老百姓的房子，就是要决一死战！大家要注意安全，如果有牺牲，共产党员要冲在前面，走！"说着，他带着人们冲向主场山火。

镇政府办公室主任拦住刘俊亮，大喊："刘书记，你是我们主心骨，你策应指挥，不能出一点差错，我带人打火头吧！"

有个村支书说："刘书记，那边危险，会死人的！"

刘俊亮心里打颤，脸上严重失血，吼道："谁该死啊，我该死，今儿我这一罐血就摔这儿啦！大家看着办吧！"

刘俊亮低头冲进主火道，人们不再犹豫，跟着冲了进去。刘俊亮的头发、眉毛烧着了，他用手呼噜几下，闻到一股焦煳味。他终于冲过了主火道，目测山林，找到了隔离带。有人打火打偏了，刘俊亮气炸了，拼命地嚷："向左打，向左打啊！"

呼地一声响，隔离带的大火点燃了！

夜晚来临，刘俊亮等着把隔离带烧出来，他们走在烧焦的山林里，那是火光的尽头，踏入无边的黑暗，震耳欲聋的燃烧声音越来越远。夜气寒寒的，火的热度减退，刘俊亮出来排汗，经风一吹冷得直哆嗦。刘俊亮他们坐在满是黑灰的石头上，啃了一点面包和火腿肠。火即将在隔离带对冲，他们喘息了一阵，又投入战斗。

山火被阻止在固定区域，截火头成功了！

在老道沟拼了一天一夜，山火终于灭了！

回到龙泉关镇政府，刘俊亮腿有点轻伤，有人架着他一条胳膊走下车，当出现在同志们面前时，模样让人惊呆了！他与平时简直判若两人，脸黑乎乎的，头发光了，眉毛没了，眼窝、鼻孔、耳廓，都是黑灰。鞋子烧坏了，露着几根脚趾头。大家像看一个怪物似地盯着他。

刘俊亮苦笑了，作了个揖："我这模样，对不住大家啦！"

刘俊亮本来想回家换换衣裳，洗洗澡，可这时，又来了任务。

郝国赤书记通知他马上赶到省政府，那边领导谈阜平和龙泉关镇的一个落地项目。刘俊亮对着镜子瞅自己，苦笑了，眉毛和头发不可能马上长起来。他换一双鞋子，立马上车疾驰石家庄。

到了省政府，一位副秘书长接待了他们，郝国赤书记解释一番，副秘书长这才知道刘俊亮救了一天一夜的火，十分感动，说："哎呀，辛苦俊亮书记了，要是知道您刚刚从山上下来，该让您好

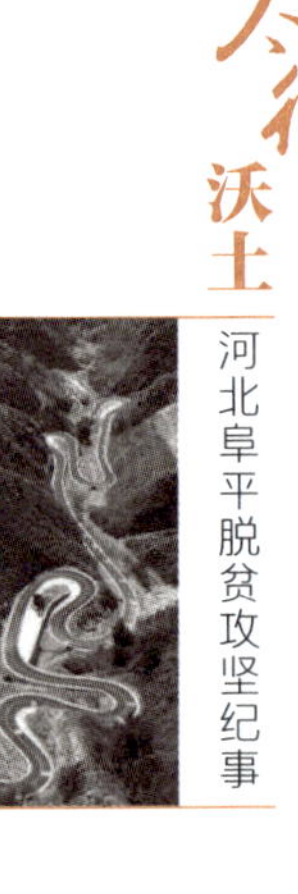

好休息，我们再另找时间啊！”秘书长一句热肠话，暖在刘俊亮心坎上，他微笑着说：“没事，没事，领导想着我们阜平，感谢秘书长！只要我没吓着您就好啊！”

刘俊亮拼了命给老百姓干事，凭党性，凭良心，不求当英雄，只求问心无愧！

骆驼湾的一个老农民说：“刘俊亮书记穿戴不像个官，和农民一样普通，常常在石头桌上与俺们农民掰手腕，他干工作像拼命三郎，心中装着困难群众的营收账！”

刘俊亮冲在扶贫第一线，无怨无悔！到了 2018 年，龙泉关，最艰难的岁月已经过去了！

人总是会碰上七灾八难的。刘俊亮也不例外！

医生说：“你的女儿刘奕慧耳朵聋了！”

刘俊亮听到北京协和医院医生的话，犹如五雷轰顶，眼前一黑，险些栽倒。医生随口问：“孩子最近打过青霉素针没有？或是吃过青霉素的药？”

刘俊亮的脑袋又是一响，焦急地说：“十天前，她感冒发烧，她娘带她到诊所打了三天青霉素！大夫，还有办法医治吗？”

医生皱了皱眉头说：“青霉素副作用太大，孩子不能用的！你们是哪里人啊？”

刘俊亮说：“河北保定阜平县，革命老区！”

医生明白了，那是国家级贫困县。刘俊亮迫切地追问：“大夫，这孩子的耳朵还有办法治好吗？”

医生迟疑了一下说：“治疗还有希望，但是，你们家长要有心理准备，程序多，费用高，至少 30 多万！”

刘俊亮傻傻地愣在那里，心如刀绞。小奕慧才三岁，这么小，不治病咋成？可是，要这么多钱啊！该责怪老婆吗？还是恨自已？责怪和恨又有啥用呢？他左思右想，不知该咋办了。过了好半天，刘俊亮才回过神儿来，走出医院，弯腰抱起女儿，亲了亲她的小脸蛋儿，泪水夺眶而出："奕慧啊，是爸爸对不起你啊！"

30多万的医疗费，难住了刘俊亮！

此事说起来一般人不会相信。主政一方的大书记，哪能为这点钱作难？鞋紧鞋松，只有自己知道。刘俊亮手里真的拿不出这些钱。刘俊亮家是真的穷，2003年，他父亲就去世了，他的老妈多年瘫痪在床，医疗费流水般耗去；老婆王彦玲是县城建局临时工，工资不高；儿子刘丰硕还在读书，如今再添了这个残疾女儿，那点工资能够花吗？

傍晚时候，天空飘着雨丝。刘俊亮从北京回到了阜平县城，他背着女儿进了家，看见下班回来的王彦玲。

王彦玲白净清秀，单眼皮，优雅细长的眼睛透着贤惠和善良。刘俊亮实心疼爱王彦玲，劳累的日子里两人建立了深厚的感情。

但是，此时此刻，刘俊亮很想把怒火发泄出来，狠狠地骂她，为啥给孩子打青霉素？可是，话到喉咙口就憋回去了。不能说她啊，王彦玲是奕慧的亲妈，她要是知道是她私自做主打青霉素导致奕慧耳朵变聋，一定会崩溃的。再说了，说了又有啥用呢？这事一定得瞒着王彦玲啊，老婆白天上班，回家还要伺候瘫痪的老婆婆，委实不容易，她有怨气都往自己身上撒吧！

王彦玲抱起疲惫的奕慧，扭头问："俊亮，奕慧的病咋样啊？北京的大夫咋说？"

刘俊亮坐在沙发上，呆呆地，捧着自己不是脸的脸，愁容满面。

刘奕慧抱着小猫，一言不发。

王彦玲觉得情况不妙，急了眼，大步走到刘俊亮跟前，提高

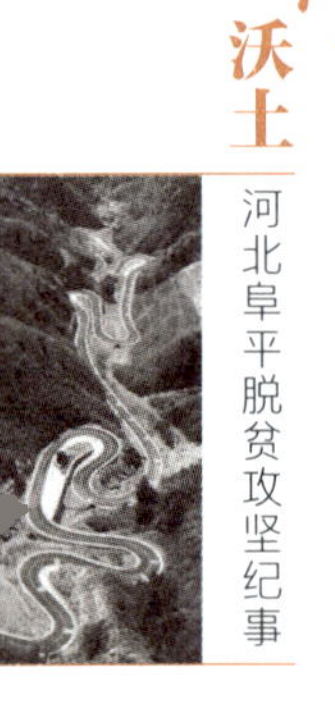

了嗓音吼："你耳朵聋了？人家问你话呢！"

刘俊亮叹息了一声，哽咽说："我没聋，奕慧的耳朵聋了！"

王彦玲"啊"了一声，踉跄了几步，一手抱着女儿，一手扶住墙，双腿一软，头晕目眩。刘俊亮急忙掐灭烟头，从王彦玲手中接过孩子，喃喃地说："唉，没办法啊，你也别难过了！"

"你就是心里没有我，没有闺女，没有这个家！"王彦玲说着就哭了，她的哭声变成了控诉和谴责。

刘俊亮自责地说："怪我，都怪我，在镇里瞎忙啊！"

刘奕慧虽然听不见，但是看父母表情，吓得浑身颤抖，坐在沙发上，像刺猬一样蜷曲着。

王彦玲还在争吵，看来是倔牛顶墙，不给他一点面子。刘俊亮被怼得不吭声，王彦玲不嚷了，死死咬住嘴唇，已是满脸泪水。

躺在另外一屋的辛菊老人似乎听见了他们的争吵，咳痰似的嗓音追问："俊亮，彦玲，你们吵啥呢？"

刘俊亮小声叮嘱王彦玲："奕慧的病，别跟妈说呢！"

王彦玲气得哼了一声，倔倔地拧着身体。

刘俊亮心烦意乱，瞪了王彦玲一眼，转身下楼，开车去了龙泉关。到了镇政府门口，刘俊亮停了车，天黑没人，他趴在方向盘上，痛哭了一场。这一刻，他不再是血性男儿，完全成为一个慈父！触景生情，他又想起了刘奕慧，孩子一辈子就残了啊！奕慧将来可怎样面对生活？忽然，刘俊亮的手机响了，是镇办公室的同志打来的，说要报告扶贫喜讯。此刻，他不想听到任何喜讯，以目前的心境任何喜讯都是惊吓。他揩了一下眼睛，举着手机，心烦地说："知道了，知道啦！"

刘俊亮突然想起来了，不能都怪王彦玲。那一阵，刘俊亮带着干部去各村查看食用菌大棚，涉及土地流转，家家户户做工作，忙得像热锅上的蚂蚁，团团乱转，俩月都没回家，奕慧发烧，王彦玲打电话告诉他了，他大意了，没有太当一回事。当时王彦玲抱着奕慧到镇政府找他来了，如果他那天不上山调解食用菌园纠纷，或是晚十分钟出发，就不会与王彦玲母女擦肩而过，孩子的病就会是另外的一个结局了，生活真是捉弄人啊！刘俊亮想，以后好好待这个闺女。或者，赶紧攒钱，凑够了钱就到北京给小奕慧做手术！

这一天早上，王彦玲给婆婆辛菊擦脸，梳理头发，也不知怎么说漏了嘴，辛菊知道了奕慧的病情，叫王彦玲把奕慧带到床前，伸出枯手，伤心地抚摸着奕慧的小脸，哭着说："奕慧啊，别急啊，奶奶跟你爸爸说，一定让你治好耳朵啊！"刘奕慧呆呆地站着，听不见奶奶的话。辛菊急忙用王彦玲的手机给刘俊亮打电话，气恼地喊："我是你妈，忙，咋忙也赶紧给我滚回来！"刘俊亮满口答应着。晚上吃饭时，刘俊亮急忙回了一趟县城。进了家，直奔辛菊的房间。辛菊流淌着眼泪说："俊亮啊，奕慧可是你亲骨肉啊，咱家就是砸锅卖铁，也要给奕慧治好了耳朵啊！要不，我这当奶奶的心里过意不去啊！"刘俊亮点点头："妈，放心，我们在想办法，奕慧耳朵会好的！"

纯属侥幸心理，刘俊亮带着王彦玲和刘奕慧又去了北京权威医院。他一直瞒着王彦玲闺女耳朵聋了是因为那一针青霉素。如果她知道了，肯定会深深地自责，也许会精神失常！到了北京，好在医生没有说漏。医生只是说刘奕慧的手术是大手术，要开颅，开颅也没有把握能治好！这消息，对刘俊亮来说，就像一颗炸弹爆炸了。他和王彦玲失望难过地回来了。

没有人生而英勇，只能选择无畏！

刘俊亮难过了两天，又疯狂地投入了工作，把家里的事抛到

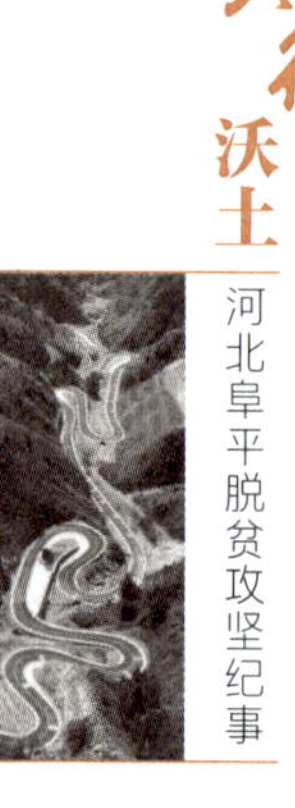

脑后了。上级各部门，包括国务院机关事务管理局、国务院扶贫办这样的大机关，都对龙泉关镇扶贫大力支持，下了大功夫，甚至不惜血本。他刘俊亮有啥理由不拼命啊！

有一天，刘俊亮去木桥湾村看望帮扶户，天空打雷了，要变天，赶紧下山！就在刘俊亮他们乘车下山的途中，谁也没有料到，山路狭窄崎岖，一不小心，汽车翻了一个滚，卡在了树杈上。刘俊亮和司机砸碎玻璃钻出了汽车，一点点爬上来。

郝国赤听说了刘俊亮孩子的病，心情沉重，狠狠教训刘俊亮："你是咋搞的？应该工作家庭两不误！抓紧给孩子治病，钱嘛，我们共同想办法！"刘俊亮十分感动，他答应郝书记照顾好家！

刘俊亮是县委书记郝国赤的一员爱将。郝国赤最知道他的性格，老实人，工作有手段，不爱琢磨人，对领导个人爱好知之甚少，可对百姓的需求和困难非常上心，干起扶贫项目，更是拼命三郎！全县都知道，郝国赤曾经打过刘俊亮一拳，这一拳，既是信任，也是责备。当时是建设龙泉关镇小学，阜平冬天贼冷，郝国赤书记担心孩子们挨冻，几次叮嘱刘俊亮和县教委主任，学校的窗户，一律用高质量的断桥铝，窗口要严丝合缝。刘俊亮大意了，结果用了塑钢窗户，郝国赤说他的时候，刘俊亮竟然把责任往教委那边推。郝国赤气得不行，狠狠地给了刘俊亮一拳，刘俊亮马上把学校窗户换成了断桥铝！这一拳，也让他真正懂得了郝国赤的从政风格！英雄惜英雄，后来两人成了无话不谈的好朋友！

现在，听了郝书记的话，刘俊亮稍微犹豫一下，是啊，他亏欠家人和孩子的太多了！他决定带王彦玲和女儿到龙泉关镇玩一玩。王彦玲家里家外腾不出空来，只好他自己带女儿去了。

田野空静，偶尔有几个背筐挑担的山民走过。刘俊亮带着女儿在龙泉关转了转，站在山坡看梯田，一道道梯田，远看就像驼黄色的绳头，刘俊亮发现刘奕慧看得入迷。他们又到了黑崖沟，登上歪头山山坡。忽然，一个放羊老农唱起了山歌，歌声浑厚、嘶哑，有点山西民歌的味道。遗憾的是，女儿却听不见了，他多想让女儿听到山歌啊！山坡上，小河边，到处开满了野花，轻风送爽，熟禾飘香。刘奕慧对野花还是敏感的，她扬着小手跑过去，蹲在那里不敢摘。刘俊亮走过去，摘了两朵野花，插在女儿乌黑的头发上。刘奕慧笑了，露出两个好看的酒窝。刘俊亮用手机给她拍了照，让她看后发给妈妈。

刘俊亮吻了吻奕慧的亮脑门，喃喃地问："好看吗？"

刘奕慧听不见啊，她耳朵聋了以后，说话节奏也变了，口齿不清，缓慢简短："爸，您以后，还会带我，到这玩吗？"

刘俊亮听女儿这么一问，眼里顿时湿润了。他一把搂紧了女儿，想说点什么，脑子里却一片空白。

到了晚上，刘俊亮开车把刘奕慧送回县城的家。

吃过晚饭，刘俊亮来到老母亲辛菊的房间，辛菊问到奕慧耳朵的事情。刘俊亮不想再给瘫痪的母亲添堵，撒谎说："会治好的，您放心吧！"辛菊不说话了，低头泪流不止。刘俊亮看着老妈难过，想离开，辛菊翻了翻身，说："你站住，我还有话说！"

刘俊亮转身望着卧床的母亲，心中有一种内疚："妈，儿子整天在下边忙，没能好好照顾您，对不起您，对不起这个家！"

辛菊抬头望了望儿子，平静地说："你是妈的儿，也是党的人，政府的人，你爸没得早，没有靠山，啥事只能凭自个儿闯，你趁着还有把子力气，多多给国家效力吧，去吧，娘可不拖你后腿啊！"

母亲的一席话，让刘俊亮热泪盈眶。他呆呆站着，还能说什么呢？母亲的心啊，人世间深奥无穷的母爱洋溢着幸福和骄傲……

第六章　一切为了人民

河北阜平脱贫攻坚纪事

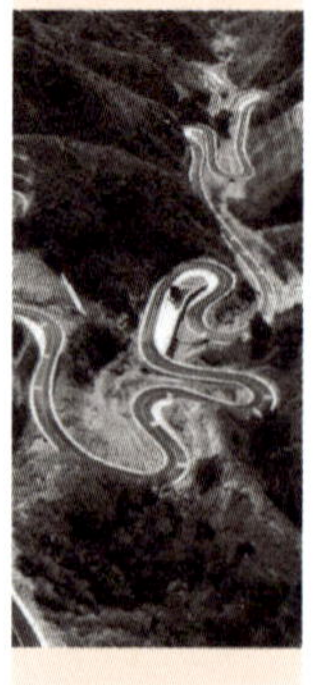

2013 年 1 月 15 日，陈业铭担任阜平县扶贫办主任。

陈业铭戴着眼镜，斯文，雅静，像个大学教授。方方正正的国字脸，憨厚，干练。他是平阳镇王快村人，小时候，忍饥挨饿，心中留下数不清的痛苦记忆。让阜平老百姓脱贫，不仅是农民的愿望，也是他的理想。

但问题是，阜平的老百姓望眼欲穿地期盼着脱贫，却在行动上步履蹒跚，老牛拉破车，一天天地光是个盼望。在陈业铭看来，最难沟通的是不思考的人，不去探索的人。陈业铭天生喜欢探索，他要让群众都先来思考思考自己为啥贫困，然后再研究该咋脱贫。因此，他一上任，就马不停蹄地忙碌了起来，首先进行了大范围的调研，从农村人口构成、劳力现状、真实收入、现有资源、住房、医疗、教育等方面入手，着力摸清贫困底数，研究贫困户精准识别办法，为精准扶贫奠定基础。

贫困户精准识别，是有着不小难度的。这事涉及千家万户的利益，范围广标准严，急不得，也恼不得。听说贫困户好处多多，有些村庄的农民，争当建档立卡贫困户，甚至与村委干部发生了争吵。由于问题普遍，陈业铭时常思索，渐渐地，贫困户识别方案在他脑子里成熟。人生最怕的不是没有思想，而是满脑子的标准答案。以往的标准答案失灵了，必须创新。经过反复调研、论证，陈业铭主持的“一主四辅，三类五步”识别法诞生了！一主，主要看农户的收入，占综合评估分 50 分；四辅，指以农户住房、教育、医疗、社保为辅助，这部分占综合评估分 50 分。精准识别贫困户，在阜平铺开了，执行起来非常顺利。贫困户，基本贫困户和非贫困户很快就识别出来了！办法条例精准，老百姓心服口服。

砂窝乡大柳树村农民曲军，54 岁，一家四口，有妻子、儿子和女儿。女儿 2013 年出嫁，户口没有迁出。2014 年登记贫困户时，

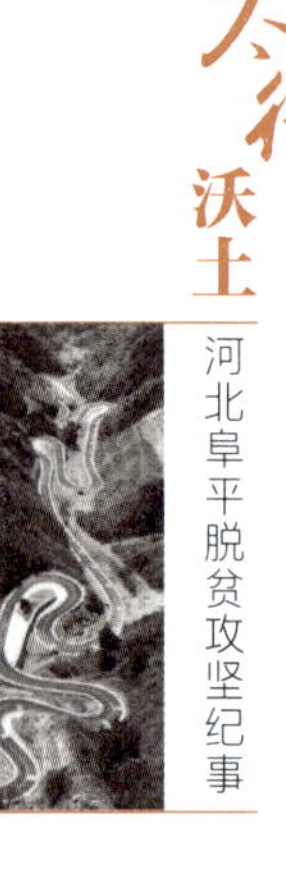

曲军在村里干杂活，有正常收入，一家人没病没灾，没有被村两委批准为建档立卡贫困户。

可是，天有不测风云，曲军没有料到，自己身体的突变，让他一脚踏进了贫困户的门槛。2014 年刚刚入冬，曲军在村里搬砖，双腿软软的，眼睛异常疼痛，手里的砖哗啦啦掉在地上，险些砸了脚。身边的农民惊讶地问："曲军，你没砸着脚吧？""没有。"曲军一边揉着眼睛，一边弯腰拣砖头。看见砖碎了，滚落在脚边，曲军有些后怕。晚上，回到家里，曲军浑身像是散了架，口渴的不行，大口大口地喝水。妻子范秀莲有些疑惑，问他哪不舒服。曲军放下水杯，告诉妻子："我眼疼得厉害，搬砖差点砸了脚！"范秀莲蹲在曲军身边，翻了翻他的眼皮说："是不是飞进东西啦？"曲军摇了摇头："没有，就是眼疼，特别是右眼，看不清东西。"范秀莲心疼地说："赶紧到县城医院看看吧！"

第二天上午，曲军跟村里工地请了假，来到县医院。他挂了眼科的号，按常规化验检查。结果出来，医生说："你得了糖尿病！"曲军脑袋轰地一响，明明是眼睛的病，怎么会是糖尿病呢？医生说："你要相信科学，你得了糖尿病，眼睛疼是并发症的表现。你最好到保定的医院复查一下，赶紧治疗，不然眼睛会失明的。"曲军额头吓出了冷汗，但还是将信将疑："妈呀，有这么严重？"

11 月 12 日，曲军去了鹰华眼科医院，他固执地相信自己的判断——病在眼睛上。检查完毕，曲军拿着化验单，眼睛模模糊糊，上面的字一律看不清。医生说："你得了糖尿病，牵涉到眼睛，赶紧住院治疗吧！"曲军这才相信了县医院医生的话，自己真的得了糖尿病。医生告诉他，糖尿病并发症好多种，微血管并发症，容易导致眼底病变和肾脏病变。曲军身体软了，悲伤至极。经过一周的住院治疗，病情有些好转，曲军回到了大柳树村家里。

曲军是个勤劳的人，回来就想去工地上班。可是，到了工地，天旋地转，他啥都看不清，只好悻悻地回家养病。他想起了医生的话，他只是好转，糖尿病是无法根治的，是以慢性高血糖为特征的终身性疾病。曲军暗暗落泪，悲观、沮丧、绝望。儿子还在读书，妻子没有工作，他是家里的顶梁柱。他这一病，日子还咋过？范秀莲说："刘支书不是讲过'一主四辅'识别标准吗？我们申请建档立卡贫困户吧！"

曲军是个好脸面、有自尊的人，自己还不老，就申请贫困户，走在村里都挺不起腰杆来。听了妻子的话，他没有吭声。范秀莲照顾他吃药，没有再催促他。

年根儿了，太行山飘起雪花。刘占国支书听说曲军住院了，过来看望他。曲军拿出化验单和住院票据，把自己发病，到县医院看病，到保定鹰华眼科医院复查、住院的事说了一遍，最后叹息说："刘书记，我开始以为眼睛得了白内障，到医院一查，结果是得了糖尿病，糖尿病并发症到了眼睛，左眼视力 0.5，右眼啥都看不见了。"刘占国接过化验单，说："我都听说了，这都是啥情况啊？前一阵不是好好的吗？"曲军说："是啊，突然腿软，口渴，眼睛疼。"刘占国没吭声，认真地翻看着他的化验单。

曲军沮丧地说："干不了活，我家咋活命？我咋这么倒霉呢？"刘占国抬起头说："曲军啊，人吃五谷杂粮，哪有一辈子不得病的？别悲观，好好养病，有党和政府呢，我们为你开个两委会，用精准识别法给你家打分，纳入建档立卡贫困户，你家的生活就有保障啦！"

曲军心中一热，眼睛红了："谢谢刘书记惦记我啊！"刘占国拿着化验单和住院证明说："这些资料我带走了，开两委会和村民代表大会，按'一主四辅'标准给你甄别一下，开了会，用完了，

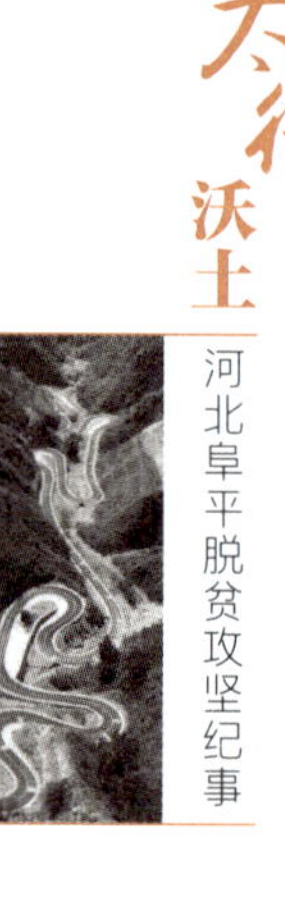

我再还给你。”曲军愣了愣：“还要我参加会吗？给大家讲讲。”刘占国说：“这是有规定的，当事人要回避！”

刘占国站起身走了。

雪纷纷扬扬地飘着。曲军将刘占国送到院里，望着刘占国高大的身影消失在风雪里。尽管天冷，他的心是暖的。他期待着回音……

过了年，山风依旧凛冽。村两委会如期召开。刘占国望着村两委说：“曲军的病情，大伙都知道了。用‘一主四辅’识别标准给他家打分，好尽快给曲军一家建档立卡！”然后他还简单说了说曲军一家住房、医疗、教育和社保的一些情况。

沉默了一阵后，有人说：“那天我见到他了，我看他走路蹬蹬的，精神着呢，是不是唬人呢？”

还有人说：“胡咧咧啥呢？曲军是啥样人品，你不知道吗？再说了，糖尿病，并发到了眼睛，跟腿有啥关系？”

有人不服气：“我还真得试试他的眼睛。他老婆回家，看看他会不会认错啊？”

有人嘿嘿笑了。刘占国摆了摆手说：“好了，好了，人家病成那样，就别猜疑人家拿人开涮了，大家按标准打分吧！”村两委拿起笔低头打分。

2015年初，曲军因“一主”这一项，识别通过，被纳入了建档立卡贫困户。刘占国支书和村主任王金生到曲军家里。刘占国说：“曲军，经过两委会和村民代表大会的识别，你已经是建档立卡的贫困户了。”曲军握住刘占国的手，非常感动，说了一声谢谢之后，心里又是五味杂陈。自己当了贫困户，有啥好激动呢？刘占国望着曲军的眼睛说：“眼睛好一些吗？”曲军沮丧地说：“还是那样，我都急死啦！”刘占国说：“急也没有用，往后啊，砂窝乡，大柳树村，都要对你进行帮扶啦，有什么想法尽管提出来！”曲军愣了愣，皱眉想着。村主任王金生说：“我们马上给你办低保啊！有了低保，你每月就有 300 元固定收入。”曲军点点头，张嘴说不出话。刘占国说：“再给你办个公益岗，土地再流转一些，上马食用菌大棚。”

曲军心中热乎乎的，感觉建档立卡待遇就是不一样。曲军喉咙里像是卡着东西，说：“我身体不行，也不能光等政府救济，我老婆可以工作，我也希望找个力所能及的工作。”

对曲军的扶贫开始了。曲军被纳入了低保兜底保障对象。2016 年，曲军享受异地搬迁政策，老房子拆了，住进了宽敞、明亮的新楼房。他免费参加了医疗保险，解决了治病返贫的难题。2017 年，曲军被设为临时防火员公益岗，每年获得 2300 元资金，他们还享受 1.2 万元佳农林果固定收益、光伏收益、博嘉林果资产收益、食用菌资产收益。其中，食用菌资产收益是他的 7 分地被流转做了食用菌大棚，每年收入 700 元。

砂窝乡主任科员齐国华到大柳树村指导工作，刘占国说了曲军的情况，齐国华果断地说：“让曲军和他老婆到食用菌大棚工作吧，摘蘑菇，不累，还有收入。”2018 年 8 月，香菇成熟了，刘占国安排曲军和范秀莲进入村里的食用菌大棚工作了。

曲军望着憨态可掬的香菇，摘蘑菇，多么新奇的工作啊！他伸手抓住肉乎乎的香菇，摘进篮子里，心中无比激动。比当年搬砖头清闲多了。眼睛虽然还是模糊，但是，白天光线充足，他还是能够完成工作的，只是，天一擦黑儿，他的视力就不行了，踮着脚尖，双臂伸得直直的，黑咕隆咚地瞎摸，像个盲人似的，常常抓坏了一等菇。香菇抓坏了，曲军一屁股坐在了地上，自责地嘟囔：“我真没用，真没有用！”

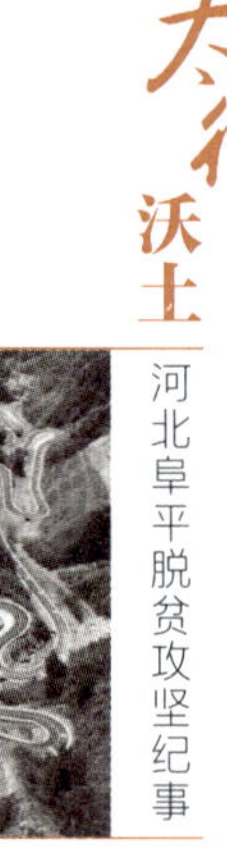

承包大棚的主人望着损坏的好菇，心疼了，赶紧找刘占国要求辞退他。刘占国劝解说："我们建设食用菌大棚，本身就是扶贫项目。曲军是贫困户，眼睛不好，让他白天工作，晚上回家休息。工资上调整嘛！"承包主人想了想，认为这方案可行。刘占国搀扶着曲军缓缓往家走。每天傍晚，范秀莲继续采菇，曲军摸着黑回家休息。这样的调整，让曲军心中憋屈，但是，眼睛没有好转，只能这样了。他回到家也不开灯，呆呆地坐着，还能感觉到食用菌大棚的气味。

大棚里的说笑声没有了，一切恢复了寂静，静得叫人惆怅。晚秋，天黑得越来越早，曲军摘香菇越来越少，甚至抵不上老婆的一半。范秀莲发现曲军情绪低落，就告诉了刘占国。刘占国跟齐国华说了，齐国华来到家里动员曲军承包食用菌大棚，政府提供无息贷款。曲军想了想，自己承包大棚，就不会受别人的气了，可是，他有一种隐隐担忧，说："我的眼睛不行，开不了车，拉料就是问题，光靠老婆打理大棚，怕是赔钱啊！"齐国华说："你可以坚强起来，你读过那本书吗？《钢铁是怎样炼成的》，主人公保尔，多么坚强！再说你的眼睛还能看见东西啊！"曲军说："谢谢领导好意，让我跟老婆商量商量啊！"

曲军的热情被鼓动起来了。他的病属于慢性病，吃药报销，享受"一站式"服务。他去县城中医院拿药，为了看药的说明书，走进光明眼镜店买了一只放大镜。说是看药品说明书，其实，他是想看食用菌养殖书籍。他还买了盲人怎样就业的书，他暗暗发誓，振作起来，为自己做着最坏的打算，即便眼睛彻底失明，也能靠自己双手去创造美好生活。

范秀莲从大棚回到家，发现曲军用放大镜偷偷看盲人的书，心中十分难过，抹起了眼泪。

曲军说："这不是做最坏打算嘛。哭啥？"范秀莲哽咽说："你还没瞎，看这书干啥？"曲军笑了笑，说："秀莲，我右眼已经失明了。左眼也是一天不如一天，总有睁眼瞎那天。有党和政府帮助，我就是瞎了，也不怕，拄个拐棍走路，继续干盲人的活。"

范秀莲破涕为笑。她佩服曲军的乐观和骨气。

2018 年，经驻村扶贫干部和村两委推荐，曲军的儿子曲亚飞到阜平职教中心就读，累计享受"雨露计划"6000 元，解决了上学难的问题，将来就业也有了保障。这解决了曲军一直以来的心病。尽管眼睛没有好转，但是想想儿子，曲军心中就升起一种对美好未来的憧憬。

曲军一家于 2018 年提前实现脱贫。

另一个故事的主人公叫李换平。砂窝乡砂台村农民李换平，2014 年已 46 岁，全家孤寡一人。他憨厚、善良，但由于贫困、孤独和病痛的折磨，显得有些木讷。他瞅着别人建档立卡，成为贫困户，享受低保，眼热得快冒出火来了。眼热，羡慕，只憋在心中，嘴上不说。慢慢地，他心中的波澜趋于平静。他没有从根本上检讨自己的不幸，只是悲叹自己命不好。

有一天，无情的病魔袭击了李换平。这年夏天，晌午，太阳越发威风，晒得玉米地热烘烘的，玉米叶子蔫头耷脑。李换平在自家玉米地里干活，突然双腿剧烈疼痛，针扎一样，险些栽倒在地。疼过头的时候，他的眼睛眯缝着，看啥都是迷离一片。

李换平的脑袋轰地一响。天哪，绳子单打细头断，这是得了啥病啊？

李换平去了定州 105 医院。医院诊断，他的病是骨头坏死。消息传开，村民都替他难过，也有人说，李换平该当建档立卡贫

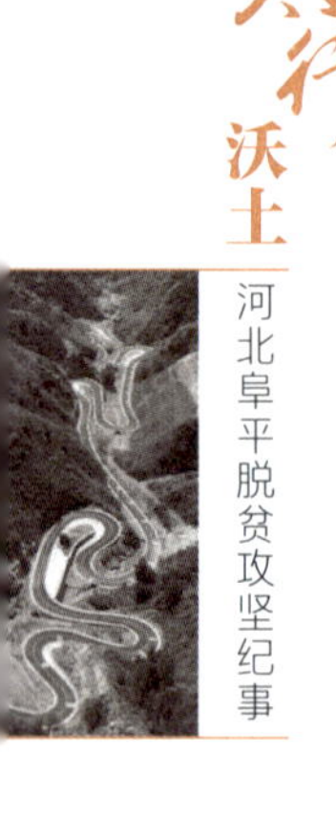

困户了，他听了喉头一紧，莫名其妙地想哭一鼻子。他宁可不当贫困户，也不愿意遭这份罪。

这一天，村支书赵兵来看望李换平。当时赵兵 50 岁，性格开朗，待人宽厚，关心群众疾苦，在老百姓中享有很高威望。李换平的诊断书送到村支书赵兵手上。赵兵看了看，说："换平，这些诊断证明我拿走啊，开村两委会和群众代表大会，按照县里的'一主四辅'识别标准，对你的情况进行精准识别！"李换平憨厚地点点头。赵兵知道他是光棍汉，人勤劳，不懒惰，找不上女人，主要原因就是穷吧！他叮嘱了换平几句："我们还要派人到医院核实，不是不相信你，这是必要程序。希望你配合啊！"李换平又点了点头。赵兵问："你这病是不是犯了就疼，一阵好一阵坏的？"李换平说："是，可是不犯病也是腿软，干活费劲啦！"赵兵想了想说："你好好养病，党和政府会管你的！"

赵兵安慰他几句就走了。赵兵走后不久，李换平犯病了，双腿跪在凳子上，低倾着头，大汗淋漓。村委会经过核实，李换平确实得了此病，失去劳动能力，没有固定收入，还要花钱治病。李换平难受的还不仅是疼痛，而是在这一段时间里，无法干活，他是一个闲不住的人啊！

李换平乘公共汽车去县城药店买药，买了"胺糖"和止疼的布洛芬，再想买点别的药，兜里没钱了。剩下那点钱，还要买一兜小米回去。傍晚李换平回到家，他端着冰凉的小米稀饭喝着，回到了冷酷现实的生活中。他期待着什么……

赵兵在村委会主持召开村两委会，一起讨论识别全村 143 户人家，是不是能够成为建档立卡贫困户。这里就有李换平。村副书记刘正春念着名单：孙栓狗、闫和平、高贵娥……

当刘正春念到李换平的时候，赵兵说了说李换平的病，还说了说他的住房、社保等情况。赵兵动之以情，晓之以理，赢得了大家同情。同情归同情，还要以打分为准。打分开始了，李换平顺利通过，其实，这一时刻，李换平正在犯病，独自坐在山坡吃药呢。李换平被纳入了建档立卡贫困户。赵兵支书到李换平的家告知结果的时候，他一阵心跳耳热。

2017 年，李换平被纳入低保兜底保障对象，享受异地扶贫搬迁政策，现在搬到了河角小区楼房。虽然仅有 25 平方米，但一室一厅一厨一卫，样样俱全。村里安排他当了护林员，有时安排他到食用菌大棚摘香菇。赵兵一直遗憾，李换平那一亩土地，没有机会流转，李换平买了一辆电动车，从河角小区到村里种地，种点蔬菜、土豆，供自家用，也省下许多买菜钱。

李换平回村种菜，都习惯到村委会坐一坐。因为砂台村还有许多农民没有上楼，村委会还在村里。尽管不爱说话是他的天性，但和村干部和乡亲们还是有话说。人们好奇地问他："楼上住着好吗？"他笑呵呵地说："好，冬天特别暖和。厕所和厨房干净。"然后话题就落在他的病上，他说疼，疼了就吃药。说笑间，李换平心中无比温暖。他从村委会出来，情不自禁地站在门口的"光荣榜"前张望一阵，上面用红字写着"扶贫先扶志，治穷先治愚，靠勤劳双手，创美好生活"。这句话深深鼓舞着他战胜病魔，勤劳致富，尽早脱贫。他看见村民王喜平、刘小雷等人登上了志气榜，既羡慕，又焦急，他在暗暗发誓：有一天，我李换平也要上志气榜啊！

李换平于 2018 年光荣脱贫。

五步，就是精准识别程序的五个步骤。第一步：信息采集；第二步：综合评估；第三步：逐级审核；第四步，民主评议；第五步：

公开公示，两公示一公告。

陈业铭主持的精准识别方案，得到郝国赤书记的支持，每一项，郝国赤都参与讨论，碰到有些争议问题，再到基层调研，倾听老百姓意见，回来修改、完善，直到最后的成熟。阜平县“一主四辅，三类五步”识别法在政策把握和可操作性上具有借鉴意义，得到中科院地理研究所刘彦随认可并推荐到国务院扶贫办参考！

陈业铭走遍了阜平的贫困村，有时到了一个村，人们截住他喊：“陈主任，你给评评理，我为啥不是贫困户啊？”陈业铭耐心地询问这家的基本情况，指出原因，耐心说服。有一个雨天，骆驼湾的一户人家，房屋漏水了，陈业铭叮嘱这家赶紧翻盖房子，房东大娘听说他是扶贫办主任，说：“我们是贫困户，你赶紧给我们发钱盖房吧！”陈业铭边帮助他们苫盖房顶边说：“国家扶贫款，不能乱用，阜平的扶贫开始了，房子会有的！”大娘不解地望着他。她家房子多年没有翻盖，以往，每到雨季房顶漏水，总要修房顶抹泥巴。陈业铭告诉大娘说：“房顶不用抹泥巴了，政府补助，盖新房啊！”大娘听懂了，张开露风跑气的嘴笑了。

精准识别，办法条例精准，老百姓心服口服。

贫困户建档立卡以后，摆在陈业铭面前的难题重任是管好用好扶贫资金的问题。扶贫资金使用，扶贫办项目股和县财政局农财股，两个股联合管理扶贫资金，并对所有扶贫项目逐一验收。开始，进展顺利，可是，后来扶贫项目大规模上马以后，陈业铭就发现了问题。由于项目多，人员少，造成项目发放积压，审核积压，验收不及时。扶贫办的一位同志反映，每天都加班，还是忙不过来。扶贫办拥有了权力，本来是高兴的事，却意外增加了他的一份苦恼。

效率出现了问题！陈业铭把问题及时反馈给郝国赤书记和刘

靖县长。刘靖带着陈业铭主任和财政局长开始调研。刘靖马上发现了问题的严重性，回来开会商议，把扶贫办和财政局的一些权力，下放到了乡镇，解决了人员不足问题，提高了办事效率，还调动了乡镇的积极性，收到了两全其美的效果。

陈业铭经常帮助贫困户办事，比如大台乡大台村的养鸡专业户郭长考，就是受益者。郭长考是村里贫困户，养鸡之初，脑子一热，贷款养了10000只鸡。一天，他遇到了技术难题，鸡病了，死了，郭长考惊慌失措，绝望至极。家里人对他的遭遇，只是流泪叹息，养鸡致富的希望，像是大风里点灯没啥指望了！陈业铭那天正在大台乡调研，听说了此事，心情马上焦虑起来，他本可以回避，却跟村干部说，带我到郭长考养鸡场看一看。

陈业铭摸清底细，答应下来说："我一定帮助你！"郭长考转悲为喜，脸上露出笑容。陈业铭是沉稳的人，从不空口许愿，从不做无把握之事，他要求自己必须帮助，帮助到万无一失的程度。他从马兰村找了一位养鸡高手到大台村亲自登门辅导。郭长考脑子一旦开了窍，学习技术，操作得法，聪明劲就被激发出来了。后来郭长考遇到了资金困难。陈业铭的手机响了，郭长考请求说："麻烦主任再帮帮我吧！"陈业铭犹豫了一阵，还是答应了。但是，他不能动扶贫资金，只能协调县金融办公室派人到郭长考家考察，看看技术是不是真的过关？考察的人说技术没有问题，金融办公室给解决了30万资金。

郭长考诚恳地说："等我挣钱了，一定还上款，一定报答领导！"

陈业铭说："我们不需要报答，你养鸡脱贫致富，就是对我陈业铭最好的报答！"

郭长考没有辜负陈业铭的期望，养鸡获得了可观的经济效益。

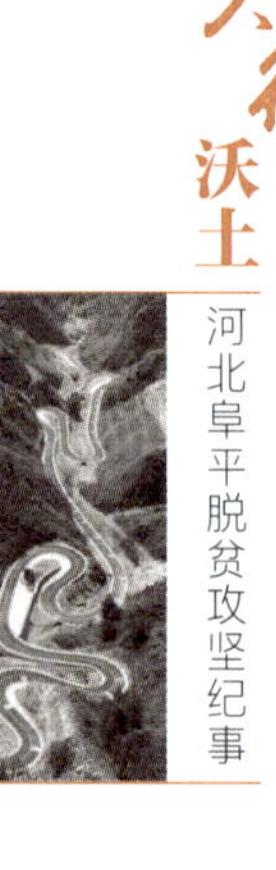

这以后，逢年过节，郭长考都想着陈业铭。那年过年前，他提着两只肉鸡到县政府门口守候，他要亲自送给陈业铭。

陈业铭到单位门口了，郭长考拦住了他："陈主任啊，我给你拜年来了，我的鸡挣钱了！"

陈业铭面带笑容说："那就比啥都好，鸡不能收啊！"

郭长考含着眼泪说："陈主任，你是大好人，不沾亲不带故，这么帮助我，你不收下，我睡不着觉啊！"

陈业铭哈哈笑了："不能收，有纪律的。你回去孝敬老人，老人吃了就等于我吃了！"说完，就直接走了。

郭长考愣愣地待在那里，心中一团火热。如今他富裕了，异地搬迁到了阜东新区住宅楼。

2017 年 4 月，初春的一个早晨。陈业铭刚刚到办公室就咳嗽了一阵，头顶晕乎乎的，脑子一片空白。这是怎么啦？本来还要下乡，办公室同志说他脸色不好，劝他还是歇歇吧。有人纠正说："不是歇歇，而是应该到医院看看，有病不能耽误！"

陈业铭的脑子嗡地一响，无言的烦恼袭上心头。他有一种预感：自己很可能是病了，到医院去万一被留住院该咋办呢？眼下，这么多工作咋能安心住院呢？可是，病情无情，持续的咳嗽发烧、胸部不适逼着陈业铭去了中医院，县里没有查出特殊的病，但要求他住院治疗。他没有当回事，坚持白天工作，晚上再治疗。20多天过去了，陈业铭病情不见好，人也猛地瘦了 20 斤，原先合身的衣服显得松松垮垮。他判断自己是不是得了不治之症？

刘靖很担心陈业铭的身体。"工作放一放，我给你联系北京大医院，好好查一查。好人一生平安，你这么个大好人能有事吗？"陈业铭到了北京陆军总医院检查，却有坏消息传来，怀疑是肺部恶性肿瘤！这无异于晴天霹雳，家人和同事都惊呆了！医院太静了，静得让陈业铭心里发虚。有时候，没有家人时，眼泪像掉了线的珠子。生命难道就这样结束了吗？阜平的扶贫还没有结束啊！他在泪水中睡去了，梦见了太行山。他对那里的沟沟壑壑一草一木充满了期盼。

百忙之中，郝国赤和刘靖多次安排专人到医院看望陈业铭，送去温暖，送去祝福：会没事儿的，好好治病，好人一生平安！

果然被刘靖说着了，是一场虚惊。陈业铭最后确诊是肺部感染，他笑了，心里充满了愉悦。他遥遥听到几声召唤，那是阜平大山的召唤。他按捺不住，没过几天，就急切地重回扶贫第一线了。

2019 年，陈业铭被评为省级五一先进工作者。陈业铭像隐身灯塔，虽自身发光，光亮很小，却照得很远。

到了 2020 年夏天，陈业铭已经在阜平扶贫办主任的岗位上干了七年半了！陈业铭对“两不愁三保障”有着深刻的理解，也是一位勇敢的实践者……

“两不愁”是指不愁吃，不愁穿；“三保障”就是指住房、教育和医疗的保障。“两不愁”和教育保障的故事在产业发展里展开，我们重点说一说阜平保障住房和医疗的动人故事。

保障住房。住房安全，按照习近平总书记视察阜平时作出的指示：“有的地方实在是穷山恶水，可以整体搬迁，也可以分散移民，但一定要选好搬迁和移民的地点。”“农村危房改造，要因地制宜，可以细化一点，要使房子整体上有些改观。”阜平县遵照习总书记的指示，充分利用异地扶贫搬迁、危房改造等优惠政策，着力解决群众住房安全问题。

异地扶贫搬迁，让阜平 17714 户，53748 人搬入新楼房，其中建档立卡贫困人口 10313 户 31850 人，同步搬迁人口 7401 户 21898 人。37 个集中安置区，在安置区配套建设 35 个标准化手工

业加工厂，39 个养殖园区，79 个食用菌种植园区，87 个高效林果基地，确保有劳动能力的搬迁家庭至少 1 人稳定就业。对骆驼湾、顾家台、花山、马兰等 25 个特色保留村实施整村改造提升，新建或改造房屋 2322 户，其中建档立卡贫困户 1154 户。以四类重点户为重点，包括建档立卡贫困户，低保户，农村分散供养特困人员和贫困残疾人家庭。改造提升农村危房 20084 户，实现全县不安全住房清零。

城南庄镇顾家沟村民陈守兰搬进了新楼房。

94 岁的陈守兰，佝偻着腰，满头白发，但满面红光。她 1927 年出生，1940 年加入共产党，20 岁加入前进剧社，为聂荣臻司令的抗日部队演出霸王鞭。老人经常参加村里党员活动，穷困的岁月里，她没有忘记党员的责任，多年义务给村里清洁街道，每年春节来临，她都给乡亲们打自己珍存的霸王鞭。

陈守兰的旧房子，窄小不说，歪歪斜斜，好像随时要倒塌的样子。其中有一面山墙用两根木头支撑起来。儿子外出打工了，她一直担心养的猪跑出来拱了木头，房子轰然倒塌。住房窗户挨着猪圈，蚊蝇乱飞，打开木窗透气，一股臭味袭来。房子破就破点吧，臭点就臭点吧，只要山墙别塌，一家人只要平平安安在一起就知足啊！

搬迁有了动静，消息铺天盖地传来。对于新楼房，陈守兰和儿子沉浸在热望与期待中。终于等到这一天了！

2018 年秋天，陈守兰与 60 岁的儿子搬进城南庄新楼房。家里三口人，老房子交给政府，按照政府补偿政策，每人免费分得 25 平米，所以她家楼房总面积 75 平米。

陈守兰搬到楼上来，没有一点不适应，反而觉得一切由陌生变得亲切，变得爽眼。但是，毕竟年龄大了，一时清醒一时糊涂，有时候刚刚把碗放下，就跟儿子要饭吃，可是，一提到新楼房，她浑浊的眼睛好像突然亮了许多。拄着拐杖，从客厅里站起来，瞅瞅厨房，看看卧室，瞅不够，也看不烦。冬天取暖了，房间里暖融融的，她更是开心，瘦削的脸颊上，泛出两片红晕。

陈守兰搬家的时候，扔了好多破烂，唯独舍不得丢下自己的霸王鞭，那是当年的物件儿。她在新楼里，高兴地打起了霸王鞭，咔嚓一声，乐极生悲，霸王鞭的木杆断了！

村支书张献军知道了，过来看望陈守兰。

张献军 2012 年任城南庄镇顾家沟村支书。原来养蝎子，当了村支书就把村委会当成自己家，全村 220 户，650 口人，286 人外地打工，异地搬迁以后，好多乡亲都回来了，园区手工业吸收了一批人，他就把村委会搬进楼里，为住楼房的百姓日夜操劳，在园区里抓党建，上党课。2019 年 7 月，张献军通过了公务员考试，成为阜平第一个公务员村支书。这一天，张献军书记过来看望陈守兰，问她有啥需要帮助的？

陈守兰说："霸王鞭折了！"儿子解释说："你这么大年纪了，就别打霸王鞭啦，老胳膊老腿经不住了！"

陈守兰蠕动着嘴，咕哝说："我就是要打，我偏打！唉，这要是在村里，我到山坡上捡一根棍子，自己就能做个霸王鞭！搬进新楼房了，日子好了，我要打霸王鞭赞颂党和政府！"

张献军呵呵笑了："好啊，守兰大娘，我支持您！"陈守兰拿起快板打起来，边打边说："城南庄，住楼房，铺的盖的大花被，不烧火，不冒烟，百姓生活换新颜！"张献军笑着，鼓掌，他答应给老人做个新霸王鞭。有一天上午，张献军书记带着城南庄镇贾琇清镇长给陈守兰送来了一支新的霸王鞭……

陈守兰颤颤巍巍地接过霸王鞭，久久凝望着，眼睛湿润了。

骆驼湾属于住房改造提升村，陈德印和唐宗秀一家，原来是一座小石头房，窗户是方格子的，烟火熏黑的塑料布，飘忽闪动。房子南侧是猪圈。房子矮小，跑风漏气。天黑了，老屋深暗了一截。即便在白天，小木格窗户，投进铜钱大的光亮，房子，几乎成为陈德印夫妇的一块心病。冬天奇冷，夏天漏雨，他们哆嗦着像风雨中的残叶，住在破房里，人是麻木的，唐宗秀和陈德印没有笑容，也不哭泣，没有过去，也没有未来。唐宗秀记得，天冷的时候，烧火暖炕都不管用，她把一切收拾好，自己先钻进被窝里，用自己的体温把被子暖热，再让陈德印脱衣躺进来。两人身贴身，有时还是被冻醒。

2015年原地建房工程展开了，政府派人对旧房进行了认真的丈量，告诉他们就要拆了。唐宗秀满怀希望地收拾着自己的东西。不由自主地想起了关于住在这间房子里的往事。旧房子再破，也是有感情的，苦难岁月里，它为她和老伴陈德印以及孩子们遮风挡雨，4个女儿都是在这里长大的。但舍不得归舍不得，该拆迁一定要拆迁的。老石头房拆完了，唐宗秀望着没有清理走的石头，保存了一块石头，她的眼睛湿润了，从某种意义上说，她这是在珍藏曾经的感情。

2016年，唐宗秀家的新房建成了！唐宗秀跟陈德印商量，选在十月初十搬家。新居保持了太行山传统民居风格，青水瓦，木挑梁，小皮檐，花格窗，石板院，黄泥墙。他们的新居，窗户是现代玻璃窗，四层青石打底，墙上抹上了一层焦黄的泥巴，结实，美观，没有一星疤点，没有一丝裂痕，像一座精致淡黄色的金屋。新房总面积95.6平米，宽敞明亮，厨房卫生间都是独立的，原先猪圈地方，还盖起了两间厢房，冬天的暖气非常给力。唐宗秀笑得合不拢嘴，激动不已。

搬家的第一夜，关灯以后，老两口难以入眠。唐宗秀说："如果不是政府补助，我们哪有能力盖这么好的房子啊！我们就是应该感谢党和政府啊！"陈德印频频点头。

唐宗秀的后院租给阜裕公司做民宿了。因为习总书记当年到过她的家，新房子墙壁上挂了牌子，写上了第二大院。

陈德印高兴地跑到骆驼湾大戏台上击鼓，击鼓的时候，他全身心陶醉，眼皮叠合起来，鼻头下的清水鼻涕，一闪一闪亮着。唐宗秀在院里养了好多的花：绣球、玫瑰、富贵竹、三角梅，满院花红树绿，蝶舞鸟鸣，充满诗意。花鸟惬意地看着人的变与不变。头伏已尽，未见一场透雨。到了三伏天，大雨落在骆驼湾。雨唰唰地下着，新房笼罩在一片雨雾中。唐宗秀和陈德印再也不用担心房子漏雨了，他们望着街上行人的背影，带着绵绵爱意……

唐宗秀常常与新房对话，门是敞开的，似乎像张开的嘴，不用你说话，房子自己就会说话。她和房子共同的话：享受幸福生活吧！

没有全民的健康，就没有全面小康！作为阜平医疗保障局，一手保老百姓健康，一手扶贫奔小康。如果健康无保，脱贫的农民还会因病返贫。所以，围绕"就医难"的问题，阜平医疗保障局全面加强乡村三级医疗机构建设，完善提升了13所乡镇卫生院和209个村卫生室。河北医科大学第二医院，中国中医科学院广安门医院分别托管阜平县医院、中医院，医疗技术水平不断提升。全面落实了家庭医生签约服务，贫困人口"先诊疗，后付费""一站式"结算等各项健康扶贫政策，贫困人口全部参加新农合。大病、慢性病救助机制，后来改为重大疾病和慢性病保险，所以说，

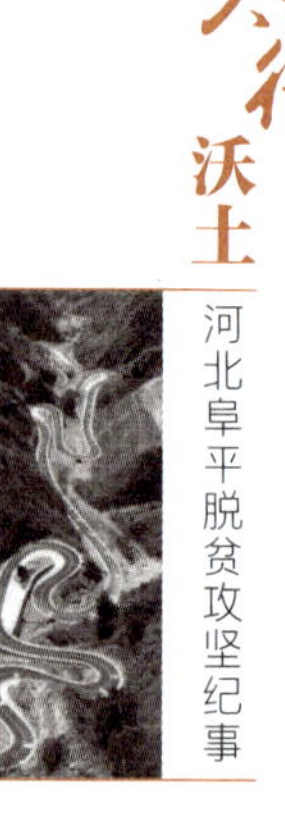

"阜平安康保"医疗救助兜住了贫困群众的就医底线，真正挡住了因病返贫的洪水猛兽。

阜平医保人员夜以继日，奔波劳碌，通过细谋划、深调研，找难点、解痛点，落实贫困人口医疗保障救助制度高质量高效率落地问题，彻底解决困难群众"小病靠拖，大病靠扛"的问题，高效、便捷、优质的医保服务成为患者与疾病作斗争的基石！

阜平镇照旺台村老张今年70多岁了，老两口、小两口、还有两个孙女，除了儿子打零工挣个零花钱外没有其他收入，日子紧巴一些，但家庭还是其乐融融。

可是，2017年6月23号，老张10岁的小孙女张硕意外得病，猛然打乱了他们的生活。张硕是中午回来做作业，突然鼻子流血不止。起初大人以为是中暑、感冒，没去想是其他别的原因。

后来血还是止不住地流，他们马上到县医院，医院里一化验，血象高得厉害。赶紧转院，到河北省儿童医院，做进一步治疗。病情相当急，诊断出来为急性淋巴细胞白血病。这犹如晴天霹雳，把老张一家人打懵了。老张叹息着说："咋成这样哩？"老伴和儿媳妇随之抽泣起来。

老张是家庭主心骨，他劝慰说："天有不测风云，人有旦夕祸福，有病治病，莫哭，莫哭啦！"

哭也不顶用，面对现实吧。老张他们问了医生，说这个病治好得好几十万，虽然现在有医保，能报销，可住院时得先预备点钱交医院，这钱去哪弄啊？

坎坷难熬的日子，将老张冶炼得十分老到。可是，这个难题太大了。老张盘算了一下，借倒是也能借下，张开嘴亲戚们谁也借给，可是日后怎么还人家呀？这可愁住了老张。算来算去，钱太多，老张还是张不开嘴。

老张的大孙女，张硕的亲姐姐张潇知道了妹妹病情，急哭了。张潇正打算考研究生。她听说妹妹患了这个病，还得花那么多钱，就马上给爷爷打了电话，说她还是不考了，毕业了赶紧找个工作挣钱给妹妹治病。老张陷入尴尬境地，面临艰难选择，是让张潇继续读书，还是让孩子打工去填妹妹治疗费用的"无底洞"？老张抹着脸上的泪水说："不能耽误了张潇的前途啊！"

救命要紧，这个家庭的每个成员都行动起来。对老张家来说，不说治疗费用，眼下住院的押金都成了一道过不去的坎。他的胸中梗着一股悲酸、绝望的气流。情急之下，张潇只好上网到"水滴筹"上筹款，并马上从石家庄回阜平筹款，在回家的路途中，看到"水滴筹"上有人给发了个信息留言，说她妹妹的情况符合阜平县四月新出台的"农村重特大疾病医疗救助"政策，申请之后患者的住院押金可以给予垫付，并留下了联系电话。张潇像是抓住救命稻草一样激动，她半信半疑，回电话进行咨询。

张潇到家跟爷爷老张一说，老张愣了愣，说："这是不是骗子？是不是别的信息你透露了？"张潇摇头说："没，人家骗咱们干啥呀？几间破房，骗啥呀？"老张喃喃地说："难道真有天上掉馅饼的好事？"

说话的时候，张潇的手机响了，医保中心陈主任的电话打过来了，他把垫付押金政策和医保报销政策详细解释了一遍。电话里，陈主任说："别不信，扶贫的好政策真的来了！"老张绷紧了神经听着，生怕漏掉一个字。陈主任说的好政策，就是阜平在全面落实基本医保＋大病医保＋医疗救助"三重保障线"政策的基础上，每年筹资4000万元，陆续出台了《大病患者及特殊慢性病患者进行再补偿工作的实施意见》《阜平县农村重特大疾病医疗救助办法》等县内医保惠民政策，构建起"3+3"医疗保障体系，将

实际发生的、治疗必需的、合理的医疗费用全部纳入合规医疗费用报销，分别用于解决患大病和特殊慢性病自付及自费费用较高、患重特大疾病无力支付住院押金不能及时就医治疗而返贫等问题。

老张望着老伴，颤抖着说："好啊，扶贫政策来了，我们的张硕有救啦！"

第二天上午，医保中心、乡、村、卫计委、民政，好多个部门的工作人员都来到了老张家里，各个部门手续同时进行，以最短的时间、最快的速度办理了有关手续。时间不等人，他们给张硕开了"绿色通道"。7 月 10 日，县里就先给省儿童医院拨了 8 万元住院押金。老张眼泪汪汪，激动地说："我活了七十多年，头一回赶上这样的好事。"

张硕顺利住院治疗。

老张盘算了一下，自 2017 年以来，张硕共住院 8 次，加上门诊用药及检查，共花费 35 万元，贫困人口三重保障报销合计 25 万元，县里的农村重特大疾病政策共为张硕垫付押金 4 次，垫付金额 26 万元。申请大病救助期间，涉及 6 次住院，共计花费 30 万元，报销回流 21 万元，因首次住院涉及个人与大病救助资金共同垫付，按当时政策要求返还个人 4 万元，最终兜底救助 9 万元。县里的大病再补偿政策对经基本医保、大病保险、医疗救助报销后的自付合规医疗费用进行再补偿，共补偿 3.8 万元，再加上垫付押金后的一部分兜底，个人花了不到 4 万元。

张硕的医疗费用得到解决，张潇心里踏实了，她暗暗下决心，一定要努力学习，考上研究生，来报答关心妹妹的各部门的叔叔、阿姨。2018 年，张潇因学习成绩优异，被保送到北京一所大学上研究生。2020 年 7 月，张潇已顺利入职石家庄移动公司。

老张的小本子上，清清楚楚记着，张硕的住院医疗费用经三重保障报销、大病再补偿后，个人自付也不多了。到了2018年县里又将三项医保惠民政策进行整合，由县政府作为投保人，作为防返贫险交由商业保险公司承办，统称“阜民安康保”。在原来惠民政策的基础上，对患大病的建档立卡贫困患者给予政策倾斜。

经过三年的积极治疗，张硕的身体已基本痊愈。活泼可爱的张硕，用胳膊勾住老张的脖子，在他的脸上亲了又亲。老张紧锁着的眉头展开了，脸上笑成菊花。老张哽咽着说：“要是没有咱们县的好政策，我这两个孙女，一个得丢了命，一个也得辍了学，我们这个家就算真的毁了，现在我们这些背靠大山的老百姓又找到了真正的靠山，党和政府永远是我们老百姓的靠山！”他还叮嘱张硕，好好学习，长大成为栋梁之材，好好报效国家。

张家又恢复了往日的欢笑。

再来讲一讲黑林沟村民张进良的故事。张进良儿子张存斌患有小儿麻痹症，常年瘫痪在床，打针吃药，日子过得水深火热。正如张进良所说，已经穷到了骨头上。其实，他们的自然村是小胡卜村，那里房子塌了，2003年搬到了黑林沟行政村，借了一套旧房子居住。他家4口人，张进良，老伴儿，还有儿子和女儿。女儿如今嫁到了天生桥镇的婆家生活。他家易地搬迁到龙泉关镇住宅楼。

如今，张进良的儿子张存斌已经55岁了，依旧瘫痪在床，老两口轮流伺候着他。这一切无法改变，儿子从小到大，躺在那儿受罪，来到人世没出过自家院子。张进良宁愿饿着肚子，也想让儿子吃上好药，住上好房，躺得舒服一些。儿子张存斌过于呆傻，觉得无所谓，哪躺都是躺着。女儿出嫁的时候，抱着张进良哭了，女儿痛哭是因为心疼父母，毕竟父母都老了，还要照顾残疾哥哥，

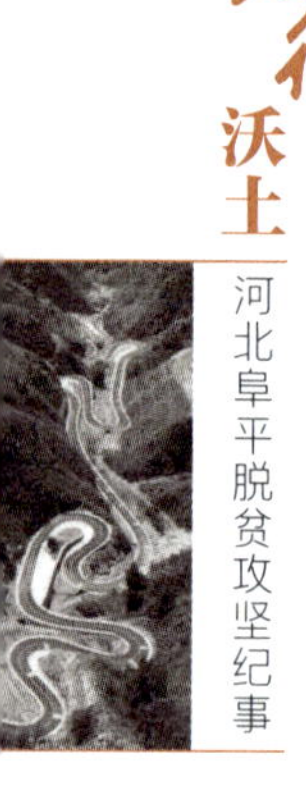

她也要多回来看看他们，毕竟这是她永远的牵挂。

张进良被刘俊亮书记安排到手工业车间去插花，每月挣一点钱，家里三亩地流转，获取了一些流转费。但是，张存斌的医疗费用，除了新农合的补助，还有一笔不小的负担。

好消息来了，县里有了1000万元救助基金，主要用于老百姓大病慢性病补偿报销，最高封顶20万。后来这笔救助基金转由阜平县人保财险河北阜平支公司负责管理发放。张进良接到发给儿子的治病钱，老泪纵横。

张存斌得到了救助。搬迁到新楼房，一家人欢欣雀跃。尽管有病人，但是，他们轻装上阵，开始了一种全新的幸福生活……

第七章 托起明天的太阳

沃土

河北阜平脱贫攻坚纪事

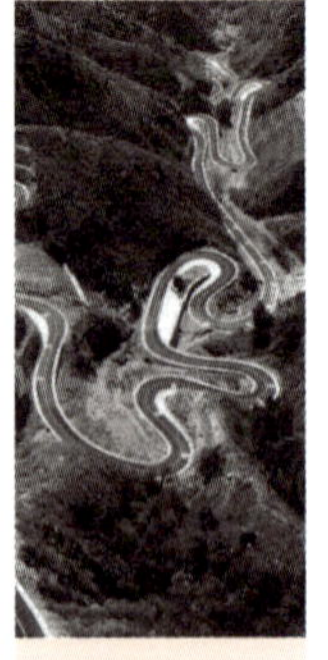

“治贫先治愚。要把下一代的教育工作做好，特别是要注重山区贫困地区下一代的成长。下一代要过上好生活，首先要有文化，这样将来他们的发展就完全不同。义务教育一定要搞好，让孩子们受到好的教育，不要让孩子们输在起跑线上。古人有‘家贫子读书’的传统。把贫困地区孩子培养出来，这才是根本的扶贫之策。”

总书记在阜平考察时关于教育的这一段讲话，令郝国赤久久回味。是呀，没有教育就没有未来；贫困山区的未来，根本在教育！他无数次深入乡村，那些起早贪黑、翻山越岭、忍饥挨饿上学的孩子，让他时常辗转反侧，寝食难安。他暗下决心：一定要在阜平每个乡镇建设一所寄宿制学校，解决孩子们上学远、上学难的问题。

如何把规划设计中的十三张寄宿制学校的美好蓝图，高标准高质量地变成阜平人眼前最美好的现实，是郝国赤心头最大的牵挂。“13 所寄宿制学校一定要成为阜平的骄傲！”他在会上语重心长地叮嘱所有人，更是在郑重地叮嘱和提醒自己：一定要建“30年不落后、100 年保平安”的学校，一定要有过硬的施工质量，一定要确保每一项施工材料都不出问题，一定要把每一个施工细节做到极致！他就像一个家庭的父母那样，白天忙忙叨叨各种活计，晚上或任何一个可利用的空档就跑去建筑工地，看高空起吊机转来转去，看工人在墙面上作业，操心学校每一砖每一瓦的采购和铺设。

2015 年 6 月，作为 13 所寄宿制学校建设标杆的龙泉关学校正式开工了。

俗话说：兵马未动，粮草先行。龙泉关学校基建工作开始前，郝国赤就率先把关系到孩子们身体健康、饮食安全的餐厅建设摆到了最重要的议事日程。龙泉关学校建校伊始，刘靖就亲自参与了餐厅的规划和设计。餐厅完成后，刘靖还未来得及体验一下，一个新的难题就摆在了面前。总不能让孩子们在如此宽敞明亮的餐厅像以前那样蹲着吃饭！可餐厅配套设施的钱从哪儿出？作为个人，羞涩、内敛、说话爱脸红的刘靖从来不爱向人张口，但作为一县之长，为了那些孩子，他必须要化缘了。思来想去，刘靖找到国管局领导解决这个问题。在阜平挂职的国管局干部李文学等领导非常关心这个问题，在他们的帮助下，知名企业九阳公司走进了阜平，免费为龙泉关学校提供一切餐饮设备。已是彻夜未眠的刘靖县长听到这个消息，一个心事终于放下了。他对前来汇报工作的李炳亮说:“孩子们吃饭的问题是件大事，一点儿也马虎不得，一定要保证饮食安全卫生。”当容纳 120 张餐桌，400 人同时就餐的餐厅正式启用后，刘靖和孩子们一起享用了一道午餐，和孩子们一样笑得异常灿烂。在刘靖书记和国管局领导的共同努力下，九阳公司免费为全县 13 所寄宿制学校提供了餐饮设备，让孩子们都能吃上安全健康的营养餐，让爱心谱写的心曲在太行山上深情而悠远地飘荡，见证今天的小太阳是怎样被一双双质朴的大手高高地托起。

如今，当初那些轰轰隆隆的建筑场面已变成了一座遍地芬芳的花园式美丽校园。龙泉关学校、夏庄学校、台峪学校、吴王口学校……13 所寄宿制学校陆续拔地而起，像温暖的春风叙写着阜平教育的神奇故事。从 2015 年全面开工到 2016 年年底全面建成，仅仅两年时间，动作之快，堪称山区神话，太行山深处红色基地谱写了一曲教育的赞歌。

阜平县龙泉关学校的竣工启用，对张瑶而言是学习生活的一次转折。记忆把我们拉回到往昔，走过一道岭，翻过一座山，学校还在山那边。在 14 岁女孩张瑶记忆里，上小学时每天凌晨 5 点起床，跋山涉水走一小时才能到学校，黑屋子、土房子、泥孩子，深深刻在了她的记忆里。2016 年 10 月，她再次返回家乡校园，令她简直不敢相信。宽敞明亮的教室、现代化的教学设备、塑胶操场、干净整洁的学生宿舍、容纳几百人就餐的食堂……眼前这些变化，是前几年连校服都穿不上，中午只能吃馒头、咸菜、喝白水的张瑶想象不到的，她在崭新的校园享受着幸福的学习生活，每周五下午由父亲接回，周日下午再送回来，夏天凉爽宜人，冬天再也不用担心长冻疮啦。每天丰富多彩的校园生活让小张瑶倍感欣喜，倍感幸福。

大楼我们可以勒紧裤腰带去建设，教学设备我们也可以想方设法配备，可是有了这些，阜平的教育质量就能提升了吗？总书记来阜平考察时对教育的指示就能实现了吗？郝国赤在心里一直思考着这个问题。

他上大学、研究生的时候就对中国改革开放初期国家实行“引进来”和“走出去”的战略非常感兴趣。“突破阜平教育发展的瓶颈，引入优质教育资源，合作办学。”“嗯，就这样办。明天就把这个问题在县领导班子会议上提出来”，想到这里，郝国赤长长地舒了一口气……

方向有了，那么目标该锁定谁呢？选择哪所学校作为合作办学的对象呢？初选是北京师范大学、石家庄二中、衡水中学。结合阜平教育现状，县委县政府经过反复斟酌，最终确定衡水中学为合作对象。在衡水市政府的牵线搭桥下，郝国赤和衡水中学校长张文茂取得联系。当他带领县长刘靖、教育局长李炳亮到达衡水时，不凑巧张文茂校长临时去北京开会，连续去了好几次学校都扑了空。郝国赤就让李炳亮留在衡水，打探张校长的行程，并

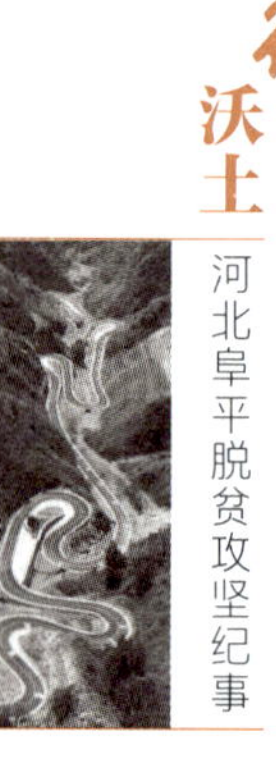

嘱咐他："只要张校长在学校，就立即告诉我。我会停下手中一切工作，前去拜见。"

2016年7月18日下午5点，留在衡水的李炳亮给郝国赤打来电话：张校长这几天将在学校处理事务。接到这个消息，郝国赤马上联系刘靖，并让办公室工作人员安排车辆出发。此时保定、石家庄发布暴雨红色预警：各地降水量估计达200毫米以上，预计未来3小时部分地区降雨量将达280毫米，达特大暴雨量级。省市的相关部门接连提醒：山区发生崩塌、滑坡等灾害风险高，小心防范！司机经验丰富，担忧地对郝国赤说："天气预报说今天晚上是特大暴雨，出行不太安全。"郝国赤说："我无论如何都要去拜见。"郝国赤、刘靖经过几小时的冒雨奔波，终于到达衡水中学，见到了张文茂校长。

郝国赤动情地说："2012年末习总书记在阜平县考察扶贫开发工作中强调一定要想方设法尽快让乡亲们过上好日子。对困难群众，千方百计帮助他们消除贫困，过上富裕生活。作为国家级贫困县，扶贫得先扶智，得优先发展教育。百年大计，教育为本。我一直坚信对教育再怎么重视也不为过，教育搞得不好还谈什么脱贫，还谈什么带领阜平百姓过上富裕的生活。"郝国赤越说越激动，声音不由自主提高了几个分贝。张校长频频点头。郝国赤停顿了几秒，稳了稳自己的情绪，接着说："阜平中学是阜平县的'最高学府'，阜平唯一的省级示范性高中，承载着阜平22万父老乡亲的希冀和梦想，担负着阜平县教育扶贫工作的重要使命。现在它面临优秀生源严重流失、教学质量提升缓慢的情况。作为百姓父母官的我，深感责任重大，焦急万分。衡水中学是国内顶级中学，有先进的教学理念、管理经验。我们希望和贵校合作，得到你们的帮助。如果你们伸出援助之手，那就是响应总书记号召，助力阜平县脱贫攻坚啊，就是造福百姓啊。我代表22万阜平人民谢谢你们。”

郝国赤的语速放缓，无比诚恳：“阜平县是国家级贫困县，物质条件自然比不上衡水中学。但我们会竭尽所能为衡水中学支教的老师提供最好的衣食住行条件。”

一席话深深打动了张文茂校长，他感动地说：“郝书记，真没有想到你是实实在在干事，真真正正为阜平教育发展谋划呀。郝书记，你是名副其实的‘好书记’，有你这样的县委书记，是阜平人民的幸运。就冲你今天这番话，就冲你锲而不舍的精神，我们衡水中学愿意和阜平中学合作，为支援老区教育贡献绵薄之力。我相信在你的领导下，阜平教育一定会打一个漂亮的翻身仗，会有美好的未来。”

2016年8月8日，历史将永远铭记这一天。这是一个激动人心的日子，一个可以载入阜平教育史册的日子，一个具有里程碑意义的日子。这一天，阜平中学和衡水中学牵手成功，在阜平中学举行了正式签约仪式。从此以后，阜平中学搭上了衡水中学的快车，进入了一个崭新的发展轨道。

2017年到2020年，阜平中学高考本一上线人数逐年增长，升入985、211院校的学生实现跨越式增长，尤其是2019年高考，两名学生考入清华大学，2020年高考，庞智铭以657分摘得保定市文科状元桂冠，有望被清北录取。更让人欣喜的是：优秀生外流的现象得到控制。2019年中考全县前100名学生全部报考阜平中学，无一外流，甚至出现了十几年来第一次的生源回流，由以前的挤破脑袋往外走变为千方百计往回走，甚至周边县、市的学生慕名而至，托关系到阜平中学就读。金杯银杯不如百姓的口碑，阜平中学的教育教学成绩得到了社会各界和广大家长的广泛认可和一

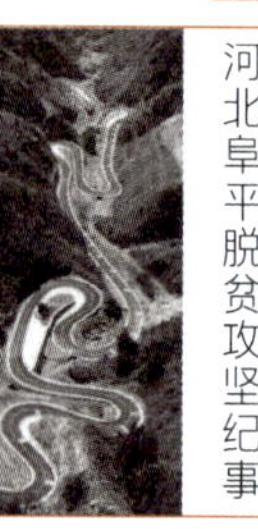

致赞誉。

“义务教育要和高中阶段教育同步进行，”郝国赤说，“阜平教育的发展想要有后劲、有动力、可持续，需要小学和初中的教育发展作为支撑，所以我们必须要把义务教育的质量提上去！”为此，他多次到保定市与阜平的“老县长”、保定市教育局局长徐志清沟通，寻求他的帮助。如何提升阜平教育水平一直是“老县长”的牵挂。在“老县长”的牵线搭桥下，保定市最优秀的学校之一保师附校对接阜平，“老县长”徐志清对保师附校校长王淑英说：“阜平是我最牵挂的地方，你们一定要发挥自身的优势，尽最大努力帮助阜平提高办学水平，做好教育扶贫这篇大文章。”

从此，阜平县教育局开始了与保师附校的对接沟通工作。“既然要引进，我们就要最好的资源；既然要打造，我们就要打造最前沿的学校。”李炳亮局长的话，坚定了大家为阜平教育发展做出改变的信心。经过多轮线上线下一次次地沟通，一次次地思维碰撞，初步制定了提升阜平县教育质量、促进城乡教育均衡发展、推动教育变革与发展的方案。2016年腊月二十六，李炳亮带领副局长杨二军、白河学校校长张立霞再次来到保师附校，在随后参观保师附校校园时，李炳亮突然感觉肠胃微微作痛。他想，肯定是老毛病又犯了。在大家不注意的情况下轻轻揉了揉，继续参观，谁知疼痛感越来越强，实在坚持不住了，便和身边的人说：“稍等一下，我去去就来。”过了好久，王淑英见李炳亮迟迟未归，便让人去寻，发现了半蹲在地上的李炳亮。只见他脸色开始变青，眉头皱成了“川”字形，时不时地发出呻吟声，他尽量控制住自己，用手按住腹部，以减轻疼痛。大家连忙把李炳亮送到当地医院，经医生确诊为肠梗阻，病情非常严重，必须立即转院。李炳亮忘我的工作作风深深地打动了王淑英校长。

2016 年 12 月 12 日，王淑英带着副校长高彦芹和杨俊芳到阜平县进行教育考察。这次考察拉开了保师附校与阜平合作办学的序幕，龙泉关学校、白河学校、阜东小学先后成为保师附校的分校。先进的教育理念、优秀的教师团队、前沿的课程设置……让阜平的教育成了山区教育的名片。

白河学校由保师附校全面托管，学校不仅开齐开全了课程，还开设了机器人、航模、编程、智趣教室、围棋及各种球类课程等四十多种校本社团课程，供学生选择。丰富的课程改变了一个又一个山里的孩子。

三年级有个孩子叫张予棋，在原来的学校成绩属于中等，没有自信，来到白河学校以后参加了小讲解员社团，并给来校参观课程的参观者介绍学校的文化、课程。她还是学校的文化小使者。通过多次的实践历练后，老师们都对这个落落大方、自信满满的小姑娘有了深刻的印象。她本人也找到了学习的乐趣，变得活泼开朗起来。

七年级有学生这样说："原先我从不写作业，求知欲为零。上课就像是得了多动症。到了白河学校第一件事就是因发型不合格，校长亲自带着我去理发，老师们也特别尊重我。现在的我上课认真听讲，能按时完成作业了。"

八年级七班的谢同学在原来的班上成绩属于倒数十名，120 分的数学考试经常得 50 多分，初中刚上了一个学期就对学习失去了兴趣。来到白河学校后，在分层走课时，他发现周围同学学习水平和自己差不多，老师有针对性上课，自己也能听懂了，他不但重新找到了自信，而且提高了学习兴趣。来学校一个半月后，数学成绩就稳定在了八九十分。

一位家长说："我的孩子在原来的学校一周五天至少三天不在

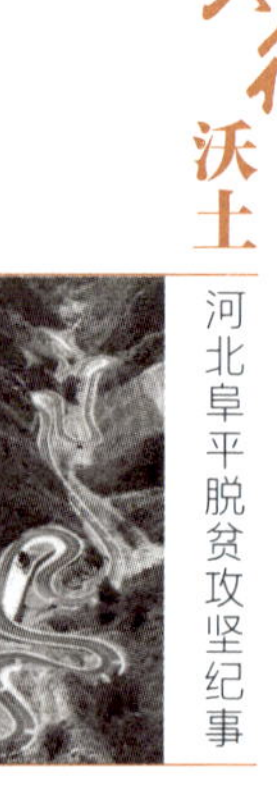

学校，打架、玩手机，上课烧同桌的衣服。到白河学校我只希望能来学校上课就行。后来，老师经常和孩子谈心，特别关心他。让孩子管纪律，还当了德育处学生纪律检查员。现在，他每天都早早地去上学。我就想让班主任老师当我孩子的干妈。”

在保师附校的帮扶下，龙泉关学校、白河学校、阜东小学已经成为阜平的标杆学校。保师附校与阜平的合作办学模式，将教育扶贫由“输血”变为“造血”，真正提升了阜平义务教育的质量，使阜平教育走上了可持续发展的道路！

阜平是革命老区，在新时代大踏步前进的历史征程中，昔日的荣光逐渐淡去，它的步伐似乎有些慢了，它的山似乎有些高了。山里面那一双双渴求知识的眼睛，那一户户贫困不堪的家庭，如此热烈地渴求着希望的曙光。

北果园乡黄连峪村地处阜平县与石家庄市灵寿县交界处，这次县救助办工作人员是去走访一个叫陈飞的孩子。当敲门时，一个小伙子光着膀子来开门，一看来了生人，撒开脚丫子就往屋里跑，大家正在纳闷，小伙子已经换了一件破旧的上衣出现在我们面前，脸上满是歉意，说：“我是陈飞，刚才不知是客人来，没穿上衣，对不住，不好意思。”当走进这个家庭时，大家看到破落的房屋，家里一贫如洗，孩子的父亲在床上躺着，一副有病虚弱的样子。而陈飞和父亲、弟弟正在吃中饭，只有土豆条和稀粥。这怎么能吃得饱？工作人员问孩子，陈飞和弟弟局促地站在坑坑洼洼的地上，好像被人发现了秘密一样不自在。经过询问父亲才知道，这就是一家人的家常便饭，孩子们的父亲长吁短叹。原来这是一个单亲家庭，父亲一人供养两个上学的孩子，父亲又有病不能劳动，每次上学前父亲都要东借西挪地去为两个孩子凑钱，有时一分钱也借不到，只有唉声叹气，无可奈何，愁眉苦脸。陈飞考上大学了，本来是件高兴的事，可那几千元的学费像天文数字摆在父子三人面前，经过一家人反复开家庭会议商定，正要让陈飞这个当哥哥的做出牺牲，外出打工，供养弟弟上学和家里的开支。

当得知县里出台了政策：小学生每年救助1500元，中学生每年2000元，高中学生每年6000元，职中生每年5500元，大学生每年12000元时，陈飞的父亲眼里一下子放出了光芒，“上学都给这么多钱，一定要让孩子好好上学。”两个孩子和父亲喜极而泣，陈飞说：“如果没有县里的政策，我可能要辍学外出打工，去供养弟弟上学，两个人肯定是上不起的。这下好了，我和弟弟都可以有学上了。”

任何事做一次并不是很难，难的是一次次的坚持。“红军不怕远征难，万水千山只等闲”，随时待命，随时出发，正是教育扶贫工作人员一次次的“回头看”，用温暖，用执着，帮助这个绝望的家庭振奋精神，重拾信心。陈飞和弟弟从最初的自卑、内向、无奈走向了阳光、自信、快乐，不再为上不起学而发愁，分散精力，从而把全身心投入到学习中去。

金秋时节，红红的大枣丰收了，这个贫困的家庭也丰收了。陈飞已在县里每年12000元的救助下顺利毕业，将信心满满地走向工作岗位。弟弟也在国家政策的救助下，将在石家庄政法学院完成学业。

再去家里看望这两个孩子及其父亲时，一家人说什么也一定要把树上的枣子带给县里的领导，以表达自己的感激之情。红红的果实啊，凝聚了扶贫人员多么炽热的心血啊。

一个家庭有望脱贫，得益于国家政府的救助，他们用知识来改变命运，实现“救助一人，一人就业，全家脱贫”的目标。

陈飞们是不幸的，因为贫困困扰着他们，但也是幸运的，因

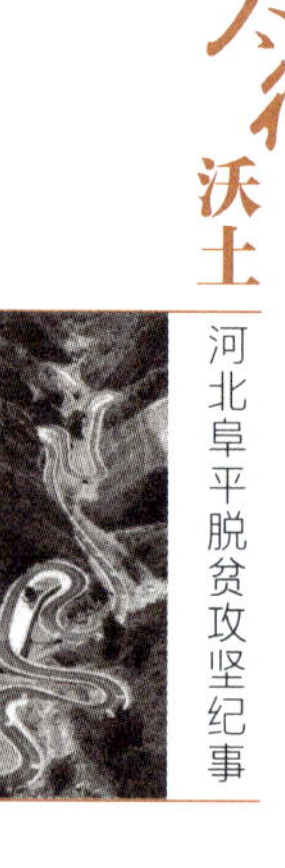

为县里政策的出台保证了他们有学上，上得起学。正像最近见到他本人时说的，“我贫困，但不是永远的贫困。而政府对我们贫困孩子的救助与帮扶的这份幸福却是永远的。”

这只是无数贫困家庭发生翻天覆地变化的一个缩影。从最西边到最东边，从最南边到最北边，那一棵树记得，那一条河记得，在阜平县的大大小小村庄，扶贫工作人员跋山涉水，一次次走进贫困人家，嘘寒问暖，送米送面，用坚实的信念，用真挚的关爱，让扶贫的阳光照亮每一个人，照亮每一座小院，照亮每一个小山村……

你的梦想是什么？

“我的梦想，因国家助学政策的助力而绽放！我一定不负时代，做一个对社会有用的人。”阜平县台峪乡的张怀德这样大声宣告。

好日子是干出来的，扶贫也要先扶志。从小学到初中，从初中到高中，一批批学子贫困而不失志，在扶贫助学政策的帮助下，迈过一道道坎，跨越一座座山，成就了自己的人生梦想，张怀德就是他们中的杰出代表。

张怀德出生在阜平县台峪乡一个偏僻的小山村。从阜平县城出发，乘车五十公里，来到他的家中。只见几间遮蔽风雨的木屋和一个破旧的院落，屋内有陈旧的木桌椅、老式的铁床、整齐的被褥，陈设简单干净但不失温馨，最引人注目的是满墙的奖状。虽然张怀德已经上大学了，但母亲一直舍不得取下。

幸福的家庭是相似的，不幸的家庭各有各的不幸。说起家庭状况，张怀德的母亲泪流满面。在怀德幼年，因为一次意外打击，他的父亲患上了精神疾病。患病初期，他们常年奔波于各大医院，欠下了十几万的外债，但却没能根治。家庭丧失了主要劳动力，日子自此举步维艰。

福不双至，祸不单行。怀德母亲又患上了糖尿病，因家庭贫困，一直得不到很好的治疗，只是用简单的药物维持，家中的生活更是雪上加霜。

家庭虽然贫困，但令母亲欣慰的是怀德自小懂事而爱学。母亲教导他，上学是改变家庭状况的唯一出路。他记在了心里，并努力地践行着。小学、初中，在帮父母劳动之余，他用一张张奖状证明着自己的责任和担当。

2015 年 8 月，张怀德以优异的成绩考入了阜平中学。拿到录取通知书，长大的怀德却感到异常沉重。近 2000 元的上学费用，对一个普通的家庭来说无足轻重，但对于他家来说却是沉重的负担，上还是不上，他犹豫徘徊着。在母亲的再三催促下，在递通知书的瞬间，他欲言又止，心神不宁。虽母亲承诺，再苦也会让他读书，但他的内心却是沉甸甸的，现实的残酷让他倍感焦虑。

老天不负有心人。正在一家人为怀德的学费着急之际，阜中的老师告诉他，像他这样的家庭经济困难学生，可以申请国家助学金，祖国母亲为他照亮了上学之路。2016 年秋，国家实施普通高中“三免一助”资助政策，让建档立卡等家庭贫困学生不仅享受国家助学金，还免学费、住宿费、教科书费，自此没有了后顾之忧的怀德用知识改变命运的信心更足了。高中的求学生活中，他怀着对国家助学的感恩，勤奋学习，发奋努力，为节约时间，他总是跑着去食堂、回宿舍。为了将所学知识融会贯通，他总是举一反三，直到弄明白为止……

艰难困苦，玉汝于成。2018 年高考，张怀德以优异的成绩考入全国 211 名校北京工业大学，圆了自己的大学梦，享受 12000 元的助学补助。当拿到通知书时，他激动地说：“我的梦想，因国

家助学政策的助力而绽放！我一定不负时代，做一个对社会有用的人。”

何止一句感谢！救助工作开展几年来，经常有学生写来感谢信，感恩党和政府。这些莘莘学子用优异的成绩回报了党和政府及社会对他们的关爱。目前已有 304 名受资助的大学生顺利完成学业，同时，受资助的大学生群体，自发作为志愿者参与阜平县的各项志愿服务活动。救助办多次组织研究生支教团对受助学生进行励志宣讲。

扶贫政策如春风化雨，滋润着每一户渴望摆脱贫困的家庭，滋润着每一颗心怀梦想的心灵。这些学子接受了爱的传递，又把这份爱传递给他人。

再崎岖的路也阻挡不了党中央和社会各界人士对阜平这块革命老区的关爱；再高的山也阻挡不了阜平县政府教育扶贫的决心。道阻且长，行则将至。实干是最响亮的语言，深入基层，扎根群众，阜平县在教育扶贫的攻坚大路上，逐梦之花开得正旺。

阜平有句土话：高打墙，阔盖房，不如出个好儿郎！

家有良田百亩，不如一技随身。职业教育大大加速了老百姓观念的改变。一时间，在阜平最耀眼的不是房子，不是食用菌大棚，而是有出息。

早几年，万旭婷上职校的故事，在阜平家喻户晓。万旭婷是阜平县燕头村人，家中极为贫困，她的成功引发贫困村争相报考职教中心的“职教热”。2002 年初中毕业，家境贫困的万旭婷只想去干活，不想再继续上学。然而，阜平县职教中心饭店服务与管理专业半工半读的教学模式和零费用上学，吸引她报考了这个专业。万旭婷每年 900 元的学费先由学校垫交，第一学年前半年，她和同学们围绕服务员岗位学技能、学文化、学职业道德，达到了服务员的岗位要求。下半年，学校安排他们到北京的宾馆实习，工作的同时还有学校老师上课。她每月收入 600 元，半年时间，不仅交上了学校的垫资，还挣了 2000 多元。第二年，她学习和实习的是领班岗位，月收入 1000 多元，除了交学费，还带回家 1 万多元。后来当上北京某宾馆的经理助理，家里新盖了房，妹妹的学习费用也由她给解决了。

陈旭出生在阜平太行山深处的一个贫困家庭，聪明好学。就在初中毕业的那天，刚刚到家，他发现父亲晕倒在地，直挺挺地躺着，便急忙扶起地上的父亲。后来父亲的病治好了，可是身体垮了，常年吃药。父亲的羊群落在他的手上，他不得不成为一个放羊娃。

陈旭没有沮丧，开始了他的放羊生涯。放羊之余，他还要替父亲种地，帮母亲照顾家，这是他的责任。只是，有一些遗憾，他这么年轻，生活对他为什么这么残忍？

有一天，陈旭放羊，被石头碰伤了脚脖子，疼得他一下子跌在地上。身边没有人，叫天天不应，喊地地不灵，他只好趴在地上，大口地喘息，羊陪伴着他。风润润地抚摸着他的脸颊，他隐隐约约嗅到山野和青草的味道，尽情地呼吸着。

过了一会儿，母亲背着柴草过来了，发现了陈旭，急忙蹲下身给他揉脚。陈旭望着母亲头上的白发，心疼地说："妈，别揉了，崴了一下！"母亲叹息着说："小旭啊，你就这么甘心不学了？"

陈旭垂了头说："妈，我长大了，应该照顾家了！"

母亲说："长大是长大了，可你还没有读完书啊！"母亲说话时，投来的是柔情的目光。陈旭不说话了。人啊，就是命，命有一升别求一斗。他的心情平静了，灰冷了，不再抱什么指望！

母亲却不满意，倔倔地说："不能就这么完了，跟你爸似的，

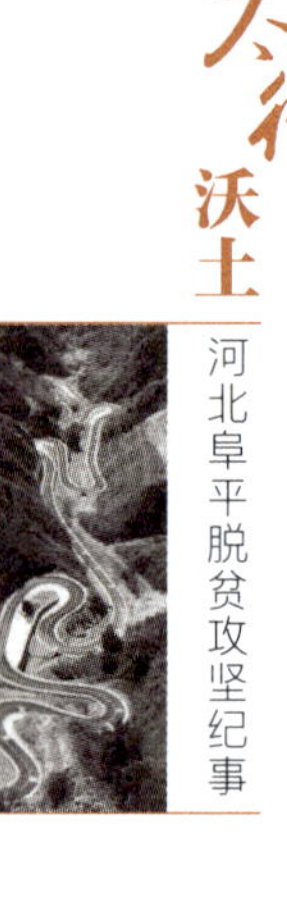

有啥奔头？你想法闯一闯去啊！”母亲的鼓励和安慰，只是精神上的，不能给他解决任何问题。

母亲的话虽说简单，却在刹那间启发了陈旭。

还像父亲一样放羊种地吗？陈旭从父亲身上懂了一个道理，大山沟里的穷人之所以穷，与淳朴勤劳无关，而是对人生没有短期规划和长远考虑，基本是过一天算一天。他不能这样啊，表面看似孝敬，实际上是对家庭不负责任。人到急处，只能去瞎碰。他与初中老师联系了一下，说出了自己未来的意愿。其实，他的情况，老师一清二楚。他没有想到，两个月以后，好运来敲门了！

阜平职教中心老师来找他了，经初中老师推荐，他可以免费到阜平职教中心就读，学习技能，就业脱贫。陈旭兴奋地举着材料，回家跟父亲一说，父亲愣了愣说：“你真是胡说哩，没有钱，能上学？”陈旭解释了一遍，但是，父亲还是不信，陈旭干脆把职教中心老师请到家里。父母这次真的听明白了，读书不花钱，还有助学金！

陈旭离开的时候，母亲给他做了一身好衣裳，人凭衣裳马凭鞍呢，好衣裳能给人增添自信。他告别了大山，告别了羊群，带着家庭的希望去阜平职教中心就读了。新校舍，让他惊讶。阜平县城有这么好的学校啊？简直就像是在大都市读大学。还有什么可说的呢？好好珍惜，刻苦研读吧！父亲身体渐渐向好，只要父母身体不倒，他吃再大的苦也不算什么。他学习修汽车专业，成绩优异，多次拿到奖学金。这时机会来了，经过国家机关事务管理局协调，一汽、上汽、长安和比亚迪四家汽车企业，与阜平职教中心共建阜平梦翔汽车培训基地。陈旭成了这四家企业的代培工人。他把喜讯告诉父母，老人激动得整夜睡不着。

2016 年，陈旭被上汽南京汽车有限公司面试录用，赴南京顶岗实习，实习期间带薪。开工资了，陈旭心情激动，拿着一万元工资回到阜平，亲自交到母亲手上。

母亲接钱的双手颤抖了，惊诧了："挣这么多啊？"

陈旭微笑着说："我现在是顶岗，等我正式上岗了，工资会更高！"

父亲大受感动，眼泪汪汪："儿子好命啊，感谢学校吧，感谢党和政府吧！"

陈旭说："是啊，我们要感恩。"母亲望着父亲，父亲瞅着母亲，几乎不敢相信这是真的。这要传到村里还了得？恐怕没有人不投来羡慕的目光。母亲眼眶一抖，流泪了，不仅仅是这点钱的事，而是儿子有出息啦！父亲脑子里一片空白，只有不尽的羊群在眼前流动着……

2017年，陈旭被上汽南京汽车有限公司聘为正式员工。他又拿回了两万元，递到母亲手上。他笑了，父母也跟着笑。笑声里，张扬着生命的诗意和激情！

后来，陈旭不断给父母寄钱来，一笔比一笔多。

孩子们顺着河流飘走了，这条河流，哪是终点，没有人知道，河流也不是笔直的，有波浪，有坎坷，但是，他们知道起点是阜平。资金回流的地方就是阜平家人致富的源头。

太行山里最壮美的是大山，比大山更壮美的是大山里的日出。当一轮硕大通红的朝阳冲破重重遮挡，跃出大山的时候，正是孩子们精神抖擞奔向校园的时候。太阳在升高，孩子在奔跑，这画面，美得让无数阜平人陶醉……

第八章 手工业的冬天和秋天

河北阜平脱贫攻坚纪事

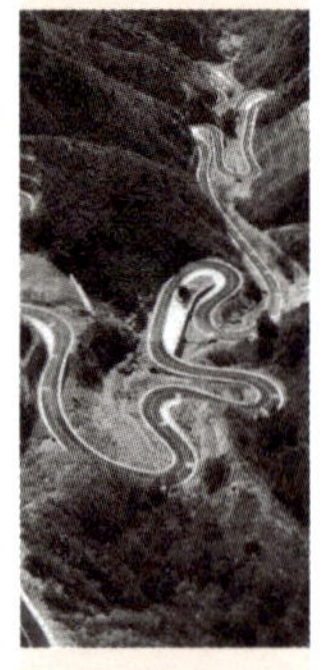

手工业技术含量低，零污染，操作简单，即时收益，适合男女老少、老弱病残，适合山区扶贫，可是，阜平的手工业，一直没有发展起来，这一问题深深地困扰着阜平干部群众。

就这一项目，该怎样破局呢？各级政府领导反复商议，决定从高碑店的白沟引进经营管理人才！高利鹏没有想到，历史的重担会落在他身上。他激动，他惶恐。激动的是，组织上如此信任自己；惶恐的是，自己能否挑起这份沉甸甸的担子呢？最终，他怀着一份责任感，愉快地接受了组织上的重托。后来，阜平人都知道，阜平手工业的蓬勃发展，都与高利鹏有关。

高利鹏，40 岁，中等个头，方正脸，红润润的，高鼻梁，大眼睛，两条浓眉，表情厚道又不失一种精明。他不是阜平人，他是保定高碑店白沟农业综合服务中心副主任，现在是阜平县政府办公室副主任，县长助理，兼任县手工业领导小组办公室主任。阜平发展手工业，为什么偏偏从白沟调人呢？

这得先从保定高碑店白沟的手工业说起。改革开放初期，白沟有着响当当的知名度，一度成为北方小商品批发之都，商业重镇，物流中心，当时造假成风，后来严格规范治理，生产自主品牌，比如箱包、衣服、鞋袜，经销全国，甚至出口海外！

高利鹏河北农大毕业，从小在农村长大，对农民有着深厚的感情。2015 年春天的一个上午，白沟镇谢镇长把高利鹏叫到办公室，郑重地说："市委要从我们镇找一名懂手工业的干部，去太行山贫困县阜平挂职！三年扶贫，然后就回来！我和管委会张书记，都觉得你最合适！"高利鹏听了一愣，三年啊，高碑店到阜平，两个钟头车程，老婆答应不答应呢？高利鹏说跟老婆商量商量。谢镇长让他立马给妻子蒋玉兰打电话。蒋玉兰是高碑店一中教师，正组织学生考试，没有接电话，谢镇长气恼地说："你小子啥时候，

还得妻管严了呢？过了这个村儿就没这个店儿啦！”高利鹏想了想，咬了咬牙说：“镇长，我答应你啦！”谢镇长当即就跟张书记报告了。高利鹏觉得老婆蒋玉兰那关不好过，晚上回家就试探着说了。蒋玉兰又哭又闹，一阵接一阵。高利鹏硬气了一把，咆哮起来：“放肆，别人能去，我为什么不能啊？”第二天，高利鹏回家，蒋玉兰又坐在沙发上啜泣：“你一拍屁股走了，我学校管的毕业班，这一家老小我真弄不了啊！”高利鹏心慌了，老婆蒋玉兰性格挺硬，她这道坎儿不好迈，于是就打了退堂鼓。

高利鹏找到谢镇长，作出痛苦不堪的表情：“镇长啊，救救我吧，去不了啊，家里打翻了天啦！”谢镇长严肃地说：“我都与张书记说了，已经报到保定市委了！你要不去，我咋跟张书记交待啊？”高利鹏被噎了回来，内心十分矛盾，只好赶紧哄老婆，做思想工作。蒋玉兰情绪稍微有些好转，高利鹏攥着拳头，对着蒋玉兰表态：“老婆，我答应谢镇长以后，也后悔了，可是，天下哪有卖后悔药的？你那天要是接我电话，不就啥事都没有了吗？”蒋玉兰瞪眼说：“你还成猪八戒了，倒打一耙啊？”高利鹏笑了：“是我的错，老婆，阜平是革命老区，习总书记挂念的地方，扶贫是一件光荣的事儿，我不仅要把白沟的手工业带过去，还要把白沟精神带过去！我考考你，你知道白沟精神吗？”蒋玉兰倔强地说：“当然知道，敢试，敢闯，敢为人先！”高利鹏嘿嘿笑了：“不愧是我高利鹏的老婆！阜平脱贫，等我立功了，军功章都给你！”蒋玉兰说：“谁稀罕你那功章、奖状，我想通了，你一个大老爷们儿，一辈子不能老在沟里窝着，应该出去闯闯！”高利鹏笑了，生活中真的没有看不明白的事理，没有解决不了的难题！

报到那天，蒋玉兰又让高利鹏吃了一惊，没有想到，蒋玉兰不仅不再阻拦，还亲自送他到了阜平。蒋玉兰到商场给他买床单、买被褥、买脸盆，担心他的本田车爆胎，催人换了新的轮胎。高利鹏上下打量着蒋玉兰，感动了，伸手一把抱紧了她。人生在世，判断别人，也鉴定自己，他暗暗发誓：凭老婆这劲头，我一定在阜平干出点名堂来！

高利鹏受到了隆重的欢迎，郝国赤书记、刘靖县长、扶贫办主任陈业铭都参加了欢迎仪式。郝国赤说："小高，我是高碑店人，我们是老乡啊！阜平欢迎你，细里说，阜平手工业需要你！"高利鹏感到温暖，笑了笑："我听郝书记和刘县长指挥，把白沟手工业带过来，也把白沟精神带到阜平！"郝国赤微笑着说："利鹏，给你安排政府办公室副主任，主抓手工业，你会开车吗？"高利鹏说："会开车！"郝国赤说："给你配车配司机！你的车轮子得转起来啊！"

但是，很快出了一个岔头，让阜平人领略到高利鹏是有个性的人。原来说好让他当政府办公室副主任，不知是哪个环节出了问题，公布的时候他是阜平扶贫办公室副主任。高利鹏一听就恼了，马上给阜平组织部长朱冠军打电话，倔强地问："咋变了呢，我不干了！"他一赌气，开车回了高碑店，他不是要官，他是要尊重，要干事的平台。刘靖县长知道了，急忙去高碑店把他接了回来！

那天中午，刘靖请高利鹏吃饭，高利鹏讲了自己的想法，刘靖握住高利鹏的手说："利鹏，你的名字有鹏，到阜平发展，定会大鹏展翅！"高利鹏嘿嘿地笑着："一切听县长指挥！"刘靖说："我们是同龄，属兔，以后就哥们儿相称啦！你从白沟来，手工业，你是行家，你说咋办就咋办！"高利鹏对刘靖的表态有些意外，这年轻县长没架子，外表书生气，却性格豪爽，敢作敢当，共事将会很愉快。果然，刘靖把高利鹏安排当县长助理，叮嘱阜平的同

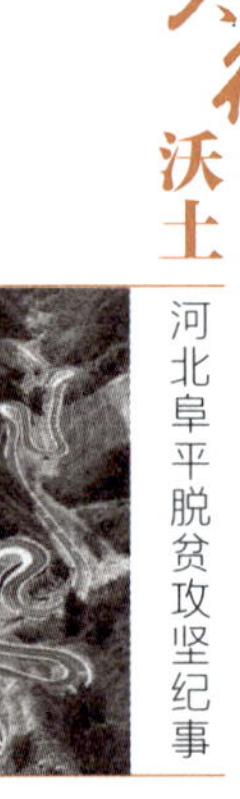

志们，高利鹏是手工业行家，一定放权，让高利鹏放开手脚干！高利鹏听了，浑身的热血在激流涌动，心头升起一股跃跃欲试的冲动和激情。他不由得想起了那两句诗句：你有鳍，这里就是大海；你有翅，这里就是蓝天。高利鹏觉得自己真的很幸运，遇见了刘靖这样开明的好领导，自己没有理由不努力地大干一场，更没有理由不干出一番成绩来！

一切都安顿好了，高利鹏开始到基层搞手工业调研。他单枪匹马地走访老百姓，来到阜平东漕岭村。村里有一个小型玩具厂，生产毛绒玩具。这个厂子由于订单不足，并且层层转包，加上管理不善，工人每月只挣一二百元，平均每天五六元。

一个人一天干十个小时，只挣五六元钱！

高利鹏简直惊呆了！这是多么廉价的报酬啊！

五六元钱！在当今的市场是多么微不足道啊！我们的父老乡亲就是这样，勤劳地高额付出，得到的却是如此微薄的回报！他们怎么能不贫穷呢？高利鹏眼睛酸了，不敢瞅，瞅一眼就心痛！

高利鹏在东漕岭村感触颇深，又走了几个村庄，手工业几乎是零。他心中不免涌上一丝悲凉。他觉得，阜平贫困户陷入两难境地。他给算了一笔账，食用菌覆盖不到的地方，只能种玉米土豆，秋后算账，去掉各种开销，剩下的就是一点口粮，卖点口粮就是血汗钱。然后就说，打死明年也不种玉米了，可是，第二年开春，还是要种！搞小手工副业吧？一天挣这五六块钱，确实寒酸，然后就绝望地说，不弄了，挣的五块钱不够买一包烟抽的！可是，农闲下来，还是继续弄。农民自己用汗水换来的，不是财富，仍是两手空空。贫穷是魔鬼，魔鬼吃人，小鬼缠人，如何打破这种无奈的怪圈呢？

刘靖听高利鹏说了这个情况，叹息说："一天才挣五六块钱，干啥啊，还不如待着呢！这原因在哪儿啊？”

高利鹏想了想说：“原因是多方面的，一是技术问题，导致产品不精，二是管理跟不上，三是订单倒了几道手，到我们这里就没啥利润了！”

刘靖听着，陷入沉思。

高利鹏说：“跟广东深圳咱不比，就说我们白沟的工人吧，干一天活，能拿150元！企业还包吃包住，这差距也太大啦！”

刘靖诚挚地说：“利鹏兄，这就是阜平作为全国贫困县的差距，关键是没干过，烧香都找不着庙门啊，你来了，我就踏实多了，如果能达到白沟的水平，老百姓就能够致富了！”

高利鹏脑子热了一下，瞬间又冷下去了。刘靖觉察到了高利鹏脸上神情的变化，也知道他此时内心的波澜，但他理解，于是，不动声色地说道：“利鹏老兄，我知道你难，但是，难也要给你下目标，我们一年内就要达到白沟的水平！你有信心吗？”

高利鹏说：“应该会的，眼下，需要找到一个最佳黄金点啊！”

刘靖欣赏地看着高利鹏，情不自禁地说：“时间不等人，你说得对，立马给我找这个黄金点。我给你财权，签字权！”

高利鹏支吾说：“不，我是来干事的，不要财权，更不签字！”

刘靖坚定地说：“没有签字权，你的想法就没法执行，这涉及补贴和扶贫款的合理使用啊！我相信你，你不往兜里装，我也不往家里拿，签字怕啥啊？”

高利鹏答应了。他感谢领导对他的信任，脑子里想法不停地闪跳着，好像就要破壳而出！

刘靖有一种紧迫感，手工业发展，不仅要让百姓眼前得利，还有一个深层思考，搬迁村庄正在规划，高楼盖好了，老百姓就搬进高楼，他们大部分人要靠手工业生活！阜平手工业起不来，

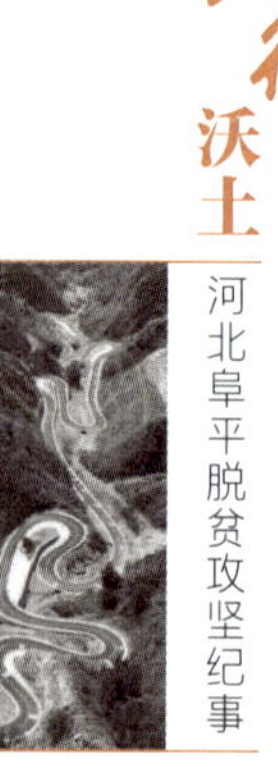

等于隐藏着一颗炸弹，他和郝国赤书记寝食难安啊！

高利鹏懂刘靖的心，有些人配合领导，夹杂着个人私心，见风使舵，投其所好，这种人容易让领导眼花缭乱，群众失望，高利鹏讨厌这种人，他要靠努力工作来证明自己，帮助领导缓解压力。压力传导到他自己身上。

冬天寒冷，高利鹏竟然上了山，登山也许能解压。望着一棵椿树，他走近了一闻，臭椿，臭椿的树冠在凋零之前可能突然辉煌起来！高利鹏等的就是这个奇迹！高利鹏对手工业的思考：创新培训方式，为了吸引群众参与到手工业中来，提出了三个月的培训期。真是厉害。制定规则，是针对阜平百姓的；制定优惠政策，是针对老板的。他想到每个农民一天 50 元保底，县里财政扶贫资金支持 40 元，这钱给企业老板，老板再补 10 元，款项由老板向农民分发，老百姓有了积极性，也给外地老板一个不小的诱惑。天空更加明澈，山坡的作坊也亮了。

他被自己的想法惊到了！

刘靖听了方案，细细思量，心中怦然震颤，高利鹏却是胸有成竹，信心满满。为了确保万无一失，政策出台之前，他们在顾家台做了试验，效果极好，后来证明，这个破局大手笔，为阜平手工业快速腾飞插上了翅膀！

起初动意，源于王恩东的一个邀请。王恩东是保定银行在顾家台的驻村干部，挂职副县长，他邀请高利鹏到顾家台考察，希望建一个手工业企业。顾家台过去也有一个毛绒玩具厂，30 个工人，产品单一，销路不畅，工人干三天歇五天，农民已经寒心了！王恩东想让高利鹏引进白沟企业，彻底改变被动局面。顾家台村外对面有一座破旧粮站，装修一下可以当厂房。建立顾家台九歌皮具厂！两人一拍即合。高利鹏需要马上干两件事，一是马上回白沟，找到老板朋友李守涛，请他来顾家台经营；二是跟郝国赤书记和刘靖县长汇报，政府出资装修旧粮站。李守涛那边说妥了，他和曹英才副县长拿着一个报告找到刘靖，申请20万装修资金，刘靖看了看报告，说给你们一半好吗？高利鹏坚持说："还是都给了吧，我们逮个耗子还得夹个豆呢，白沟那的李守涛老板我都说了，变了，怕是人家误认我们没诚意！"刘靖想了想，手工业这一项，是在啃硬骨头，解决贫中之贫、困中之困的难题，第一把火，对于阜平多重要，他心里最清楚。他严肃地说："好吧，君无戏言，你这第一炮可一定要给我打响啊！"高利鹏说："君子一言，驷马难追。保证打响，双赢！"

挣钱的事谁会往后缩呢？

可是，消息传开，县里引起不小争论，哪有政府贴资干手工业的？企业的利润老板拿走了，老百姓拿着保底资金混日子，这不是变相低保吗？高利鹏到底是人才还是庸才啊？流言蜚语，令高利鹏感到寒心。郝国赤认为找一个人才不容易，他担心高利鹏听见议论影响情绪，就让刘靖多多照顾高利鹏，刘靖也正有此担心，很快约见高利鹏，给他鼓劲。高利鹏激动地说："县长，人家说啥，咱都理解，你放心，我不会打退堂鼓的。出水才看两脚泥呢，这是一次探索，涉及到一个观念问题，只有悄悄把顾家台搞起来，让阜平干部群众看到一个好的模板，老百姓受益，企业受益，县里还得税收，多赢局面一来，非议自然解除，还会遍地开花的！"刘靖松了一口气，笑了："好，你比我想得开。"郝国赤也如释重负。说干就干！高利鹏全身心地投入到了工作上，整天早出晚归地来往于顾家台和白沟之间。经过十几天的奔波，高利鹏的辛苦有了回报：旧粮站装修好了，老板李守涛又零打碎敲地收拾了一下，基本达到了开工的条件。

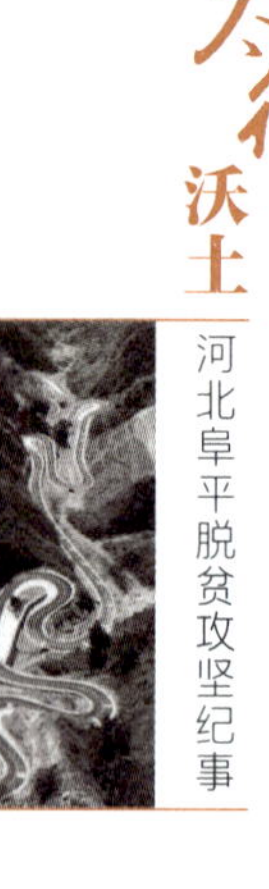

2015年11月15日，顾家台九歌皮具厂正式开张了！招收村里71个农民，生产箱包等皮具。

山中无老虎，猴子称霸王！尽管规模很小，开张，经营，生产，都很低调，还是在老百姓中传开了：高利鹏从白沟请来了大老板李守涛，马上在顾家台开皮具厂了！消息像雪片一样迅速传开，不少人顶风冒雪到这里参观。高利鹏催促刘靖赶紧向全县推广，刘靖还是沉得住气，他要亲自到顾家台九歌皮具厂看一看，摸摸底。

顾家台村口与粮站之间还有一段距离，一个很陡的斜坡，汽车根本开不上来，需要步行进厂。李守涛老板的奔驰汽车也只好停在山坡下边的空地上。刘靖的车自然也开不上来。此刻，高利鹏在顾家台村口迎接刘靖。太行山冬天冷，寒风似乎钻进脑袋里去了，刘靖的脸都冻红了，可再冷也没有冻掉他的热情。刘靖步行爬坡进厂。他与老板李守涛从成本、管理，谈到销路。刘靖感觉到，强化平台对接，白沟的老板确实有经验，手工业扶贫，并非是政府的独角戏，也不能光靠扶贫干部，而是要通过各种渠道调动社会各界参与！

刘靖见到工人马兰英问："一天收入多少啊？"

马兰英说："保底的50元，再多干一些，可以拿到70块！"

刘靖笑了："好啊，这车间有点冷，多穿点啊！"

马兰英说："冷点是冷点，有钱挣了，就不怕冷了。我们这些老百姓啥苦没吃过？"

刘靖望了高利鹏一眼，欣慰地笑了："是啊，路走对了，就不怕远，心里热了，就不怕冷啊！"

马兰英还跟刘靖说，自己开始没信心，是李艳红厂长多次到家里做工作，不然她就与皮具厂无缘了。"我家等着这些钱过日子哩！"讲得她几度哽咽，眼泪汪汪。

刘靖心中有底了，回到县政府马上开会。

2015 年 12 月 17 日，阜平县政府出台手工业工资三个月保底扶持政策！

阜平轰动了。手工业非常重要，有条件的上，没有条件创造条件也要上。高利鹏第一炮打响，整天忙得不可开交。有一天，山咀头村 70 岁的老支书韩少福主动找到高利鹏，请他找白沟老板到山咀头村建厂，越快越好。高利鹏到村里看了看，条件不成熟。可是韩支书坐在他办公室不走，让高利鹏很无奈。韩书记给他算了一笔账，一人一天挣 50 元，一年 365 天，就是 18000 元。如果 100 个农民干，一年就是 180 万，农民不用出村，又可以照顾土地和家人，哪有这么好的事啊？

韩支书又把高利鹏带到山咀头村，让他看那座废弃的旧学校，说这校舍可以改造成厂房，免费给老板用。高利鹏被韩支书的诚意感动了，回到白沟就找老板，连续请来 14 个老板过来考察。可是他们都失望地离开了。高利鹏看见韩支书，心中不甘心。

高利鹏想到了汤庆瑜。汤庆瑜是浙江台州人，多年在白沟经商，在白沟这边铺得很大，精力确实有限，所以对在阜平建厂不感兴趣。高利鹏请汤庆瑜吃饭，让李守涛作陪，现身说法。高利鹏端起酒杯，站起来说："在白沟，你们俩都是我的好朋友，我喝酒过敏，你们知道。但是，今天，我个人掏钱请客，还必须喝酒，一是感谢守涛兄弟，给我面子在顾家台建了皮具厂，二呢，我今天请庆瑜老兄，过去到山咀头村建厂！"说完，仰脸将酒一饮而尽。

喝完了，高利鹏脸上胳膊上就起了一层红疙瘩。酒精上了头，脑袋里有多个人影在转圈。他冷着脸，像是跟谁赌气似的还要举杯。

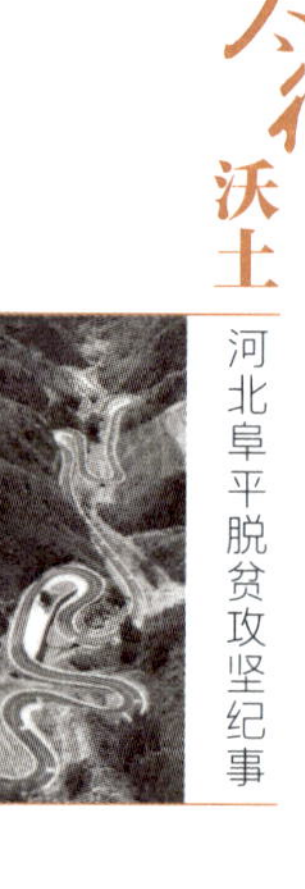

李守涛拦住高利鹏说："你喝酒那点本事谁不知道啊，别喝了，再喝我替你喝吧！你可是阜平的宝儿，出了啥岔头，我们哥俩担待不起啊！"

汤庆瑜也喝了酒，感叹道："我算明白啦，利鹏老弟啊，你啊，啥都别说了，今天我感觉你啊，不再是一个白沟人，而是变成一个阜平人了。好吧，山咀头的事，冲你也得投资啊！"

高利鹏笑了："好，哥儿们冲我，我感谢！郝书记和刘县长，人都挺好，非常给力，大环境没问题，老百姓善良淳朴，致富愿望很高，那个韩支书啊，恨不得把你当菩萨供起来，守涛可以见证。有一点不是吹牛，我这县长助理，还是说了算的，你们的利益绝对有保证！"

汤庆瑜说："讲讲优惠政策啊！"

高利鹏笑了笑，说："韩支书说了，学校改造厂房，不花钱，还有政府资金补贴！"

汤庆瑜就跟高利鹏到了阜平山咀头村。韩支书带领村里的秧歌队，在村口表演欢迎。孩子们献花，汤庆瑜接过鲜花，花很香，不规整，高利鹏悄悄告诉他，这可是孩子们上山为你采的野花。汤庆瑜心头一热，看完学校就拍板答应了！

签约仪式过后，汤庆瑜开车走了。

韩少福支书抓住高利鹏的手，激动地说："谢谢利鹏，我代表山咀头老百姓谢谢你！"说着用颤抖的手，翻开一个卷边的笔记本，哽咽着说："我这都记着呢，太不容易了，太不容易了，你来村里上百次，算上这汤老板，一共请来老板 15 个！"

高利鹏感动了，连连说："别说感谢，你我都是党的人，为老百姓多干事，应该的！你韩支书都 70 多岁了，应该在家享福，不也是整天给老百姓奔波吗？说实在的，山咀头条件差一些，是您感动了我啊！”

韩少福支书表态：“我们一定做好工作，不让你的朋友失望！”

山咀头村手工业开张了，效果良好。汤庆瑜看似有实力，奔驰汽车，喜欢打牌，不论输赢都泰然处之，一副内力很足的样子。汤老板是冲高利鹏来的，既讲情义，也讲效益。

高利鹏不说套话假话，对老百姓热情、尊重。他思想在提升，另一种意识也在不断提升，而且越来越强烈，那就是做老百姓的贴心人，做老板的服务员。这种意识常常提醒他，别在乎提拔不提拔，自觉将干部角色转换成勤务兵。意识一转变，工作就变成了对价值的追求。追求人生价值是一种理想，理想嘛，免不了有些浪漫色彩。

阜平的政策对路，手工业发展飞速，到了 2016 年 12 月，全县手工业企业已经发展到 243 家。

可是，前进路途总是充满坎坷！经营过程中，山咀头村工厂出了一些问题，老板为了提高工人积极性，常常慰问工人，每人奖励 100 斤大米，一桶食用油，等等。有一次将 100 斤大米，改成了 50 斤。不知村民怎么想的，竟然用罢工的方式对付老板！

消息传到高利鹏那里，他赶紧处理此事。从汤庆瑜嘴里得知，事情是两个方面，一是培训费由老板垫付，验收合格后才拨付给老板，由于阜平手工业点儿多，工作量大，政府补贴跟进较慢。有些老板资金周转出了一些问题，有一些怨气，给予工人的福利有了缩减。二是通过三个月的培训期后，工厂施行计件，有人工资每天达到了七八十，所以福利减少了一点儿。

高利鹏说：“你汤老板是不是对我高利鹏有意见啊？”

汤庆瑜说：“你是好意，我们是哥儿们，我不是挑理的人，我对你有什么意见？我是生村里工人的气！自私自利，目光短浅！”

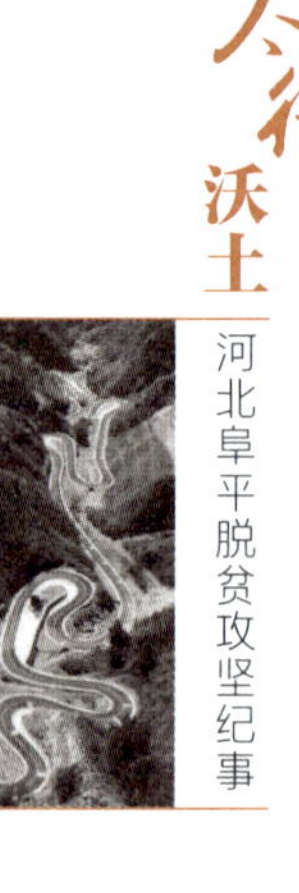

高利鹏说："对工人有意见，就是对老百姓有意见，我可得批评你了啊！你对我咋着都行，我接受批评！"

汤庆瑜与高利鹏摊牌的时候，毫不含糊："你是扶贫干部，我呢，是扶贫老板，我提醒你别忘了，扶贫不能惯着农民，不能由着他们的性子，不能眼睁睁看着他们把工厂毁了，要让他们知道，锅里没有碗里也是空的，没有了利润，老板可就脚底抹油跑了！我丑话都说了，到时你别怪我不讲哥们儿情面啊！"他苦不堪言地皱了皱眉。

高利鹏听着，心里一沉，再大的鸟火也得肚里憋着："汤老弟，你不能这么想，还没到那个地步，我一手托两家，如果遇事甩手不管，对不起老百姓，也对不起你。其实，发生这样的情况，首先是倍感意外，其次是感到惭愧和内疚，你理解我的意思和心情吗？"

汤庆瑜意识到这次谈话的严重性，说："我常跑白沟，这边事情顾不上，事先，你们没有听到一点风声吗？"

高利鹏摇了摇头，他真没有听到罢工的任何信息："庆瑜啊，韩支书住院呢，他们就肆无忌惮了。唉，林子大了啥鸟都有，别往心里去啊！"

汤庆瑜叹息一声，点点头，说："我不奢望老百姓恭维、讨好，而是希望得到应有的尊重！"

高利鹏说："我理解你，放心吧，危机会过去的，面包会有的！明天我给他们开个会！"

汤庆瑜苦笑了。电话响了，他说有事先走了。可是，汤庆瑜发的一些牢骚，高利鹏听了有些尴尬，后背上渗出冷汗。多亏刘靖县长没来，如果来了，尴尬的就不仅是他自己了。

夜晚是黑的，树冠和屋墙遮蔽着星光。如同世间琐事，因为混沌难以看清本质。面对突如其来的罢工事件，高利鹏陷入深沉的思考中。此事，得赶紧告诉韩少福支书。尽管老支书病了，也不能瞒着了，罢工再拖下去，皮具厂就真的黄了！

第二天早上，汤庆瑜没在，高利鹏来到山咀头村，亲自给工人们开会。人们的目光落在高利鹏的脸上。高利鹏一脸庄重，十分严厉地说："有些事，是公说公有理，婆说婆有理，但是，罢工的事，就是你们没理啦！你们说，饥了，给一口就是雪中送炭，饱了，给一斗也是锦上添花！这大米、白面、食用油，都是老板送的，公司的钱，就是老板的钱，给多给少根据账面财力调整，哪儿还有一成不变的？你们不仅不该罢工，而且应该感恩才对！你们说呢？"

工人不说话了，现场鸦雀无声。

高利鹏的声音很高，像一声雷，响在人们的头顶上："我说你们傻不傻啊？汤老板是浙江人，虽说精明，但是讲规则，有责任心，你们得罪他一点好处都没有。好好干博得老板的赏识，好处很多哦，这个道理还用我多说吗？"

人们开始议论起来，说自己的理由，顿时闹声嚷嚷。

韩少福支书听说村里工人罢工，气得险些背过气去，不顾医生阻拦，让人从医院接回村。司机搀着他过来了。高利鹏能看清韩少福憔悴而布满皱纹的脸和慌乱不安的眼神。韩少福颤抖着双手，指指点点地吼道："你们啊，放肆，放肆，真是老和尚打伞，无法无天啦！让我怎么说你们好呢？"

有个老头涨红了脸，用破锣似的嗓子喊："汤老板唯利是图，应该加工资！不应该削减我们的福利！"

还有个妇女说："起早贪黑的，挣这点辛苦钱，还不够塞牙缝的呢！"

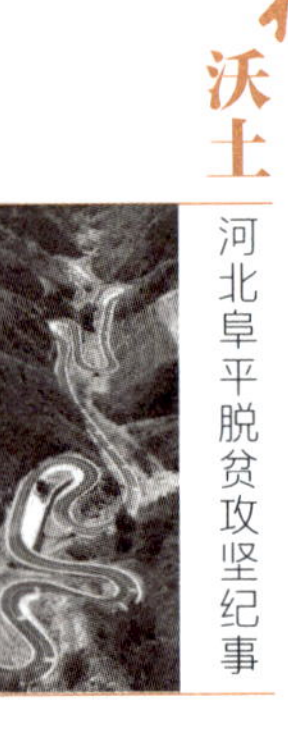

韩少福骂道："废话！混账话！"

高利鹏走过来，扶住趔趄的韩少福："韩书记，别生气，你身体好些了吗？我正想到医院看看你呢！"

韩少福拿出速效救心丸，含了几粒，缓缓地说："利鹏啊，不用管我，对不起，又让你跟着操心了！"然后扭转身，继续说："人哪，不能太贪心，一贪心就走邪啦！按山咀头的规则，外来人是客，从礼节上讲，汤老板是外地人，还是浙江人，对我们工人不错，我们应该向人家认个错，只有这么一来，汤老板才能消消气，有个台阶下，如果恩将仇报，硬碰硬，汤老板大为恼火，说走就走了，到头来，受损失的还是我们山咀头的老百姓！别挣了点钱就不知道自己姓啥，你们到那时，哭都来不及啊！"

人们哑口无言了，有的人脸唰地红了！韩少福这一席话，让工人们悔恨自己了。

高利鹏说："韩书记都这把年纪了，为大家操碎了心，你们可别辜负了他的心啊！"他的话说得软，但也是实情，老百姓们不再申辩。

韩少福大手一挥说："好事不出门，坏事传千里。传到十里八庄，你们还有脸见人吗？听清楚喽，明天都给我上工，明天都给汤老板认个错，谁要是不来，不认错，就算自愿辞职，我们再招新人，听懂了吧？"

工人们噘着嘴，悻悻地走了。

韩少福望着他们的背影，转身对高利鹏说："唉，让利鹏主任见笑了，没有办法，一群见钱眼开的家伙！懒驴不打不拉磨，犟牛不打不踩沟！你放心，我们明天会来复工的！"

高利鹏觉得，农民素质的提升，还需要时间。天下的事情，凡是涉及自己利益，智慧的透视就会模糊起来，俗话说，这叫当事者迷！这个危机化解了，他还得与刘靖县长商量，怎样追付拖欠老板的款项，像汤庆瑜这样的白沟的老板大多是他拉来的，也不能苦了人家。刘靖县长很快催促办理，因为搬迁社区的手工业工厂也开始上马了。手工业分散，看着不起眼，但是面对人群广泛，从 80 岁的老人到几岁的小孩都能干，这是任何产业都无法与之相比的优势。

2016 年 1 月 20 日，刘靖带着戴鹏炜副县长、县财政局长等人到各乡镇调研。全县有 15 人以上的加工点 14 个，他们差不多都转了一遍。调研过程中，刘靖又有了新的思考，关于手工业的话题多了起来。刘靖对高利鹏的工作比较满意，问：“利鹏，你一个人一年带动 3000 人，怎么样？有把握吗？”高利鹏还没有反应过来，常务副县长戴鹏炜插话说：“我看啊，带 8000 人呢？”高利鹏爽快地说：“二位县长，3000 人，8000 人，还是少，只要你们舍得投入，一年至少 10000 人！”刘靖笑着承诺：“没问题，我们会按照程序及时兑现补贴政策，你把这事给我办好！”高利鹏爽快地说：“军中无戏言，放心吧！”

2016 年 6 月，国务院扶贫办主任刘永富到阜平调研，称赞阜平的家庭手工业，让老百姓守着家门口就挣到了钱，工人涉及男女老幼，覆盖扶贫，便民扶贫，是一件大好事！

高利鹏果然没有跟刘靖吹牛，许诺变成现实，到了 2016 年底，全县手工业达到 243 家，吸收贫困从业人员 12000 多人。

高利鹏觉得，阜平手工业最严峻的时刻过去了，以后是升级爬坡阶段。到了 2018 年，高利鹏来了已整整三年。按挂职规定，他准备回白沟镇去了。他知道，自己是事业编制，不求提拔，只求无过。可是，在阜平干部群众心中有一杆秤，他哪里是无过，而且是功劳卓著。郝国赤书记退休，刘靖接任县委书记，似乎忘

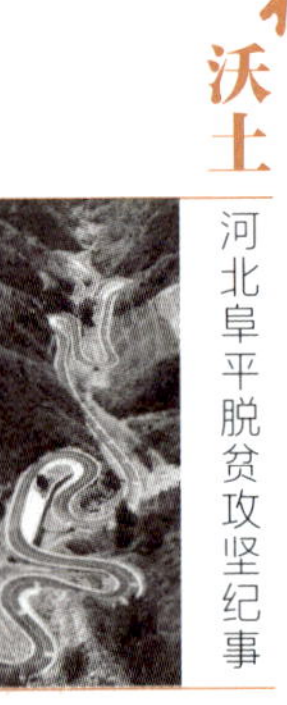

记高利鹏挂职行将结束，已经把他当成阜平干部了。领导与下属，上下齐心，共克时艰，肝胆相照，工作久了，彼此产生了深厚的感情。

刘靖舍不得高利鹏离开，但又不知以什么样的方式挽留他。

高利鹏想回家布置一下，马上回到白沟，以后可以天天跟家人一起生活了。不管怎样，回去会轻松一些，心里的烦恼总要少几分。

高利鹏开着汽车回到了家，家门口的白杨树高过了门楼，风一吹，树叶哗哗响。油绿的树叶，闪着金灿灿的光亮。当年为了让妻子高兴，他还种植了玉兰花。高利鹏到家就夸奖妻子蒋玉兰，无论怎样夸奖，女人都安安静静，在家里不声不响忙家务，批改学生作业。高利鹏对蒋玉兰说："老婆，这三年辛苦你了，我马上要回白沟工作啦！"蒋玉兰表面轻松，其实天天盼着这一天，她嗔怨说："你还知道回家啊？"高利鹏说："是啊，扶贫挂职都是三年一轮换，我应该回来了，好好帮帮你！"他发现蒋玉兰的容颜、体型没有什么大的改变，教师职业，让她保持了良好的身体状态。蒋玉兰有个职业习惯，开始向教学生一样，向他训话了。高利鹏耐心地听着，可是，没几分钟就在沙发上睡着了，打起了鼾声。蒋玉兰给他盖上毛毯，揉了揉太阳穴，无奈地摇了摇头，她懂高利鹏，他是一个经历坎坷却依然有梦的人。

蒋玉兰感到了不妙，高利鹏回家的路怕是有变。

命运总是不如人意，甚至是煎熬。但是，人在矛盾和煎熬中会成熟起来，坚强起来。果然，高利鹏回白沟的事遇到了一个大难题。阜平方面真诚挽留他，不让他回白沟了。除了刘靖书记的真诚挽留，还多了一个因素，70后贾瑞生到阜平接任县长了。贾县长也是高碑店人，他的同乡，好朋友，贾县长根本不是挽留，而是直接命令："不能回白沟啊，把工作关系也办到阜平来！"高利鹏惊讶了，左右为难，左说右说，都不能让领导松口，还有一个因素，他从白沟拉过来的手工业老板说，我们可是冲着你高利鹏来的阜平，你前脚一走，我们后脚就走，不信你就试试！唉，高利鹏真正犯了愁，他只能摆出一副可怜相，为了家做着最后的努力。他是有个性的人，口头禅是：没有谁能阻挡我，谁也不能阻挡我！可是这次失灵了，真有人阻挡他回白沟了，可是，这可咋跟老婆交待啊？

回到家，高利鹏心中忐忑，把话一说，蒋玉兰的表情却出乎预料。蒋玉兰平淡地说："我早预料到你回不了白沟啦！"高利鹏问她怎么知道，难道能掐会算吗？蒋玉兰微微一笑，不吭声。高利鹏抱着妻子，难受地絮叨着："老婆，我怎么办？怎么办啊？"

蒋玉兰沉默了一会儿，突然严肃地对高利鹏说："事到如今，你到了最关键的时刻，我不哭了，也不会骂你啦，阜平需要你，手工业需要你，你强行回家，反倒显得不好了。人生很长，最关键的就那么几步，你的年龄还行，就听领导的吧，让留就留，让调就调，其实啊，从你内心来看，已经把心留在阜平了，家里的事，我依旧替你顶着！"

蒋玉兰这番朴素的话，让高利鹏鼻子一酸，他腾地坐起来，感激地望着仰面而卧的蒋玉兰。蒋玉兰有些惊讶："怎么这么瞅我？不认识啦？"高利鹏温柔地俯下身子，再一次抱紧了蒋玉兰。女人的体贴，让高利鹏感受到了婚姻的幸福，两行泪水从高利鹏的眼睛里涌出来，他哽咽着说："玉兰，委屈你啦……"

高利鹏回到阜平，把家里的事跟贾瑞生县长说了。贾瑞生感叹道："你老婆不愧是我们高碑店人啊，就是明事理！"

贾瑞生是一个年轻而有魅力的县长。2019 年 1 月 30 日，他

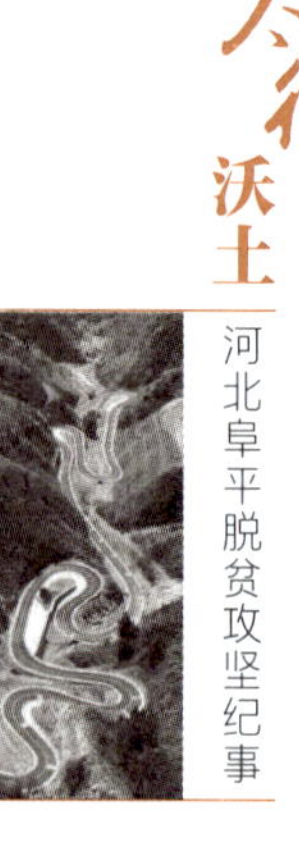

当选阜平县县长。他高高的个子，帅气、挺拔、干练，不仅务实，而且口才好，风度翩翩。从他嘴里常常听到实在而有哲理的语句：遵守道义，呵护情义，放眼正义，献身大义！阜平人一定要感恩，知恩图报，彰显燕赵侠风！他勤奋好学，年纪轻轻，看问题有高度有深度。他父亲是高碑店的企业家，受父亲影响，贾瑞生有着敏锐的市场眼光！

有一天，高利鹏陪同贾瑞生县长考察了顾家台皮具厂，考察之后，两人得空在山路上走了一阵，畅谈起来。话题从手工业谈起，后来又谈到了阜平的革命历史，谈到了做人的道德与情怀，谈到了阜平的规划与发展。贾瑞生说："我们今天的所有努力，都是对先烈的敬畏，是两种红色文化的交融和升华。"做人，要有人格力量，做事，要有思想力量！以德为先，道德可以弥补智慧的缺陷。正是基于这种情怀，贾瑞生在巩固六大板块之外，还提出打造全域旅游，讲好红色故事，培育新业态。

贾瑞生对阜平发展，有着新的期待和规划。绿水青山就是金山银山，他对"两山"理论有着深入独到的理解，这让高利鹏心生敬意。

贾瑞生说："利鹏啊，你爱人玉兰老师不简单，她不容易，是你贤内助，你要好好待她，常回家看看！"

高利鹏心头一热，说："谢谢贾县长关心啊！"

贾瑞生说："我知道你难，阜平的手工业加工，是你从高碑店和白沟周边带过来的，你是一手托两家，阜平老百姓你得管，老板朋友的利益也得兼顾。基于这种特殊位置，你的工作才更加重要！"

高利鹏毫不含糊地表态："贾县长，放心吧，我不走了！"

贾瑞生说："我相信你，支持你工作！我从你身上看到了敢为人先的白沟精神！阜平脱贫，手工业功不可没，对于阜平手工业，我还有个想法。”

高利鹏欣喜地问：“啥想法啊？”

贾瑞生说：“我是想啊，随着雄安新区的崛起，阜平手工业还有新一轮崛起的机会，就是白沟的辅料市场，把小商品的辅料供应线迁往阜平！老百姓只要想挣钱，出门有活干，有钱赚，然后呢，在阜平建设全国级别的手工业产业联盟。”

高利鹏激动了：“好啊，贾县长好眼力，好主意！”

贾瑞生笑了：“利鹏，我们没有失察看走眼吧？”

高利鹏点点头说：“没有啊，绝对正确！雄安新区的容城县，那里服装产业发达，我过去联系辅料事情！”

暮色降临，夕阳在辽阔里沉落。远处的山峦，高高低低地一起跳跃。狭窄的山路，拐来拐去，在远处的滩地上消失了。

2020年春节，太行山风灾，狂风呼啸了两个时辰，街道浑浊，有的屋脊房檐毁坏，大树顶端树枝折断。大风刚过，全国爆发了新冠肺炎疫情，贾瑞生心急如焚，急忙给高利鹏打电话：“利鹏，我们手工业企业，能不能生产口罩啊？”高利鹏迟疑了一下，说：“疫情来得太突然，还没有这样的生产线！但是，我们制造业基础起来了，说干就可以干！”贾瑞生说：“我们阜平脱贫了，富裕了，一定懂得感恩，替国家分忧，赶紧生产，越快越好！”高利鹏说：“好！”说完，高利鹏就去找白沟来的老板王海宾。几年前，高利鹏将王海宾推荐给郝国赤书记，将高碑店的老板王海宾引到阜平，在平石头和黑崖沟搞起了服装厂。王海宾接受了任务，急忙从石家庄拉来了设备，接来了专家，高利鹏跑通了医用口罩手续，地点选在大教厂村，政府投资200万，将那里的手工业厂房改造成10万级无菌车间，骆驼湾牌口罩很快生产出来了！

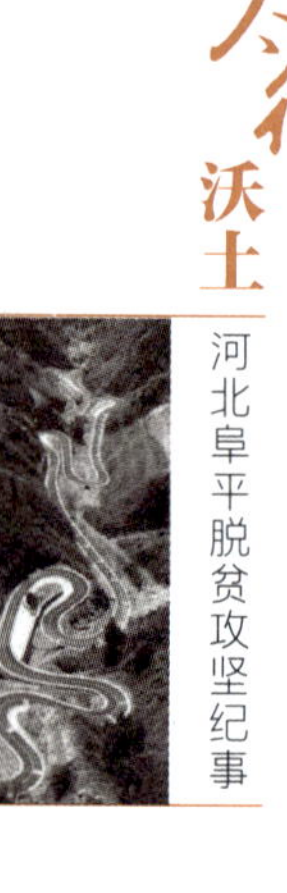

口罩生产出来，受到各方好评，但是，量上还是吃紧，紧接着，阜平又有两家口罩生产线投产！

顾家台富了，年轻人纷纷回村工作。九歌皮具厂早已搬出旧粮站，新工厂焕然一新。工厂对面，层层叠叠，建起了一排一排新房舍。

29 岁的贾亚均就是其中一位代表。她是顾家台九歌皮具公司的员工。当年由于既没有经验，也没有谋生技能，她凭着一股激情当了北漂。她内心痛苦烦乱，家里催回乡，但因好面子，不愿意回来。

高利鹏走过来的时候，听见咔咔声，那是她用机器脱皮子。

高利鹏知道，小贾是两个孩子的妈妈，大儿子 5 岁，小儿子 4 岁，成为妈妈之前在北京打工。在北京她不敢要孩子，住房紧张，没有时间照顾，她和丈夫回乡了，有了稳定的工作，后又有了两个可爱的宝宝。

小贾见到高利鹏，脸上洋溢着欣喜，说："真想不到，回到顾家台，出家门就能挣钱，挣得也不少，还方便回家照顾孩子呢！"

高利鹏说："看见龙泉关镇小学了吧？这新校舍啊，多漂亮，比北京的都不差，孩子上学还方便呢！"

小贾笑了："北京孩子上学要五证，我们没有资格上啊，还是家里好啊！我的几个伙伴，都想回来呢！"

高利鹏说："欢迎他们回家，顾家台民宿旅游，高效林果种植，可口的农家饭，连城里人都眼红哪！脱贫之后，乡村振兴政策，顾家台会更好，只有城里人羡慕的份儿……"

高利鹏心中有一本账，目前手工业加工点，已经达到近 300 家了，覆盖 176 个行政村。这一天，高利鹏来到了平阳镇平阳村，那里有一个圣马皇冠公司的手工业加工厂。外边寒冷，工厂车间却暖意浓浓。100 多位妇女忙着缝纫，穿针引线。高利鹏走到女工刘春华跟前，看着她双手麻溜地翻飞。

54 岁的刘春华，因患小儿麻痹，留下了后遗症，双腿走路吃力，过去一直在家种玉米土豆，年龄大了，累活干不动了，工厂吸收了她。她在这里干缝纫活，执行政府 3 个月每天 50 元保底政策，培训期过了，她每天能挣 60 元。公司还有一些优惠：管午饭，离家远的，早晚还有班车接送。

高利鹏问："大娘，你对工厂有什么要求吗？"

刘春华微笑着说："没有要求，挺好的！像我这腿脚不好的，还有车接车送，真是赶上了好时代啦！"

高利鹏说："多多挣钱吧，但是，你要注意身体啊！"

刘春华微笑着，脸上冒着红光。

张占良老板也是高利鹏 2015 年从白沟拉来的。当时，箱包加工利润薄，白沟一带已经接近底线，最主要的原因是缺少工人，而且工人不稳定，高利鹏动员他将工厂迁往阜平。高利鹏记得，当时张占良有顾虑，没有马上迁厂，而是在阜平平阳村委会腾出来的两间小房内小批量加工。招工通知一发布，就招来了 18 名工人。后来，一步一步增多。

随着工人们越干越熟练，生产质量越来越高，张占良投资 400 多万元建了新工厂，生产规模进一步扩大，开始加工高档箱包。令张占良更加欣慰的是，工人观念上的改变。建厂之初，没有人愿意加班，多给钱也不愿意。令人费解的是，大伙一起干，都少挣钱没怨言，如果同一个岗位，有人多挣了 100 块钱，其他人就会撂挑子！张占良耐心说服，融入现代企业管理制度，工人加班

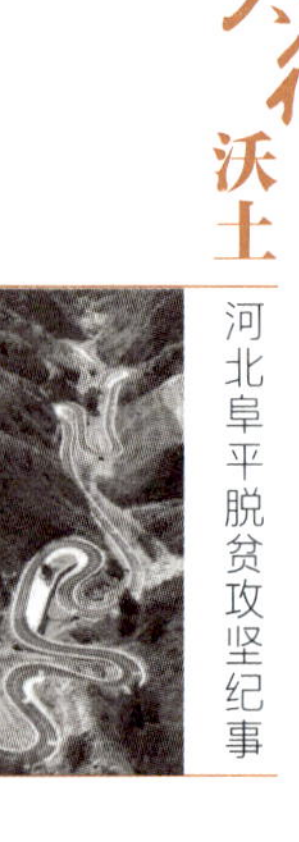

加点，谁干得多，谁就多挣钱，大家心平气和了，而且形成了一个竞争机制，多劳多得！

36 岁的女工刘小平，是贫困户，从吴王口乡三岔村搬迁到县城城郊的幸福村。她家有三个小孩，单靠老公打工，生活贫困。2014 年她搬入幸福村，进城住高楼，心里喜庆，又含有隐忧。到了县城干啥呢？怕是水电费都交不起啊！她见到了高利鹏，高利鹏说："别怕，只要肯卖力，下楼就有工作，保你满意，而且还让你办厂当老板！"她和家人就试探着干起来了。果然，政府帮刘小平办起了阜平甲振服装加工厂，对接白沟加工高档女包。一年收入好几万，高利鹏再见到她时发现，她人变了，说话底气十足："高主任，你们白沟太厉害了，感谢你啊！"

高利鹏哈哈笑了："不是我们白沟，是他们白沟，我已经正式调到阜平了，咱们是一家人了！"

刘小平嘿嘿笑了，嘴巴像连珠炮，振振有词："对，一家人，一家人就不说两家话，那你就把嫂子接过来吧！家人来了，我们才放心啊！"

鸟声渐起，山谷明亮。

小产品，手工产业，虽然小，可是却能养人富人。在阜平农民说话的口气里，似乎带了一点贵气了。

第九章 骆驼湾的当家人

河北阜平脱贫攻坚纪事

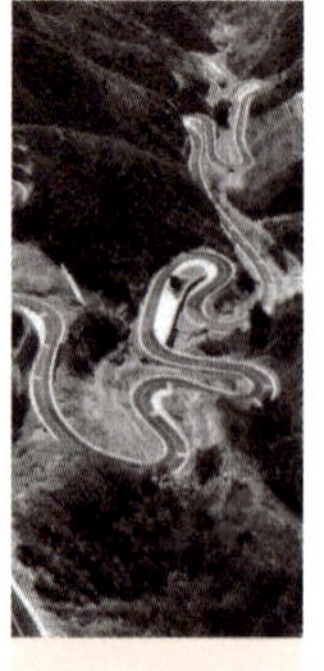

顾润金是骆驼湾的老支书。

这位老人1985年入党，1995年开始担任骆驼湾的村支书。这支书当得多难，当得多苦，当得多愁，只有他自己知道。

对于骆驼湾的山山水水，顾润金有着深深的感情。每户人家啥情况，都在他脑子里装着。对于致富的路子，他一直在寻找，可找来找去，还是停留在玉米、土豆、核桃、养牛养羊上。记得每年冬天，他都要向荒山开战。

对面的山，荒荒的，为修梯田，他让人扛着红旗，带着队伍，迎着冬日的寒风就出发了。为了赶进度，他们就住在山上。太行山深处，冬天冷得厉害，他们忍受着刺骨寒风，冻得通宵难寐。工地像战场，一字排开，层层递进，所有家伙齐上阵，镐头、大铁锨、大圆锹，哐哐作响，好一番热闹的景象！

一晃就干到了春天，春耕之后，就继续开发梯田。这个时刻，顾润金发现儿子顾瑞利有想法，常常走神。顾瑞利一身糟衣裳无所顾忌地散着，他瞅着黄土枯草发呆，不是没力气，而是看不到希望。他个子挺高，肌肉结实浑厚，皮肤闪着微微的亮光，虎头虎脑，两只弯弯的笑眼。傍晚，暑气慢慢消散了，大山顿时凉爽下来。顾瑞利独自坐在山坡上，望着远处山坳里的骆驼湾。

痛苦，烦恼，迷茫，在顾瑞利心里像洪水一般泛滥。他简直不能承受这生活的重压。他爱读书，姐姐给了他好几本书，读完了，后来他被一本《城市建筑学》吸引了。他知道在骆驼湾的外面，还有一个辽阔的大世界。他朦朦胧胧地意识到，外面的世界很精彩，到外面闯出一番天地，他坚信自己不管在什么情况下，都能挺住，都能活出个人样来！天黑严了，星星在跳动，他忘记了吃饭，睡觉，忘记了周围的一切，也根本不知道父亲在山上到处找他。想到未来创业生活，他浑身激动，那一瞬间，生活的诗

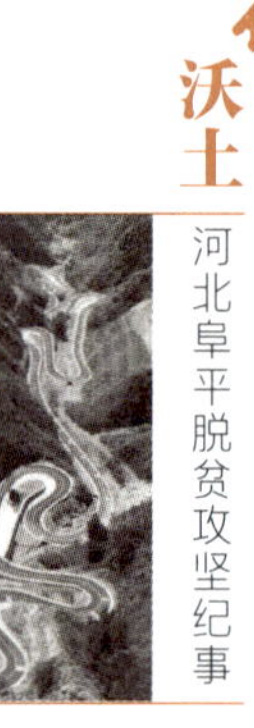

意充满了他的胸膛！

夜晚来临，开山炸药和雷管都拉来了，顾润金与村委商量，准备让顾瑞利任开山突击队队长，顾瑞利一听就炸了，他说不干了，要去城里经商！顾润金还横眉立目地骂顾瑞利："你小子想当逃兵啊？怕苦，怕累，还是我顾家人吗？"顾瑞利辩解说："开了荒山，种了玉米种土豆，种苹果，种核桃，除了填个肚子，能干出啥名堂？"顾润金气红了脸，吼道："我们在山上苦干，你拍拍屁股走了，梯田没开，还带了个坏头！"顾瑞利说："爸，等我挣了钱，还回来建设骆驼湾！"顾润金恼怒地说："谁信你的鬼话？"爷俩争吵严重了，老伴儿就过来劝："别为难孩子啦，他去城里打拼，也不容易啊！"顾润金说："你到城里干啥？"顾瑞利说："干工程，盖楼！"顾润金不吭了。儿子不干，开山突击队的事抓瞎了。顾润金说服不了顾瑞利，就只好睁一只眼闭一只眼了。骂归骂，儿子要离开骆驼湾闯世界去了，他心中还是万分惦念。

其实，顾瑞利离开骆驼湾的时候，隐隐地从心底泛出说不清的苦涩和留恋。顾瑞利拉起了一个施工队，在天津、保定、沧州干起了工程，干得轰轰烈烈。

过年了，顾润金操持村里扭秧歌，耍霸王鞭，求个喜气，可是越求越穷志越短。靠天吃饭等救济。村庄，满眼破败、荒凉，年轻人陆续走了。过去，顾润金每次都是在村口拦着，能拦多少算多少，如今自己儿子走了，拦别人不硬气哩，再拦没底气啊！他望着一个个年轻人背着行李出发，家里老人送到村口，千叮咛万嘱咐，这是顾润金最紧张揪心的时刻，望着望着，眼圈汪了泪，抬手揩了揩眼睛，呻吟似地发出一声叹息："鸟儿都恋旧窝，何况人呢，孩子们也不愿走啊！"村里再无青春的足迹和背影了，留下老人和小孩，孩子进入梦乡了，两个老人就忍不住坐在灯下相对而泣。顾润金看见这一幕，嘴里嘟囔着，肠子都愁断了！

顾瑞利在天津干起了建筑工程，还挣了钱，儿子的进城创业史教育了顾润金，他不再派民兵拦截青年人了。顾润金还叮嘱顾瑞利，如果工地需要工人，就从骆驼湾村找，挣多挣少的，至少不会拖欠农民工的工钱。顾瑞利让他派几个人过来。顾润金找了几个年长一点的困难农民，送到村口，含着眼泪说："去吧，村里实在是难，天津不远，瑞利会照顾你们的！他要是拖欠你们工钱，我回头打折他的腿！"村民们点头说："嗯，不会的，谢谢顾书记，等我们挣了钱，回来给您买天津大麻花！"顾润金想笑，可是笑不出来，抬手揩去眼泪，颤抖着声音说："你们有这个心就行啊，好好干，多挣钱，别忘了孝敬家里老人！一方水土养一方人，骆驼湾以后好起来了，你们可得回来啊，骆驼湾永远是你们的家！"说得村民们都哭了！

对于骆驼湾多数人来说，感觉生活的变化是缓慢的。

2012 年入冬，一天夜里，顾润金忽然睡不着了，他独自一人走进山沟，走出村子二里多路，周围全是黑乎乎的山野。风把他的棉衣打透了，如果不是心中对未来朦胧的希望，他断然不会在这深夜里在凝了霜的山路上走着……

2012 年 12 月 30 日，太行山在落雪，习总书记顶风冒雪来到骆驼湾、顾家台看望困难群众。顾润金记得，这个激动人心的日子，是骆驼湾巨变的分水岭！

信心啊，是信心点燃了顾润金心中的火，同时也点燃了骆驼湾的第一把火！必须大干一场，这是骆驼湾的一次命运之战！万事开头难，创业阶段是非常艰苦的。炼人的年头，扶贫攻坚也炼人呢。顾润金觉得，即便自己浑身是铁能捻几个钉？

2013 年正月十五刚过，省委办公厅的驻村工作队来了，带队

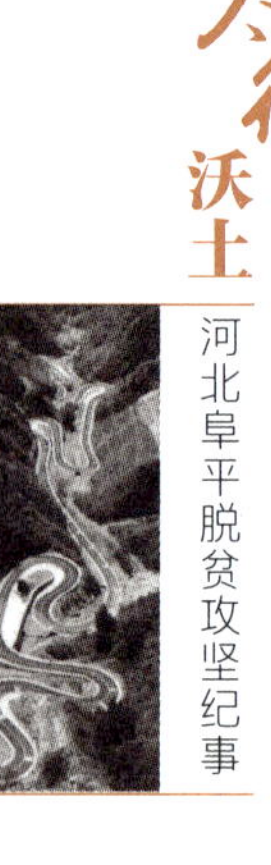

的是张玉奇。张玉奇，58岁，副厅级巡视员，驻村工作队长、第一书记，当兵出身，雷厉风行，急脾气，硬性格。

傍晚了，落日挑在树梢，骆驼湾静静的。顾润金把张玉奇他们安排到旧村委会的伙房。房屋低矮、狭窄，外面看着破烂不堪，但是里边收拾得干干净净。张玉奇和同志们没有怨言。顾润金找了个做饭的师傅，负责照顾驻村工作队吃饭。师傅点燃了灶火，袅袅炊烟从村委会伙房升腾起来，缓缓飘到山坳里去……

玉米粥，馒头，咸菜。吃饭的时候，张玉奇问："顾书记，我们来到骆驼湾，好好干一年，你需要我们干什么啊？"

顾润金迟疑了一下说："啥？你们看着办吧，村里好好配合！"

张玉奇对骆驼湾也是有顾虑的。骆驼湾地位变了，他担心村里狮子大张口，想一口吃个胖子，对工作组要求过多！

骆驼湾清明的环境以及顾润金诚恳的态度，打消了张玉奇心中的顾虑。张玉奇沉稳地说："我们这次到来，一年工夫，扶贫来到骆驼湾，就是来扶贫，帮助村里解决十件事！具体呢，咱们砸碗说碗，砸盆说盆。听听村两委和老百姓的意见！"

顾润金笑着说："欢迎张组长到来，感谢张组长的支持！"

张玉奇说："顾书记，以后你别叫我张组长，喊我老张！"

顾润金点头说："好，老张，叫老张！那你也叫我老顾！"

张玉奇微微一笑，刨根问底地说："好，你能不能把村里基本资料给我一份，我晚上好好看看！"

顾润金说："这么急啊，好吧，晚上我派人送过来。"

张玉奇雷厉风行地说："赶紧开会，时间不等人，我们说干就干！"

顾润金听明白了，说赶紧召集召开两委会和村民代表大会。

会议如期召开，大家踊跃参会，会上讨论热烈。散会了，天色渐渐暗了。村两委干部们都走了。顾润金蹲在老树下，鸟在头顶鸣叫，树叶哗哗响着，飒飒作语的是吹拂灵思的风。张玉奇走过来，扶着眼镜说："老顾啊，老百姓等靠要思想严重，必须加强党建！党员带头，彻底转变观念，把战争年代我们阜平人敢于吃苦，敢于奉献，不怕牺牲的精神找回来！"顾润金激动地说："老张啊，你看到问题的点子上啦！党员会上，你给大伙讲一课啊！"张玉奇答应了，披着衣服走了。

顾润金蹲在老树下，把张玉奇要干的十件好事梳理了一遍。饮水工程、通电、修路、家庭庭院维修改造、环境卫生治理、建立医疗诊所、建设石门河公园，这些都是骆驼湾最急迫的工程，还有上马产业项目、盖新房等，这些投入资金大，是下一步的事情，得一步一步来。

饮水工程开工了！

修路工程开工了！

危房修建开工了！

张玉奇办事严谨，一事一议。速度和效率惊人！顾润金有一种难言的激动，他心中明白，骆驼湾最难的是水的问题，水是山泉水，水质好，但河浅存不住，流到顾家台，再从顾家台往下流去。骆驼湾、顾家台和瓦窑村三村村民曾因抢水打得头破血流，弄得三个村干部见面吹胡子瞪眼的，很是尴尬。顾润金与老张商量。为了解决水的难题，老张跑县里水利局好几趟，要来一些资金。资金到位，老张提出开个村民代表会，但会上人们意见不统一，有人喜欢自来水，有人喜欢水泵压水，有人喜欢担水吃，有人把话题扯远了，嚷嚷起几个村抢水打架的事。老张狠狠地拍了桌子："咱们砸锅说锅，砸碗说碗，必须统一意见。必须按国家政策来，打井，引水到户！"会场顿时哑了声。水的问题就这样落

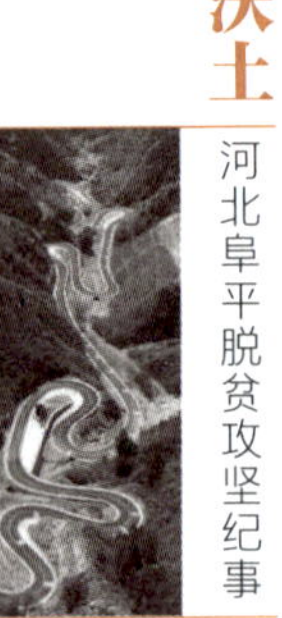

定了！

顾润金带领乡亲们，一口气打了八眼井，每眼粗井投资三五万，细井投资一万，还修了自来水管道，方便老百姓使用。

顾润金不喜欢张玉奇发脾气，但是，心底里还是很佩服老张的。他从老张身上学到好多东西，可有一样他学不了，就是遇到一些棘手的问题往往犹豫不决，瞻前顾后。张玉奇狠狠地骂他："老顾啊老顾，你咋跟个娘们儿似的？当断不断，不仅误事，还容易留下后患！"顾润金乖乖地听着，只要骆驼湾能致富，挨这点骂，不委屈，不窝囊！后来张玉奇骂得严厉的时候，竟然把老书记骂哭了。顾润金想不开的时候，竟找到龙泉关镇刘俊亮镇长要求辞职！刘俊亮骂道："滚，不管啥原因，想辞职，没门儿！只有骆驼湾脱贫那一天，你可以休息！"顾润金悻悻地回来了，他想想也许是自己错怪老张了：人家是副厅级巡视员，上级派来的驻村工作队队长，他把自己工作生涯的最后一站放在骆驼湾，回去差不多就退休了，图什么呀！还不是为了骆驼湾脱贫致富吗！顾润金没办法，只好答应跟着干。

秋天了，井口出水了，路通了，张玉奇给骆驼湾办的十件事，即将尘埃落定！他坐在山坡上，闻着山野花香，凝望着平坦的柏油路，望着淙淙流淌的河水，心情久久不能平静……

张玉奇对业已取得的成绩并不满足。他要修水坝，建一个石门河公园，带动旅游，还要让骆驼湾老百姓有休闲健身的地方。张玉奇找到顾润金，谈了自己的想法。顾润金听完紧紧握住张玉奇的手由衷地说："老张，谢谢你啊！"这个构想是顾润金想都不敢想的！隔了两天，老张回了一趟省城，找到相关部门，又到阜平找到城建局水利局，协调建水坝和公园的资金。

几天后的下午，阴着天，冷风嗖嗖。张玉奇招呼顾润金去山谷河滩考察了一番。风太凉，嗖嗖地冲脑门儿，张玉奇被风吹感冒了，回来就发烧，烧到39度。顾润金慌了，赶紧叫村医给张玉奇看病、开药，然后让老伴儿给他做了南瓜粥、泉水煮姜丝，端到村委会让张玉奇喝下去。夜里，老张出了浑身的汗，做了无数的梦，梦里有那么多老人跟他说话。第二天，顾润金和村里支委看望张玉奇，张玉奇叹息说："过去当兵，多冷的天也没得过病，唉，还是老啦！"第三天，张玉奇退烧了。他与顾润金说完建公园的事情，就去村里转悠去了。

顾润金赶紧追上他，说陪他一起转转。张玉奇发烧时，总是梦见老人，现在索性去几个孤寡老人的家。二人走了三家，出了后街，心情沉重，久久没有说话。骆驼湾有许多老人，体弱多病，孩子们上城打工，没有人照顾。看着老人没着没落，二人心中不是滋味。

这个时候，顾润金和张玉奇听见一位老太太的哭喊声："我咋还不死啊？"声音嘶哑凄凉。张玉奇一愣，瞅了顾润金一眼，顾润金皱了皱眉说："这儿是冯秀荣家！"张玉奇说："走，我们进去瞅瞅！"破旧的门板没有锁，他俩前后脚进了冯秀荣家。

冯秀荣今年90岁了，大儿子唐宗川常年有病，二儿子倒插门远走他乡了。顾润金听说冯秀荣有个怪癖，每天数手里的药片，一旦没有药片，就会哭闹。冯秀荣和老大唐宗川都是新农合补助吃药。药断了，浑身疼痛，她绝望地拍打着炕席，哭喊："我咋还不死啊？"张玉奇看见冯秀荣趴在炕上痛哭流涕，难过地说："大娘，我是老张，省委派来扶贫的，您别哭啊，有啥困难跟我说啊！"顾润金愣着眼睛问："老大唐宗川在村里啊，他不管你吗？"冯秀荣枯瘦的手揩着泪，说："这杂种，他也有病，来都不来啊，白眼狼啊！"顾润金说："回头我找宗川算账！老和尚打伞，无法

无天啦？”张玉奇让顾润金派村医过来，多给老人开点药。冯秀荣不哭了，嘶哑着嗓子说：“开钱少的药啊，去痛片就行啊！”张玉奇鼻子一酸，说：“大娘，别心疼钱，钱我出啊！”冯秀荣抬头怔怔地望着张玉奇。

顾润金觉得，张玉奇身上总有奇迹出现。水坝和公园开工没几天，张玉奇就把顾润金叫到村委会伙房，又与顾润金商量建个养老院。顾润金眼睛一亮，当然举双手赞成。

时间不等人。听说村里有个孤寡老人过世，顾润金和张玉奇心情更加沉重。说干就干，养老院在资金没有完全到位时就开工了。张玉奇对顾润金说：“老人们这把年纪，说走就走了，这是跟生命赛跑，无论碰上什么情况，都不能影响工程进度，后续资金，我再去跑！”顾润金紧紧握住张玉奇的手，激动地说：“老张，我代表村里老人谢谢你，你的心，我懂！”张玉奇声音颤抖着说：“别感谢我，我们都是党的人，解放都这么多年了，革命老区老百姓还这么苦，我们必须在扶贫中弥补啊！”顾润金心中暗暗佩服，老张就要退休了，不要政绩，不图提拔，他有一颗为民的心啊！有这样的驻村干部是骆驼湾的福气！顾润金完全理解了张玉奇，不再与他生气、争吵，而是在感动中加倍地珍惜！

养老院建成了！

养老院开张庆典，在一片喧闹声中结束了。庆典过后顾润金和张玉奇又检查了每一个房间，看看还有什么遗漏没有。一切就绪，就开会制订了一个入院标准，然后，顾润金就安排村委挨家接老人入住。

老人们来了，看到这环境，这饮食，这服务，脸上笑开了花。他们做梦也没想到，老了老了还赶上这待遇。有的老人当场感动得鼻涕一把泪一把的。

这时张玉奇发现有一位老人没到，那就是冯秀荣。顾润金一问村委，说是冯秀荣自己不愿意来。张玉奇急眼了：“为什么啊？房间都给冯老太太布置好啦！”村委说，冯秀荣说自己年龄大了，活不了几天了，怕给政府添麻烦。

张玉奇拉着顾润金就去了冯秀荣家。冯秀荣老人正在眯眼数药片，正好冯秀荣的大儿子唐宗川也在。唐宗川 65 岁了，头发稀疏，脸色黄白，身体多病，脸上皱纹像是山核桃。张玉奇望着冯秀荣问：“大娘，养老院建好了，为什么不去啊？”顾润金说：“秀荣，我和老张是来接您的！”冯秀荣常年头疼，可耳朵不背，喃喃地说：“不过去了，我去养老院，宗川的脸往哪放？”唐宗川说：“妈呀，您别管我的脸啦，人穷志短，您儿子穷成这样，还要啥脸啊？”顾润金瞪了他一眼：“没骨气的货，有你这么说话的吗！”冯秀荣倔倔地说：“我就是不去！不去！我养你，不就是为了防老吗？”唐宗川继续喊道：“妈呀，您就疼您儿子一回吧，我是叫花子走五更，穷忙啊！我的亲妈，您老还是过去吧，养老院盖得可好了，张组长和顾支书都来接您啦！”

冯秀荣不说话了，死死闭上眼睛。

唐宗川眨了眨眼睛，兴奋地、迫不及待地说：“顾书记，要不别难为我妈了，干脆这个指标给我得了，我身体不好，我去养老院住吧！”

顾润金吃了一惊，骂：“宗川啊，瞧你这点出息！这话亏你说得出口，养老院是养 80 岁以上老人的，你够格吗？在农村，65 岁还不是当小伙子使唤啊，你口口声声说身体不好，就是懒，等着吃救济，不干活，不运动，每天多干活，多流点汗，就啥病都没了！”

冯秀荣低倾着白花花的头，抹开了眼泪：“宗川啊，你听听顾

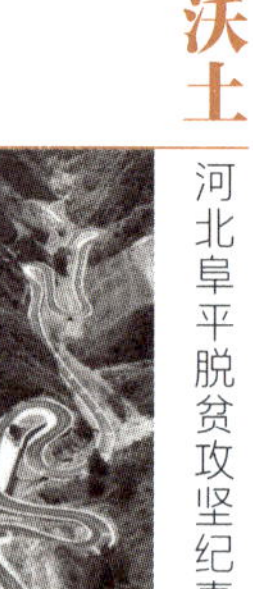

支书说得多好！骂你也骂得在理儿！”

唐宗川畏畏缩缩，不吭声了。

张玉奇微微一笑说：“冯大娘，骆驼湾穷了多少年，也别都怪孩子们！养儿防老是老皇历了，如今儿女忙，在城里啊，老人到养老院养老，都成时尚啦！您别有顾虑了，先到那体会体会，不适应，再送您回家，好吧？说句心里话，建这个养老院啊，您有功劳呢，我和老顾过来看望您，您手里没药片了，就哭喊不活了，是您启发了我们，给我们动力建起了养老院，那儿有吃有穿，有村医护理，隔三岔五的还有人搀扶您院里遛遛！”

冯秀荣终于被张玉奇的话打动了。张玉奇果断地说：“老顾，我们派车，把老人拉过去吧！”

顾润金说：“不用车，让宗川背着去，东西我拿着，让宗川体会一下咋孝敬老人！”

唐宗川梗了梗脖子说：“我这身板啊，背不动了。顾书记，我比您年龄都大，65 岁的老人啦！”

顾润金撇了嘴，训斥说：“瞧你那失魂落魄的样儿，一脸的旧社会！骆驼湾就要巨变了，有钱把事做好，没钱把人做好！我看啊，只要你小子勤快点，跟上步伐，日子会越过越好，但是，以后要好好孝敬你妈！”

唐宗川喉咙一热，喊了声：“妈，走啦！到养老院享福去啦！”他无奈哆哆嗦嗦将老人背了起来，吃力地挪着脚步。

到了养老院，冯秀荣很快适应了，瞌睡也少了，一天到晚高兴地睁着眼，傻傻地笑，阳光好的时候，有人搀扶着到院里走几步，晒晒太阳。唐宗川看见母亲高兴，嘿嘿笑了。冯秀荣却不笑了，叮嘱他说：“你妈做梦也不敢想，老了老了，还能有这个福！感谢张组长，感谢顾书记，感谢党和政府吧！孩子，你别惦记妈了，你长点志气，学学人家顾书记的儿子顾瑞利，上城还能发财，政策好了，机会来了，你别灰心，勤劳点，吃点苦，咱受苦人光景日月就是这么个过法，一辈子谁还没有个三灾六难的，挺过去，好好奔光景，你妈走了也能闭眼啊！”

唐宗川流泪了，跪在母亲脚下说：“妈，我长这么大光让您操心了。妈，我治好病，我能吃苦，不怕吃苦，一定听顾支书的，搭上扶贫这班车！”

冯秀荣欣慰地点点头，继续数着手中的药片。

唐宗川真的变了个人，先是在大棚里摘香菇，大棚不忙的时候，他就在村里干上了保洁员，有了收入，身体也渐渐硬朗起来。他老母亲非常欣慰。老人在养老院住了3年，直到2016年冬天，老人93岁安详离世。

2013年12月，张玉奇要离开骆驼湾了，大家难舍难分。送别晚宴上，张玉奇给顾润金敬酒说：“老顾啊，我走了，我脾气不好，惹你不开心的地方，给你道个歉啊！”说着，罚了自己一杯酒。顾润金感动地说：“别说了，佩服，佩服！”顾润金喝了不少酒，他不爱流泪，可这次，眼泪还是止不住流了下来……

送走了张玉奇，骆驼湾又迎来了省委办公厅的驻村干部刘树立。刘树立带队在骆驼湾干了十五件实事，顾润金觉得骆驼湾变了，最艰难的时刻过去了！

顾润金提出不再当支书，为了做好传帮带，龙泉关镇派了新支书，顾润金任副书记。

2017年3月，骆驼湾党支部即将换届。龙泉关镇刘俊亮书记对骆驼湾的支书人选，绞尽了脑汁。骆驼湾的重要性，不必多说，村支书是带头人，这里要有既懂农村又懂城市的掌舵人。因为，骆驼湾基本脱贫，基础牢固，产业兴旺，以后需要经营提升。从

骆驼湾民宿的经营来看，骆驼湾实业开发有限公司的经营，土产销售、旅游开发，等等，都离不开城市的大市场。刘俊亮在基层工作中，深入研究了乡村和城市。乡村是乡村人的乡村，也是城里人的乡村。不懂城市人心理，怎样经营好以后的新乡村呢？旧有的观念要改变，过去，城市与乡村的经济模式、组织结构、文化属性都处于一种对立割裂状态，从这次扶贫攻坚来看，这种对立和割裂在消融。不是让乡村更像城市，也不是逆城市化，而是保持乡村特色，让城市人更加向往乡村，这种向往，已经超越“第二居所”的概念，上升为一种精神文化的刚需！

未来谁来掌舵骆驼湾？

顾瑞利是刘俊亮心中最佳人选。顾瑞利 2010 年入党，在城里经营建筑公司，干得风生水起，懂经营，有闯劲，也见过世面，而且对家乡有感情，对他父亲顾润金打下的基业，会倍加珍惜。他来往穿梭于乡村和城市之间，会将城里向往乡村的人引到骆驼湾。

顾瑞利在保定承包工程，刘俊亮专程去了保定，请他回村。刘俊亮动情地说：“瑞利啊，我们请你回去，是经过慎重考虑的。这几年你也经常回家，骆驼湾可不是以前的骆驼湾了！这不仅是重担，这也是给你的一份荣誉！”

顾瑞利眼睛亮了，憨憨一笑。他为骆驼湾人赢得了荣誉，荣誉这个词的含义就是担当和义务。他不回来吃苦谁吃苦？是啊，那是他魂牵梦绕的骆驼湾啊！乡亲们的脸庞在他眼前浮现出来，那里有他的爸妈，有他的姐姐，有小时候的伙伴。他经常到左邻右舍串门，拉家常，而且从不空手，带来一些城市礼品，特别是困难户，他还接济一些钱，村人夸他德行好，那些跟他城里干活的乡亲，更是对他充满尊敬和感激。

尽管如此，顾瑞利内心还是充满了矛盾：自己如今是一个建筑包工头啊，我走了，手下的建筑队伍怎么办？父亲会同意他当支书吗？他会比父亲干得更好吗？

对于顾瑞利的顾虑，刘俊亮豪爽地说："别急，我们共同做你老爸的工作。还有，你回村别有压力，边学边干，有啥问题我们给你作主！"顾瑞利答应了刘俊亮，两人紧紧握手、拥抱。

春天的一个下午，顾瑞利在骆驼湾村口大树下停下汽车，下车后在树下站了一会儿。事实上，只要离开了骆驼湾，不管他到哪个城市施工，他梦里的景物，无一不是骆驼湾的景物，梦里的山坡竟然是红的，与火苗儿一样红。梦里出现了那八口井，如今只有一口井出水，井口围着黑压压的人，阴凉潮湿透着水气！

骆驼湾变了，真是一天一个样，那些穷困日子，一去不复返了！想当年，从城里回家总是碰上女人骂街，纵情地骂，好像要把生活的苦难都从嘴里骂出去。如今，山坡上绿油油的果林，光伏发电树，黑色塑料覆盖的食用菌大棚，平坦的柏油路，路边的小河溪流发出耳语般的声响。再往里走，瞅见街头写着大幅标语：只要有信心，黄土变成金！走着走着，他看见到处挂着红灯笼，那是一条特色鲜明的小吃街，右侧，是重新改造的民宿。家家户户的新房开始设计，有的施工了，参观的游人络绎不绝，村里欢声笑语，一派繁荣景象！

刹那间，一股暖流漫过顾瑞利的心头。

顾宝青大娘在小吃街摊黄子，黄子是骆驼湾特产，玉米面和白面混合而成。她一抬头看见了顾瑞利，亲热地喊："瑞利，回家来啦？"

顾瑞利走到顾宝青跟前，立马闻到了黄子的香味，笑道："宝青婶，摊黄子呢？好香！老唐大叔身体好吗？"

顾宝青笑着说："你叔身板还凑合吧，整天吃药，在民宿那边

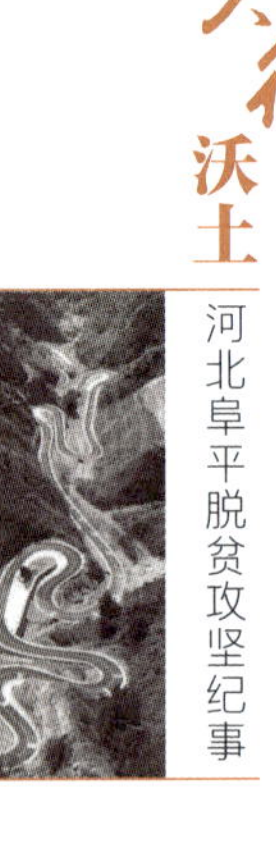

干杂活。我家四亩地都流转了，种了水果。一亩山地，三亩好地，年底分红四千块。老院子租给旅游公司成了一号院，房租每年给五万！还有，我和老唐每月工资，加起来，三四千呢！老唐的慢性病，除了新农合报销那部分，县里还有重大疾病慢性病补助哩！”

顾瑞利点点头：“好啊，好日子来啦，您和大叔多多保重身体啊！您家新房子呢？”

顾宝青抬手指了指一旁青砖小楼说：“那不，新房子，刚刚盖好，你大叔腿脚不好上不去，村里给我们安排在一楼，挺好的！”说着，她低了头说：“哎，瑞利啊，听说你要回来当支书啦？”

顾瑞利淡淡一笑：“还没换届，谁的嘴这么快？”

顾宝青说：“都这么传，乡亲们怀念你爸当支书那阵子干劲，你回来了，比你爸干得还好！”

顾瑞利低头，悄悄地说：“我老爸还不知道呢，保密啊！”

顾宝青咯咯笑着，低头继续摊黄子。

到了家里，顾瑞利还是与顾润金发生了口角。顾润金知道儿子性子耿直，爷俩总是少不了顶顶碰碰。顾润金绷着脸，怒目圆睁，见谁怼谁，吼道：“这个刘俊亮，我不同意，他还是去城里找你啦！你头脑进水啦？回来干啥嘛！你答应他啦？”

顾瑞利说：“爸，没办法，推辞不了，我答应他啦！”

顾润金立刻感到一阵眩晕和心悸，叹息道：“你呀，骆驼还长仨心眼儿呢，你这心眼儿让狗叼了？生意做得好好的，你偏偏回来趟这浑水！”

顾瑞利一愣，咧开了嘴巴：“浑水？这么好的骆驼湾，咋是浑水呢？您可是支书，有浑水也是你搅的！”

顾润金瞪了眼睛，骂道：“你个浑小子，敢跟我横啦？你要知道，我是副书记退下来的，你接的不是你爸的班！”

顾瑞利似有所悟，笑了：“你是不是对俊亮书记有意见？让你当了两年副书记，心里不舒服？对镇里派来的支书，您不满意啊！只要为咱骆驼湾好就行。您要那么想，岂不是心眼儿太小，太偏狭啦？”

顾润金停顿了一下，低了头，两行眼泪唰唰地洒在地上。他也不知道自己为啥当着儿子面哭，原来想，父子俩的隔膜似乎永远无法化解了，可现下好像有了点消融的转机。其实，每个人都是孤独的，骆驼湾表面看着风光无限，风平浪静，其实，水多深浪多高，只有他过来人知道啊！骆驼湾不再闭塞，与县里省里以及大城市联系紧密，这个村庄的支书要与周围许许多多人存在一个空间，这一个大社会，包括城市社会和乡村社会，由于人们经济利益不同，文化教养不同，人生态度不同，道德理想不同，于是，明的暗的，便相争相斗，相激相荡，相轻相嫉，同时也伴随着相依相靠，相亲相慕，相尊相许，这种复杂流动，便构成了历史！

顾瑞利愣住了，老爸为啥落泪啊？难道有啥难言之苦？他吃惊地问：“爸，您有啥委屈？谁欺负您啦？”

顾润金揩了揩眼泪，黑了脸说：“骆驼湾的事啊，一句两句的，跟你说不清！我也不想跟你说啦！不过，你说你老爹心眼儿小？我当了那么多年的支书，哪家事不晓得，哪件事不包容？骆驼湾能有今天的家底，还不是你爸当支书那些年拼出来的？”

顾瑞利说：“这我承认，现在老百姓好多流转分红的梯田，大多是您带队开山修建的。您劳苦功高，人家俊亮书记和老百姓心里都有一杆秤，记着您的好呢！”

顾润金说：“记不记的，我不管了，我问心无愧就得了！我是说你啊，好好在城里挣钱！在城里光宗耀祖的，山沟再好也是山

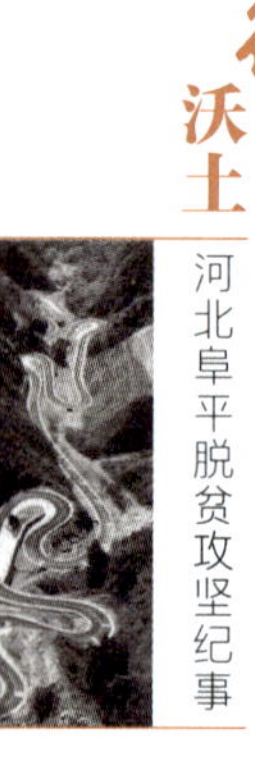

沟啊，别回村自讨苦吃！骆驼湾年轻人回来不少了，你不好管！”

顾瑞利严肃地说：“老爸，我对您保证，不干就不干，如果我当选，一定干好，不给您丢脸！还有，经过几天的琢磨，我想通了，钱是挣不完的，人没钱不行，钱多也没啥用，够花就行了！有一些人的价值观，就是不择手段地挣钱，没有文化的人，炫耀自己，我比你钱多，比你过得好！骆驼湾基本脱贫了，但还没富裕到城里人那样。但是，这样的风气，在骆驼湾必须改变，要让回来的青年人提高素质，让他们在创业中明白什么是真正的幸福！”

顾润金被噎住了，无话说了，他没有想到，在城里搬砖头、盖高楼的儿子，会说出这样的话啊！也许自己真的老了，何必出言不慎惹孩子不高兴呢？儿大不由娘啦！是啊，儿子长大了，变了，儿子身上有不一般的硬东西，这东西到底是什么，他也说不清。

顾润金不吭声，却让顾瑞利有些紧张。

顾瑞利跟父亲说了一番心里话。他在城里承包公司，也是吃尽了苦头。有一年赔钱了，三角债缠身，农民工发不出工资。顾瑞利想，人的一生，哪有总是一帆风顺的，都会遇到一段难熬的时光。人要撑住，没有技巧，就是笨笨地熬，这段时光就过去了。这也许就是顾瑞利的命运吧！没有经历别人的痛苦，就不要评价别人的选择。是啊，一个从经商泥坑里爬出来的人，人格没有变，还向往着高尚，已经是凤毛麟角了。人做到高尚不易，首先能够体验奉献的幸福，才算真正踏入了高尚之门！

顾瑞利没有惊动家人，悄悄出了院子，溜达到村里，登上那道山梁。他要在这山谷里，建设药材一条沟。种药材既是积德，也是创收的好产业，他在城里交了两个经销中药材的朋友，销路是畅通的。他回头再看骆驼湾的夜景，密集而璀璨的灯光洒满了整个山湾。大戏台那边，有保定来的剧团演出，游客与村民联欢，骆驼湾沉浸在一片喜悦当中。

过了一会儿，阜平民歌《庆丰收》从大戏台那边远远地传来：

八月十五月光明
鲜桃果木吃不清
东街上那个锣鼓声啊
西街上也是欢笑声啊
庆祝　庆祝　庆祝
咱们一年的好收成

顾瑞利当选骆驼湾村支书！顾瑞利有商业脑瓜，首先把骆驼湾实业开发公司运作起来，其中，旅游是重头戏。是啊，骆驼湾的繁荣是仓促、急切、紧张而不安的，它的仓促不安，来自村庄小、挣钱的来路和后劲不足。如何把四面八方涌来的游客留下来，这就是民宿诞生的理由。经营好民宿，是顾瑞利的第一炮！

村干部辛明周的事迹，深深震撼了顾瑞利。

2019 年 10 月 28 日，大台乡坊里村副主任辛明周，为了营造村里搬迁小区的喜庆气氛，带领干部为小区挂灯笼，突然心脏病发作，没等送到医院，就牺牲在岗位上了。乡亲们无比悲痛，他们知道，辛明周是为群众操劳累倒的。辛明周 1997 年进入坊里村委班子，2000 年当选村主任，2019 年改任村副书记、副主任。他性格直爽，干事雷厉风行，经过历练，成长为一名全心全意为乡亲们服务的好干部。晚熟桃园区、蔬菜大棚、新楼建筑工地，都有辛明周奔忙的身影。2019 年 8 月 21 日，63 岁的村支书卢金川

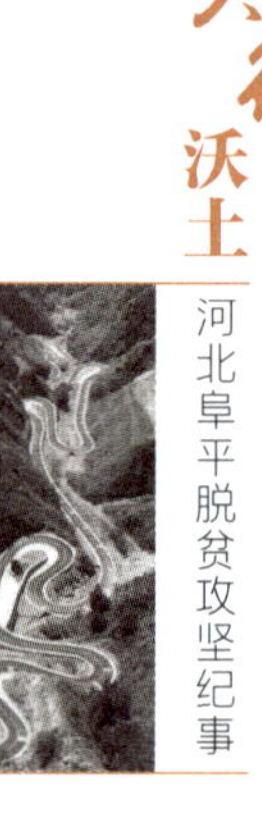

突发脑溢血倒在水质勘测现场，一直住院治疗。辛明周到医院看望卢金川支书，卢金川拉着辛明周的手说："村里搬迁开始了，你和同志们多多操心吧！"辛明周点点头说："卢书记，我盯着，您放心养病吧！"卢金川万万没有想到，辛明周不辞辛苦，昼夜工作，累倒在搬迁小区，永远离开了他和乡亲们！卢金川听到这个噩耗，捂着脸，呜呜地哭了。

顾瑞利常常想，英雄就在身边，无论是去世的辛明周，还是病倒的卢金川，都是他学习的好榜样。他们鞭策着他，鼓舞着他，无私无畏地为骆驼湾老百姓服务。

自从顾瑞利当了支书，顾润金感觉儿子变化不小，不再是那个吊儿郎当的顾瑞利了，在家里，他敬老、尊大、爱小；在村里，他敢于担当，人情世故，滴水不漏。

太阳出山了！骆驼湾默默地把那些悲伤、迷茫藏进大山的褶皱，把许多新鲜活力的话题，留给村民们慢慢去诉说，去咀嚼……

第十章 胭脂河抢险记

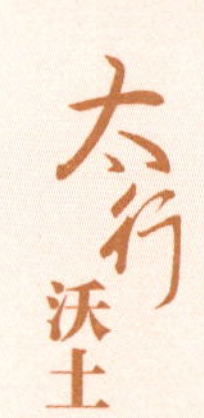

河北阜平脱贫攻坚纪事

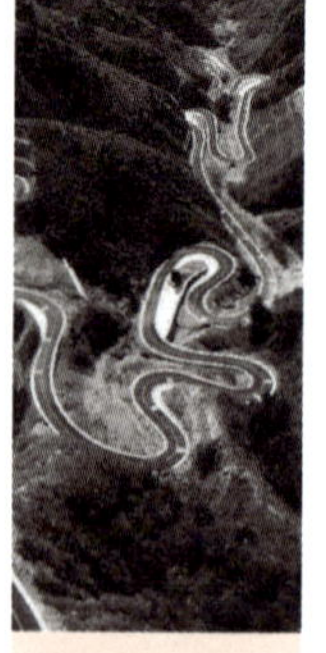

说起胭脂河，阜平人引以自豪。它是阜平第二条大河。源头有南胭脂和西胭脂两村，由西向东流经夏庄、城南庄、北果园三个乡，在草场口流入王快水库。相传很早以前，这儿叫清水河，因为绿水青山得名。后来，一个皇家被废的太子看上了这块风水宝地，将其霸为已有。他强抢民女，无恶不作。深山沟里有个俊俏的胭脂姑娘被太子抢入府内。胭脂痛恨太子欺男霸女的行径，愤而刺杀了太子，为民除了害，她自己却一头跳进了清水河。老百姓为纪念胭脂姑娘，将清水河改名为胭脂河。

胭脂河是温柔多情的，水流舒缓，宽宽窄窄的河面上散发着水草的腥香。春天里，一湾河水被红花绿树熏染得碧透争流；夏天里，河两岸繁茂景象浸泡成一幅幅浩渺的水彩画；秋天里，满河道飘荡着五谷芳香；冬天里，空旷的冰面上充满幼童的欢笑声。这是一条生命激昂的河，这是一条滋养河两岸百姓的母亲河。

然而，胭脂河也有她发怒咆哮的时候。2016年夏天的一个早上，太阳被乌云遮住了，空气里难得充斥着些许凉意。城南庄镇党委书记范海金和镇里几位同志去一个山村协调土地流转回来，因为山路崎岖，只能步行。他们来到胭脂河边，已经是一身泥水，一身大汗。实在累了，他们就在树荫下歇一歇。河面上有大鱼浮上来，不知哪家的马，站在水中，懒洋洋地摆动着湿漉漉的尾巴。然而，祥和气氛没过多久，胭脂河的洪水就冲下来了！首先是一阵冷冷的气息传来，紧接着，伴随着洪水轰隆一声，河岸的大山瞬间塌了一角。范海金见状，大声喊叫："发水啦！注意安全！"

水无情地漫上了桥墩，漫上堤坝，树和草被浪头拍倒了，虚土也冲走了不少。

河套上，几个养蜂人和养蜂的箱子，眼看着就要被水冲了。正当人们惊慌失措的时候，范海金双手做喇叭筒状，大喊："快上来，

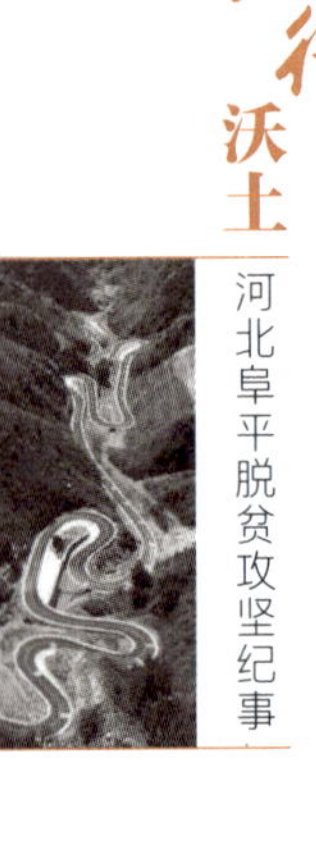

来洪水啦！”范海金一边喊着，一边和镇里几个干部跳下去，帮助养蜂户将蜂箱抬上来。

范海金抬头，看见对岸还有一些看热闹的农民，他们所站地势非常危险。河里水位越来越高。范海金喊：“别看热闹啦，赶紧撤，太危险啦！”

胭脂河震响着洪水的咆哮声，像无数巨兽在嘶吼，令人毛骨悚然。人们被惊醒了，到处一片紧张的唏嘘声。

郝国赤书记和刘靖县长都过来指挥抢险了。郝国赤说：“这场大水灾，来得突然、凶猛，对我们扶贫攻坚是一次很大挑战，我们大家尽全力抢险，共产党员要冲在前面，确保老百姓的生命财产安全！”

各抢险小组纷纷行动起来了。重点安排一队人马去保护胭脂河大坝。大坝如果崩塌，城南庄晋察冀边区革命历史纪念馆就会受到威胁，后果不堪设想。

很快，城南庄村两委班子组织青年党员张志国等一百余人开着皮卡车、拉着编织袋和砂石料勇敢地冲上了大坝。沧海横流，方显英雄本色。大家集结在党旗下，以“不畏艰险，敢于胜利”的革命英雄主义精神，践行“人民至上，生命至上”，与洪水奋勇抗争，一边往河里投掷沙袋，一边打桩固坝。有人被洪水冲走了，无所畏惧地奋力游了回来。有人累得要支撑不住了，咬紧牙关坚持着。范海金在打桩的时候，左手被铁锤砸伤了，钻心地疼，他没有吭一声。经过一夜奋战，水情控制住，大坝保住了。

郝国赤一夜没睡，早饭都没顾上吃，他指挥带领干部群众，装沙袋，堵豁口，稳水流，一天下来，嗓子喊哑了，两腿跑酸了，胃里扎扎戚戚地疼，这些都顾不上了，他心里只有一个念头：坚决保住大坝，保住胭脂河！还好，在他和干部群众奋战下，大坝安然无恙。

郝国赤刚要喘口气，范海金跑过来向他报告说，80 米长的顾家沟大桥轰然倒塌了，桥板和柱子被洪水稀里哗啦地冲没了！郝国赤拍拍他的肩膀，用坚定的语气说道："别慌，沉住气，还记得1963 年，城南庄的老支书邸南奎在大洪水面前喊出的誓言吗？我在大坝在；我与大坝共存亡！老支书的铮铮誓言多少年来一直响在我们的耳畔，我们应该把他的誓言继续传下去啊！"范海金浑身力量倍增，重重地点下头，说道："我知道该咋做了！"

这个时候，在宋家沟村值守的镇人大主席贾琇清牵挂着一线险情，风风火火地赶了过来。

郝国赤问贾琇清家里情况，她说，丈夫李磊失去联系，非常担心。李磊在吴王口乡当土地所长，被安排在东沟村一带参加抢险，郝国赤让县委办公室同志与东沟方面联系，信号中断，联系不上。郝国赤脸色凝重，安慰她说大沙河上游水情好一些，请贾琇清放心，他们随时联系。贾琇清脑袋轰然一响，脸色变得煞白，身体软软的，就像感冒了一样，浑身难受。

离开了郝国赤，贾琇清悄悄躲在一边，又给丈夫拨了一次电话，还是没有通，那边不知什么原因。不知他是在抢险中，还是站在岸上休息呢？还是牺牲了？她不敢往下想了，手机停在半空，落了几滴眼泪。

凌晨三点，大水依旧凶猛。郝国赤见贾琇清脸色苍白，让她歇息一阵，他带着人又沿着河岸转圈去了。真是水火无情，贾琇清曾欣赏美丽的胭脂河，今天终于看见它凶恶的另一面。她坐下来，手机响了一下，吓了一跳，一接，还是没信号，她想听到手机响，又害怕手机响。想知道丈夫的平安，胭脂河的平安，又害怕手机响，害怕听到丈夫不好的消息，这是何等残忍的心灵煎熬啊！

闪电的光亮，划破了夜雾。贾琇清不想再承受这种煎熬了，她要全身心投身抢险战斗中，只想着保住大坝，别的什么都不要想。于是，她一跃而起，冲进了抢险的人群中。投了一阵沙袋后，她突然感到一阵胸闷气短，胡噜一下一脸的水，不得不坐下来摩挲自己的胸口。身边的人发现了她的异常，连忙关切地问她怎么了。她摇摇手，表示没事的。她心里一痛，眼前便浮现出老人和孩子的影子，也不知道此时此刻他们都在干啥？最后定格在李磊身上。他那里信号中断，安危堪忧。估计，李磊也在担忧她呢，这么大的水灾，他能救助老百姓吗？他能够安然无恙回来吗？平静了会儿，贾琇清觉得心脏好一些了，立刻站起身又投入到抢险战斗中，她知道，此刻对亲人牵挂最好的释怀方法就是战斗，战斗，再战斗！

洪水粗野地吼叫了一夜，慢慢平静下来。水面缓了许多，天一点点亮起来。

第二天早上，天晴了，祥云万朵，但是，胭脂河水还在咆哮。好在城南庄胭脂河大坝保住了，没有崩坝。干部们营救了好多处于危险中的群众。郝国赤面带沉重，眼睛冒着红血丝，伤感地叹息了一声："这次大水，给了我们一些教训，扶贫的时候，同时要修建水利，保卫我们百姓的安全，也是保护扶贫产业项目！唉，最初我们面对特大汛情，处理不太及时，这滔滔洪水，既冲击我们眼窝子，也冲击我们心窝子，回去要好好总结经验教训！后来大家引导疏散群众，勇堵豁口，表现机智、勇猛，县委非常满意！"然后对贾琇清说，你爱人李磊同志，在救援中非常勇敢，没有危险啦！

贾琇清双手捂住脸，哽咽了："谢谢郝书记，李磊也是穷苦出身，穷人家孩子福浅命大哩！"

郝国赤感动了，朝她投去赞赏的目光："是啊，你们都是好样的！"

贾琇清说："郝书记，您这么大年岁都在第一线拼命，我们干这点算什么！"

郝国赤想，阜平的干部，进步很大，他们不仅要经受扶贫考验，还要经受自然灾害的考验，同时，在困难群众面前，还要忍受常人难以忍受的委屈和痛苦！

贾琇清坚定了信心，她也成长了，真正塑造人格的是挫折和苦难！她瘦弱的身躯经受住了考验，自己也在为自己打气！她说对岸石猴村被洪水围困，尽管大水退去，下山还是风险极大。郝国赤叮嘱贾琇清再辛苦一把，带人送一些吃的给乡亲们。贾琇清带着人上山了，她们要给石猴村送粮食。这边水流湍急，只能步行绕到北侧，然后再登山。越往上走，山风越硬，贾琇清娇弱的身体，看似柔弱，内则刚强，她腰杆挺直，扛着一袋白面就上山了，右手还提着一桶油。大水没有退去，道路湿滑，他们要绕过后山，才能把粮食、油盐、蔬菜送到山上。贾琇清一招呼，人们呼啦啦地上来了。

云在山中走，人在林中行。路坎坷，弯曲，灌木丛生，十分不好走，翻过了一座高峰，山更高，林子更深，越走越迷糊。贾琇清冲锋在前，每到拐弯处，就在树上挂个小牌子，给后边的同志们指路。贾琇清惦念后边的人，东看看，西摸摸，喊一声："跟上，别掉队啊！"听到同志们的一声声回答："大姐，我们跟上来了……"她的心才落了地，精神百倍地继续赶路。走累了的时候，就放下粮食，扶着扎手的树干喘息。一静下来，身体笼罩在幽幽光晕里，像一幅剪影。听见鸟声，闻到山野花香，她愈发感受到自己眼下从事的事业，是多么的美好。她看见一苞紫色花絮，稍

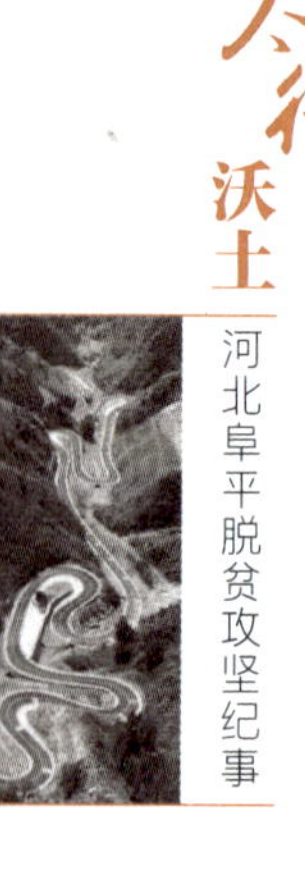

一有风，花絮就散了，忽高忽低地飞，她想：多像一只只美丽的蝴蝶在翩翩起舞啊！

贾琇清招呼了一声："我们继续赶路吧！"

人们陆续站起来，一路荆棘走到了石猴村。昨天夜里，贾琇清鞋湿透，树条戳破裤子，裤脚撕了个大口子，从裤脚一直裂到膝盖，狼狈不堪。脚脖子也扎破了，淌着血。乡亲们看见贾琇清的伤口，说有土法，鸡的绒毛能止血，当即往她的伤口上放一把鸡毛，血果然就止住了。

面对贾琇清他们翻山越岭送来的救济物资，石猴村老百姓很是感动，连声称赞干部们是老百姓的贴心棉袄！看着贾琇清的伤口，他们纷纷关切地嘱咐她千万别感染了。贾琇清大大咧咧地说："没事儿，只要你们吃好就好！还有，县委郝书记叮嘱啦，大水不退不能下山，别影响扶贫生产啊！"她的话，给人天然的信赖与诚恳。

乡亲们说："转告郝书记，我们继续搞好生产，大水不下去，我们决不出山！"

贾琇清笑了。石猴村除了玉米、土豆，还盛产大枣儿，这一刻，她想到，如果把这些特产放在城南庄旅游景点来卖，说不定可以给乡亲们带来一次脱贫致富的好机会哪。她把这个想法跟乡亲们说了，立刻得到了大伙的一致响应。看着红彤彤的大枣，大家心中充满了希望，整个村落充满发自内心的欢笑声。

傍晚时分，胭脂河平静了，水流渐渐舒缓。胭脂河水是迷人的，它像一位涂上胭脂的姑娘吟唱着多情的小曲，庄稼人走到河边，就会有如释重负的轻松……

贾琇清拖着疲惫的身体回到县城家里，打开门，还没换上拖鞋，惊喜地看到李磊就站在自己的眼前，不由得呆愣住了。

李磊此时一脸的倦容，但两只眼睛依然炯炯有神。他微笑着看着妻子，轻柔地唤了一声："琇清！"贾琇清深情地唤了一声："磊子！"二人紧紧拥抱，泪水夺眶而出。贾琇清想起了名著《霍乱时期的爱情》里的一句话：爱情终究是爱情，距离死亡越近，爱就越浓郁。

夫妻俩相拥着坐到沙发上，贾琇清让李磊给她讲大沙河上游抗洪故事。李磊同样经历了风险，担心如实讲出来让妻子难以入眠，便简单说了几句搪塞过去。然后，他默默端来一盆热水，让琇清泡泡脚，解解乏。可是，当李磊撩开贾琇清湿湿的裤腿时，发现她脚脖子上的鸡毛，就一愣。贾琇清淡淡一笑："去石猴村送粮扎破了，流血，石猴村老百姓说，鸡毛能够消炎止血！"李磊心疼地摘下几根带血的鸡毛，血又淌出来。李磊说："乱弹琴，会感染的！"说着抹了消毒水，贾琇清疼得嗷地叫了一声，李磊再用创可贴重新包扎。疼痛消散，贾琇清幸福地闭上眼睛。可是，女人梦里还是咆哮的河水，嘴里呼喊着丈夫的名字，李磊不吭，一脸感动。他没有惊醒她。中午醒来的时候，她全身都不会动了，腰酸腿疼。

李磊将做熟的饭菜端上来，她的眼睛又红了，喃喃地说："有老公真好！真是险啊，可是，共产党人就是要舍小家顾大家，再大的困难也得挺住啊！"李磊说："是啊，我们是共产党员，就是应该越是艰险越向前！"

后来，贾琇清和李磊夫妻双双被评为阜平县抗洪防汛先进个人。当郝国赤书记将奖状递给贾琇清的时候，她眼睛湿润，喉咙哽咽……

第十一章 金融县长的扶贫交响曲

河北阜平脱贫攻坚纪事

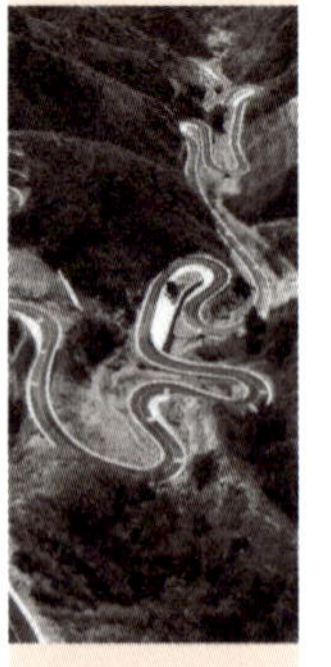

王恩东是顾家台的驻村工作组组长，后挂职阜平县政府副县长，主抓金融扶贫，人们都叫他金融县长，其实他面对的，是老百姓的锅碗瓢盆交响曲。

王恩东高高个头，四方大脸，常常微笑，眉宇间透着淳朴、智慧。他是保定银行党委委员、班子副职，2012 年 2 月到顾家台扶贫。来之前，王恩东在网上查了一下，对顾家台有些粗略了解。这是去五台山的必经之路，村里有个寺庙叫招提寺。顾家台的老人记得，当年村里老王家四合院和招提寺就是晋察冀边区政府，招提寺后来是第一所敌后医院，白求恩曾在顾家台的招提寺给八路军伤员做手术。顾家台经过世代流转，更迭，走到今天，由于贫穷，显得凋败、黑暗、虚空。村里 347 口人，大部分外出打工，留在村里的 150 人，老人、孩子、病人、残疾人居多，能干活的仅有 12 人。

王恩东刚一进村，看见村委会门口的空地上，几个妇女和老人在聊天。村支书顾叔军告诉他，这是老百姓聚集聊天的地方，农民闲着没事，常常在这里聚集聊天。

王恩东安顿好，独自出来走走。他从村口顺山走到村子的西头，上了村北的山上一览顾家台村全貌；又下到沟里，走过一片石滩，前面是湍急的河水，水冲刷石头带着呼呼的声音。在返回的路上，他看见村外矗立着一个旧粮站。粮站废弃了，空空的。他在粮站下站了一阵，回头环顾大山，山野苍茫，一片荒凉，只有归巢的鸟儿在昏暗中发出几声鸣叫。

那年冬天特别的冷，村支书顾叔军怕王恩东和队员冻着，把他们安排在了自己家。这是 50 年代盖的三间低矮的旧房子，门前的大树，遮住了阳光，屋里有一股潮湿的味道。房屋虽破，却是自己的独立天地。火炕不够长三个队员就斜着睡，顾叔军每晚给

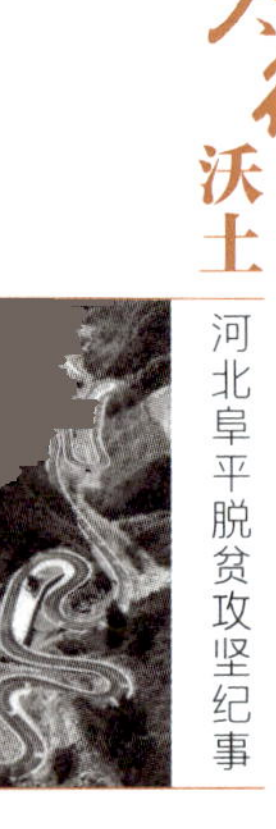

烧烧炕还挺暖和的。窗户纸糊的窗子外面，狗叫猫叫的声音，甚至猪打呼噜的声音也听得一清二楚。夜里他们常常听见房顶棚上的老鼠玩游戏，排队从房梁向方便面包装纸糊的顶棚跳，“砰砰砰”地响，真怕会掉在脸上。最可气的是有时“砰”的一声，把人吓醒了，等第二声，又没了……

上午，王恩东到顾家台几家走了走，发现猪是圈养，鸡可以随便溜达，狗也可以溜达。突然换了环境，让王恩东心中隐约怀疑，这一切是不是梦境呢！

回到保定他给老婆讲顾家台的故事，老婆半信半疑地说：“你们顾家台就好像是回到了旧社会似的！”王恩东微笑说：“要不你去看看嘛！”老婆撇嘴说：“我在部队的大熔炉里练过，就不再接受贫下中农再教育了！下乡结束你就赶紧回来吧！”王恩东嘿嘿笑了：“你啊，思想有点小问题，等顾家台变好了，你就追着我去了！”其实，以目前顾家台的现状，他也不希望老婆去，真的没有待的地方，如果看见他住的地方，回家非跟他分居不可。记得他刚来的时候，村里没有像样的厕所，厕所是好大的一个茅坑，三面用石头大窟窿小眼儿地围着半人高，两根破木头架在黑黑的臭水坑上，随时都有掉下去的感觉，太阳一照，臭味很快就泛上来，令人作呕。

有一天，保定银行的张英莉董事长带队过来看望工作组，想找厕所，提前他们还用石头铺垫打扫了一番，董事长到厕所没有蹲呢，就吓了一跳，被熏出来了：“恩东，村里有没有像样的厕所啊？”王恩东摇头说：“您去的就是最好的啦！”董事长皱着鼻子说：“还不如上山，找一片树林解决呢！”王恩东叹了一声，英莉董事长说：“恩东，你们辛苦了，真的太不容易啊！”

王恩东听出董事长话里的弦外之音，有肯定，有同情，还有鼓励。王恩东笑笑说:“董事长，正因为不容易，您得多拨点钱啊!”董事长说一定支持!分轻重缓急先给 20 万修路、改厕所!

有人喊他王县长，听着挺风光，其实干得都是一些杂活。有一家着火，他听见喊声就去救火，火烧得大，房顶蹿火，救房子已经不可能了，只好钻进去把被褥及包裹抢出来，用水淋湿。有一家，老人跟打工的儿子打架，他就过去拉架，劝了这头劝那头。有一家猫丢了，他帮老百姓找猫，连老鼠窟窿都找遍了，在旧粮站找到猫，给老百姓送回来。有一家猪卖不出去，他要帮助去卖猪。有一家房子漏雨，他帮着找塑料布给盖上，连雨天村里三处上边塌房下边塌路忙着抢修。干活的三轮车把路压塌了翻沟里他帮着处理，等等。王恩东感慨地说:“别看这些都是小事，可在老百姓心中，这些都是大事啊!”有些人家生活穷苦，他不敢看，看一眼就心疼。最初，王恩东与老百姓接近、亲近，基本出于怜悯。慢慢地，他融入了百姓的日常生活，产生了深厚的感情。

但是，顾家台老百姓的惰性和缺点，王恩东也看得清清楚楚。2013 年 1 月 3 日，有单位过来慰问，送来大米、白面、食用油，还有棉被、军大衣，当时按户分，分着分着不够了，老百姓就扑到汽车后斗去抢，满嘴脏话，骂骂咧咧。村干部说:“这次不够分下回分行吗?”有个农民嚷:“不行!”有两个小子争抢一件军大衣，撕扯着，争吵着，一个小子竟然兜里装着一把剪子，剪了一只军大衣袖子，抱着袖子跑了。王恩东看见这混乱的场面，十分尴尬。今天见到的，打破了他思维想象的疆界，迫使他以更加广阔的视野来看待穷困地区的生活，看待扶贫的迫切，也就理解了，这是贫困环境所造成的。

2013 年 3 月，驻村工作组又来了，顾家台和骆驼湾的水和路，都开始有大规划，借脱贫攻坚，彻底解决两村路和水的难题。这个

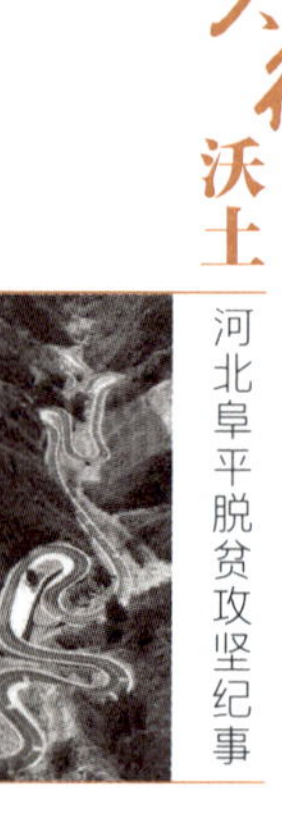

时候，王恩东开始跟着谋划大事，真正从锅碗瓢盆琐事中走出来。

2012 年 12 月 30 日习总书记来到顾家台村，王恩东跟顾叔军支书陪同看望贫困户顾成虎家，顾成虎常常与顾叔军回忆那美好时光。这时候，王恩东已经到村里了。习总书记在顾家台村委会座谈的时候，问乡亲们有什么要求？有人就说，驻村工作队给老百姓干了许多好事，来的时间太短，愿意留下他们。总书记说：“乡亲们愿意让你留下你就留下吧！”王恩东听了很感动，说：“我要做永不撤走的工作队！”

这天，他们再次来到顾成虎家。顾叔军的声音提高了八度，说：“成虎，这回有信心了吧？年也过了，节也过了，省委组织部郄志忠副部长带队和保定银行党委委员王恩东带队驻村工作组马上就到了，省委组织部驻村工作组引来了资金，计划在村东盖新房、建塘坝……大规模扶贫开始了，只要你勤劳，加上政府支持，你家，还有我们整个顾家台，就要变了！”顾成虎点点头，目光坚定了。

顾叔军微微笑道：“是啊，习总书记都说了，只要有信心，黄土变成金！保定银行的领导也来你家了，你家的房子，老婆治病，儿子打工，闺女上学，这些难题都会解决的！”

顾成虎欣慰地笑了。顾叔军问：“工作组一来，开村民代表会了，你有啥想法，就提出来！”

顾成虎想了想说：“我那儿子啊，傻了吧唧的，是我一块心病，得给他找点活干啊！”

王恩东拿小本子记着，其实，心中都记着呢。

王转荣身体好一些了，急忙指着王恩东说：“我们听他的，听顾支书的！”

顾成虎和王转荣是懂生活的，他们嗅到机会来了。“就凭勤劳一点，你就可以把穷根儿甩掉，富裕和丰足不远了。”他从顾叔军的口气里，觉得顾家台大有希望啦！

尽管穷困，忙得头昏脑胀，顾成虎老婆王转荣还是将院里种了花，他们没有丢掉爱美的心。王恩东叫不出花名，锥状的花，花冠辐射状，疏散，花小，白色或黄色，散发着淡淡的幽香。

几年里，王恩东始终没有忘记顾成虎家。顾成虎家的四亩地，帮着流转了，每年分红四千块，山坡地种植苹果，他痴呆儿子就被王恩东安排到山上种苹果去了，还安排技术员手把手教他。

王恩东鼓励顾成虎的女儿顾文香读书，这样一人就业，全家就脱贫了！王恩东推荐她上了县职教中心。学费不用拿，吃住还是要花钱的，他回到保定，找银行领导拉了三万赞助，递给顾成虎的时候，顾成虎感动得双手都颤了。王转荣说：“谢谢你！”王恩东说：“要谢保定银行。”“谢谢保定银行！”说着，王转荣眼泪就扑簌簌掉下来了。

王恩东看到了顾成虎一家尖锐而清晰的隐痛。王转荣每天都想哭，这个家常常翻腾出压在心底的一种憋屈。

顾成虎家儿子呆傻，娶媳妇可能性不大了，基本靠女儿了！王恩东提到他儿子，顾成虎说：“那小子就那样了，山上弄果树吧。这小子见了和尚喊姐夫，乱认亲，婚姻是指望不上了！”

王恩东苦笑了一下，说：“所以啊，文香就是你们的依靠！我跟俊亮商量了，不要只出钱，还要让村镇加学校加家庭加银行四方签订协议，保证文香学业有成，孝敬父母，要招个上门女婿过来，生了小孩最好姓顾，将来你们老两口就有保障了，顾家也后继有人了。”

顾成虎满怀感动，紧紧握住王恩东的手，热泪纵横：“王总啊，你就是我们家的恩人啊！我没想到的，您都替我想到了啊！”

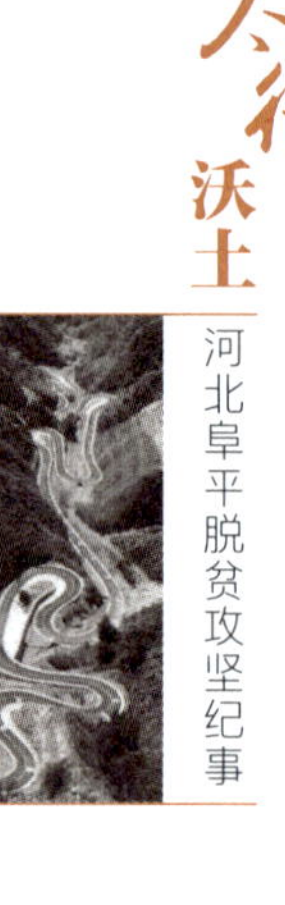

王恩东说："应该的，养儿养女不是为了防老嘛，你家情况特殊，这样做让你们老两口有个保障！"

王转荣喉咙里堵塞着，一阵哽咽。

顾成虎把王恩东当成家里人，女儿毕业工作，找对象都让王恩东参谋，出主意。顾成虎在村里公司打工，挣的钱越来越多。收入高了，加上政府补贴，顾成虎家的新房也落成了。

房子是砖混结构，青砖，白墙，有厨房，原来的锅碗瓢盆都换了，现在有了宽敞的厕所，太阳能热水器，他们再也不用跑公共厕所了，每天都可以冲澡，顾成虎和王转荣感觉很幸福。

到了 2014 年，省委组织部刘家恒副部长又带领高大磊等三人进驻了顾家台，王恩东一直兴奋着，他有了干事的伙伴了，那是他最充实、快乐的时光。

原先村民的猪圈、鸡窝、厕所，大多在路边，刘家恒他们动员群众拆除鸡窝、猪圈，搬到村两头集中饲养区，开始村民想不通，后来，组织部同志带领顾家台村和龙泉关镇各村的村干部及老百姓赴邯郸、邢台两市六县区、村考察观摩，村民到外边一看，受到震撼，受到启发，回来就开始行动了。他们协调扶贫资金，为了解决灌溉难题，王恩东又与省委组织部工作队一起引来资金，在半山腰建起了一座塘坝。清清的泉水，在山腰闪着波光，老百姓浇地无忧了。水对于顾家台多么重要！他们再也不会因为抢水，与骆驼湾老百姓打架了！

一天，顾家台两个工作队早上碰头开会，刘家恒部长说最后一个顾德明家的猪圈就是不拆，他家的孩子、朋友和关系不错的，村干部都找了，就是做不通工作，拆猪圈的事僵住了！"老王你看看怎么好啊？"王恩东说："我去试试吧！""也只有你去，他家听你的。"顾叔军将了王恩东一军。

顾德明70多岁，平时家里只有他和老伴儿俩人在家，他家猪圈在戏楼边上，一到阴天臭气熏天。王恩东趁早晚家里有人，连找了三天，说长道短，终于找到不愿意拆的症结，最后顾德明答应拆猪圈，王恩东他们晚上睡了一个好觉。

第二天一早顾德明的老伴儿又找到驻队："听说你们卖了老七家的猪，我们家的你也得帮我卖。"王恩东说："好吧，卖猪！"

拉猪的车来了，王恩东和村干部一起来顾德明家，老两口年龄大了，腿脚不便，王恩东叫上四个老乡跳进臭烘烘的猪圈，一个拽耳朵，一个揪尾巴，还有用绳子拉的，400多斤的猪好大劲，胡乱踢腾，嗷嗷狂叫，弄得他们满头大汗，最后一点点将猪赶出了猪圈，早就等着的四个人手脚麻利，一绑一抬，拉猪的师傅说："说好的15块一斤，6750块，老哥点点。"

顾德明把钱揣到怀里乐呵呵地走了。

顾德明老伴儿感激王恩东，拎着自己磨的一兜豆腐，到王恩东工作队驻地，王恩东不在，回保定办事去了，老人将豆腐挂在门上转身走了。

第二天下午，王恩东从保定回来，看见了门上的豆腐，知道就是顾德明给的，低头一闻，有点馊了。但是，他很感动，顾家台老百姓懂得回报，懂得感恩了！

2014年6月，顾家台村里建起新房，刘家恒部长找投资建设了村污水处理池，环境也漂亮了，雄县捐的管道，建村污水主管道的条件已具备，必须在雨季来临前，把每家下水连上村主下水道，贯通到新建的污水池里。

刘家恒部长叫上王恩东，施工头王金贵和村干部商量，工程放在夜里。因为顾家台只有这一条路，挖掘机挖街道，如果白天施工，老百姓出入不方便，于是决定在夜间施工。根据施工量看，

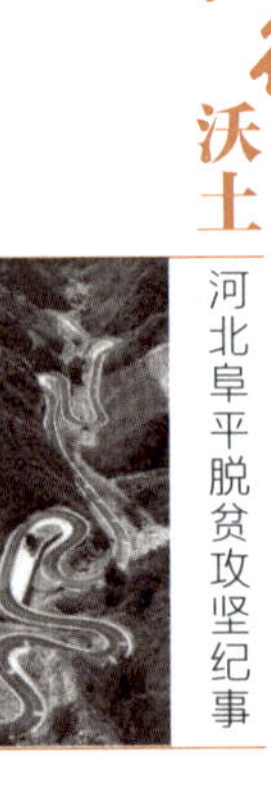

一夜干完没有问题。本来刘家恒部长与他们一起干，可是，刘家恒部长临时接到新任务，去新疆慰问河北的援疆干部，要直接去机场，临走前叮嘱王恩东说："老王啊，我把大磊两兄弟交给你了，一定夜里干好，辛苦你们了！"王恩东很敬佩刘家恒部长的做事风格，点头说："放心吧，刘部长，您也辛苦，祝您一路平安！"刘家恒望了望身边的高大磊，说："听老王指挥，配合好施工方！既要保证质量，又要保证速度，天一亮，让老百姓正常生活！"高大磊说："放心吧！"

刘家恒到街上看了看乘车走了。

夜晚来临，夜幕又一次笼罩了大地。没有星星，没有月亮，天空漆黑无比。静悄悄的顾家台，街上空无一人。他们白天丈量好了位置，挖掘机师傅说："今天太黑了看不清，怕活干不好。"王恩东说："去把我的车开过来用车灯照着。"王恩东又大声说："把管道铺好一定要先回填细土，挖掘机回填，千万不要让大石头压坏管道漏水！"大家回答："知道了！"

挖掘机开始施工，挖出来的多一半是大小不一的石头，不一会儿沟就挖出样来了。电工顾利强回家时看他们用汽车灯照着干活，很不方便，急忙把路灯接上电，工地一下亮了起来。

王恩东望着家家闪烁的灯火，心中无限感慨。变了，顾家台真的变了。他真真切切地感受到了，只要怀着一颗持之以恒的心去干事，穷困的日子会过去的。

夜半时分，一家家的灯灭了，他们还在施工。天热了，蚊虫也下来了，叮得工人们身上大包一个又一个的，可谁都没皱一下眉头。后半夜，工人们用细土埋好管道，挖掘机陆续回填好道路，干活的和工头坐着石头靠着树干都睡着了。王恩东走向挖掘机："师傅，抽颗烟休息一下吧！""抽颗烟就行，不歇了，天马上亮了，”师傅对王恩东说，“村里干活的都睡了，你帮我们干，你却一会儿也没睡。”

王恩东拿手机看了看时间，早晨4点来钟。“大家醒醒，来抽颗烟精神精神，我们活快干完了，再加把劲收尾打扫一下……”工人们醒来，抽根烟提提神，接着干活。大家都轻手轻脚的，生怕吵醒乡亲们。夜风仿佛也有了灵性，轻轻地吹着，将干活发出的细微声响切割得碎碎的。

夏天夜短，不知不觉天亮了，鸡叫了。顾成虎起得早，他最先看见王恩东，问：“还没睡觉吧？”“干完再睡。”

老百姓都出来了，人们笑起来了。很快又心疼这帮人，笑得泪花满脸。顾成虎喃喃地说：“我们党的好作风又回来了！”

秋分以后，顾家台到了收获的季节。再经过寒露、霜降和立冬，顾家台就变成了另一个世界，依旧是热闹非凡的。

王恩东记得刘家恒部长说过的一句话：只要顾家台有人家办婚礼了，真正的节点就来了！

王恩东和乡亲们怀着激动的心情等待这一天。

可是，生活总是有一点不确定性，顾家台有人办婚礼了，但是这让王恩东心焦，他担忧的事情还是发生了。顾成虎一家陷入痛苦与焦虑中，顾成虎女儿顾文香职校毕业之后，找到了工作，也找到了爱情。那男孩叫张雨，是保定定兴人，孩子从北京打工带着文香回到顾家台看望了家人，就结婚了，结婚归结婚，两人还是落户在男孩老家定兴，婚后生了一个胖儿子。一家三口以男方为主，王恩东想给顾成虎招上门女婿的愿望落空了。王恩东寻找破解问题的办法，张雨家里咬得挺紧，没有成功。生活总是有遗憾的。顾成虎把痛苦和伤感埋在繁忙沉重的劳动中，怅然长叹，只要文香过得好，当父母的就无所求了！如今，顾成虎和王转荣

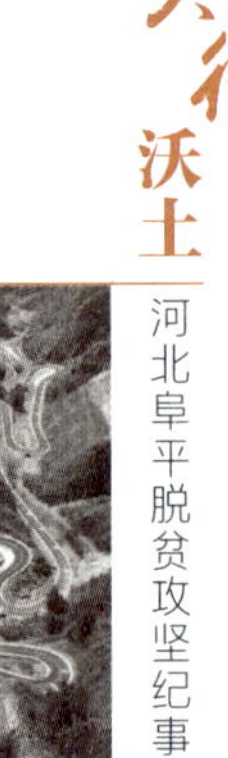

带着呆傻的儿子生活，毕竟日子好过了……

不久，顾家台回乡青年人，有几对陆续结婚了！

顾家台村公建纳入龙泉关镇区统一管理，家家住上了新房，有的人家还搬进了楼房，建起一片高山林果种植园区，建成了香菇产业园区。

为了打消村民们对食用菌大棚种植的畏难情绪，村委会副主任马秀英带头承包香菇大棚，起早贪黑忙于大棚，忙完了自己的，就去帮助别人，收集大家共有的难题，找来嘉鑫公司的技术员集中解决。在她的带动下，支部委员乔玉云，村委委员顾锦成分别把自家的蜂箱、养猪场托付给别人，自己也带头种起了香菇，还帮助食用菌种植专业户解决困难。

王恩东安排县金融办杜金利主任亲自为顾家台、骆驼湾贫困户讲解阜平县金融扶贫贷款的优惠政策，还请保定银行阜平支行李林行长解答贷款的操作办法和老百姓提出的问题，顾家台、骆驼湾村老百姓在全县率先获批了贫困户每户 10 万元的香菇贷款。村民尝到了金融扶贫的甜头，真正体验到种植香菇的好处，从一个个贫困户做起了“三金农民”，走上了脱贫致富路。

王恩东联系白沟来的县长助理高利鹏，给顾家台上马了全县第一家手工业企业。九歌皮具厂，厂房设在顾家台村外粮站，小姑娘们可在冬暖夏凉的厂房里上班，媳妇们既能上班挣钱还能照顾家庭，收入增加了，家庭和睦了，自己的地位提高了，人更美了。后来生产扩大了，工厂搬进村北新的厂房。

走在顾家台大街上，一切都变了！宽敞整洁的街道，两侧是新盖的砖混住宅，灰砖，白墙，古朴而典雅。村子道路两侧，挂着喜气洋洋的红灯笼，挂着吉祥的中国结。王恩东回忆起在顾家台的驻村扶贫历程，心中满是欣慰……

第十二章 老百姓话幸福

河北阜平脱贫攻坚纪事

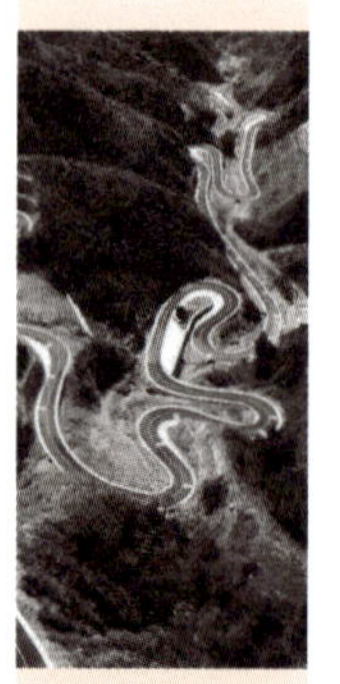

痛苦而欣慰的告别

傍晚时分，一切都安静下来了，顾宝青回到家，天还没有黑，家里人已经吃完了晚饭，饭是大女儿唐俊娟做的，饭在锅里热着，顾宝青说她在小吃街吃了，然后俯身在唐荣斌耳边悄悄说："老唐，你感觉好点吗？"

唐荣斌睁眼望了望顾宝青，眼神发直，喃喃道："你吃饭啊！"

顾宝青难过地低着头，可能看男人病情加重有些担忧。唐荣斌不知怎样安慰她，问："宝青，你哪不舒服吗？"

顾宝青马上意识到自己不正常，便打起精神来，笑了笑："我没事儿，就是惦记你的身体哩！"

唐荣斌长长呻吟一声："唉，别惦记，过去我们穷，今天日子好了，营养跟上了，身体会好起来的！"

顾宝青听见穷字，就过敏了，嘴上叨叨着："人穷不如鬼，酒淡不如水！可不愿意再回到那个日子啦！"

唐荣斌不高兴了，悻悻道："眼下这不富裕了吗？嘴里竟是穷啊，鬼啊，我看你是得了穷病啦！"

顾宝青被逗笑了："这不是穷怕了吗？"

唐俊娟不高兴了："老爸病成这样，咋嘴上老挂着鬼呢？多不吉利啊！妈，你跟爸说点高兴的事儿！"

顾宝青说："好，说高兴的事，眼下净是高兴的事儿！"

唐荣斌就把话题扯到房子上。是啊，老两口目光落在新房上。这新房，大大的客厅，厨房也宽敞，圆桌、木椅、沙发、卫生间、坐便池、洗澡的花洒，一应俱全，哪儿哪儿都随心。看也看不够！

唐荣斌吃了药，心里暖暖的，整个人有泡在烈酒里的感觉，心里有说不出的踏实和宽慰，香香甜甜地睡去了。

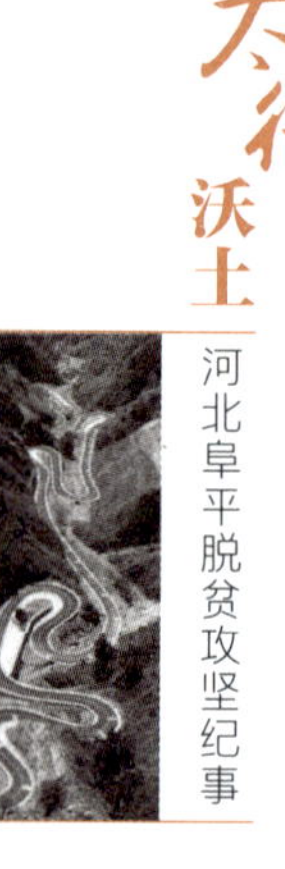

2018年清明之前，天气转暖。河流差不多完全解冻，小河变得宽阔起来。河边的杨树、柳树，已经萌生了绿意。梯田的向阳坡上，青草已经拱出黄色的地皮。鸡叫二遍，骆驼湾人起床，煮早饭的时辰到了。顾宝青听见鸡叫，慢慢睁开了眼睛。

人间烟火气，最抚百姓心。

唐荣斌精神了一些，说饭后要到村里遛遛。唐荣斌连续躺了半个月了，吃了大把的药，一把老骨头又有了力气，翻身自如，脑袋瓜一点点清醒了。顾宝青欣喜无比，她跟小吃街领导请了假，领着老唐溜达溜达。唐荣斌能够起床了，还说了好多热肠话，让顾宝青心中格外激动和幸福，她不知该说什么了，搀扶着唐荣斌胳膊，一直走到村东口。

柳絮纷纷扬扬，在空中飘荡。鸟儿在树枝上叽叽喳喳叫着。路边的石滩小河，春天水盛，颇为浩渺。

唐荣斌挪着脚走过来，沉重地迈着碎步，他觉得人老了先从腿上老，还有一些特征：躺下睡不着，坐着就打盹，老事忘不了，新事记不住。顾宝青路过自家老宅，又想起过去孩子们拜年时，因为穷给不起压岁钱的尴尬事了，因为贫穷，低人一等，在众人面前总是抬不起头来。她触景生情，一种怀旧的情绪弥漫在她的心头，她又唠叨了好半天，说到院里的巨石一旁的柴火垛。困难的时候，唐荣斌喝两碗稀汤，就愁眉苦脸下地做活了，顾宝青宁愿自己少吃，也不愿让老唐吃不饱，因为地里的好多活干起来相当吃力，顾宝青有时也去地里干活，她毕竟是女人，有的重活根本干不了。老唐每次到田里干活，都砍一捆柴回来，每天一回，每一回一小捆，日子长了，就垛起规模不小的一大垛。老唐望着高高的柴垛，享受着劳动带来的荣耀。有一次，老唐屁股后面的补丁被山柴划破了，肉露在外面，顾宝青被逗笑了，笑得前仰后合。她说不上多会针线活儿，胡串了几针，让开线的屁股遮住丑。无论穷，还是富，唐荣斌觉得劳动是充实的，不劳动就空虚。

一阵猛烈的咳嗽，打断了顾宝青的思索。唐荣斌叹息了一声说："我们家啊，有钱的当官的亲戚，都是七不沾八不靠，攀附那个高枝，想都别想啦！还是我们自己的劳动最可靠，我看啊，凭劳动吃饭最踏实，最幸福哩！"

顾宝青听着很舒服，夫妻间这叫三观相合啊！

唐荣斌不耐烦地摆着手说："宝青，别提那些陈谷子烂芝麻的事了，那是老黄历啦！如今骆驼湾脱贫了，马上到2019年，脱贫攻坚上台阶的时候啦！你还有啥不知足的？"

顾宝青微微一笑："知足，知足！你的身体好起来，我就更知足啦！"

顾宝青和唐荣斌缓缓走着，转动着灵活的眼睛，回头望了望气派的新房，心里敞亮。从内心讲，顾宝青对目前现状已经很满足了，她跟老唐商量，2019年春节好好过一把。春节，对于中国人来说，家人团圆，还有亲戚客人登门，人气兴旺，说明这家人声誉可敬。过去，年好过，节好过，日子难过。现在日子也好过了！顾宝青想让嫁到内蒙的二闺女一家，嫁到工林口镇的三闺女一家，嫁到阜平镇的大女儿唐俊娟一家，还有本村的儿子唐俊峰一家，都一起过来过年，好好热闹一番。全家春节大团圆，这是她和老唐多年梦寐以求的事啊，愿望终于要实现了！在顾宝青的意识里，屋子宽大、敞亮，冬暖夏凉。家庭是女人的靠山，幸福的港湾。普通的家庭，有普通的幸福，这就够了！

说到孩子，顾宝青基本是满意的。路过顾老蔫家，唐荣斌就想到那些没有孩子的家庭，叹息说："不孝有三，无后为大。你瞅瞅顾老蔫，连个孩子都没有，老了还是显得孤苦伶仃啊！"

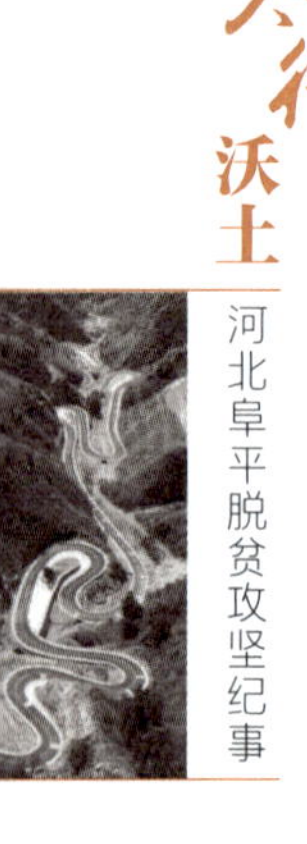

顾宝青说："是啊，狗守夜，鸡司晨，各有各的活法！"

唐荣斌脸上有了笑意，说："我们该知足啊，有这几个孩子，虽说没啥大出息，逢年过节，家里热热闹闹的，和和睦睦，就挺好啊！"

顾宝青对几个孩子比较满意，都很孝敬，那是亲密的血缘，是毫无保留全心全意爱你的人。当然，父母更爱儿孙。48 岁的儿子唐俊峰，今年闹病让她吓了一跳。儿子在村旅游公司干活，突然得了眼病，面部痉挛，面瘫，顾支书给联系到北京做了手术，经费都是新农合出的，有病也没有后顾之忧了。能说日子不好吗？

唐荣斌和顾宝青路过村委会，见到了驻村干部刘华格，他们与刘华格打了招呼，就看见刘华格上车走了，第一书记多忙啊！唐荣斌家里富了，搬入了新房，有吃有喝，老宅变成一号院，每年五万租金，四亩土地流转有分红，他在民宿工作，宝青在小吃街摊黄子，都拿工资，现在只有高兴，没有忧愁，可是，他们并不知道扶贫干部是怎样的奔波与煎熬，他们普通人只是沉浸在脱贫的喜悦中了。唐荣斌说："宝青啊，你说我们日子好了，是不是应该感恩？感谢县里镇里村里那些好干部，都别忘了人家啊！"

顾宝青频频点头，她是见证人啊。唐荣斌和顾宝青都记得，那是 2015 年，旅游公司工作人员来到他们家，说要租用他家的老宅，建成一号院，每年租金五万。当时，唐荣斌还不懂一号院的意义，是被这五万块钱惊住了，心中怦怦直跳，这是多么令村人眼红的事情啊！后来，看见那么多游客过来参观一号院，他忽地明白，这不光是钱的事，还有唐家在骆驼湾的荣耀哩！

顾宝青又把话题扯到幸福上来了！

唐荣斌想到唐家的荣耀，端了架子，边走边说："宝青啊，什么叫幸福？幸福在任何地方都是相同的。在骆驼湾这深山里，人们吃喝不愁，房子宽敞明亮，剩下就是身体了，幸福最后拼的是个好身体啊！”

阜平有句谚语：老汉疼婆娘，少汉讲名堂！

唐荣斌疼爱老婆，顾宝青身体结实，门里门外的活拿得起，放得下，从不叫苦喊累。顾宝青也不是铁打的，得了糖尿病，常年吃药。有一次，顾宝青感冒发烧，可急坏了老唐。老唐精心伺候着，喂饭、喂药，看脸色好像是退烧了，脸上的皱纹就舒展开了。唐荣斌觉得，我一个种地的庄稼人，一天到晚傻吃酣睡的，你宝青从来没有嫌弃过我啊！有的夫妻俩为了鸡毛蒜皮的小事吵架，吵着吵着，就怒目而视，摔锅砸碗，甚至大打出手。这是唐荣斌无法想象的！在地里干活，唐荣斌与一个得病的村民说话，老农民说：“活着干，死了算！”然后嘿嘿笑起来，听说没几天就死了。他听了很忧伤，因为他的命运有可能是自己的命运。

大山里的生活和劳动是迟缓平静的，如今富裕了，对于每个家庭来说，每一天的节奏都是忙乱而紧张的。顾宝青这两年，把唐荣斌的穿戴准备齐全。他们生了几个孩子，叽哇乱叫地把他们养大，省吃俭用，辛辛苦苦，当儿女的好好尽孝，不然老人突然走了，儿女就会后悔。所以，女儿们常常过来看望，还孝敬一些东西。有时候，唐荣斌津津乐道地说着骆驼湾的扶贫故事，孩子们亲热而崇拜地围在他身旁，听得入了迷。孩子们看见骆驼湾的好日子来啦！

唐家有一个好家风，叫遇事不责备！遇事相互责备，于事无补，还伤害家里亲人的感情。有困难全家人一起扛！老两口过了这么多年，磕磕碰碰难免，可是，彼此从来没有责备过！唐家四个儿女也继承了这个好家风，没有一家吵架闹离婚的。子女离婚是对老人和孩子的伤害啊！还有啥比这种孝顺更金贵的呢？

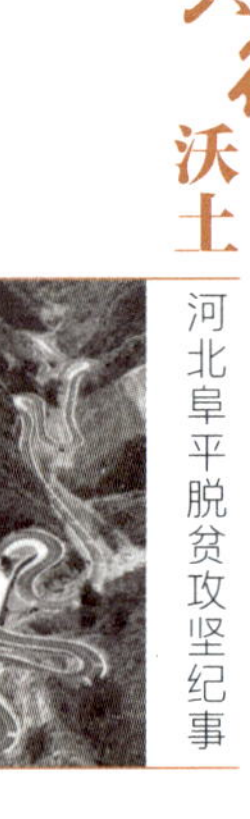

从村街走了一圈，再回到家里时，已是中午时分。唐荣斌累了，双腿几乎迈不开步子了。过去他喜欢蹲在树下，像木头人一样坐着。今天他蹲不住了，坐在新房门前的石墩上，望着云彩发呆，云彩一朵一朵，显得眼花缭乱。他低着头，两只眼睛微微闭合着。

顾宝青忙着给唐荣斌做饭，时不时泪眼蒙眬地瞥一眼外边坐着的老唐。即便他躺着，永远躺着也好，不说话也行，就这么守候着，这个苦了一辈子的女人从来没有像现在这样幸福啊！以前，他们以为有了钱，才会幸福，其实，回忆无数艰难困苦的日子，他们两口与孩子们，不生气、不打架，相互搀扶、体谅，又何尝不饱含着人生的幸福呢？

唐荣斌坐在新房门口的石墩上，抬眼就能望见老宅。那已经是一号院了，里边有他和宝青与习总书记的合影，有光光的巨石，他觉得有生以来，第一次这么疲乏，只想坐着不动，永远面对着老宅的门口。顾宝青做饭，时不时出来看看老唐。

唐荣斌颤抖着声音说："宝青啊，我们有今天，根本不是老院里大石头带来的好运，我们得知道感恩，感谢习总书记，感谢党和政府，党就是我们的靠山，我们的一切！"

顾宝青频频点头："是啊，记住了，记住啦！"

一天上午，唐荣斌失踪了，顾宝青紧张万分。自从老唐病重，她心里就乱糟糟静不下来。她和孩子们带老唐去了几趟医院，医生说这是慢性心血管病，也没有好办法，适量运动，吃药，静养。可现在找不见他了，会不会出啥事啊？这人啊，一遇到事就不往好处想。顾宝青心想：老头子不会是突然犯病躺倒在哪了吧？越想心里越发紧，颤抖着双腿到处找。

唐荣斌并没出啥事，他竟然吃力地爬上了山坡，找到他家流转的那块土地，褐色黄土被雨水泡得软软的，玉米茬子都烂了。这里原是低矮的耕种玉米的小山丘，现形成平缓的波浪状斜坡，朝着北面伸展开去，视野很好，一下子能够看见骆驼湾的一半景观。唐荣斌扶着一棵树干，愣在那里，树叶上的露珠洒了他一身。到处是食用菌大棚啊，一色黑色的塑料盖顶！他闻到了土地的气味，闻到了香菇的气味。他的目光越过黄昏中连绵起伏的群山，望见了他家老宅和新宅。他两只手抓着自己的胸口，热泪在脸颊上流淌着，默默地说："我知道自己不行了，说走就走了，宝青啊，你带着孩子们奔前程吧！其实啊，日子富裕了，我多想陪着多活几年啊！"然后，他对着土地又说了几句热肠话，说着说着，就忍不住嚎啕大哭起来，哭得畅快淋漓。

唐荣斌从山上回来，浑身哆嗦，手、胳膊干啥都不灵。尽管唐荣斌身体越来越差，可他还想干点事。他不知从哪儿弄来了铁丝和木板，悄悄放在床头。

接下来，唐荣斌的举动让顾宝青惊讶：唐荣斌找来了铁钳，鼓捣着要做一件东西。顾宝青不知他要做啥，问他也不说，直到他手里的东西渐渐成型了，顾宝青才发现是一个灯笼。

顾宝青又叨叨开了："瞎鼓捣啥？好好养病比啥不强？"

唐荣斌颤抖着声音说："宝青，我做的这个灯笼，过年的时候，就挂在门前，祝福我们子孙后代，祝福我们骆驼湾。如果我走了，你要叮嘱孩子们，我们家的好日子，是习总书记给的，党和政府给的，总书记要是再来骆驼湾的话，就跟总书记说，我唐荣斌亲手给总书记做了个灯笼！感谢习总书记，感谢党和政府，让我们过上了幸福生活！"

顾宝青听懂了，心中一热，泪水在她憔悴的脸上淌着："是啊，是啊！你还挺有心啊，做吧，做吧，只是别累着啊……"

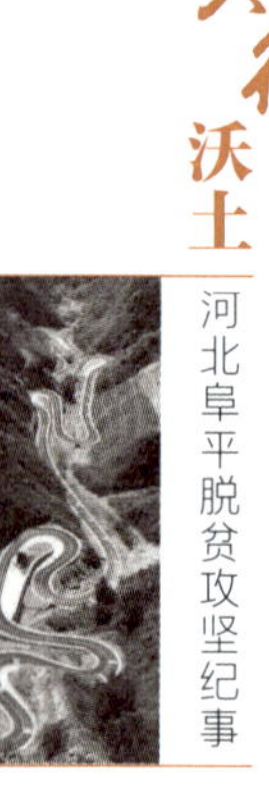

连续半个月，唐荣斌都在做灯笼。

儿子唐俊峰对唐荣斌做灯笼不解，甚至还有嘲笑。大女儿唐俊娟一直照顾他，也是不解，但是，女儿看着他累出了汗，不停喘息，出于心疼，她竭力地劝说："爸，别干了，我去集市上给你老买一个好灯笼！"唐荣斌摇头说："你懂个啥，买？咱家有钱了，买得起，这个灯笼不能买，必须我亲手做！代表我的心哩！"唐俊娟还是不理解，嘟囔几句，无奈地躲了。唐荣斌终于把骨架拧好了，用红色的绸布一裹，还真像模像样了！顾宝青搀扶着唐荣斌哆哆嗦嗦地把灯笼挂上门楣。灯笼点亮了，红彤彤的，映红了他的脸膛，也照亮了他的心，他整天抬头看来看去。唐荣斌拉着顾宝青的手说："宝青啊，我要是走了，你可得替我活着啊！"

又一个深夜降临了！唐荣斌像以往那样睡不着，想这想那，想自己的过去，想自己的现在，想自己的将来，越想心里越难受。越难受越睡不着。他翻了个身，发出轻轻地、恍若隔世的叹息。顾宝青听见了他的叹息，轻声安慰道："睡吧，别想那么多了啊。"他答应一声："我没事，你快睡吧。"说完，闭上嘴巴，让眼泪唰唰地流淌。

第二天，2018 年 12 月 28 日，唐荣斌去世了，悄悄地走了。

顾宝青让儿子唐俊峰给父亲唐荣斌洗了遗像，一张黑白的，一张彩色的，黑白的葬礼用了，彩色的挂在她的房间，让老唐每天都看着顾宝青的幸福生活！

顾宝青门口的墙壁上，悬挂着唐荣斌的大幅相片。满脸皱纹的唐荣斌正微笑着望着她。顾宝青每天起来，一抬头就先看见唐荣斌的照片，心里空落落的。无情的现实告诉她，老唐确实走了，她在地上，老唐在地下，阴阳两隔。尽管两人没有轰轰烈烈的爱情，但是，深厚的感情是在与贫穷做斗争的苦难中建立的，是那样醇厚，真挚！老唐一走，她精神上的重要支柱被抽掉，有一种说不出的悲伤。她面对模糊的老宅，再瞅瞅新宅，真想大哭一场。此刻，她的眼里含满泪水，长声哭泣着："老唐啊老唐，苦命的人啊，日子这么好，你着急走啥啊？你放心吧，我顾宝青替你活着呢……"

是啊，在顾宝青灵魂最好的时刻，用身体和辛劳伺候着苦难和幸福！

2019年春节到了，过大年了，鞭炮齐鸣。唐家后人们齐聚新房，人气鼎盛，亲情融融。全家吃年夜饭的气氛还是无比欢悦，遗憾的是，唐荣斌不在了，如果他还活着多好啊！

夜晚，顾宝青看见悬挂在门口的红灯笼闪闪发亮。

多像老东西那双眼睛在看着她，看着这个家啊！"老唐啊，你在那边挺好吧？年货都备齐了吧？我想你了……"这样说着，老泪流了一地。

一个人的大山

李兵一个人住在大山里，已经十年了。

李兵，今年74岁，阜平大台乡南安沟口农民，孤寡老人，一生未娶，无儿无女。他个头不高，精瘦精瘦，脸色有些青暗，眼睛不大，却是亮亮的。再看胳膊和脖子，黑红黑红的，多皱的核桃脸，脊背弯得像车轮，看上去是一副寒酸的模样。

为什么一个人留在大山深处？

谁也不知道。反正，李兵的侄子李社明、村支书杨立清、帮扶干部老袁和村里副书记张玉芳，多次劝他都不下山。位于县城的幸福家园，有他25平米的房子，与侄子李社明两口一起，加起来75平米，设施齐全，就等他下山去看，李兵没有答应。他不去

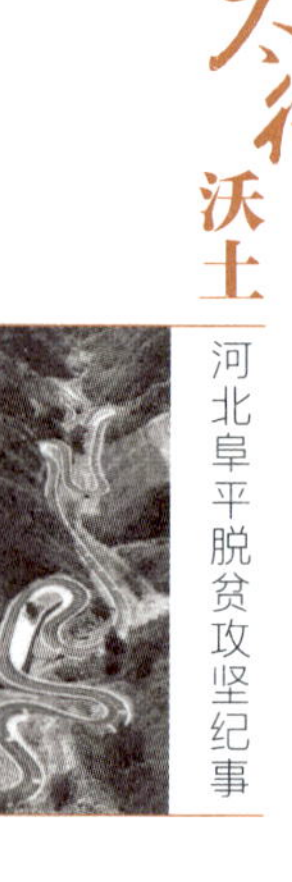

住，侄子李社明也不去，与老婆在金龙洞村生活，那房子只能空着。看来他的热情已经耗尽，今生只能独行。也许是因为对山下的生活陌生而恐惧，只是他嘴里表达不出来。李兵心里也知道，杨支书说的每一句话，都有鼓励的成分，极富鼓动性，有理有据，不由你不信。山下住高楼的生活，的确是非常诱人的，可是，这种诱惑力对于他，很小很小。

日子一眨眼就溜走了，秋霜似的白发笼上李兵的额头。

李兵的山上生活虽然单调、孤苦，但是，也有自己的乐趣。他去山上采党参。每天清晨，他走出家门，顷刻间淹没在山峦中。他走到陡峭山崖，明显觉得自己手脚不灵活，浑身这疼那酸的，步子都蹒跚了。是啊，年龄不饶人了！党参生于峭壁草丛中，难以攀爬，每一次收获，都是押上了身家性命。李兵攀附在山岩，侧目望了望，嘴角拉开一线笑。在山崖上，发现了一些黄色的党参，他一点点攀过去，把党参采到后背的篮子里。

李兵端详着党参，嘻嘻笑着说："这党参，模样多像女人哩！"他埋怨自己："你这狗脑子，净琢磨邪事，还是好好采药吧！"他感觉到，这山崖，党参多，眼瞅着快变成聚宝盆了！

李兵从山里回来，也不直接回家，一个人坐在石板上，一支支地抽自卷的旱烟棒（哪里是旱烟，纯属自己晒在石板上的树叶），深吸一口，像是吸猛了，弯了腰不住地咳嗽，眉宇间爬上了淡淡的愁苦。心中没有底，看看更远的云朵才是可靠的。云朵后面是星辰，更远更远的东西就看不见了。尽管山路熟悉，李兵也有迷路的时候，有一次真的迷路了，一夜都没回家，躺在滚烫的石板上，囫囵着睡了一宿，树林里鸟鸣兽吼，睡都睡不沉。天亮的时候，他爬起来再往家里赶路。

年轻的时候，李兵确实感到穷得心慌。杨立清支书给他办了五保户，每月400元，加上108元的养老金，每月就有508元的收入，半年在山腰的小卖部买一次油盐。自己做点饭，也不用冰箱彩电，省去了电费，生活过得还好。

李兵住的房子很小，很破，窗户是木格窗子，糊着破碎的黄纸，一个灶台，一个摇摇欲坠的橱柜，一些食物堆满一地，不锈钢箅子，白亮白亮，挂在熏黑的墙壁上。里屋，有一个电锅，几袋粮食散落着堆在地上，估计是他一年的口粮。炕上的被子是墨绿色的军用被子，脏兮兮的，是民政局发的。李兵什么都不想，好像脑子被人掏空了。他对着大山，打个哈欠，伸个懒腰，感到无比舒畅和惬意。

深秋，核桃熟了，李兵采摘了核桃，就在房顶晒核桃。没有人跟他说话，他就对着核桃说话。核桃硬了，在房顶滚来滚去，滚核桃带给他无限乐趣。他在房顶，冲着大山喊了一嗓子，他的喊声，被风吹得远远的，好半天才传回来，还是他的声，感觉一个人在这过日子挺踏实的。

十年前，村人陆续搬走的时候，还有几家养的猪带不走。李兵就替他们养猪，个个养得膘肥体壮。他这个人实诚，待猪像待人一样，自己舍不得吃的好东西他都给了猪，那猪岂有不肥的呢？猪的主人过意不去，常常拎点东西上山表达一下心意，他一概不收。他在山里待久了，就有大山一样的胸怀。年根儿了，那些村民上山杀猪，放鞭炮，每一家都割一块猪肉赠给李兵，这是对他的回报。他不要，村人过意不去，非要送给他，他就只好收下。他没有冰箱，吃不了，就晒成肉干。

李兵说得有些平淡，只有他自己知道，经历了怎样的故事。他从不流泪，一个人悄悄地哭都没有，好像他已经没有泪神经了。他有过伤痛吗？谁一生没有过伤痛？孤寡一人，本身不就是伤痛

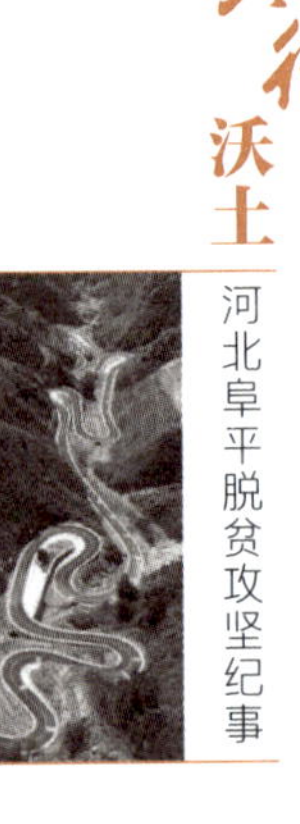

吗？让伤痛潜伏起来，也算是一种幸福。不管是痛苦还是幸福，也应该看成是正常的情感，一个不可欠缺的部分。

杨立清支书好像替他找到缘由了。想想过去的穷日子，穷得叮当响，愁容满面，这不是人过的日子，可是，到了这把年纪，已经过了娶妻生子的年龄了，没有这样的需求，穷已经不是问题了，留在大山，自在，踏实，这样的经历，也是他人生幸福不可欠缺的一部分。据说，没有文化的人，没有见过外面世界的人，痛苦就会很少。

人总该信点什么吧，不然怎么活？他早就听村民说过神仙山保卫战，听说过曾红明背着萧克司令过天堑的故事。村庄北侧是著名的神仙山，抗日的时候，1943 年反“扫荡”，晋察冀的将士和百姓，在聂荣臻司令指挥下，打了一场神仙山保卫战，阜平的民兵和游击队积极参战，击毙打伤日伪军 2200 名，晋察冀军民也作出很大牺牲。那还有一片烈士的墓碑哩！他在每年清明节，都要去给墓碑扫土，烧纸，摆上一束野花，然后就在石头上坐着。这是他乐意做的事。

2018 年秋天，山上树叶黄了，红了，灿烂无比。杨立清支书和张玉芳过来做李兵的工作，劝他下山。杨立清费了一堆唾沫，李兵垂头不吭声。杨立清急眼了：“李兵啊李兵，你咋这么不开窍呢？打开天窗说亮话，你说个真实理由，到底为啥不搬家？”

李兵依旧不抬头，不说话。

张玉芳说：“杨支书问你话呢，走哪都是一个人，为啥不搬，总得给个理由吧？”

李兵缓缓抬起憔悴惶惑的脸，支吾说：“我，我怕啊！”

杨立清眼睛瞪圆了，说：“你怕个啥啊？”

李兵说：“我窝囊，废物，我怕，到城里活不了人啊！”

杨立清说："如今赶上党的好政策，建起了阜东美居家园，漂亮的楼房，宽敞明亮，有厨房，有茅房，有电梯，乡亲们都下山了，比你年龄大的，都活得好好的，就你命金贵，你怕得没道理啊！"

李兵固执地说："不习惯，我不走！"

杨立清望了张玉芳一眼，无奈地叹息着："榆木疙瘩，不开窍儿啊！"

李兵望了望窗外说："天快黑了，你们赶紧下山吧！"

杨立清和张玉芳走到院里。杨立清发现李兵仰着满是皱纹的脸，目光落在院里的那棵核桃树上，杨立清马上明白了什么，说："房顶晒满了核桃，原来你是舍不得这棵核桃树啊！"

李兵嘿嘿地笑了笑。

杨立清佯装气愤地吼："你别敬酒不吃吃罚酒啊，如果你还不下山，我可就让人把你的核桃树连根儿拔喽！"说着冲向了核桃树。

李兵一把拦住他，哀求说："支书啊，别跟核桃树过不去啊！"

杨立清收住脚步，气得嘭嘭跺脚。

天黑的时候，杨立清和张玉芳走了。

月亮钻进了乌云里，一切都暗了起来。李兵望着远处，没有一点灯火，只有他家亮了灯，这是大山里唯一的一盏灯火。冬天来了，太行山贼冷，每到这个季节，是山里人最苦恼最难捱的日子，这是农民的苦恼。扶贫干部老袁也跟着着急上火，劝他赶紧下山。每年冬天，李兵还穿着一条单裤，尽管有军大衣，在风口上跟光着身子一样，冻得哆哆嗦嗦。老袁说："今年冬天冷，你会更加难过，冻死在山上咋办？"李兵不吭声。老袁，是阜平县城市管理综合行政执法局中队长，人们叫他袁队长。袁队长真急眼的时候，李兵还是怵头的。这次，袁队长发火了，他也怵头了，可

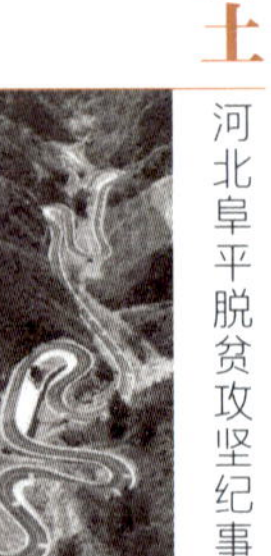

就是不答应下山，气得老袁差点动手打他。

2019年年初，阜平法院的包村干部郑立平，也上山来劝李兵下山。李兵依旧没答应！

2019年10月1日，是新中国成立70周年。李兵听收音机里说，国家要阅兵大庆。他也要把国旗挂起来。他藏着一面国旗，啥时候藏的，自己已经记不得了，后来想起来了，是那一年村委会搬家，他过去帮忙，杨立清支书让他保管的。早上起来，天空碧蓝，他爬上了核桃树，将这面国旗挂在树枝上，挂好了国旗，听见国旗在风中哗哗响了，就抱着树干，勾着脚悄悄溜下来。自己都没有想到，70多岁的人爬树竟然像猴子一样麻溜！

这是一个庄严的时刻！

大山沉静下来，充满某种肃穆的气氛。面对着迎风飘扬的国旗，李兵缓缓举起了手，向国旗敬礼！这一刻，他觉得自己就是一个军人，激动得心像是要从喉咙口蹦出来。他从小就想当兵，没有那个命，爸爸给他起了李兵的名字。是啊，没有人知道，他推迟下山，是等待这一场庄严的仪式！

不知不觉，半个多月过去了。

大山里落了2019年的第一场雪。

深秋的早晨，漫天雾气腾腾，走出五步都不见人影。山风带来的凉气吹过来，树叶扑棱棱飘落下来。只有他做饭的时候，村里才升起一片浓重的烟雾。秋天很短，很快就冬天了，冬天草木凋零，山寒水瘦。大地永远不会衰老，冬天只是它一个宁静的梦。

收山货的贩子来了，吆喝声传过来，李兵把党参卖了，讨价还价，换了2600元钱。卖了党参，他心花怒放，走路时两条腿感到突然有了劲头。晚上，自己喝了几盅枣杠子酒。

可是，有一天，李兵卖党参的2600元钱，被人偷走了。李兵从山上回家，发现屋里有些凌乱，马上感觉不妙，一到褥子下面找钱，钱没了！李兵眼前一黑，心中一阵阵疼痛，顿时天旋地转。之后的几天，李兵气得大病了一场，发起了高烧，差点丢了命。其实，死了也就死了，大山里死去的是生命，活着的是传说。

侄子上山来了，李兵身体刚刚好了一些，人更加黑瘦，他把钱被盗的事一说，侄子李社明吃了一惊。没过几天，李社明把钱被盗的事告诉了老袁和杨立清支书，大伙都过来了，看望他，又劝他下山。如果早一点下山，也许就不会发生这样的悲剧了！

一向绝不落泪的李兵，仍然想着在侄子、老袁和杨立清支书面前保持坚强的形象，他垂着脑袋，揉着手指，干瘦而细长的手指，酸麻、肿胀，好像得了风湿。

人们问李兵钱咋丢的？谁知道卖党参的内情？李兵就不吭了，黑瘦的脸憋得通红，又慢慢地变青，依然还是没吭一声。

杨支书急眼了："你哑巴啦？到底咋丢的？看见这人没有？来一句痛快话！"

李兵终于开口了，叹息道："苍蝇不叮无缝的蛋！还是我自己大意了，不该把钱放在褥子底下。"

杨支书从李兵这句话分析，他应该知道这个人。如果不是熟人，还能知道他刚刚卖了党参啊？既然李兵不愿意说，自然有他不说的理由，就让他心中藏着吧，冤家宜解不宜结啊！

李兵又说："别追查了，钱是人花的，谁花不是花啊！"

杨立清感觉李兵钱被盗，是劝他下山的一个绝好机会。他大声说："李兵，听你的，盗贼就不查了，但是你得听我们一回！"

李兵愣了愣，没有听明白。

李社明没好气地说："叔，你就别装糊涂啦！钱丢了，你这身板儿要是碰上盗贼，命都难保！啥也别说了，跟杨支书下山吧！"

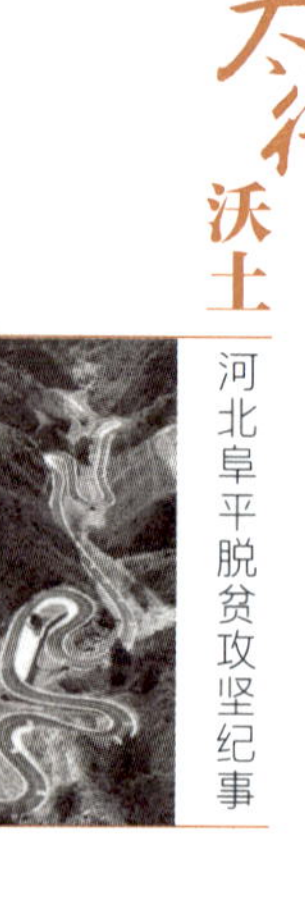

杨立清果断地说："社明说的对，这次我们可不能再依你了！眼瞅着天冷了，背也要把你背下山！社明，赶紧给你叔收拾东西，我背他下山！"

李兵脸色煞白，被众人举动惊呆了，连连退缩着。

李社明和老袁给他收拾日常用品，装进一个编织袋里。

李兵感觉这次躲不过去了，眼睛里冒着火，跺脚吼道："别逼我，你们再逼我，我就不活啦！"

老袁说："老李，没你这样的，咋跟孩子似的？"

杨立清耳朵震疼了，摇着头说："好了，李兵啊，这样吧，我们不强求你。你先跟我们下山到美居家园你的新家看一看，适应几天，实在不习惯，我再让张书记和社明送你上山，这样好吧？"

李兵哆哆嗦嗦，勉强答应了。

2019 年 11 月，神仙山落下第二场雪，李兵搬下来，搬迁到阜东新城的美居家园。

长期的山里生活，使他感到他与城市多么遥远！城市不是他的领地，无法生活，他对城市恐惧，这是他的症结。今天，难以想象的景象展现在他眼前，他望着高楼，心跳加快了，李兵强迫自己用一种悠闲的心情观察社区周围的环境，有绿地，有草坪，有花坛，登上了电梯，电梯让他离开地面，变得摇摇欲坠，他紧张地绷起了脸，他走进自己的住房，房间更是让他惊喜。他带着复杂的心绪躺在软软的床上，感觉是那么不真实，一切都像做美梦！

但是，新生活并不顺当，新的问题困扰着李兵。

到阜东美居家园，不能说不好，越是好，越让李兵心中没底。乡亲们跟他说话，他不知道咋回答，只能咧嘴一笑。他跟侄子李社明分在高楼同一住室，侄子李社明跟老婆在乡下开小商店，屋里只有他一人。生活中的困难就别提了，他上厕所翻开马桶盖，摁哪都不出水，粪便臭味袭来，他赶紧盖上了。李兵不敢掀马桶盖了，尿来了，急忙出门到楼下树丛中偷偷撒尿。

这一刻，李兵真想回南安沟口的大山了。大山多好，随便大小便，尿得酣畅淋漓，还可以伸着脖子吼几嗓子。可到了城里，一切都成了不可以，真的是憋屈死个人！

做饭的煤气灶李兵也不会用。尽管有人教了两遍，他还是不会操作。有时候，李兵要点小聪明，又常常被小聪明捉弄。李兵拧煤气按钮的时候，拧反了，就抬手猛拍，像拍核桃似的，把按钮拍掉了。李兵愁眉不展的时候，下楼去村委会找杨立清支书。李兵见到杨立清哭丧着脸说："杨支书啊，我想让社明送我回村！"杨立清支书一愣："怎么了，前几天不是说挺好吗？咋还说变就变啊？"李兵说："电饭锅不会用，煤气灶也坏了。再不走就饿死哩！"杨立清说："啊？有这么严重？"杨立清就和张玉芳立刻过来看锅灶，教他如何使用煤气灶。杨立清到场一看，按钮拍坏了，就噘了嘴说："李兵啊，这可是你的家，瞎拍个啥，你不心疼我还心疼呢！"说着，打电话让工人修理煤气灶。

杨立清说："有人反映，你在楼下树林里撒尿。怎么回事？你还当是大山里啊？多不文明啊！"

李兵拽着杨立清的手，走到卫生间，掀开马桶盖，一股臭味冲了出来，差点把杨立清熏个跟斗。

李兵看着杨立清的样子，傻傻地笑了。

杨立清抬手摁马桶按钮，水箱空空，弯腰拧水管阀门，热水和冷水阀门都关着，原来两个水管阀门没开。杨立清打开阀门，水箱就响起了哗哗流水声。

李兵歪头看着，杨立清拽过他的胳膊，让他抬手按马桶上边的按钮，哗地一声，马桶残存的粪便冲下去了。

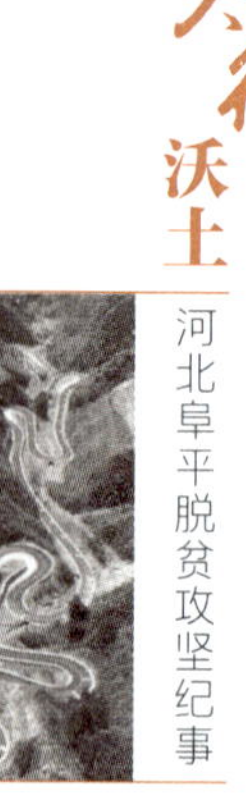

杨立清打开马桶盖，李兵嘿嘿笑了。

有一天傍晚，李兵饭后寂寞，想下楼在小区内遛个弯儿。他从没敢走出小区，只有一回还是侄子李社明带他到县城大沙河畔夜市转了转。他自己不敢出去。一次，自己上楼时，在电梯里转了向，不知怎么按了负一层按钮，李兵从电梯里走出来，地下室黑得像大山的黑夜，伸手不见五指。李兵自己瞎转，怎么也找不到电梯口了，转累了，就一屁股坐在冰冷的地上，像麻雀一样蜷缩在地，迷迷糊糊睡着了。他梦里回到了大山，摘核桃，摘党参。山里下雪了，高山之巅白雪皑皑，圣洁而高贵，只有最爱大山的人才有缘看见它。

李兵醒了，颤颤地站立起来，抬手拍墙壁，拍得特响。拍了一阵，手掌都拍疼了，终于听到不同的声音了，是钢板的声音。

李兵判断这应该是电梯。可是，他怎么也找不到按钮。后来，他听到一些响动，看到一丝光亮，凭借这丝光亮看见一个人。

这位工人在地下室发现了李兵。

工人将李兵领到一楼，听他嘴里说出杨立清的名字，就给杨立清支书打了电话，杨立清过来了，李兵说自己不会按电梯，地下室困了一宿。

杨立清哈哈笑了，亲自教他怎样按电梯。

李兵像疯孩子玩玩具似的，在电梯里摁来摁去。慢慢地，熟能生巧，一切都会了。

其实，与李兵一样，逐渐搬迁而来的农民，遇到了与李兵同样的问题。老百姓再小的事也是大事。针对这样的情况，县委县政府召集相关部门开会。全县统一安排驻村干部、村两委干部到全县各个搬迁小区，挨家挨户，逐一教农民使用厕所马桶、开关煤气灶、乘坐电梯、晾晒衣服、开窗关窗，等等。

早下山的乡亲们来看望李兵。他有些惊奇，村人都变了，除了穿戴变了，人也变得随和了，过去骂骂咧咧的人，说话都那么客气了。侄子李社明和老婆对他很好，没有什么东西比温暖的人情更珍贵，这让他感受到生活的真正美好。他明白了，大山里虽然自由，但缺少人气。只要有人的地方，就不会冰冷。

李兵尽管身体不好，却是闲不住的人，他说年后，小区领导就安排他到社区打扫卫生，还能多挣点钱。

杨立清支书问李兵："在县城生活习惯了吗？"

李兵说："习惯啦！"

杨支书又问："感觉幸福吗？"

李兵说："幸福！"

杨支书笑了，埋怨说："你呀，太吝啬，就不多说一个字！"

李兵笑逐颜开，含着万分的喜悦。幸福是一种感觉，感觉幸福就是幸福嘛！

光棍汉娶上好媳妇

不知是哪一天，骆驼湾的光棍李志军想娶媳妇了。

李志军独自躺在冰凉的土炕上，想要个老婆。这个想法刚刚冒出来，就被自己打压下去了。男大当婚，女大当嫁。可是，多年的贫困，让他失去了这样的勇气，村里连个提亲的人都没有。几乎连一句让男人耳热的话都没听见过，不是他人缘差，而是村里未嫁的女人都出去打工了，有的已经成亲。这一切，还不是因为骆驼湾穷吗！

母亲常常说李志军："你就这样无所事事地混吃等死啊？挣点钱，讨个媳妇多好？"

李志军不吭声了。

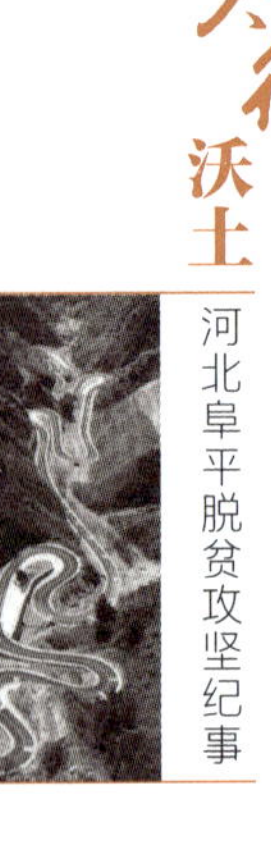

母亲总是唠叨说，苍天有眼，好人好报，她此时此刻认为苍天没眼，苍天有眼的话，怎么让我和儿子受苦受穷呢？尽管这样，李志军的生活也不仅仅是山穷水尽。几年前，还真有一个机会成家。远房亲戚说他人厚道，给他介绍过顾家台的一个女人。虽然他没有做好必要的准备，但还是见面了。女人虽说个头矮，还算有模有样的。他眼睛一亮，内心充满了温暖。过了一会儿，女方借介绍人的嘴提出彩礼，他的脑袋轰地一响，完了，拿不出彩礼。李志军心中充满矛盾和痛苦。

介绍人提醒李志军跟邻居朋友借一点。他迟疑了一下，脸色黯淡沉重了。借钱，找谁借钱？就算碰上好心人借给他钱，他也不敢借，就凭自家地里那点玉米和土豆，啥时候能够还上呢？再有，自家那片薄地，只能够养自己活命。穷日子带给他们的苦恼将是无尽的，男人苦恼，女人跟着他受罪也是苦恼。心中有一个声音提醒着他，他要是一时脑热答应了，等于把女人害了，也使自己陷入泥潭。他还听说邻村一个事情，女方一直嫌弃男方家穷，就是因为彩礼给得抠抠唆唆，结婚了还说吹灯拔蜡的话，男人压力太大，被逼得产生不良念头，合伙偷盗被捕。与其发生这样的悲剧，还不如自己单身松快。

“谢谢，还是算了吧！”李志军还是拒绝了这个婚姻。

介绍人鄙夷地说：“亏你还是男子汉，名叫李志军，你的志气呢？”

李志军蹲在地上，痛惜地摇了摇头。

介绍人叹息了一声：“没出息的货，打一辈子光棍吧！”

李志军无奈地眨着眼睛，不知如何是好。人穷志短，马瘦毛长啊！介绍人临走时说了一句话：“女人是风水。男人是搂钱的耙子，女人是盛钱的匣子，家里没个女人咋成？啥年月能富裕起来？”

李志军沮丧到了极点：自己把自己都不当人看，还是破罐子破摔吧！

夜深人静的时候，女人的身影在李志军眼前晃来晃去，使他无法入眠，暗自伤心。他不时在黑暗中发出几声叹息，或是用拳头在土炕上狠狠捣一下。

李志军几乎不用电灯，更没有冰箱，这样省了许多电费。照明的时候，他就用那个打火机。天黑回家睡觉，天刚蒙蒙亮就拿着锄头上山干活。有时中午回家吃完饭，碗一撂，就到自留地鼓捣玉米土豆去了。疯狂而贪婪地猛干一天活，打牌的伙伴不叫他，他就在破石头房里睡得如死去一般。婚姻，家庭，对于他，那是远远的，永远也够不着的风景！

怎么办？就这样混吃等死吗？他不断地问自己。

让李志军难以想到的是，后来他竟然与一个山西女人有缘。那是一个傍晚，介绍人带他见了一个女人，山西人，个头不高，但是模样比顾家台那个受看，他有些惊喜，支支吾吾说了自己都记不住的话，一直说到天黑，女人说要回去了。

他的话刚刚说完，女人同时起身，一步跨到了跟前，捧住脸就在他的脑门啧啧有声地亲了几下。一辈子都没有这样的待遇啊！

李志军脸腾地红了，洋溢着久违了的幸福。

李志军真的动心了。这样好的女人，娶到家里该是多么幸福的事情！可是，想到钱的时候，老问题还是出现了。他满脸通红，无言对答。就他目前的状况，即便女人愿意跟他吃苦，他还是过不了自己的心坎。有一个声音在敲击着他的心：志军啊志军，你必须得致富，不致富哪有出路呢？他在村里游荡着，甚至跑了一趟县城，找混得好的同学商量，谋求致富出路。他没有资金，没有

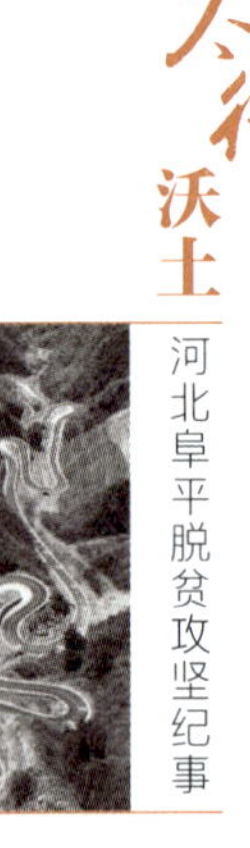

文化，还能有啥好一些的出路呢？喝了一顿酒，连酒店都舍不得住。阜平县城不大，冬天，外面有些冷，但最寒冷之处是在心里：因贫富差别而找不回的尊严。

他顶着凛冽的寒风失望地回村了。

天无绝人之路，习总书记来到骆驼湾，党和政府惦念他这样的贫困户，国家要开始扶贫了，这振奋人心的喜讯在他绝望无奈的心中重燃希望的火焰。他对老母亲说："习总书记虽然没到我们家里来，但是，到了骆驼湾，就等于到咱家了。我们好日子要来啦！"是啊，骆驼湾沸腾了，他和乡亲们一样高兴，一样温暖，一样热血澎湃。

果然，习总书记离开骆驼湾没过多久，省里、县里和镇里领导开始频频来到骆驼湾，一个个扶贫项目开始酝酿、落地、建设。李志军渐渐感觉到，变了，只要说自己是骆驼湾人，立马就有人羡慕，甚至恨不得搬到这村来。外人的看好与自身的憧憬和谐统一了。

什么民宿、小吃街、光伏发电啊，李志军觉得自己都干不好，最为适合自己的还是香菇养殖。村里组织村民到食用菌大棚参观，李志军第一次见到由农业龙头企业嘉鑫种植有限公司提供的蘑菇菌棒，塑料包裹的菌棒，黑黢黢的，像是被火烧过的木棒，散发着一股幽香。参观了食用菌大棚，李志军还是犹豫不定。他怕赔钱啊！听说前几年村里号召养牛，有的村民就赔了钱，欠了外债。

村支书顾润金让村委副主任顾宝平去找李志军。

顾宝平看见李志军不争气的样子，有些气恼，大声吼："我刚刚说你的话，你小子一句都没有往耳朵里听啊？"

李志军不由自主地低下了头，喃喃地说："嗯，听见了。"

顾宝平副主任挺直了身子，谆谆教诲说："听见，还不给我放个响屁。跟你说啊，承包香菇大棚，这可是千载难逢的好时机啊！”

确确实实，李志军等待的就是这一天。食用菌大棚，由县政府投资公司出资，公司投资部分包括一部分国家扶贫资金，公司把大棚给建好，租给农户管理，每户享受无抵押贷款5万到10万元，政府贴息，每户配备了技术员，政府免费培训，香菇出来还有人帮助销售，这不是梦寐以求天上掉馅饼的好事吗？为什么还在犹豫？过了这个村可就没这个店啦！

李志军一咬牙，包下了三个食用菌大棚。半年下来就纯挣了3万元，一年挣了7万元。钱可以撑男人的胆。他一生中第一次体味了一回啥叫财大气粗。自从承包食用菌大棚，腰包鼓了，连他这样普通的人，看周围事物的目光也开始发生变化了。

李志军找到了介绍人，把那个山西女人娶回了家！

李志军倍感幸福，农民对幸福的理解是朴素的、简单的，房子、车子、柴米油盐，有老婆贴心贴肺地过日子，就什么都有了。

第十三章 荒山变金山

河北阜平脱贫攻坚纪事

当我们瞭望大道梯田，昔日荒山已变成梯田，变成果林，变成花海。梯田环绕，层层叠叠，连成一片，一个个玉露香梨，掩映在葱绿的梨树林里，在风中缓缓摇曳，喜人，壮观。随着大道项目规模向周边大石坊、小石坊、黄岸底、北果园扩张，香梨种植面积已达 4000 多亩，五年规划达到一万亩。

是啊，过去的阜平人都有这样的感觉：阜平的山，越走越多，越走越高。到了深秋，绿草掩映着石土，冬天来了，漫山枯叶，山光岭秃。身在山中，未必识山。用超拔的眼光来看，看山是山，看山不是山，最后看山还是山。正如阜平人自己感叹：阜平啊，困惑在山上，希望也在山上！

2013 年秋天，郝国赤书记和同志们开始了对荒山综合治理的调研。

阜平县域总面积 374 万亩，有山地 328 万亩，耕地面积 21.9 万亩，且地块小，分布零散，不能发展规模化现代林果种植，感觉到有劲使不出来。但同时，阜平又有 256 万亩的未利用地，并且有过利用荒山荒坡造田的历史，怎样用山地致富，是阜平一直探索的课题。

近年来，中央在推进农村改革方面出台了一系列政策文件，把土地政策列为支持脱贫攻坚的重要内容。国土资源部落实中央在脱贫攻坚方面的要求，强化扶贫政治使命，心系革命老区发展，将阜平县作为扶贫联系点，先后选派优秀干部苗泽、董云松、徐新华到阜平挂职，扎根基层，把握政策、破解瓶颈，并在 2013 年、2014 年、2015 年连续三年有针对性地完善了“占补平衡”“增减挂钩”等相关政策，支持阜平开展土地占补平衡试点，同意将坡度 25 度以下的损毁建设用地、未利用地（包括已变更为未利用地的灾毁园地、低质残次林）开发整理成园地，经国土及有关部门

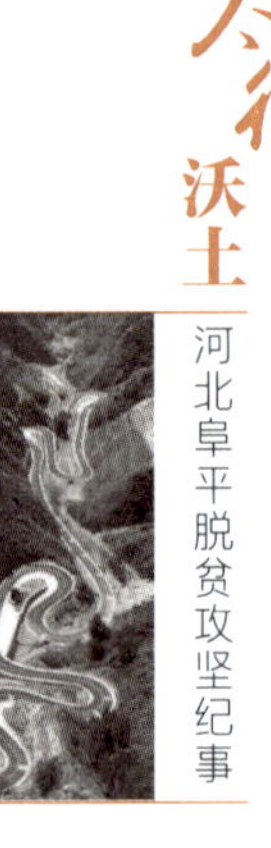

验收认定后，可用于占补平衡并按耕地进行管理。

用好国土政策，盘活土地资源就是阜平脱贫攻坚的战略突破口。

目标一明确，县里便制定出台了《阜平县农业综合开发实施意见》，从组织保障、土地流转、工程建设、后期管理、资金使用等各方面进行了规范化、制度化设计，保障了各项工作健康有序推进。

项目涉及阜平东部8个乡镇，63个行政村，其中41个是贫困村，治理总规模16.96万亩，实现新增耕地10万亩。治理之后，项目区农民成为了挣租金、薪金、股金的“三金农民”。

2014年7月，刘济伟来到阜平，挂职副县长。

刘济伟个头不高，精瘦，黑黑的脸膛，冷峻的眼神，干练，智慧，一看就是常常泡在果林里的专家。他协助县长分管林果产业。他是中国农科院郑州果树研究所的林果专家，苹果、桃、葡萄、樱桃、梨、山楂，都是他的研究课题，所以，人们尊敬地称他“林果县长”。

种植技术是刘济伟的强项，他登上太行山，用塑料袋带回一包沙土，放到宿舍和办公室，开始了精细的研究。阜平地质是片麻岩为主，土质分为草甸土、棕壤土、褐土、沼泽土、水稻土等。草甸土，分布在海拔2000米的山坡上；棕壤土，分布在海拔1200米以上的山坡；褐土，分布在中低山区或丘陵；沼泽土，分布在王林口、平阳、北果园等适合芦苇生长的地方。草甸土和水稻土中有机质、全氨、碱解氮的含量非常适宜林果生长。

刘济伟跑遍了阜平209个山村，调研之后，他觉得广阔的荒山，就是阜平最大的资源。可是，多年来，除了大枣和核桃没有找到更适合的林果，阜平人守着资源，端着金碗讨饭吃。

刘济伟费心劳神地破解太行山林果发展的奥秘。

他研究了土质之后，心里有一种隐隐的担忧。土质没有问题，但是，阜平的大山，到处都是石头，每一道沟里，每一个山坡，都拥挤着奇形怪状的石头，而土质少得可怜。没有土地，怎么开发水果呢？大枣对土质要求低，石头缝里能长枣，可是，大枣成熟期在雨季，容易遭灾，成枣太少，产量低。有人提出阜平发展干果，比如核桃，这也让刘济伟否定了，凡是能够种水果的地方，一律不种干果，因为干果产量低，耗时长，见效慢。

怎么办？阜平人都等待着刘济伟的锦囊妙计。

郝国赤书记过来看望刘济伟，关心他的生活，最后的话题落在阜平林果上。刘济伟直截了当地说："郝书记，阜平属于山区气候，海拔高，非常适合高山苹果和晚熟桃！"

郝国赤好奇地问："嗯，我们这种土质适合吗？"

刘济伟说："土质适合，就是太少了。荒山治理的时候，植树地方多培植一些沙土。"

郝国赤频频点头，继续听着。

刘济伟娓娓道来："我们再说说苹果和桃啊！阜平应该面对北京、天津、石家庄、保定这些城市消费群体。大批量生产苹果和桃最为合适。我国以富士苹果为主，但是，不如高山苹果水分大、甜。原先阜平没有苹果，苹果种植上了规模，以后就真成花果之乡啦！至于桃呢？早熟桃，可以发展一些，但是，主要精力应该放在晚熟桃上。桃的保鲜储藏，技术上一直没有解决，每年 10 月中旬，北京等大城市市场几乎没有桃了，晚熟桃规模上市，正好补上市场空缺！您看呢？"

郝国赤笑了："刘县长，可是，我有个问题啊，如果都知道这个道理，一窝蜂上晚熟桃，市场不就饱和了吗？"

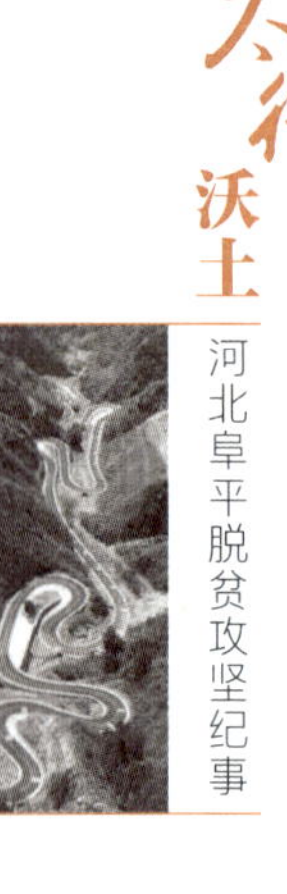

刘济伟说："这我也考虑过了，晚熟桃在黄河以南发展不起来，由于成熟晚，南方雨季长，遇到雨水裂口，裂口率在85%以上。晚熟桃、高山苹果都是晚熟的，这样，阜平会打出一个水果品牌出来！"

郝国赤微笑着说："刘县长，按您的思路办，您费心了！"

刘济伟微笑说："郝书记放心，我们一定尽全力！"

种植苹果，是河北农大的技术强项。河北农大在保定，当年在种植核桃上，曾给予阜平大力支持，后来，阜平淡化核桃种植，就渐渐疏远了。阜平开发高山苹果、晚熟桃和梨，他们就又与刘济伟县长展开了强强合作。对于晚熟桃，刘济伟引进的品种叫"映霜红"。这一品种极具经济价值，价格远远高于中华寿桃。寿桃品种老化，不水灵，不脆甜，许多城市家庭给老人祝寿，佛家上香做供果。

"映霜红"晚熟桃落户阜平，刘济伟心情格外畅快。

刘济伟渐渐喜欢上了阜平大山里的农民。他有一种强烈的感觉，有文化的城里人，往往不能想象乡下人的思维，认为农村人不学习、没头脑，其实，经过接触，刘济伟觉得，文化低不等于不学技术，阜平的实际情况很复杂，学历低的人非常认真，精神不分散，求知欲更加急迫、强烈。经刘济伟的点拨，农民沉睡的智慧一下子被唤醒了。

然而，事情并不是一帆风顺的。刘济伟操办的林果学习班开业了，他想整合起来，给老百姓传授果树栽培技术。经过宣传动员，第一天，来了80多名果农；第二天晚上，来了30人；第三天晚上，没有人来了。这天夜晚，闪电兜头射下来，随之炸了个响雷，然后雨点子就砸下来。刘济伟望着大雨失望地叹息。跟村干部查找原因，村干部说，主要是学习积极性不高，没有发奖品。

刘济伟苦笑了，只好到田间地头讲技术了。

刘济伟在大山里辅导农民栽培晚熟桃。他用小株距，宽行距，密植栽培，每亩山地栽植 100 棵，过去仅仅为 40 棵。实现节水灌溉，机器打药。刘济伟跟果农讲，高山苹果 5 年进入丰产期，晚熟桃 3 年进入丰产期。一旦进入挂果期，水、肥都要跟上。水肥不足，桃儿的品质就差，甚至出现一些病虫害。

林果种植面积铺开以后，刘济伟向郝国赤书记建议，成立林果业专家组。郝国赤书记和刘靖县长商量，尽快配合好刘济伟。刘济伟任专家组组长。他们从河南三门峡、山西运城等地请来了七八个林果专家，还从安徽请来了种梨种桃的专家，每人分工看 2 至 3 个种植点。刘济伟的思路是把点建设好，以点带面，碰到问题随时解决。

一个闷热的下午，妻子魏淑丽从郑州打来电话，说是摔了一跤，刘济伟吃了一惊，连连叹息："淑丽啊，你怎么不加小心呢？伤得严重吗？"

魏淑丽迟疑了一下，哽咽了："胳膊骨折了……"

夜晚来临，刘济伟一个人孤零零躺在床上，心中五味杂陈，久久不能平静。这把年龄了，到了太行山深处扶贫，整天忙得不可开交，妻子又受伤了。惦念、愧疚的思绪涌了上来。魏淑丽也是搞技术的，她虽然支持刘济伟工作，但是无法长期忍受这种分居生活。

魏淑丽胳膊骨折，本来是一件节外生枝的事，却带来刘济伟对事业和家庭的思考。孩子们忙，无暇照顾她；找保姆雇工，她又不答应。刘济伟决定回郑州，看一看她。到了家里一看，魏淑丽胳膊打着石膏，脖子套着吊带，生活极为困难。刘济伟心里不放心阜平林果，只好将魏淑丽带到了阜平，一边工作，一边照顾她

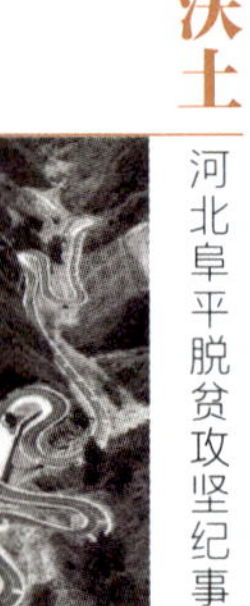

的生活。

魏淑丽来到阜平养伤，真切感受到刘济伟多忙多累，晴天一身汗，雨天一身泥，这语言用在丈夫身上一点不为过。夜静的时候，刘济伟睡着了，魏淑丽看着他秋霜似的白发笼上了额头，听见他沉重的喘息声，知道他压力有多大。她心疼他，不知说什么好，只有叹息。早晨起来，魏淑丽伤感地说："都60岁的人了，你这么累，哪吃得消啊？我走了，不在这拖累你啦！"刘济伟眼睛湿润了，温和地说："言重了，啥叫拖累？我埋怨你的话，别挂记心上，你跌跤不是你的错，人不但要原谅别人，也要学会原谅自己……"

魏淑丽低了头，呜呜地哭了。

刘济伟开始哄她："不哭了，不哭了，你伤的是胳膊，又不是腿，白天跟我到大山果林走一走，阜平海拔高，阳光充足，补钙，你的胳膊会好起来的啊！"

魏淑丽答应了，跟着刘济伟去了山上。

刘济伟处理好专家组的事务，扶着魏淑丽来到果树旁。树上知了叫了，成百上千知了都跟着，声浪如火。山上真好，山顶白云四处飘散，潮气从桃树林中缓缓上升，魏淑丽深深地呼吸着。她看见刘济伟对着一株小桃树交流感情，让她惊奇的是，桃树半个月的变化他都知道，可见刘济伟与阜平林果感情难以割舍了。

魏淑丽眼圈红了。

刘济伟感受到魏淑丽的相伴与理解，心中涌起无限的喜悦。

那一天，刘济伟和赵敏涛来到胭脂河，河畔的山坡种植了一片梨树。梨树长高了，梨的品种很多，玉露香、秋月、雪青等等。他激动的心情久久不能平静。其中，玉露香梨市场销售非常好。这是库尔勒香梨与雪花梨的杂交品种，皮薄、肉厚、汁甜、渣少、酥脆、梨形漂亮，果重8两左右，曾经是北京奥运会指定水果，荣获“中国梨王”称号。阜平的“大道”也种植玉露香梨了，梨树长在梯田上，上边是一片花海。春暖花开的时候，人们怀着极大的好奇心，登上瞭望台，探着身子观看美丽的梨花和花海……

他们站在山顶，满怀深情地望着茫茫林海，望着望着，视线渐渐模糊起来。

赵敏涛是县委常委，统战部长，却分管扶贫工作，这种分工源于郝国赤书记对他的了解。他是保定唐县人，河北农大毕业，在保定市水利局、市政府办公厅农业处当过处长，对农村和农民有感情。2017年调到阜平县，他叮嘱自己，一定要全身心地投入扶贫。在治理荒山的关键阶段，郝国赤书记希望他来分管扶贫。因为分管扶贫，参与荒山荒坡治理，他与刘济伟副县长经常接触。

2020年2月29日，省政府正式宣布阜平县脱贫摘帽。刘济伟望着刚刚解冻的河水，泪如泉涌。

靠山用山，荒山整治整出了阜平发展的新天地。

2020年，林果产业成为食用菌之后的第二大产业，新发展林果两万亩，苹果、桃、梨等高效林果产业面积达到10万亩，通过务工及土地流转9459个贫困户，每户年均增收9000元。

同时，生态环境大大改善。裸露的荒坡生态脆弱，这次行动，将荒山综合治理和建立多样性生态系统结合起来，对开发区域，坚持宜林则林，宜耕则耕，宜果则果，栽植了梨树、高山苹果、葡萄、桃、枣等果树6.07万亩，600多万棵。荒山秃岭，变成了绿水青山。

阜平的荒山治理模式，“政府统筹主导＋村级组织推动＋农户入股参与＋企业开发经营”四位一体综合治理模式，走出了一条

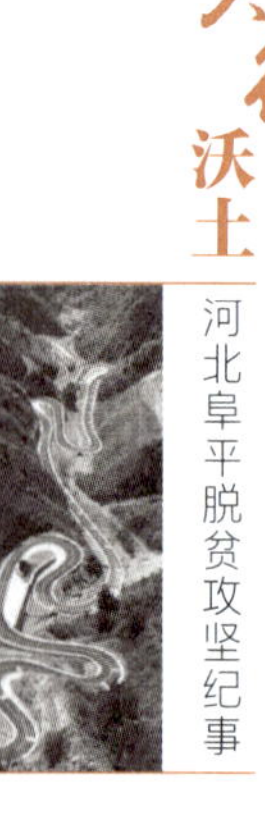

政府、集体、企业和农户多方共赢的发展之路，得到上级主管部门和社会各界的充分肯定。县领导在国家自然资源部会议上，河北省扶贫工作会议上，都做了这方面的典型发言。

第十四章 一石一叶总关情

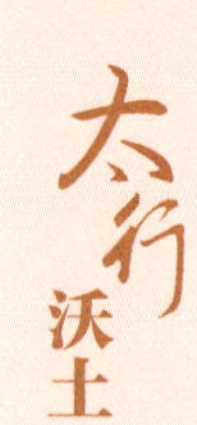

河北阜平脱贫攻坚纪事

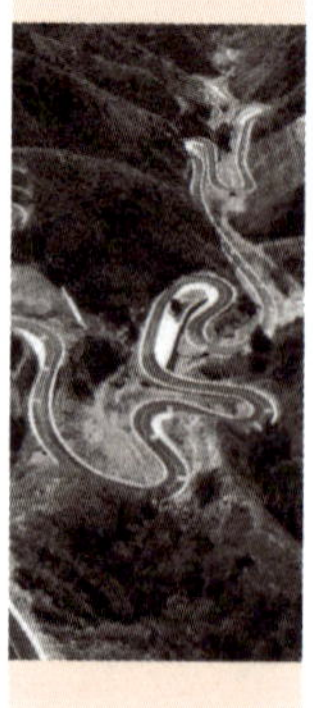

能人在发力之前，往往不知道自己有多大能耐。

河北省国资委驻村工作组组长李国良，不知道自己是能人，但是，却在阜平前岭村干了一件大事！

2013年3月1日，李国良与李聚强、王宗勇来到阜平王林口镇前岭村。在出发之前，李国良等三人在阜平职教中心集合。人山人海，锣鼓喧天，犹如太行雄风阵阵吹来。面对这样的场面，他无限陶醉，听见外面的喧闹声，情绪特别亢奋，有一种光荣参军的感觉。

李国良，中等个头，国字脸，眉宇间透着一股憨实和英气。他身上头衔很多：省国资委监事会主席、省民建副主委、省人大常委，等等。他还是业余诗人，工作扎实，富有激情。

李国良他们乘坐大巴车前往王林口镇前岭村，打开车窗，空气新鲜，一路看着好风光，心里却在犯嘀咕，不知道前岭村究竟穷成啥样子？

李国良带领李聚强、王宗勇先是到了王林口镇，与镇领导接了头，到达前岭村已经是中午了。村支书郑红科和村主任李占明把他们安排到一处农家小院。从弯弯曲曲的小路拐进去，小路两侧，都是低矮的石头房，有的已经塌落了。走进小院，李国良和两位同志看到院子不大，一蓬一蓬的牵牛花爬满了墙壁，粉的、紫的、红的都有。住房是老房子改造的，窗明几净，很温馨。进院右手就是厨房，厨房对面是新建的洗澡间，顶上摆好了太阳能光板。听说院里的洗澡间是村里专门给工作组建的，李国良很感动。放下行李，铺好被褥，他们到厨房体验第一顿饭，熬了太行山小米粥，买了馒头和烧饼，西红柿炒鸡蛋，他们吃得津津有味。

晚饭，村干部给工作组接风。郑红科支书和李国良等人一起，边吃边聊扶贫工作。李国良组长了解到，前岭辖五个自然村：前

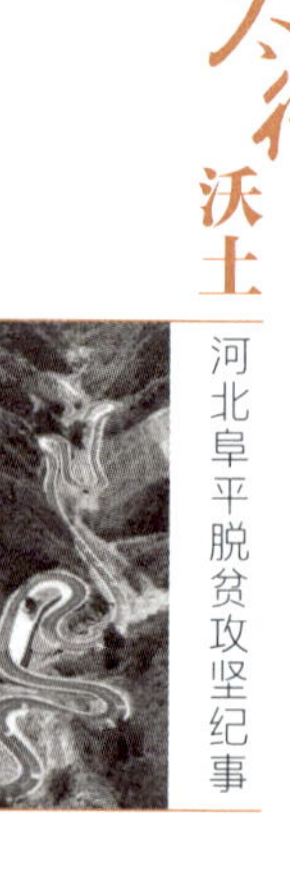

岭、桑园、樊家工、杜林沟和立北沟，共328户，1156人，耕地578亩，人均半亩，的确人多地少，主要种植玉米大枣。2012年人均收入1596元，属于极度贫困村。

吃了晚饭，天渐渐黑了，春天的寒气吹到房间。李国良是个急性子，想干出点名堂来，他扭头问郑红科支书："我们三人到村里了，大家就是一家人啦，一家人不说两家话，咱们开门见山，我们帮扶从哪下手啊？"

王宗勇是第一书记，他兴奋地插话说："国良主席说得对啊，村里有啥需要我们做的？您就吩咐吧！"

郑红科微微一笑，与李占明主任对视了一下，说："你看，你看，刚来就讨论工作！我跟占明主任商量了，村里有个旧戏台，破旧不堪，能帮我们修修就忒好啦！"

李国良是个急性子，爽快地说："没问题啊，现在就瞅瞅去！"

郑红科仰脸望望天，天黑黑的，迟疑了一下："天黑了，明天吧！路又坑坑洼洼，你们都是省里大领导，要是摔着了，我老郑可担不了这个责任啊！"

李国良还是继续坚持，大声说："走，瞅瞅去！没那么娇气！"

郑红科性格温和，有股子文化气，说话做事很注意分寸，很少与村民发生正面冲突。他被李国良雷厉风行的工作作风感动，便依了李国良，和李占明主任领着李国良等三人去看旧戏台子。

郑红科支书家很近，他拿了手电筒，照着亮去看旧戏台。郑红科介绍说，这原来是荒地，几年前，北京丰台区公安局援助建成了前岭小学。后来，村委会房子塌了，如今村委会凑合在小学办公。小学就在戏台东侧，因为戏台广场正道被砖头乱石堵了，他们先是进入学校，再从学校侧门进入戏台。李国良在路上琢磨，村里没提产业，为什么首先提出戏台，难道他们爱看戏吗？

一束亮光，穿透黑洞洞的戏台，一群麻雀呼啦啦飞起来。麻雀睁着一对圆溜溜的小眼睛，任性，机敏，成群结队地飞，一到夜里，落在树枝和房檐。戏台很乱，房顶布满蛛网，细看，歪歪斜斜，像是随时要倒塌的样子。人一跺脚，戏台顶子就掉土。郑红科支书担心有危险，赶紧拉着他们下来了。

郑红科叹息了一声："唉，太破了，脏了吧唧的。"

李国良没有说话，他跳下来，走到戏台前的小广场转了转，看到广场被残破墙头围着，墙头摇动着荒草，心里头涌动起一种说不出来的情愫，有点沉甸甸的。郑红科用手电跟进，微弱的光亮下，他感觉这场地太小了，即便看戏，也容不下三百人。五个自然村，有活动，召集到戏台前，非常不方便。李国良用脚丈量完小广场，愣了愣说："这地方太小啦！"郑红科点头说："是小了点，没办法啊！"李国良从谈话中得知，村里整修戏台，不仅仅是兴文化看戏，还有他们的生活需求。这里可以集中五个自然村人，借看戏开会，传达上级精神，还听说，原来几个自然村因戏台看戏产生过矛盾。郑红科说："李组长啊，想修这戏台，村两委研究多少年了，多次心生此念，却有气无力，村里真拿不出那点钱啊，只能想想而已！"

李国良默默地想，默默地听，不吭。

回到住处，拉亮了灯。郑红科偷看李国良的脸色，是他看不上这戏台，还是他突然变卦了？李国良想了想说："我们要坦诚务实，不兜圈子，不回避矛盾，在分歧中寻找最佳方案解决问题！过去，每天面临最大的敌人，是饥饿。现在村里尽管有玉米、土豆、大枣，我们早过了这一阶段。住房、医疗、产业将是大问题，解决这些问题，按照全县一盘棋，我们配合逐一突破！"

李国良这么一说，大伙儿都愣了愣，一齐将目光转向他。

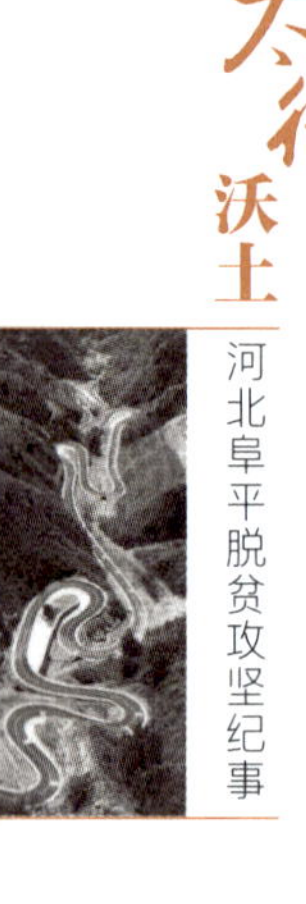

郑红科皱眉了，有些着急，问："李组长，那戏台不修啦？"

李国良笑了笑，坚定说："戏台必须有，我跟你们商量啊，刚刚冒出一个想法，我明白了，戏台不仅仅是看戏，还是五个自然村的聚集地，不仅修，而应该重建，建设大一点的文化广场，非常必要！"

郑红科似乎触摸到了他的脉搏，听到他的心跳。

李国良性格爽直，啥事显在脸上，吼在嘴上："刚刚看了旧戏台，地方太小，位置也偏，修好了，能起什么作用呢？我们五个自然村，村民共享，一定重新选址，靠近五个自然村中间部位，不占耕地，选废弃的河滩地，建设一个4000平方米以上的村民综合中心！"

郑红科惊呆了，有些激动，也有些疑惑："那么大？那可是阜平县最大的村民综合中心啦！那得多少钱啊？弄得成吗？"

李国良拍着胸脯说："我这人做事，不做是不做，做就做最好的！我看啊，村委会赖在小学不是长久之计，影响孩子们读书。除了主戏台，村委会设在广场显要位置，扶贫档案室、农产品展销室、医务室、农家书屋、文娱活动室、体育健身器材等等，都要建起来！"

郑红科和李占明眼睛亮了，一劳永逸，这是大好事，做梦都不敢想啊！

李国良微笑着说："巧妇难为无米之炊，干事，最后还得落实到资金上！"人们纷纷点头。李国良粗算一下，4000多平方米的广场，占地得7亩多，工程总投资预算120多万元，他们带来省国资委帮扶资金只有50万元，剩余那么大缺口怎么办？说到钱，缺口太大，全场气氛就冷了一阵，让人压抑得难受。

李国良大声说："事在人为，资金问题再议。明天呐，我们召开村两委班子会、党员大会和村民代表会议，主要谈扶贫项目，把村民文化广场建设，也纳入整体扶贫中来！听听群众的意见，好吗？”

郑红科点点头，笑道：“哈哈，好！”

第二天，李国良很早起来，睡眠很好，精力充沛。这一天里，李国良参加了村两委会、党员会、村民代表会，听听大伙儿的意见，摸清了村情民意，认真谋划帮扶项目。特别在会议上，征求党员群众对村民广场的意见建议时，得到党员和老百姓的拥护，李国良信心百倍。回到住处，王宗勇试探着问：“组长，您说这村民广场，能成吗？我们带这点钱，不能都用在这啊！”

李聚强说：“刚刚两天，收回来，还来得及。”

李国良咬了咬牙，说：“那不仗义啊，哪有拉屎往回坐的？君子一言，驷马难追啊！”

李聚强呆愣了一阵。李国良说了说拉赞助的真实想法：“我们在这待一年就走了，谁不愿意省心？谁不想有多少钱办多少事？之所以把建设大广场的事揽过来，就是给自己加码，把自己逼上梁山，真心替老百姓干点实事，我们走了，老百姓也会念我们的好！”李聚强和王宗勇恍然大悟，原来，李国良用激将法，有意地引火烧身。自己把自己逼到那里，然后绝地逢生，促成这件大事。

李国良开始张罗缺口资金，靠自己关系到处化缘。

李国良回到石家庄，到了省国资委，把前岭村情况做了汇报，国资委领导对前岭的贫困状况表示同情，他的方案得到领导认可支持，心里就有了底。回到家，把这件事跟老婆说了，老婆替他捏着一把汗，嗔怨说：“你是不是在村里喝酒，吹牛啦？”李国良说：“没有啊，没喝，那天挺冷静的！”老婆说：“农村的事儿干不完，别给自己找苦吃，差不多就行啦！”她的意思是办啥事不能超

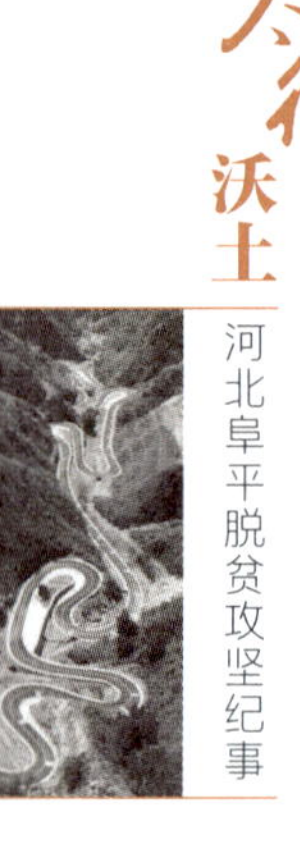

限度，一超限度就悬乎。李国良坚定地说：“老婆，你不知道，旧戏台不行，修修，我们带的那点钱够了。可是，给前岭解决不了啥问题。五个自然村，多少人啊，没个集中的地方，后边事情不好办！你知道，我在国资委工作这么多年，两袖清风，但是，我喜欢交朋友，这么多同学、朋友、同事，可以找他们，我们自己事情从来不张嘴，但是，为了阜平革命老区扶贫，我可以大胆地张嘴说，他们一定给面子的！”妻子理解了他，有时候，她还陪同一起出去吃饭攻关。老婆记得，李国良从来都是自己拿酒，为村民广场请客，拉资金，喝得血压上来了，眼睛总是充满血丝。

那一阵子，李国良忙得几乎是脚后跟打后脑勺儿。他筹措资金，分两个战场，一个是石家庄，一个是回到前岭还要继续调研，看老百姓的猪舍、羊棚、貂房，一天下来，真是太累了，嘴累，心也累。但是，李国良是动用感情干工作的人，看见老百姓从心底里亲。

有一天，李国良独自上街，看见到处蹲着愁眉苦脸的庄稼人，只有一个单腿拄拐的老人满脸喜庆，他与单腿老汉交谈。单腿老人 87 岁，1944 年入党，五保户，李国良从单腿老人嘴里得知，当年他父亲支援晋察冀的八路军，给八路军送军鞋、送大枣。今天他家庭贫困，体弱多病，依然感激共产党。李国良感慨地说：“老区人民就是淳朴，生活这样了，都没有怨言，哪像社会上有些人，端起碗吃肉，放下碗骂娘！”

单腿老人就是因病丢了腿。尽管他是一个非常勇敢的人，还是因病失去劳动能力导致贫困了！李国良从单腿老人这得到启示，青年人打工走了，留下留守老人、儿童，营养不良，体弱多病，每天还要上山拾柴、种地，因病致贫返贫的很多。单腿老人说，许多农民不知道自己得病，一发现就是大病，大病花钱太多，然后就不治病了，最后绝望地喊，让我死，让我死！李国良听得心直颤抖，觉得心里很痛，针扎一样痛。他忽然有个想法，给村里老百姓搞一次公益身体普查，早发现早治疗，解决老百姓身体的隐患。

李国良性子急，想到就做，他把自己的调研写成日记，向上级反映这种普遍现象，以便促成医疗扶贫政策出台。他的日记登在阜平县深化加强基层建设年活动领导小组主办的2013年16期《工作简报》上。简报出来，他拿着简报找到郑红科支书，商量对前岭村农民搞一个公益免费义诊。郑红科听了，望着黑了瘦了的李国良，他的眼睛红了，心中佩服李国良的爱心，本来这不是他分内工作，可见李国良对老百姓的一片深情啊！郑红科哪有不答应之理呢？

李国良亲自联系河北友爱医院院长吴维海，他是李国良的老朋友，吴维海院长满口答应，医院各科室积极回应，协商的结果是，在四月初，太行山春暖花开时，医生携带医疗设备到前岭，对五个自然村乡亲们进行大规模义诊。

消息传来，村里干部群众沸腾了！大家奔走相告，欢声笑语，就像过年一样。村民们欢笑之后有点困惑了，政府真的要免费给我们查身体吗？这得花多少钱啊？

在医疗队到来之前，李国良又安排了开荒种核桃的事，他左思右想，不能再拖了。早上刚刚吃了饭，李国良、李聚强和王宗勇坐上了村主任李占明的捷达车，直奔大野沟山上。

挖掘机刚刚挖出的沙石路，浮沙层厚，路面绵软，车轮嗖嗖打滑，很是危险，后来，哼哧哼哧走不动了。李国良几个人急忙下车推车，前腿弓，后腿蹬，累得呼哧乱喘，汽车才爬到坡上去了。

到了山顶，李国良感觉山风有些凉意，眺望周边的四棱山、玉皇庵、桃花山，起起伏伏，层层叠叠，苍凉而壮观。但是，低

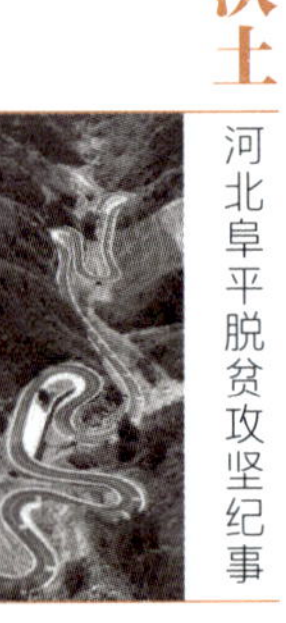

头看脚下的植被，稀稀拉拉的酸枣窠子、野草，低矮，枯黄，偶尔一两只喜鹊飞来飞去。李国良心中涌上一丝悲凉，悲凉之后，有一种紧迫感。

沿着这样崎岖的山路，绕了几个弯，看到种核桃工地了。挖掘机器轰鸣，身后一道道梯田格外好看。按照上级扶贫要求，前岭村计划整地种植4000亩核桃。挖掘机在荒岭山坡拱动，颇为壮观。郑红科蹲下身对李国良说:“沙石多，土壤少，为了保核桃树成活，还要引水上山，每棵树先要填上50斤鸡粪，当基肥用。”

李国良问:“鸡粪是我们自己做吗？”

郑红科说:“正定援助的！送来了400吨了，还有几千吨陆续送到！”

李国良说:“是啊，我看着山上土壤贫瘠，真得多放底肥啊！”

郑红科说:“大卡车开不上来，农民得背鸡粪上山！”

李国良下山的时候，叹了口气，回头朝梯田怅怅望去。走了一阵山路，正巧碰上了拉鸡粪的大卡车。卡车开不上去了，人们忙着卸货，李国良请求他们也加入，一起上山运送鸡粪。郑红科支书没有答应，李国良说:“我们体验体验！”说着就扛了一袋鸡粪，吃力地往山上走去。郑红科受了感染，觉得他从城里来的，厅级领导，从来没有吃过这样的苦。郑红科和李占明也弓起身体扛鸡粪。

李聚强和王宗勇也紧跟着扛了一袋跟去了。

村民诊病的这一天说来就来了！这下，朴实的农民们相信政府动真格的了，是可以信赖的，一张张脸上笑开了花。春风刮来了，漫山果树开花了，阳光格外耀眼。

河北友爱医院的医生们带着仪器来到前岭村。李国良和郑红科提前商量好了，在前岭小学找了三间教室，书桌排好，搬了几张床，心电图仪、彩超等仪器能够放下了。因为河北友爱医院过来，有李国良个人情面，李国良经常到现场看望医生。那天，有一位老人查出肿瘤，心情低落，低头不说话，见到李国良也不说话，眼神充满悲伤和哀怨，他流着泪说："都怪李组长，查啥身体呀！"李国良看见老人多皱的脸上网着很多愁，顿生悲悯之情，默默地攥着老人的手，安慰道："大爷您别难过，有病咱好好治病啊！"郑红科有些生气地说："你自己身上长的病，又不是李组长责任，你应该感谢李组长才对啊！"老人还是垂头不吭声。李国良对郑红科说："别怪老人，他有压力啊！"李国良拉着老人的手说："大爷，有病别怕，国家新农合出钱治病，听说县里也要出台大病补贴政策，好好治病！"老人这才抬了头，深情地望着李国良，深深地鞠了一躬，落泪了。不远处传来一阵咳嗽声，李国良扭头看去，一位老太太咳嗽吐血，老太太被查出支气管扩张，常常咳得直不起腰来。医生叮嘱她住院治疗。李国良过来赶紧安慰她："大娘别紧张，一定能治好的！"

事情过后没几天，李国良在街上见到单腿老人，单腿老人坐在石头上，吸着旱烟，吐了一口烟说："李组长啊，你是好人啊！你们工作组给前岭老百姓干了大好事啊！"李国良笑了，问单腿老人："不敢当，应该感谢您，是您给我提了醒儿，才有这样的普查活动，您查了查没有？"单腿老人扔了烟头，说："我睡觉不好，查了查，还开了药，现在好多了！"然后仰脸笑起来，双手朝李国良作了个揖！这个揖不轻不重，意味深长。

李国良心里暖暖的，他想，这些庄稼人多么可爱，他们似乎忘记贫困和忧愁。我们都是平凡的人，胸中涌动的都是平凡的感情，平凡的感情最真挚，这个单腿老人作的揖，就是对他最好的情感回报！

送走了医生，李国良赶紧回石家庄筹款！到了5月中旬，71万元的广场建设集资凑齐，加上国资委的50万元，共计121万元。李国良让赞助方直接把钱交给村里，村里统一规划、施工。河北建工集团研究院设计施工图纸，广场总面积4500平方米，戏台宽敞，两侧平房24间，建筑面积4500平方米，经过招标，张家口旺达建设安装公司中标，开始动工！

施工进入伏天，初伏开始了，紧接着就是大暑，天热得要命，好像一根火柴就能把空气点燃。如果想乘凉，只能等雨天。李国良没有想到，雨天洪水威胁到广场施工。

阜平不缺水，前岭村更不缺水，山泉水淙淙流淌，到了雨季，水流湍急，受到涝灾威胁。广场河滩垫了起来，旁边的河滩依旧很低。发源于太行山的板峪河，一到雨季就泛滥，路上的小桥就被淹没，冲了果林，冲了耕地，毁了庄稼，让人陷入惶恐之境，终日提防受到侵害。听说几年前还有人被冲走过。

李国良在村里忙忙碌碌，容不得多想，但是，面对滔滔洪水，他又焦虑了，他整天在河滩转悠。他起得早，山里的世界，对于他来说，万籁俱寂，静得不可思议。原有护堤坝、水泥桥几乎报废了。他蹲在河滩，掬起的一捧河水，像金属溶液一样沉重。李国良遇到了一位河滩捞鱼的老汉，老汉说，要想彻底解决水患，得修建护堤坝。老汉一句话，让李国良有所开悟，进而延伸出一个新的想法：建桥，在桥北，再建一个水坝。他回来，好几天在笔记本上勾画着，他熬夜了，眼睛里布满血丝。

想法成熟了，李国良先是跟伙伴李聚强、王宗勇商量，意见统一了，再找到郑红科支书和李占明主任。军人出身的王宗勇暗暗佩服李国良，他承认自己是有激情的人，但是在李国良面前，感觉自己激情还不够，他渴望在扶贫中成为更有激情的人，他激动地说："李主席，我完全赞同！"李聚强也点头称赞。方案到了郑红科那里，郑红科为之一振，说："好啊，李组长，你说到我们心坎上啦！需要村里咋做，你就说！"李国良说："还是那句话，首先说，我们大伙都承认这是好事，好事就要做好！做事就需要资金，资金呢，我们共同想办法！"

郑红科给县交通局写了修桥修路报告，李国良也给国资委写了报告，其中原因说得很清楚，如果不配套这些工程，影响村民通行，威胁耕地庄稼，将来直接威胁村民广场，两家看出了严重性，都拿出了一些资金，也算是村民广场的配套工程吧！

这天下午，天空飘来乌云，几颗闷雷滚过，闪电，大雨，然后大水就冲下来了，本就摇摇欲坠的水泥桥，咔嚓一声塌了，溅起高高水浪。两头立刻挤满看热闹的人群。有的人起哄，有的人心头紧张万分。为了广场工地工人安全，李国良让工人马上停工，到山坡安全地方躲避。

洪水过后，李国良与郑红科召集两委班子开会商量，大桥、护堤坝和300多米的护坝工程同时开工！

修建防护坝时，郑红科站在岸边，望着河水下面，有一个亮亮的东西，晃人眼睛。他挽起裤腿，跳进河里，勘察水底。突然，他惊呼了一声："这儿有一块大石头！"他弯腰伸手一摸，摸来摸去，摸不到边沿儿，真是一块怪石！血一下子涌上郑红科的脑袋，他让工人下水清理巨石周边的小石头。慢慢地，大石头浮现顶部的面容：黄黄的，亮亮的，晶莹剔透，有些像玉石。但是，整个石头有多大有多重，还是未知数。

郑红科感觉这是意外收获，连连说："好石头，吉祥物，挖出来，放村民综合中心！"

傍晚时分，经过周边清理，河底巨石的颜色、规模、形状，

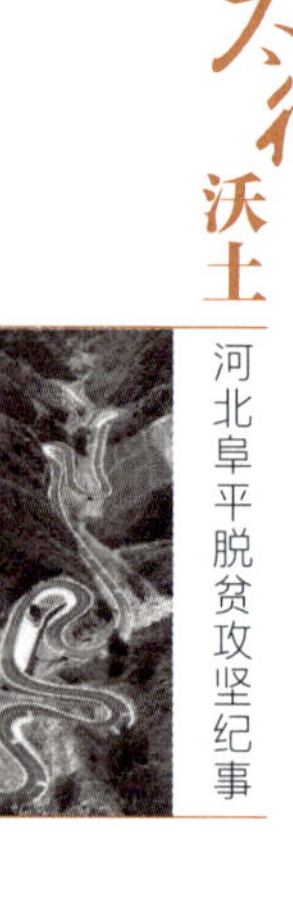

几乎看清了。李国良心潮澎湃，一时难以平静下来。梦里都出现那块金黄色的大石头。早晨醒来，他心中规划好了，巨石吊上来，摆放在村民文化广场，他把国资委工作组扶贫成就写成诗，然后请书法家写好，再请工匠雕刻到石头上。

巨石必须挖出来，如果不挖影响水坝工程。那一天，郑红科招呼李国良、李聚强、王宗勇到了河边。水位降落了一些，石头越来越清晰。呼隆隆的机器声响过，郑红科带领四辆50吨的吊车驶来。吊车停下，工人将钢索固定到石头上。

李国良担心安全，细心地指挥，喊着："固定好了吗？都躲开啊！"

工人纷纷后撤。

郑红科做了个手势，吆喝道："起吊！"

四辆吊车同时启动，嘎嘎巨响，那是钢丝摩擦石头的声音。

巨石摇出地槽，吊不上来。李国良和郑红科都大眼瞪小眼地呆愣了。吊车司机说，巨石太重，50吨吊车吨位不够，必须用四辆100吨的吊车。这四辆吊车隆隆开走了。

挖石头停下来了。紧接着，传来巨石挖与不挖的争议。郑红科有一种失落，或是失望。挖石头，也要算计成本的。前期清理，人工费用，雇吊车费用，将来在石头上雕刻字体，等等，哪样不花钱呢？在前岭村，自有一种豪气，自有一种复杂，另有一种智慧，另有一种深奥。郑红科没有想到自己手足无措地被推到了令人尴尬的夹缝中。

算来算去，最后大家一致认为，大石头还是应该挖出来。但是，杂音也出现了。100吨的吊车，只有保定曲阳县有，那的主产业是石头。联系吊车的村干部回来，传达一个小秘密，说曲阳经营石头的老板要买这块巨石，出价不菲，50万元。卖还是不卖？

没等村干部把话说完，群众就涌了上来，黑压压的人将他团团围住。“妈呀，石头也值钱啊？早知道，不种玉米，找石头啊！”“听说有人要买这块石头，为什么不卖啊？”人们七嘴八舌嚷嚷开了。

姜，还是老的辣，闲话传到郑红科耳朵里，他斩钉截铁地说：“巨石不能卖，必须放村民文化广场！这是咱们的无价之宝啊！”非议的村民哑口无言。

这是前岭热闹的一天，四辆100吨的吊车开到板峪河滩。板峪河水，闪着光亮。山风吹来，河滩树叶扑棱棱响着。郑红科和李国良指挥工人用钢缆拴住巨石，起吊开始。

在一阵欢呼声中，巨石缓缓浮出水面。巨石移到岸上，李国良对乡亲们关于巨石的争论，一点不知晓。他摸着黄色的巨石，开心地笑了，眼前的生活竟然像梦一样不可思议。

桥建起来了，护堤坝建好了，路也修好了，饮水入户了，核桃园收获了。李国良激动地作诗一首：国资为靠，借力八方，民生帮困，班子扶强，饮水入户，道桥建畅，护坝水渠，设施齐夯，送医助学，老有所养，凝聚民心，综合广场，两种两养，齐奔小康！

巨石摆放在村民文化广场的门前，每当大风刮起，巨石就呜呜作响。李国良的这首诗，请书法家写成书法，雕刻在巨石的背面。正面雕刻上“前岭村民广场”。因为诗作是李国良写的，郑红科让工匠雕刻上李国良的名字，李国良当场拒绝：“郑书记，不能刻，我们工作组给老百姓干事应该的，不能留名！”郑红科说他太客气，这是前岭老百姓的意愿。李国良坚决不让，两人争执了一阵，还是依了李国良。

李国良来了激情，又写了一首诗作：扶贫济困在山村，运用之妙存乎心，倾情感知民生愿，尽智力扶社稷身。垒土方起九层台，

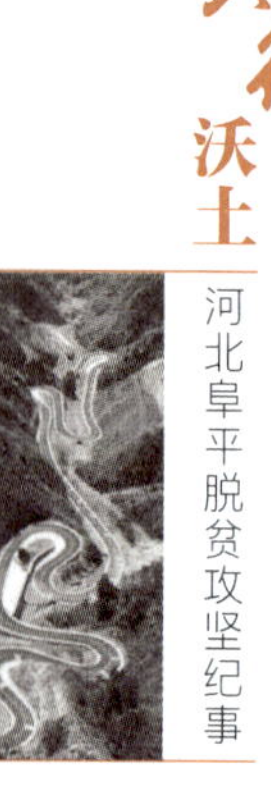

善行已聚八方人。多行善小德不孤，大爱涓汇必有邻！

2013年10月中旬，前岭村民综合中心落成了！庆典仪式上，郑红科和李国良登上小戏台，热情地讲了话，郑红科讲完之后，李国良深情地说了四个“珍惜”：我们要珍惜习总书记到阜平看望困难群众带来的扶贫机会，珍惜国家各级政府出台的扶贫政策，珍惜我们工作组在村里与大家朝夕相处的好机会，珍惜我们之间建立的真挚友谊！他停顿了一下，眼圈红红的，说：“我们三人很快就要离开了，舍不得大家啊，以后村里有啥事，继续到石家庄找我们，我们坚信，前岭的明天一定会更好！”说得一村人泪津津的，村民热烈鼓掌。

年底腊月，李国良、李聚强和王宗勇离开了前岭，后续几年驻村工作组继续进驻。如今，贫困的前岭已经成为过去时，前岭脱贫了！村民文化广场发挥了极大作用，老百姓的孩子结婚，都到广场举办。原先的五个自然村，三个自然村就地提升，村舍美丽宽敞，另外的两个自然村89户村民搬到阜东新区楼房，过上了幸福生活。

第十五章 硒鸽：放飞农民的梦想

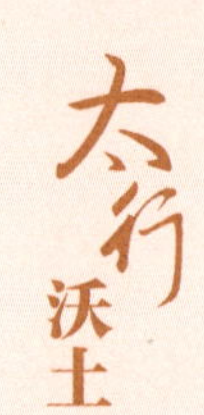

河北阜平脱贫攻坚纪事

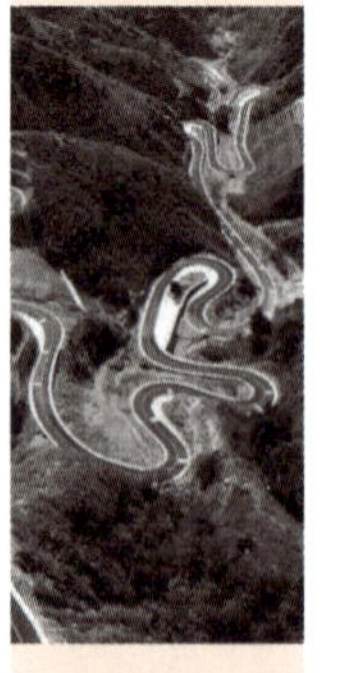

云淡天高，好一片金秋天气！一群鸽子，在空中游戏。它们三三两两，回环来往，夷犹如意，忽地里，翻身映日，白羽衬青天，十分鲜丽。它们在空中鸣啭，好像在碧空中下了一场洁白的六月雪。这是刘福才董事长最喜欢的场景。小时候就喜欢，现在，步入壮年，他依旧喜欢。

阜平的山，该绿就绿，该黄就黄，一年又一年。除了食用菌，阜平干部和群众都期待着下一个好项目落地。硒鸽来了，白色硒鸽落户阜平，成为阜平脱贫的支柱产业，对于其中的甘苦，刘福才董事长颇有感触。

2017 年腊月，阜平寒冷无比。郝国赤书记正在吃饭，国管局派驻阜平的挂职副县长马佳带了几只鸽子让郝国赤尝尝。

郝国赤书记吃了，惊讶地问："马佳县长，这么好吃的鸽子，哪来的啊？"

马佳说："郝书记，你猜猜！"

郝国赤琢磨着，迟缓地说："保定，石家庄，没有吃过这么好的鸽子肉。"

马佳说："您再尝尝鸽子蛋。"

郝国赤笑了，风趣地说："你还学会变戏法啦？再尝尝鸽子蛋！"

马佳笑了笑，说："先不说，等您吃完了，我再与您商量。"

郝国赤吃了鸽子蛋，微微笑了："好吃，好吃！马佳县长，你这葫芦里到底卖的什么药啊？"

马佳一看藏不住了，只好全盘托出。他跟郝国赤介绍了野谷健康产业集团硒鸽产业及企业负责人刘福才的经营理念：短期拼营销，中期拼模式，长期拼产品。几年时间，企业迅速发展，成功控股了中国鸽业的黄埔军校——深圳市天翔达鸽业，并联合六省

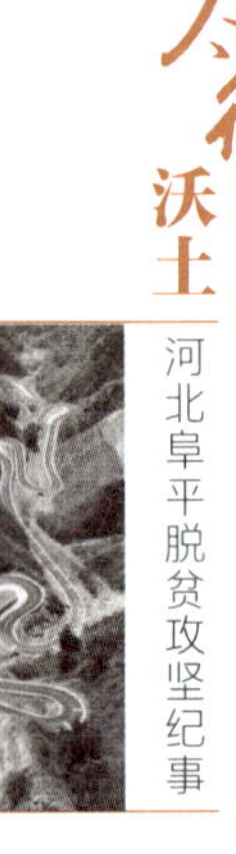

的鸽业协会，成立了鸽业分会，同时与中国农科院联合成立了全国鸽业科技创新联盟，定标准，定价格，规范行业管理。他的硒鸽产业成为全国鸽业的领头羊。为这项目，马佳、赵敏涛部长去了一趟顺义，瞧了瞧，看了看，还带回了鸽子和鸽蛋。

郝国赤书记非常敏感，感觉硒鸽产业，有可能成为继食用菌之后的支柱产业。他让马佳带刘靖县长赶紧对接。

2018年大年初二，凛冽的寒风刮得窗户啪啪直响。刘福才在北京顺义办公室，等待刘靖县长和马佳副县长。他高高的个头，宽厚的身体，一张国字脸，深邃的大眼睛充满机智。

野谷集团与国管局保持着良好关系，刘福才对马佳也是另眼看待。年前马佳和赵敏涛部长来过顺义，对硒鸽做了一番调研。马佳说："这是我们刘靖县长，大年初二来拜访福才兄，看出我们的诚意来了吧？"刘靖微微一笑。刘福才微笑："欢迎，欢迎啊！"马佳直截了当，开门见山地说："福才兄，我们是拉项目来的，希望刘兄将硒鸽产业投到阜平。"刘靖来前也做了一番调研，上网，读书，所以他讲起硒鸽来，头头是道。

刘福才用欣赏的眼光望着刘靖。

刘靖有一股掩藏不住的兴奋，先是介绍了阜平的红色历史，介绍了今天的扶贫成果，以及政府和百姓对脱贫致富的强烈热望。这些内容都是刘福才爱听的。特别是刘县长说的，聂荣臻元帅的话："阜平不富，死不瞑目！"让刘福才很是感动。

刘福才感慨道："是啊，革命老区都是功臣啊！"

马佳补充说："福才兄，你不知道啊，阜平是我们国管局定点扶贫单位，20多年了，到我这都20个同志啦，国管局对阜平一往情深啊！阜平九山半水半分田，土壤土石混合，质地差，农业产量低，只能从农业产业突破，前两年我们抓了食用菌种植，小商品加工，林果种植，这些项目比较顺利，我们阜平基本脱贫，但是，我们脱贫成果还很脆弱，即便以后富了，也不能歇啊！支柱产业越多越好！”

刘靖直抒胸臆：“福才兄，马佳县长说得对，我们啥都不说了，马佳带回的鸽子，我们郝书记都吃了，赞不绝口啊！只要你们看上阜平任何一个地方，全力支持！”

刘靖的情绪像一团火，几乎将刘福才融化。

马佳看出名堂，大声说：“刘总，怎么样啊，来阜平吧！”

刘福才被刘靖的真诚感动了，双手紧紧握在一起，坚定地说：“刘靖老弟，阜平行，我们有缘啊，就这么定啦！”

其实，刘福才在年前已经考察了太行山几个县。看了几块地，也有可行的因素。但是拿其他县与阜平比较，刘靖给他的印象是，这里的投资环境更好，他们的决心和热情更高。

刘福才一锤定音：“刘县长，马佳县长，我们就在阜平干啦！”

刘靖紧紧握住刘福才的手说：“您的话，是真的吗？”

刘福才说：“国管局对我们支持非常大，有国管局领导助推，冲着国管局我也不能反悔啊！是不是马佳？”

马佳嘿嘿地笑了。

刘靖一行在刘福才的带领下参观了顺义硒鸽基地，大开眼界，置身在鸽子的世界，颜色和声音，让他们非常放松愉快。

利剑在弦，一触即发！

刘靖性格豪爽，雷厉风行，在阜平干事，喜欢当日事当日清。此事，不能坐失良机，如果企业被别处拉走了，那就时过境迁，黄花菜都凉啦！刘福才几天没到阜平，刘靖就催上了。刘福才更加相信自己的判断，刘靖是一位理想中的实干家。刘福才在北京顺义忙了几天事情，很快到来，刘靖就带着他选址。

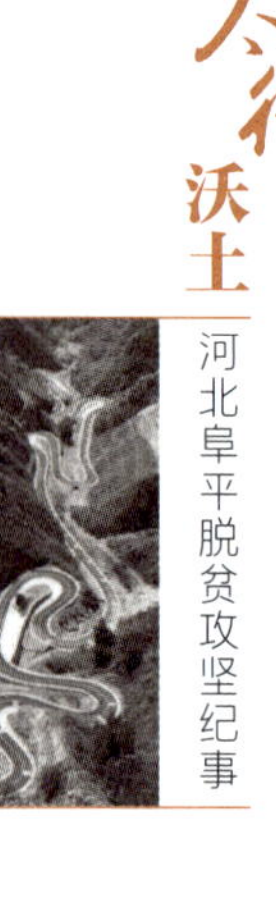

看了几块地，刘福才都不中意，最后累得筋疲力尽的时候，刘福才看中了王林口镇的一块滩地。

几经周折，刘福才定下这块滩地，刘靖欣喜万分，他马上跟郝国赤书记汇报。郝国赤对刘靖说："好啊，有了梧桐树，就能引来金凤凰！这块滩地，就是我们的梧桐树啊！"

刘靖爽朗地笑了。

阜平硒鸽实业有限公司成立了！野谷集团的硒鸽产业落户阜平了！

刘靖深入调研得知，"政府 + 龙头企业 + 基地 + 贫困户"的模式，在食用菌产业试验，是成功的，这个模式同样适用硒鸽。种鸽繁育、硒鸽养殖、饲料加工、屠宰加工、鸽粪加工等工序，必须培训职业工人。硒鸽产品销路好，工人待遇高，企业包吃包住，每人管理 1800 对鸽子，三个月带薪培训，每人每月 4500 元工资。刘靖问刘福才，为什么这么高的工资？刘福才微笑着说，高工资说明企业效益好，低工资说明企业亏本了！刘靖明白了，笑呵呵地说："祝愿我们的硒鸽永远高工资！一人就业全家脱贫啊！"刘福才说："错了，不是脱贫，我们的目标是一人就业全家致富！"刘靖哈哈笑了。

刘福才掰着手指，又给刘靖算了一笔账，不仅如此，硒鸽饲料可以直接解决 5.1 万亩阜平玉米肥料，鸽粪与菌棒合成肥料，为阜平 10 万亩果树提供肥料，最后，以硒鸽观赏和餐饮带动旅游还会有附加收益！

建设硒鸽厂，在阜平紧锣密鼓地开始了！

刘靖的心被这块滩地揪住了，整个春天里，他和戴鹏炜常务副县长常常到这里现场办公。尽管路途不近，山道拐弯抹角，转来转去，但是，他就是愿意到这里来，商量完工作，他就到滩地走一走，双脚趟着杂草，有几株高高的艾蒿，在他身边摇摇晃晃，发出窸窸窣窣的声音，蝴蝶在草丛中飞舞，他闻到了空气中的香气。

很快，滩地消失了，变成了一个大工地。推土机、挖掘机、装卸车，车来车往，烟尘滚滚，人声鼎沸，机声隆隆，挥舞的铁锨雨点般地起落，一派繁忙景象！

人间有些事，成功之前，总是伴随着危机。

施工进入雨季，这一天，天空滚着雷声。一些农民，将工地围住，搅乱了施工现场，气氛僵硬起来，甚至有点剑拔弩张。这疙瘩结的，该成死扣了！其实，之前刘福才和企业副总都做了大家的工作，可是，农民依旧想不通。几天时间，他们来工地几次了，吵吵嚷嚷，乱作一团。有的农民拦住车，有一位 80 岁老太太竟然躺在挖掘机车轮下。刘福才得知，马上了解情况，原因是对占地补偿不满意。这块 2343 亩的滩地，涉及三个村，1458 户农户，其中建档立卡的贫困户 520 户，1857 人，签约 20 年，按土地流转方式，每亩一年补偿 1000 元。

情况反映到戴鹏炜那里，然后刘靖县长就知道了，立即召集王林口镇干部开会调度，会后，王林口镇镇长刘峰，急忙赶赴滩地现场。他看在眼里，气在心头，目光咄咄逼人："你们在干什么？犯的什么病？老百姓糊涂，难道你们当干部的也糊涂吗？人家刘总是来帮助我们扶贫的，人家哪做得不好啊？闹成这样，我咋对人家交待？"他语惊四座，人们的目光转向刘峰。村支书们不吭声了。过了一阵，有人发言。刘峰听明白了两个核心问题，一是占地补偿不能按种植山果的土地流转对等，二是平整土地的 600 万元费用不能分摊到老百姓这一边。刘峰把刘福才董事长叫到会场，里边有传言，有误会，涉及利益问题不能含糊。刘福才没犹

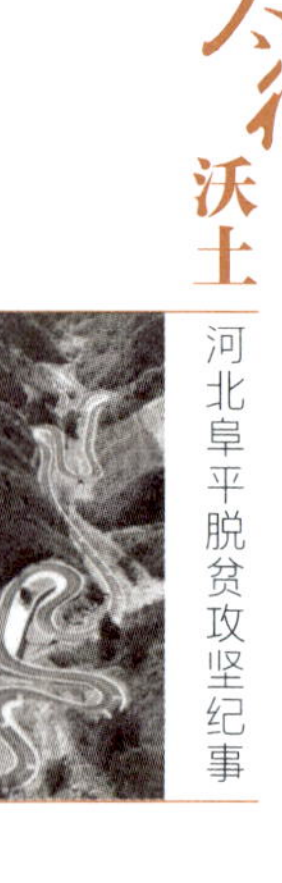

豫什么，答应企业出600万元的平整土地费用！刘峰当场表态：“好吧，谁的人谁领走，谁也不能耽误硒鸽工地施工进程！否则就是历史的罪人！今天的事，引以为戒，下不为例！”他又说了说政府的决心，把话说得合乎情合乎理，滴水不漏。

刘峰话刚说完，瓢泼大雨落下来了，雨点子砸到地上，冒出翻花的水泡。老百姓还淋在雨中，看见刘峰，黑压压的人群将他围住。各村支书喊话，说问题解决了，大家可以撤了。人们不信，所有人都瞪住了眼睛。头脑一热的庄稼人，穷怕了，患得患失，已经沉浸在一片激愤中。

雨下得到处水啦啦的。看见这一幕，刘峰心里忍不住隐隐作痛。怨老百姓吗？对于刘福才这样有情怀的企业家，对于硒鸽这样的好项目，还有啥话可说？对于老百姓啊，生这种气生不过来啊！他一转身看到那位80岁的老太太，还在泥水中躺着。这么大年纪会出人命的，他冲着人们喊：“赶紧把老人扶起来！”

人们七手八脚地拽老人，可老人就是死死地躺着不动。泥水、砂子粘在老人多皱的脸上，老人还发出剧烈的咳嗽。

刘峰打着伞奔向老太太，弯腰将老人扶起来：“大娘，起来，起来，我是镇长刘峰，你们的问题解决啦！”

大雨狂泻，水流哗哗。

老太太还是不动。刘峰亲自把老人搀扶起来，把手中的伞给了老人。老人干瘦，干硬的皮肤几乎贴在骨骼上，老人站在泥水里，说：“你真是镇长啊？说话算数吗？”

刘峰斩钉截铁地说：“当然算数，放心吧！”

刘峰搀扶着老太太，踩着泥水走出洼地，让人把老人送回家，并叮嘱工作人员，如果老人淋病了，就赶紧治疗！

刘福才穿着雨衣站在雨中，由着凉凉的雨滴从帽檐往下流，流经嘴边时品尝到一丝苦涩。

转眼之间，硒鸽基地建成了。

阜平冬天寒冷，大棚需要靠电源热泵取暖。这个问题解决后，开始招聘贫困农民，带薪培训，没有过关的少数人，换了岗，都各尽其能，没有一个掉队的。2019年初，第一批肉鸽上市，效果之好，超出了人们的预料。

天还没有透亮，鸽子就在窝里叽叽咕咕说闹。人们喜爱鸽子，看见它们就喜笑颜开，心中万分喜悦。郝国赤书记到这里指导工作，在孵化车间，看着工人从孵化机里拿出一排排鸽蛋，用手电筒照蛋，将没有受精的拿出来。郝国赤当即拍板，继续复制三个硒鸽生产基地：平阳镇，凹里村，寺口村。基地养殖了40万对硒鸽，寺口村15万对，平阳镇10万对，凹里村15万对。

刘靖到寺口村调研，赵山河讲述了详细情况，公司在寺口村投入8000万元，建设了81个硒鸽大棚。村里有140人在这里养殖硒鸽。仅这一个基地，就带动多少贫困户脱贫啊！

在硒鸽基地，文华容领到第一份工资，激动的脸上火一样滚烫，眼睛湿润了。她回到鸽舍给鸽子喂食，眼睛还在掉泪。晚上，文华容将第一笔工资拿回家，丈夫安发的眉梭和两鬓，已经渗出汗来了。他一百个想看，却一眼也不敢看。不是梦吧？一个月拿到这么多的钱？

文华容是大台乡炭灰铺村人，她一人在寺口村硒鸽基地工作，每月拿到3300元工资，解决全家脱贫的问题。炭灰铺村属于易地搬迁村，一家人搬上了楼房，住上了125平方米的房子。爱人安发，常年患病，得了脑溢血、脑梗，刚刚能够自理，政府给安发办了低保；丈夫的大哥是光棍，一直跟他们过，有严重关节炎，她的两个孩子在读书，如果没有她的这份工作，她家非常穷困。

文华容是四川绵阳人，体格小巧，脸颊丰腴，眉清目秀，风韵动人。27年前，丈夫安发为迎娶她进门花了很多钱，当时安发的钱不够，大哥靠卖玉米和土豆的钱，帮助了弟弟安发。文华容刚到安发的家，大吃一惊，知道这穷，没想到这么穷！一家人一亩半山坡地，种玉米、土豆，吃饭都成问题。她哭了，哭得意味很复杂。

文华容整日慌慌乱乱，心神不定，动不动就想往外跑。大哥叮嘱安发看紧点，不然跑了，就鸡飞蛋打，钱也打水漂了。安发听了哥哥的话，天天盯着她。文华容怀着一种无奈的心情熬日子，觉得日子太苦了，时光太慢了，简直熬不住。整天的煎熬，她瘦得脱了形，眼眶深陷。她四川绵阳的父母来信问候她，她不敢说实话。她越是不想让父母难过，自己就越是压力大。

有一天，文华容竟然与安发厮打起来，她扔了一只皮鞋，砸到镜子上，一声爆响，镜子碎了！靠山镜子是他家仅有的家当，碎了就没了，两人矛盾到了爆发的时刻！

大哥过来把他们拉开了。文华容躲在外面抹眼泪。这个女人的眼泪已经快流干了。

安发的大哥呆愣了一阵，脸色极为难看。安发叹息了一声说："哥，她是嫌弃我们穷啊，你说钱这玩意儿，不就是一堆纸吗？就为这，有人拼搏了一生，得不到。有人却搭上了性命。有人拿它救命，有人用它害人。"大哥想了想说："钱在好人手里，就是好玩意儿，在坏人手里，就是坏玩意儿！"安发说："钱没错，错在我们挣不到，一分钱憋倒英雄汉啊！"大哥愣了愣问："安发，你今天说这干啥？"安发沮丧地说："华容要回家看看，我想给她凑300块路费！"大哥提醒说："她人一走，就是肉包子打狗，一去不回，你傻不傻啊？她非要回去，也得生个孩子啊！"安发说："强扭的瓜不甜，随她吧，没有女人还不一样过嘛！”大哥急眼了：“傻子，泥葫芦过河充大头哪？我为了给你娶媳妇，凑这些钱容易吗？”

哥俩的谈话，文华容都听见了，她气得咬住嘴唇，没有应声。

安发卖了一点粮食，借了一百元，凑了三百元，递给文华容说：“这三百路费，你回去看看老人吧！”

文华容接过钱，双手在颤抖。

走到了炭灰铺村口，文华容犹豫了，张张嘴，就那么张着呆住了！她心里很痛，像针扎一样。走还是不走？她的内心从没有过这样犹豫、煎熬，不论怎么说，她现在有一个甜蜜的安慰，丈夫是个好心人，在他大哥警告的情况下，他还借钱给她做路费，说明安发已经做好最坏的打算，这是一个善良的男人啊，跟着这样的男人讨饭也踏实。文华容挎着包裹，从村口折回来，进了这个破旧的家，安发吃了一惊，文华容说她不走了。安发一把搂紧了女人。文华容的心咚咚跳起来，脸突然地红了，安发的气息扑在她的额头上，热热的，她眉一皱，嘴一撅，做出一副不情愿的样子，轻轻笑了。

文华容在村里踏实下来，开始跟安发一起劳动，渐渐有一种解脱的喜悦，她再也没有那么多非分之想，十分珍视眼前的生活。男人看久了也就顺眼了。三年之后，他们的儿子出生了！

文华容做梦也没有想到，保定市委聂瑞平书记和县委郝国赤书记到她家慰问，郝国赤书记告诉他们，县里出台了重大疾病和慢性病救治基金，安发看病的钱县里给报销了！这一项，对文华容影响很大，也轻松好多，好像卸掉了一个大包袱。

还有一个没想到，文华容这个年龄，还当了硒鸽基地的工人。家里喜事不断，儿子考上了成都大学，学习计算机专业，上学还享受助学金。安发的病好多了，安发先是拿大哥当精神支柱，又

以文华容当精神支柱，以后就拿出色的儿子当精神支柱！

鸽子，让文华容找到了依靠，找到了温情。这不仅令她刻骨铭心，而且对她一家未来生活产生了深远影响。她耐心学习，掌握了所有技术，她对小鸽子精心照料，放料调仔（孵化的小鸽子叫仔），小仔一至七天不吃饲料，喂豆汁。鸽子一次下两个蛋，硒鸽讲究一夫一妻制。鸽子是自由恋爱，多只鸽子放在一起，两只一见钟情，组成一个家庭，其余鸽子就拿出来，继续下一次的配对。鸽子夫妻十分恩爱，夫妻换气，亲了嘴，就配合默契，形影不离，如果再放一只母鸽进去，公鸽就会给打走。白天公鸽趴窝，盖着小鸽子，夜里母鸽趴窝，盖着小鸽子。公鸽子和母鸽子产生嗉囊乳，18 天左右就产两个蛋，一个蛋就孵化出一只鸽子。这是多么神奇的事情啊！

文华容最初见到硒鸽，心里是抵触的，后来爱上了硒鸽！有一天，文华容管理的小鸽子出了问题。一只毛茸茸的小鸽子被弹了出来，腿有点伤，文华容用双手小心翼翼地捧着，小鸽子冻得哆嗦，文华容就把小鸽子放进自己怀里，慢慢捂热，等小鸽子缓过来了，再送到另一家的窝里。到家之后，她还惦念着那只小鸽子，她就给安发讲鸽子的故事。硒鸽坚贞的爱情感染了安发，安发一度产生与妻子共同养硒鸽的想法，基地里，夫妻养硒鸽的很多。文华容听寺口村基地人说，总部那边，就有一对夫妻养硒鸽。

李勃谊和爱人白富慧是北果园乡草场口村人，贫困户，日子紧紧巴巴，2018 年底来到刘福才董事长总部硒鸽基地。此前，一家人到处打零工，一年最多挣到两万元。现在，夫妻每月收入八九千元，俩月就是过去一年的收入。安发听了这对夫妻的养硒鸽故事，心中羡慕，自己越发蠢蠢欲动了，过去他懒，是因为看不到希望，如今这洁白的钱，谁不愿意挣啊？

经过经理批准，安发到硒鸽基地，完成消杀毒，穿上白大褂，进来看了看。文华容让他试试，让他看孵化了五天的鸽蛋，蛋里出现了胚胎和血丝，说明发育良好。安发嘻嘻地笑了。此刻，孵化箱里，一批小鸽子破壳而出，多么神奇的诞生啊！可是，安发的身体确实养不了，弯腰时间长，心血管挺不住，他只能帮倒忙，干了一个小时，安发人都累傻了，头晕脑胀，表情愣愣的。文华容心疼地说："老公，你过来玩玩得了，回家歇着吧！"安发脸色发白，目光灰灰，叹息道："多好的项目，我真废物啊，让老婆养着！"文华容鼓励他说："你就好好养病啊，我工作好，我能养活你！"安发转身流泪了。他欣赏地望着华容拣鸽蛋，情不自禁地说："老婆啊，你真能干！"文华容没有说话，也许是她非常专注，也许是鸽子叫声淹没了一切。总之，文华容是劳累的，也是幸福的。安发望着硒鸽基地的景色，猛地想起了过去生活的艰辛，一亩半地玉米不够吃，他和文华容到山上种核桃，华容就把核桃晒干，磨成面，掺和在稀粥里，安发觉得，女人比自己更坚韧！唉，那种日子不会有了，过去的岁月都成了温馨的回忆。

村支书帮助安发在安置区楼下干起了手工产品加工，干力所能及的清闲活儿，这样，安发既有收入，替老婆分担一些，内心也是充实的。安发有这样一个想法，尽管身体不好，但赶上党和政府的好政策，他要坚强，无论活得咋样，他都有一个好哥哥，一个好老婆，有一双好儿女，这是多么幸福啊！

鸽子咕咕地叫着，一听到这声音，文华容浑身就燥热。其实，安发哪里知道，妻子文华容在硒鸽基地，也不是轻松的。文华容没有料到的是，她的工作也出了差错！领班和技术员狠狠批评了她，技术员的批评并不让她惊慌失措，她不顶嘴，不解释，静静

地听，默默记着。许多工人都挨了批评，如果自己例外会让她心中没底，有的是技术问题，有的是观念问题，农民转变观念是多么难的事情啊！这种现代企业管理，倒逼模式，迫使她更加心悦诚服地接受。这样的机会不多，来不得半点马虎，拼命地学习，咬咬牙，不就挺过去了吗？说到底，是她不够坚强，这苦这累，难道比当年在炭灰铺种玉米种土豆还苦吗？

文华容成为硒鸽基地一名出色的员工，收入逐渐提升，丈夫安发对她刮目相看，暗自钦佩！

疫情期间，文华容吃住在基地，封闭生产，没有回家，心中惦念家人，用电话与家人联络。听说大哥病了，她叮嘱丈夫安发好好照顾大哥！两个月后，阜平没有疫情了，解除封闭，文华容回到家，家中的温馨扑面而来。文华容从厂里买回两只肉鸽和一些鸽蛋。

到了家，文华容紧紧与安发拥抱在一起，眼睛湿润了！

从寺口村基地到安置区，虽说才 3 里地，可是，疫情期间，他们像是经历了一场生死离别。文华容望着这个家，走到今天多不容易啊！原来歪歪扭扭的破石头房，又窄又小，又脏又乱，如今住着跟城里人一样的高楼。小区里，一幢幢阔气的高楼拔地而起。房间南北通透，格局合理，宽敞明亮。客厅连着餐厅，有圆桌、木椅、电视、冰箱、煤气，厕所有坐便，洗澡有花洒，夏天有空调，冬天有暖气，设备齐全，应有尽有。生活中旧有的想法，不由冒出新芽，一天天茁壮起来！

安发有文华容这样的老婆，应该感谢命运之神的恩赐，当然也要感谢大哥。文华容首先走到床头看望大哥，大哥是病拿的，一张脸拉得比冬瓜还长。文华容亲自下厨，给大哥炖鸽子，端到大哥的床头："大哥，吃点鸽子补补身体啊！"大哥眼睛红了："华容，这是咱老百姓吃的吗？多贵啊！”文华容说：“我买的，如今我们富裕了，吃得起！谁说我们一辈子只能吃玉米土豆啊？”安发说：“大哥，快吃吧！”文华容端着碗，将鸽子肉递到大哥嘴边：“吃一口吧，就吃一口吧！”她喂之前还吹吹热气，让大哥热泪盈眶。大哥吃着炖鸽子，哽咽了：“大哥谢谢华容！疫情期间，华容在厂里挣钱，安发在家照顾我，大哥咋感谢你们俩啊？”文华容脸上恢复了严肃的神情：“大哥，我们永远是一家人，一家人不说两家话，当初没有你帮安发，哪有我们一家啊？爸妈都没了，以后我们就像照顾老人一样照顾您，以尽床头之孝。大哥赶紧把身体养好，多享受今天的好日子啊！”

大哥泪水夺眶而出。是啊，这叫善有善报，当初对弟弟的好，得到了生活的补偿。这事也加重了他心中的羞愧，当年文华容想回四川老家的时候，他担心华容不回来，给弟弟出了不少馊主意。现在想想是自己错了，文华容不是忘恩负义的人。

文华容是硒鸽基地的骨干，也是这个家的顶梁柱。

白色的鸽子，在阜平大地飞翔。一对鸽子，一年能出 22 只成品鸽，平均一只鸽子卖 18 到 25 元，产值在 450 元左右。刘福才公司的园区目前养了 30 万对鸽子，解决了 600 多人就业。到 2020 年 10 月底，存栏种鸽将达到 55 万对，一年出栏乳鸽 1100 万只，可为 383 名贫困户提供就业岗位。

疫情期间，硒鸽基地没有停产。但是，库存积压了 200 万只白条鸽，北京市西城区在阜平的挂职副县长李继鹏，多次与北京方面联系销路，将 10 万只乳鸽卖到北京，同时，还打开了电商渠道，路子越走越宽。阜平县贾瑞生县长参加了省委宣传部、长城新媒体组织的“县长带货”网络直播活动，并在学习强国、抖音等平台重点推介了硒鸽产品。

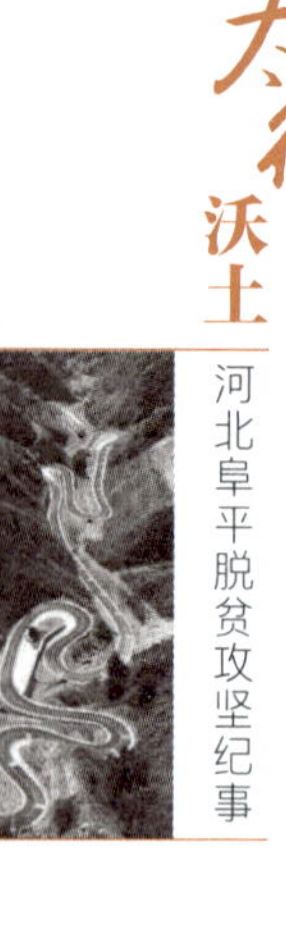

鸽子，以前没有固定的名分。抗击疫情期间，2 月 24 日，全国人大立法，将鸽子定为鸡鸭鹅之后的第四大家禽，这为硒鸽发展提供了极好的平台！

第十六章 枣儿红了

河北阜平脱贫攻坚纪事

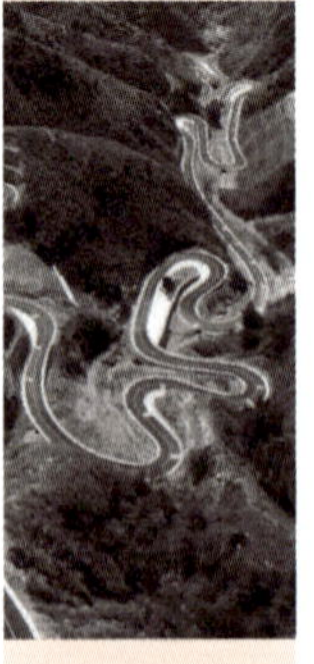

阜平大枣远近闻名！

阜平的枣，以东城铺、东北庄等地为最多，这些村沟沟岔岔，坡坡埝埝，漫山遍野是枣树。秋天摘枣季节，头顶蓝天白云，眼前青枝绿叶，树上挂满了红枣，红彤彤一片，和树下的谷子、花生、大豆、芝麻和茅草，构成了一幅壮美的“太行枣林图”。

古时，阜平人重阳以枣祭神！

阜平有一棵枣树王。平阳乡北水峪村的山沟里，有一棵南宋时期栽植的枣树。三枝酸枣树嫁接的枣树，距今850年了，树冠阔大，生长旺盛，颇为神奇，成为研究阜平大枣的活化石。这棵枣树王胸径1.48米至1.98米，树高10米，每株产枣125公斤。人们看着枣树王，瞬间感觉它的根儿越扎越深，阜平人的心也跟着越走越远。

1986年，阜平县委县政府将枣树定为“县树”。

阜平大枣的确带来了荣耀。过去，老百姓管枣树叫救命树。每逢荒年，大枣往往丰收。平常的日子，人们管枣树叫财神树！阜平大枣，有婆枣、葫芦枣、小麻枣、菱枣等10多种，个大、皮薄、核小、肉厚，男人吃了阜平大枣，补气、养血、血气方刚，女人吃了阜平大枣，生津、润肺、容貌俊美、皮肤红润、双手灵巧。除了这些，红枣更大的价值是象征着当年晋察冀边区峥嵘岁月！反“扫荡”的时候，日寇刺开了一个八路军的肚子，肚子里还有没消化完的阜平大枣。小鬼子惊奇，小小的枣儿竟然让断了粮食吃的土八路活了下来。后来，日寇知道了八路军不拿老百姓一针一线，那些枣儿都是老百姓送给八路军的，便感叹中国军民的团结。人们记得，1948年4月10日，周恩来总理一行进入阜平，在西下关土改座谈会上，讲解中央关于土改的政策，阜平东下关村贫协主席贾老殿鼓掌，周恩来握着他长满厚茧子的手问：“你家

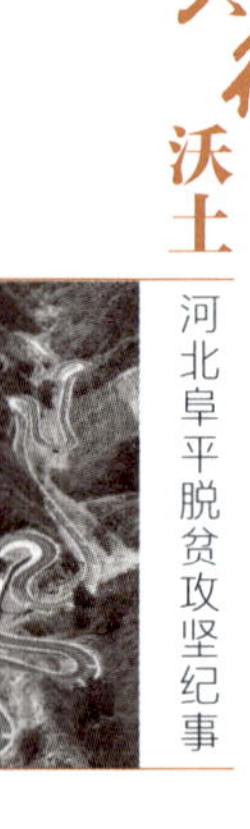

几口人啊？”贾老殿惭愧地说：“过去家里穷，没张罗上媳妇，没儿没女！”周恩来见贾老汉悲伤，劝他说：“我和你一样，也是没儿没女，天下穷人是一家，穷人的后代都是我们的子女！”一番话说得贾老殿心中热乎乎的。周恩来问：“你家靠什么生活啊？”贾老殿自豪地说：“我家有大枣树，大枣好吃着哩！”周恩来笑了，贾老殿从桌上篮子里拿出大枣让周恩来吃，周恩来吃着阜平大枣，连说：“好吃的大枣啊！”在场的人都笑了！然后，贾老殿夸奖自己的枣树。农民对土地有一种宗教般的神圣感情，枣农对枣树也是如此。

1990年，阜平出过一个远近闻名的大枣村，叫车道村。车道村枣农王宝祥一年卖枣收入7000元，盖上了崭新的大砖房。村里老百姓种植枣树的热情空前高涨。

可是，随着时光流逝，阜平大枣黯淡了，这里经济落后，造成文化落后，连带经营意识滞后，枣渐渐远离了经济核心。阜平人的心头涌上一股酸楚的滋味。

早些年，阜平的枣树得了病，眼瞅着陷入僵局。阜平县红枣管理局管理枣树的农艺师老安，研究枣树有绝活，雨季在枣树下押施绿肥。施肥和打药，都是他拿手的，手到病除，老百姓管他叫“枣财神”。老安走到哪，吃住到哪，常年与枣树为伴，晚年患了癌症，走路都困难的时候，女儿安惠彦搀扶着去看枣树和枣农。老安去世以后，女儿安惠彦到眼镜店配眼镜，与眼镜店老板随便闲聊，聊到她就是老安的女儿，眼镜店老板眼睛直勾勾地盯着她好几秒，说：“我们家里是枣农，自从老安离开了我们，我们家的红枣就逐年减产，你给老人清明上坟的时候，向我们的枣财神说说，让他保佑我们的枣树再获大丰收！”安惠彦不由笑了，说：“如果我的父亲在天有灵一定好好保佑你们丰收的！”

阜平的“两种两养”，两种，其中就有种植大枣。由于技术、市场和气候等诸多因素制约，大枣产量不稳定，收入不高，这种不确定性，让种植大枣的农民头疼。枣农也麻木了，一切好与不好，都看淡了，只求有枣树，有枣卖，有枣吃。可是，阜平县委县政府领导，必须思考如何让阜平大枣重获新生，扶贫中，怎样让大枣成为赢利产业！

我们把目光聚到店房村。

阜平店房村是典型大枣村，家家晾枣，满村飘香。这是由 13 个自然村合并而成的行政村，417 户人家，1178 口人，耕地少，人均不到半亩地，贫困人口居多，扶贫中，整体搬迁到了店房新村。店房的枣树是出了名的，1200 亩的规模枣林。2013 年开始，帮扶单位陆续进驻店房村，唐山国资委定点帮扶，进行了基础设施改造提升。2016 年，中央军委国防动员部定点帮扶店房村，修了一条环路，店房村的交通得以改善。也是在这一年 7 月，发生了一件轰动阜平的事。

38 棵枣树将军林诞生了！

38 棵枣树，38 位将军亲手栽下的。顺着山坡看去，将军林面积不大，但是已经与漫山遍野的枣树融为一体，枣树树苗粗壮，长高了显得威武。春天的时候，淡绿色枣花开了，不仅能闻到枣花香，还能听到流水的声音，仰望太行山，看山顶云彩起伏流转。秋天的时候，颗颗红枣如珊瑚挂在枝头，泛着诱人的光泽，在风中轻轻摇曳。每一位将军的名字，都雕刻在木牌上，悬挂在树上。微风中，木牌哗哗响着，仿佛是将军们在说话。

这些将军中有中央军委国防动员部部长盛斌、南部战区政委王建武，等等。当时，王建武将军植完枣树，深情地说：“这是今年干得最有意义的一件事。”

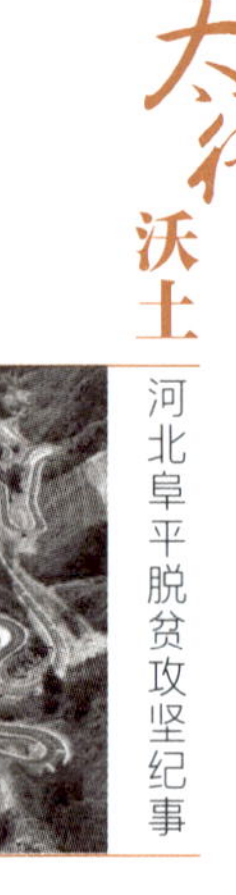

一位植树的将军表情严峻，缓缓地说："抗日战争，解放战争，阜平人民用大枣支援了我们军队，我要种植一棵枣树，说明我们军队还没有走啊！"老百姓听了，眼睛湿润了："谢谢我们共和国的将军！"

最近几天，店房村的枣林一片喧闹。

炎热的夏天即将结束，枣子由青转红了。将军们听说了店房村的将军林，纷纷报名，陆续来到店房村，每一位来店房的将军，都要亲手植一棵枣树，他们性格开朗，滔滔不绝地分析，挺来情绪。有些老将军说到过去战争岁月，视线被泪水模糊了，感动地说："老区人民支援了革命，我们万万不能丢下老区人民啊！"是啊，他们明白，要把军民鱼水深情延续下去，应该更加珍爱枣林……

刘淑军支书专门安排人打理将军林的枣树。一次，他安排那些枣农浇完了水，就在一棵枣树下坐下，打盹了，忽然听见有人喊他，扭头看，没有一个人，难道是枣树叫他吗？还是将军在叫他？不知道！总之，振作起精神来吧，大枣里含着希望呢！

军人和枣农望着将军林笑了，可是，盛斌将军笑不出来，陷入长久沉思之中。他感觉，将军林不仅带来荣耀，带来希望，还应该带来产业支撑。于是，军熙枣业有限公司诞生了！这是中央军委国防动员部协调招过来的企业，董事长黄邦谦，祖籍温州，如今在北京经商。北京还有一摊子事，不能在店房待太久，就委托经理代管。董事长黄邦谦与刘淑军商量，要创新产业机制——采摘，生产，科研，既要让从村里收购的枣高于市场价格，还要让企业有一定效益。这就要在品牌打造、产品样式、经营模式上创新，效益空间在这里！

军熙枣业工厂在店房村开业了！

50个工人，大多是村里的贫困户，他们在流水线上拣枣、清洗、烤枣、加工、称重、包装，湿枣、干枣、枣糕、枣片，样样俱全，除了供应北京大市场外，部队干休所还每年两次购买军熙枣业出品的大枣。包装能够带来附加值，采用自拉链工艺封口。

村支书刘淑军热情似火，他一直探索着，试图打造“全国大枣第一村”。2016年，占地500亩的河北农业大学大枣试验站在店房村落成，建成一座塘坝，新栽枣树1万株，新建千年古枣林一座，移植327棵古枣树，新建标准化枣园3座。

店房村枣农张贵忠夫妻，是贫困户，原来在保定打工，挣不到多少钱，现在经营枣树，流转了村里40户人家的枣树，500亩枣林，统一经营管理，大枣由军熙枣业收购，年纯收入突破5万元，一家人顺利脱贫！

秋天来了，村里枣农张贵来在枣树下锄草，他咧着嘴说：“我这200多棵枣树啊，大枣马上就红了，摘下来晒干，往军熙公司一交，能卖15000多块啊！”

阜平大枣扶贫，还有一个新的模式——大枣专业合作社！

2013年春天，卞家峪的枣树发芽了，这个万物复苏的季节，枣树根下有小河水流过，树叶变得温柔而细腻。卞家峪村的众勰枣树种植专业合作社成立。总经理周忠带领团队，打出了一个大枣品牌“山风秋宝”。周忠是卞家峪村走出去的老板，承包过荒山，在唐山乐亭县承包工厂，后来，基于对故乡的爱，对大枣的感情，还是回乡创业了。

卞家峪村，阳光充足，风化的片麻岩土壤使大枣口感好，又脆又甜，全村千余口人世代以种枣为生。给周忠留下最美好的回忆是“打枣节”。打枣节里，人们欣喜地用棍杆敲打枣枝，噼里啪啦，响成一片，撩拨得人心怦怦直跳。周忠能够爬到树枝上去，

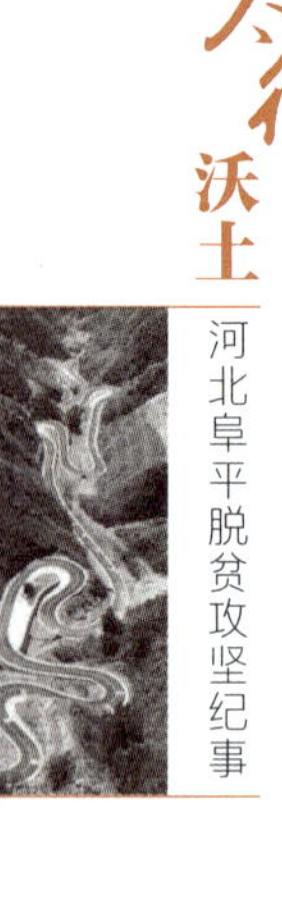

伸手摘枣，洗都不洗往嘴里塞。听见有人欢笑，有人唱歌，也有人吃枣太多把胃撑坏的。

周忠刚刚回村那阵，独自在枣林转悠，看见有人在枣树下拉二胡，二胡声音凄凄哀哀，让人听了感到一股酸楚的滋味，可能拉二胡的人心情不好吧？可不是吗？枣再好，卖不出去，枣农急到哭！周忠望着祖祖辈辈经营的枣树，一脸迷惑的神情，眼神凝固，倾听远处传来的风声。

大枣咋办？这是周忠心痛的事情。

合作社创办之初，大伙对枣业信心不足，只有5个农民入社，每人投了几百块钱，就是象征性的。为啥这5人信他，想跟周忠扑腾着搞？因为他们发现，周忠有经商头脑，接受新思想快，又能吃苦，经常在市里省里跑。周忠对他们的信任非常感激，但是，没有规模不行，他还要到各家各户做工作，希望拉更多的枣农进来。

周忠来到了青年农民周俊山家，他家有20亩枣树。周俊山34岁，因为穷，日子恓惶，娶不上媳妇，爸爸病逝了，妈妈精神上有病。周忠拉住他的手，商量着问："俊山，听说村里的合作社了吗？"

周俊山说："听说了！"

周忠说："你带着20亩枣树加入吧，我们共同致富！"

周俊山摇了摇头："我不参加，我有车，自己卖枣儿！"

周忠苦笑了一下说："你自己卖，不好卖，卖的价钱太低，难道你愿意走你爸的老路吗？"

周俊山抹掉脸上的泪水说："唉，别提我爸了，他太苦了。就是因为我爸，我才要好好经营那20亩枣树！"

周忠发现周俊山经过失去爸爸的挫折，又瘦了许多，劝慰说：

"你想想，你爸不愿你富有吗？他不愿意你早早娶上媳妇吗？你妈妈难道不想早日抱上孙子吗？"

周俊山闷闷地不吭声，不抬头。

周忠与老人又拉了一阵话，就和他们告别了！

隔了一年，合作社有了进展，周忠又来找周俊山，周俊山还是不答应。许多枣农也在观望。

终于迎来了转机，中国农行阜平分行挂职干部林桐来村里了，帮助合作社贷款，还协助他开拓市场。枣农们看见了希望，村里150人加入合作社。人员均为建档立卡贫困户。他们在农行支持下，开发宜林荒山780余亩，栽植优质枣树1万多株，大枣年产量1500万斤。合作社建了工厂，生产红枣核桃派、暖胃的枣茶等，还申请了专利。管理上，周忠下了功夫，聘请专家授课，剪枝整形，病虫防治，叶面喷肥。枣的管理有防"三虫两病"之说。三虫就是桃小食心虫、枣步虫、枣黏虫，两病是枣锈病、枣疯病。

为了打开销路，在林桐的推动下，阜平农行组建专项营销小组，实地走访企业，推动周忠的合作社成功入住农行"惠农e通"平台电商扶贫专区。有了这条好门路，外地客户在手机上点击下单，卞家峪的大枣当天就能发货。

周俊山等枣农都纷纷加入了周忠的合作社。周俊山靠大枣富裕了，还娶上了媳妇……

提到阜平大枣，有一位为大枣行业保驾护航的人物不能不提。她就是李二国，男人名字，却是一个漂亮女人。她个头不高，圆圆的脸蛋，头发浓密、黑亮，举止洒脱，英姿飒爽。

2012年2月，李二国接任中国人保财险河北阜平支公司经理。那一年她38岁。她是吴王口乡白石堂村人，1995年从哈尔滨保险学校毕业，回到了故乡阜平。几年来，从大枣保险入手，在阜平

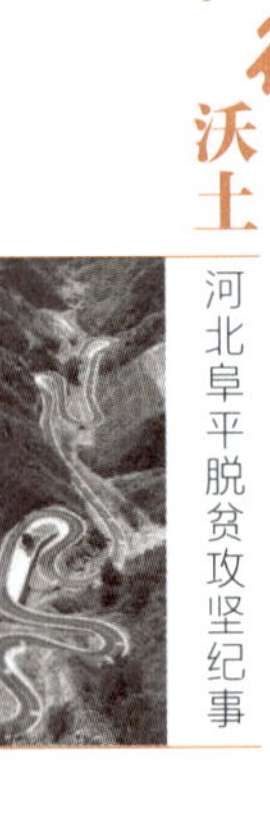

建起了“政府＋保险＋银行＋农户＋企业”的精准扶贫模式，也是“阜平模式”。

李二国开始研究阜平，素有“九山半水半分田”之称的阜平，脱贫攻坚任务繁重。怎样把“保险”与“扶贫”联系起来呢？那时她天天发愁，但是，愁也没有用，要寻找工作的突破口。阜平共有耕地 21 万亩，地理环境导致农业无法形成大的产业，发展大工业更是渺茫。怎么办，她觉得还是要从农业下手！

夜里关灯以后，李二国难以入眠，她瞪着眼睛想，最后还是将目光瞄准了阜平的大枣行业。

枣是阜平传统产业，但是风险大，是因为老天爷爱变脸，近七八年来，一到了秋天，眼瞅着大枣该收获了，总是连阴天，甚至风雨交加。眼睁睁看着大枣烂在地里，枣农抹眼泪。

2015 年夏天，骄阳似火。李二国带着公司人员到了卞家峪，同时带来了独创的大枣特色保险业务。一亩枣树有 400 棵左右，保费 36 元，政府补贴 21.6 元，枣农自家只掏 14.4 元，如果遭灾，公司每一棵赔偿 10 元。李二国带着自己的团队，一家一户宣传。

大山里的枣农没有听说过保险，看见李二国还穿着破了洞的牛仔裤，连连往门外赶。有的人家，见不得人的粗话都冒了头。李二国失望地出来了，她与同事走进枣林，阳光穿过枣树的枝叶，刺得她睁不开眼睛。

李二国没有退缩。她要先说通村干部，然后再找一家突破。她和同事几乎泡在村里，挨家挨户摸底，终于在 53 岁的枣农杨金成那里打开了突破口。

杨金成犹犹豫豫，往外拿钱的时候，吸了一口凉气，打了一个寒战，他是有病乱投医，没有抱多大希望。他用粗糙的手数着毛票，咕哝着：“李经理，你总说这是政府鼓励的事，县长乡长为啥不来啊？你不会拿了钱就跑了吧？”

李二国微笑着：“杨大爷，县长乡长我都认识，您就放一百个心吧！”她说话干净利落，宛若一阵清风。

杨金成点点头，目送着李二国等人走出院子。

李二国走后，杨金成继续料理枣林。但是，心中有一种莫名的恐惧和担忧，穷人往外拿钱就是从身上割肉啊！

给枣树打药的时候，村里枣农讥讽杨金成掏钱上保险，成为一个冤大头，还有人说他，是不是看着那女经理模样俊啊？杨金成不爱听，气恼地说：“别瞎逗了，人啊，得接受新生事物，不能总用老眼光看人啊！等我笑了，有你们哭的时候！”

枣农们怯怯地不吭声了。

七月十五枣红圈，八月十五枣上杆。可是，绳子单打细头断，果然让杨金成咒着了。秋天枣红的时候，天阴得沉黑，又是雨水天气，雨点子噼里啪啦砸下来，把成熟的红枣浇得裂开了口子，红枣哗啦啦坠地。瞅着腐烂的红枣，想着一年的投入，买农药、肥料的钱，雇人的工钱，想着一年的辛苦，卞家峪的枣农哭了，杨金成也哭了，老天爷啊，为啥不睁眼呢？

杨金成触景生情，唏嘘感叹，这灾难又让他想起往年的遭遇。好在自己上了李二国的保险。可是，这保险靠谱吗？

正当杨金成嘀咕发愁的时候，李二国带着农险勘察员来到卞家峪，勘察确认受损情况后，定价理赔款 6800 元。

李二国将保险理赔款递给杨金成，杨金成惊讶得目瞪口呆，兴奋地浑身冒起鸡皮疙瘩。他身体颤了颤，险些栽倒：“这是真的啊？”

李二国上前扶住了杨金成：“杨大爷，我们没骗您吧？”

杨金成激动地说：“没有，没有，这点钱，对于我们家可是救

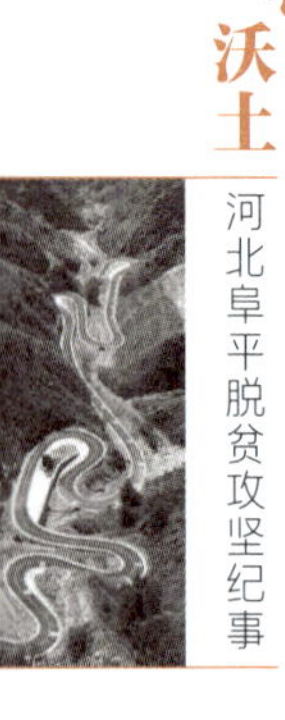

命钱啊！”说着说着，就揩起了眼泪。

杨金成得到6800元赔偿，立刻轰动了卞家峪。人们立刻拥挤着包围了他，看看他手里拿到的是不是真钱？

杨金成手里的钱，还带着余温，推给大家看：“这还有假？那个李二国是个好人啊！”

卞家峪的枣农信了，后悔没有答应李二国。

第二年，卞家峪村8000多亩枣树全部上了保险。

2016年，大沙河水灾，李二国乘车去上堡村定损，老百姓的房子倒塌了。回来的路上，她的车被泥石流堵住了，后退，又是路基塌落，她勇敢地从车里爬了出来……

李二国成了阜平枣农的保护神了！

第十七章　马兰的歌声

河北阜平脱贫攻坚纪事

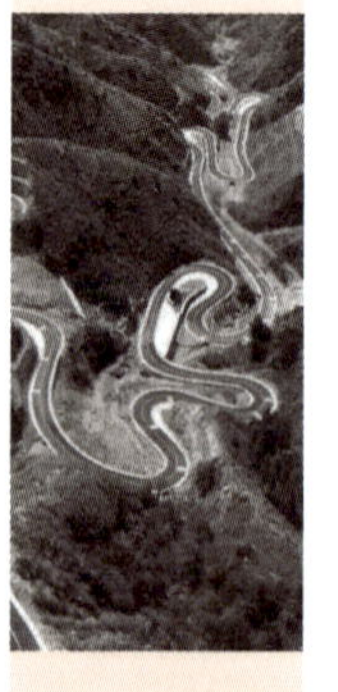

脱贫以后，农民会怎样生活？应该怎样生活？

这是一个崭新的问题，牵动着我们的心。地狱和天堂，有时只有一步之遥。但是，阜平人还是跨越过来了！村庄变了，有的就地改造提升，有的搬迁了，但是，人还是那些人，脱贫后，过上了天堂般的好日子，人们心境不同，精神状态也不同，一切呈现出全新的景象！

我们首先聚焦马兰村吧！

马兰村归属阜平县城南庄西部，由马兰、坡山、上庄等 22 个小自然村组成。太行山深处，风一阵一阵吹，马兰却依旧散落在那里，如点点繁星，闪耀在东西 25 华里的山沟沟里。当年，可能有一颗陌生的星星，将马兰照耀，指引晋察冀抗日根据地晋察冀日报社来到这里。如今成为旧址，马兰人却始终无法忘记当年的景象。1948 年 6 月 15 日，《晋察冀日报》与邯郸境内晋冀鲁豫《人民日报》合并，成为今天《人民日报》的前身。第一版《毛泽东选集》在这里印刷……70 余年来，城南庄的故事被久久传颂。

仁者乐山，智者乐水。水包容、纯净、随和，山沉稳、扎实、坚韧，有山有水的地方就有精彩的故事。

胭脂河畔的老磨，呜隆呜隆磨着时光。城南庄马兰村，四面环山，奇峰嶙峋，那是亚洲最大的一座整块花岗岩——铁贯寨。马兰村，一座掩藏在青山绿水间的秀美小村，坐落在胭脂河畔。胭脂河不大，却是阜平的第二大河，地图上不细看，很难寻到细细的蓝线，它发源于夏庄乡花塔村，源头有南胭脂和西胭脂两个美丽的村庄，水流从深深的太行山一路漂来，冲出一片沙砾石质河床，沿岸抛下许多大滩——易家庄大滩、城南庄大滩、抬头湾大滩、北果园大滩。水流淌过大滩，碧水流成了胭脂的颜色，清洗着，滋养着，诉说着……

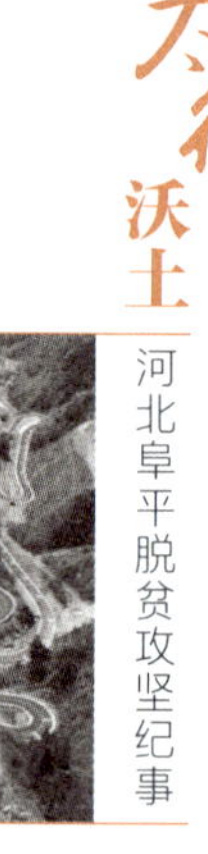

2019年9月，由阜平县委、县政府主办，北京八音文化传媒有限责任公司承办的第四届马兰儿童音乐节在阜平开幕。

音乐节如花盛开，一下子开透了！阜平还从来没有聚集过这么多的人。音乐节主会场就设在阜平职业教育学校新校区礼堂，他们组织演出的同时，还在马兰村开展了内容丰富、形式多样的互动。这届音乐节吸引了来自北京、天津、哈尔滨等全国儿童乐队及喀麦隆国际性成人乐队等共25支乐队参演，近3000人参加。来自全国各地的少儿小乐队在音乐节登台演出，他们又萌又酷，舞台范儿一点儿不输成人乐队。精彩的节目表演、科普、手工、大集等，对阜平当地文化名片打造、特色扶贫产业推广、城乡经济交流互动、乡村儿童美育发展具有重要的促进作用。

阜平人怀着极大的好奇心，轮流挤到演出现场，探着脖子观看，倾听这场音乐盛宴。音乐节炫酷、时尚、温情，可是，人们不禁要问，这场音乐节是怎么来到这座偏僻的山区小城的呢？音乐节，许多环节都在马兰村互动。为什么在胭脂河畔的马兰村互动呢？

是该揭开这个谜团的时候了！

原来这场“马兰儿童音乐节”是由邓小岚操办的，她是原晋察冀日报社社长邓拓之女。2013年邓小岚就发起了第一届马兰儿童音乐节，每年音乐节都在太行山深处的马兰村举行，2019年因为连降暴雨才移师阜平县城的。

有谁能懂得邓小岚举办音乐节的初衷呢？

邓小岚也是退休老人了，菊花一般多皱的脸，常常微笑着，透着慈祥和智慧，鼻梁上架着一副细框眼镜，特显气质。音乐节，一般都是成年人的狂欢，孩子们只是陪衬，但是邓小岚认为，孩子是马兰的未来，阜平的未来，祖国的未来，歌声会让孩子们在困苦环境中快乐成长。邓小岚希望能有一个属于孩子们自己的音乐节。

邓小岚给孩子们讲述了创办音乐节的初心。1937年12月,《晋察冀日报》在阜平县城创刊，原名《抗敌报》。为了便于隐蔽和游击作战，也为了躲避敌人的“扫荡”，报社1939年转移到太行山深处的马兰村。邓小岚是社长邓拓的女儿，她和马兰村的缘分，从她刚一出生的那一刻就开始了。

1943年冬天，日军对太行山区进行了“大扫荡”。邓拓的妻子丁一岚有孕在身，却一直顽强地跟随报社队伍转移，在阜平和灵寿县交界的深山里参加游击出报工作。她怀孕8个多月，实在无法随队前进了，才独自留在了河北灵寿县大山深处的山洞中，靠着村民放在土地庙的供食和雨水艰难度日。邓拓带队辗转在灵寿、五台县“无人区”，心中万分惦念独自艰难度日的妻子。十几天后反“扫荡”结束，报社派人来接丁一岚。归队的途中，在城南庄附近不久前刚遭受日军“扫荡”烧毁的一间荒废的破屋里，她和邓拓的第一个孩子邓小岚出生了。邓小岚呱呱坠地，丁一岚任凭泪水混合着疲倦与惊喜，满面流淌。恶劣的环境下，报社经常转移，邓拓和丁一岚商量，把邓小岚寄养在距马兰村最近的麻棚村，交由村长陈守元夫妇代养。直到1946年春天，报社转移离开马兰时，邓小岚才回到亲生父母身边。

马兰村的王士亮老人，如今80多岁了，他常常回忆当年岁月。王士亮如今的家，就在报社旧址对面的院落里，院里的两间平房曾是报社工作人员的宿舍。老人说当年报社搬来时，马兰村识字的人还不多，但大家知道，村里来的这些人，办的报纸能“杀敌”，还叮嘱大家保密。说到邓拓社长，邓社长虽然是大文化人，却平易近人，和蔼可亲，经常跟老乡唠嗑。马兰村娶媳妇时兴新

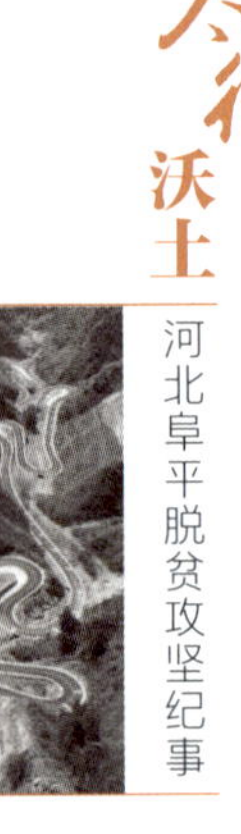

郎骑马到新娘家迎亲，如果哪家有人结婚，他那匹大白马就给乡亲们迎新娘。可是，马不听生人使唤，邓拓就抓着马的缰绳扶着新郎上马，新郎和新娘回来再把马还给邓拓。共产党的官儿亲自给老百姓牵马坠蹬，成为马兰百姓永久流传的佳话！

在晋察冀日报社旧址，邓小岚看到一张已经泛黄的公证状。王士亮老人给邓小岚说，这“公证状”是报社来马兰村的第一年，在秋季反“扫荡”撤走时，给马兰村农会留下的。当时报社印刷厂从占地到木料，都是村里老百姓提供并帮助建设的，所以在撤退前，哪怕一颗钉子都要给老百姓交代清楚。报社赞扬了马兰村民“努力相助积极抗日为公忘私之精神，对马兰全体乡亲同胞除表示无限崇高之敬意外，清办手续并表扬起见，特书此公证状”。“是啊，一匹大白马和一纸公证状，让你父亲和报社同志们，赢得了马兰人民的信任和尊敬。”

邓小岚默默地听着看着，她明白了，对于与百姓亲如一家的老报人，马兰人为什么回报了满腔热血。

1943 年，日寇对晋察冀边区进行疯狂“扫荡”，19 位马兰乡亲为掩护报社同志惨遭杀害。初冬的一个早上，刚下了一场小雪，乡亲们协助报社同志刚刚转移，鬼子就进村了，抓了五六十人，端着刺刀逼问报社转移到哪儿，印报设备藏在哪儿。鬼子先后杀害了 19 位乡亲，但大家都咬紧牙关，视死如归，一个字也没说。这次报社转移过程中，和日军一小队发生遭遇战，报社 7 名同志光荣牺牲。正是马兰人的拼死守护，晋察冀日报社才从刚来时的几十人发展到 300 余人，在抗日的战火硝烟中，创造了“用八匹骡子办报”的奇迹。1944 年，第一版《毛泽东选集》在这里印刷出版，共收录毛泽东著作 29 篇，约 46 万字，被聂荣臻司令称赞为：全国第一本系统编选毛泽东同志著作的选读本，为传播毛泽东思想作出了巨大贡献。

多年以后，邓拓在《燕山夜话》专栏发表文章时，署名“马南邨”，谐音“马兰村”，亦是对当年在这里生活和战斗的怀念。邓拓去世后，母亲丁一岚送给小岚一枚图章，上面刻有“马兰后人”四个字，寄托了母亲对她的期望：不忘老区人民的养育之恩，继承父辈的革命精神。

1997 年，邓小岚和妹妹邓小虹第一次回到老区阜平，找寻父母战斗过的地方。当她们沿着崎岖的山路走到一个村口，向迎面走来的一个农妇问路时，那农妇说这是麻棚村，再往前走就是马兰村了。她一边指路一边上下打量着邓小岚，突然惊喜地喊道：“你是小岚子吧？真的是你啊！”邓小岚当时就愣住了，霎时间，邓小岚扑过去，紧紧拥抱着大嫂，眼里满是泪水。是啊，当年她被寄养在麻棚村的村长家中，一待就是 3 年，可是她年纪太小，什么都不记得了。没想到，这么多年过去了，村长夫妇早都去世了，她自己也老了，可是村里乡亲还记着她，依然亲切地呼唤着她的小名，从此以后，她就再也忘不掉这片生她养她的地方了。

2003 年清明节，邓小岚和当年晋察冀日报社的老报人再次回到马兰，为 1943 年反“扫荡”中牺牲的革命烈士扫墓，并纪念“马兰惨案”发生 60 周年。那天他们遇到了村里来扫墓的小学生。邓小岚问孩子们：“你们会唱歌吗？给奶奶们唱首歌吧！”她没想到，孩子们满脸羞涩，眼神窘迫，竟然唱不出一首歌。邓小岚提示了好几首经典的儿童歌曲，如《小燕子》《少先队队歌》等，都不会，甚至连我们的国歌都没人会唱。虽然她知道这里地处深山，依然属贫困地区，但孩子们连一首歌都不会，还是令邓小岚很震惊，心里特别凄凉。邓小岚从小就热爱音乐，在她的成长过程中，音乐带给她很多美好的回忆，她坚信音乐是打开人心灵的钥匙，

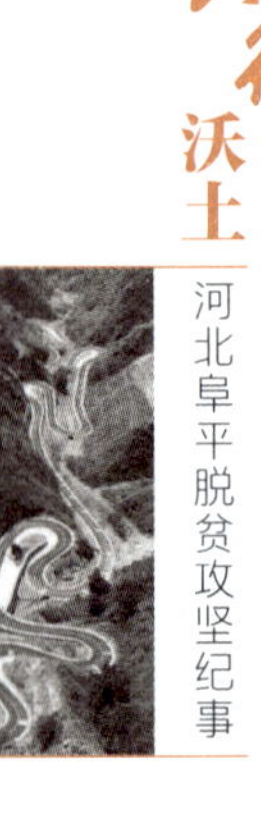

是重要的精神食粮，她不敢想象没有歌声的童年是多么的苍白无趣。这时她暗下决心：我一定要教他们唱歌。

这次扫墓活动以后，邓小岚留下来筹备“马兰惨案遇难同胞纪念碑”建设，在村子里林间水边寻觅父亲青春战斗生活的足迹。她住在村民家里，听他们聊天，了解他们的生活，看到村里破败的民房，村里多是留守老人和孩子。

这让邓小岚非常难过，先辈们在这里流血牺牲，是希望这里的人们过上幸福快乐的生活，可是眼前的一幕幕却是贫困破落的。她知道一个人的力量是微不足道的，但是她相信音乐的力量，她感受过音乐在困苦中曾经带给过她的勇气、力量和快乐。

她含泪默默立下决心：我一定要让马兰的孩子学会唱歌，一定让音乐给马兰带来欢乐和希望！

一年以后，由晋察冀日报社的老同志捐款雕成的汉白玉“马兰惨案遇难同胞纪念碑”在村口落成，邓小岚作为纪念碑筹建人的身份告一段落，但是马兰小学音乐老师的身份却一直延续下来。孩子们为物质匮乏遭受熬苦，但是有了音乐，就会有快乐的心情。

一切都是清新的。泉水，鸟鸣，风声，蛙叫，这不就是音乐吗？音乐，不是深奥的东西，但是，用在人民手中，让不可能的事变成了可能。邓小岚虽然不是音乐科班出身，但她从小受母亲丁一岚的影响，喜欢唱歌，在学校里接受了很好的音乐启蒙教育。她学习过小提琴，接触过钢琴、手风琴、吉他等多种乐器，教孩子们吹拉弹唱还是没问题的。教音乐得有乐器，马兰小学的第一批乐器，包括4把小提琴、一个手风琴、一把吉他和一个电子琴，都是她从北京的家人那里“收集”来，一趟一趟背到马兰的。家里人不解的时候，邓小岚就说：“我梦见爸爸妈妈了，他们支持我这么做！”家人就都尽力帮助邓小岚了。她把对马兰的爱都埋在繁忙而辛苦的奔波中了。

2006年，马兰小乐队正式成立，这个偏远寂寞的小山村终于响起了音乐之声。邓小岚说："这里本来是美的，需要艺术的美来点燃，需要音乐抚慰孩子的心灵！"她说得平平静静，像是自言自语。

破旧低矮的房屋，住房简陋，饮食简单，这都不算什么。重要的是，她这个年纪，该经历的都经历了，只有回报马兰，才是她生命中最为重要的。这像一粒无名的种子，冥冥之中，一点点发芽，一点点开花，拥有了灵魂。

"马兰就是我的家"，邓小岚这样想，也是这样做的。小学校舍破旧要塌了，桥坏了，路被水冲了，她就回家动员兄弟姐妹，争取朋友赞助，修了校舍，铺了小路，建了小水坝，但是，她的主要兴趣还是在孩子们的音乐学习上。

现在，马兰小学能参加演出的在校小学生有20多名，在学校里一起学习的则有60多名。

邓小岚坦言乐队不够规范，20多个孩子排开，既有小提琴、手风琴、小号，也有笛子和葫芦丝。邓小岚只能是以乐器定人，想起一个什么乐器，或者朋友们给一个什么乐器就带上一个，有的孩子暂时没领到乐器，就跟他们说：先一块学唱歌吧！

教没有任何基础也缺乏练习条件的农村孩子们学音乐，邓小岚很快就遇到了麻烦。因为没人督促，很多孩子缺乏练习，上一节课明明已经练得挺好的东西，下次她来了一看，反而退步了。在刚开始的那一年多，邓小岚不断和孩子们磨合着。

有几个男孩子可调皮了，在班里成绩不好，经常打架，但是他们渴望学习音乐。当邓小岚决定录取他们时，其他同学都炸窝了：邓老师，他们可闹了，学习可不好了，还打人……

邓小岚笑着劝他们："他们就是调皮，精力旺盛，这样的孩子往往很聪明。我们要把他们旺盛的精力引导到学习音乐上来，还可以通过学习音乐和小乐队的团结友爱，培养他们努力学习和对同学互助友爱的好习惯好品质。"女孩们静静地听着，觉得邓老师说得有道理。

邓小岚继续慢悠悠地说："如果把孩子们的兴趣引到音乐上来，会有想不到的精彩啊！"

女孩们鼓掌，她们感叹邓老师的胸怀和眼光。

邓小岚要求小学员首先上课好好听讲，听懂了才能做作业快。先把功课做好，再抽出时间练琴。这样孩子们为了练琴，就会努力听好课，抓紧时间把作业做完。很多孩子参加音乐学习以后，学习成绩不仅没有受影响，还有了明显的提高。

乐队歌手马红叶的妈妈说："一开始我们让她去她不敢去，后来看到别的同学都去了，她也去找邓老师说要学。现在，她回来还要唱，唱得邻居也过来观看。人们眼睛盯着马红叶的眼睛，夸奖她长得越来越好看了。歌唱和音乐养人啊！"

是啊，音乐慢慢改变了孩子们的生活，也给沉寂的马兰村带来了活力。不少孩子的家长也听会了孩子们的歌曲，一边劳动一边也会哼唱起来！

2008 年秋天，太行山的红叶红了，邓小岚带 6 个孩子到北京，给原来晋察冀日报的老同志们演出，老同志看见马兰来的孩子，抚摸着孩子们的小脸儿，回想当年在马兰的峥嵘岁月，眼睛湿润了。2009 年国庆六十周年，县里开庆祝大会，马兰小乐队受到了邀请。2010 年 8 月，在全国优秀特长生艺术节上，马兰小乐队作为嘉宾进行了表演。2011 年应邀登上央视《我要上春晚》的舞台，2012 年又参加了北京春晚！马兰小乐队走出了大山，让全国人民知道了太行山深处的绿谷中有个红色的“马兰村”！

小提琴手陈鑫的爸爸在外打工，一年挣一万多块钱。陈鑫知道父亲挣钱很辛苦，从不张嘴向家里要钱。陈鑫学习成绩优秀，小提琴也拉得好。有一天，打工的爸爸回马兰了，赶上爸爸过生日，陈鑫竟然拉了一曲《祝你生日快乐》，父亲微笑着，笑着笑着竟然流泪了……

白伟不再打架了，学会了弹吉他，还常常会写几句小诗，有首诗叫《美丽的村庄》：我们的世界梨花开遍时，小鸟飞来了，马兰小乐队，歌声多嘹亮。每年中秋节邓小岚会邀请孩子们一起唱歌欢聚，白伟和很多孩子都会在来的路上，在山坡道边采集野花，扎成一捆送给邓老师。邓老师接到孩子们送给她的花束，心里有说不出的幸福喜悦。是啊，这是孩子们对她热爱的表达，是对老师最好的回报。每到清明节，孩子们自发到烈士墓前，献上他们从山上采来的鲜花！孩子们在歌声中长大了！

当学校还没有正规的音乐老师时，邓小岚就教给学前班的老师弹琴唱歌，也跟大学联系过大学生，希望他们一届一届的来教孩子们，能持续下来就最好了。邓小岚希望有一天，能在马兰开一场森林音乐会！他们的小乐队也去演出。结果，马兰儿童音乐节在马兰村办成了！

奔腾的胭脂河，河流蜿蜒，悠远明亮。

音乐能打通心灵，歌声通了，心也通了，从上到下，浑身哪都通了。老人像孩子一般沉醉在歌声中，脸上挂着灿烂的笑容。走进音乐的境界当中，那旋律一定是美丽而忧伤的，同时也是亢奋激越的。

15 年来，邓小岚每年往返北京和马兰村十几趟，在大山里培养了 200 多个学音乐、爱音乐的孩子。音乐人阿里和他的朋友为

马兰的孩子们拍摄了音乐纪录片《马兰的歌声》，还专门为孩子们创作了歌曲《如果有一天你来到马兰》《美丽的家园》，马兰的大人和孩子都会唱了。

如今，马兰村在音乐声中脱贫了！

马兰的产业有香菇种植、手工业插花、林果种植。村里洋槐树多，槐花酿蜜，特别助推了养蜂，带动老百姓致富。北京西城区金融街集团，投资500万元，给村里建成了蜂蜜灌装厂，销路很好，解决了80个贫困户就业。村支书孙志胜自家养蜂，还帮助乡亲们养蜂，他联系上了北京蜂蜜研究所，解决了养蜂技术难题，研究所还给马兰村捐助了蜂箱。孙志胜家里有一个大蜂王，免费供40个养蜂户使用。让邓小岚高兴的是，孙支书有个规定，哪家借用蜂王，不用花钱，得唱一支歌，不会唱的一律不给使用！于是，这样的情景出现了，村头滩地，高高的大槐树下，人们仰着脸，对着蜂箱，扯着嗓子唱起了歌……

音乐是这个世界上最美好的东西，总是催生着某种奇迹的发生！

马兰脱贫以后，村里打工的年轻人纷纷回乡。孙志胜支书与驻村扶贫干部商量，要引领回村的青年人，都要跟邓小岚学音乐，学唱歌，如今党中央带领全国农民建设“美丽乡村”，过去穷山沟的百姓，如今也都住上了搬迁小区，我们更要歌唱党，歌唱马兰，歌唱祖国！回乡的年轻人眼里闪出狂热的神情，又唱又跳的，引得城里年轻人羡慕。如今，马兰人最懂得享受精神生活。马兰小乐队，马兰音乐节，巧妙地提升了马兰人的素养，也提高了马兰在阜平的形象地位。村民心情低沉的时候，音乐带来了温暖和力量。再困难，也不能打乱生活的节奏，再贫穷，也不能丧失对美的感受，再忙碌，也不能没有音乐的旋律，这就是马兰强大的精神所在！歌声充溢着美和善，充溢着纯真和希望，借助孩子们的音乐和歌声，给自己的灵魂插上翅膀，飞翔，从而抵达美好梦想的彼岸！

音乐响起，马兰上空满天无边的繁星永恒地闪烁……

第十八章 二十七年的帮扶

河北阜平脱贫攻坚纪事

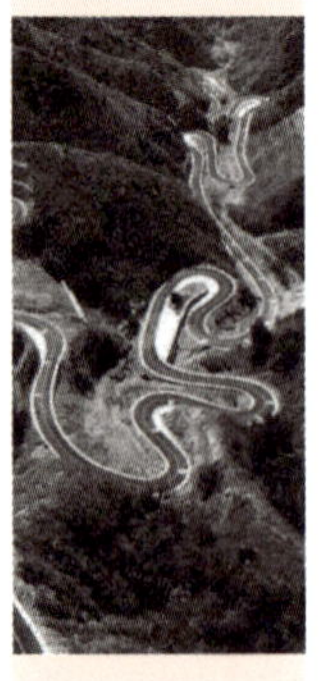

谁能想象太行山千山万壑中，究竟有多少个村落和人家？阜平的大山里，有多少村落和人家？他们是怎样在贫困中挣扎啊？他们又是怎样一步一步走出贫困的？

这个问题，国管局知道。

国管局全称是国家机关事务管理局，他们自1993年定点帮扶阜平县，到2020年2月29日，阜平县正式脱贫摘帽，掐指算来，已经27个年头了。他们坚决落实党中央、国务院决策部署，扎实履行中央定点单位帮扶责任，一茬接一茬干，一棒接一棒跑，用大手笔绘就阜平的美好未来。

帮扶，顾名思义，既帮助又扶持。

1993年2月，天寒地冻的时候，国管局领导来到阜平。他们成立了扶贫工作领导小组，并与国务院扶贫办、河北省委省政府、保定市委市政府沟通落实，形成了中央单位、省、市、县协同推进脱贫攻坚的格局。党的十八大以后，国管局加大了扶贫力度，党组书记、局长李宝荣带队，11次来到阜平，聚焦“两不愁三保障”，破解脱贫攻坚的具体难题。自1993年以来，国管局累计投入资金5000多万元。1993年冬天，他们听说阜平贫困群众缺衣少穿，便发动职工捐赠，自发为阜平送去两万余床棉被，5万余件衣服，帮助老区人民过冬。之后，国管局每年都为阜平送去各种短缺物资，锅碗瓢盆、桌椅板凳、电视电话等等。

国管局帮扶阜平职教中心，在阜平老百姓中传为佳话。

“治贫先治愚”，“把贫困地区孩子培养出来，才是根本扶贫之策”。这是2012年底习近平总书记到阜平考察扶贫开发工作提出来的。2018年，河北省委书记王东峰亲自包联阜平县，多次到阜平调研考察职教扶贫工作，并要求阜平继续发挥职业教育“拔穷根”“挪穷窝”的天然优势，在燕山太行山片区脱贫攻坚工作中发

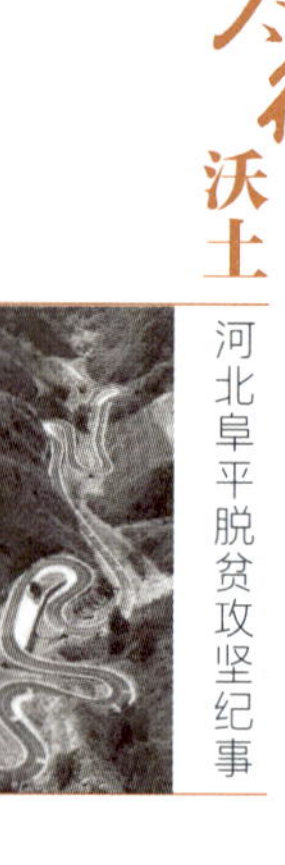

挥示范作用。“一人就业，全家脱贫。”就业是最大的民生，民生是最大的政治，就业与民生对于普通家庭重要，对于贫困家庭来说更是天大的事情。从 2013 年开始，国管局扶贫工作组结合资产司瞄准汽车产业优势，谋划筹备在阜平职教中心建设由汽车企业援建并实行“定向招生、定向就业”的汽车制造维修技术培训基地。2013 年 4 月，国管局资产司司长徐永胜，财务司副司长、保定市挂职副市长陈佳资，后勤改革与综合管理司干部、阜平县扶贫办副主任王剑，阜平县主管教育副县长张风毅，阜平县职教中心常务副校长李丙亮和两名教师到长春一汽集团进行企业调研。他们还陆续去了上海、重庆等地考察调研……

梦翔汽车培训基地就此诞生！

开始，只是传说，那些故事扑朔迷离，哪些说法是真的，哪些说法是假的，只等时间验证了。郝国赤听到传言，激动地说：“国管局就是厉害，人家干事什么时候放过空炮？”事实说话了，2013 年 3 月，春回大地。国管局邀请一汽集团、上汽集团、长安汽车、比亚迪汽车四家企业，依托阜平职教中心建立了汽车实用人才培训基地，5 月正式签约，9 月 10 日正式开学。那只是雏形，国管局扶贫组不满足现状，要求再上新台阶。2018 年，依托梦翔汽车培训基地和阜平职教中心迁入新址，成立北京—燕山太行山职教扶贫协作区，惠及晋、冀、蒙 35 县的学生，让更多的孩子能够享受优质的教育资源，凭借一技之长实现人生理想。

2018 年 8 月，雷伯勇接任马佳副县长来到阜平，挂职县委常委、政府党组副书记、副县长。他是国管局第 21 批扶贫工作组负责人，组员还有王琪、马英钧、吕长林、陈临沛、覃红晔等 6 人。雷伯勇是重庆人，军人出身，腰杆笔直，步态刚健，有思想，干练，幽默。他刚来的时候，包括劳累在内的一切，暂时都是模糊的。但是，他们很快融入脱贫攻坚的事务中。2019 年，雷伯勇与国管局领导汇报，然后发挥其联络优势，联合了 8 家汽车企业、8 家银行，捐赠 9400 万元物资钱款，极大地提升了梦翔汽车培训基地的实训水平，进一步将汽车专业打造为职教中心的王牌专业。

多年来，梦翔汽车培训基地累计招生 3900 余人，其中建档立卡贫困生 2000 余人，就业和顶岗实习年收入 3 万至 5 万元，达到了“培养一人、就业一个、脱贫一家”的目标。2019 年，国管局抓紧 2019 年高职扩招 100 万人的契机，在职教中心设立了保定职业技术学院阜平校区，目前已经招收退役军人等四类人群 1500 人，让老区群众圆了家门口上大学的梦。2018 年，国管局 8 家局属单位投入 400 万元设立国管局教育扶贫奖学奖教基金，2019 年，国管局又捐赠了 1000 万元设立国管局教育基金，将扶志扶智相结合，促进阜平教育发展。

小鸡集体出壳的春季，学生们走出校园，走上工作岗位。雷伯勇欣慰地笑了。

有爱就有梦，有梦想就能飞翔。郑霸就是其中一个代表。

郑霸 20 岁，阜平县史家寨人，父亲早逝，母亲糖尿病，属于建档立卡的贫困户。他上学的时候，免交学费、书本费，还得到一些助学金，用于食宿费用。郑霸知道，像他这样的贫困学生，如果考不上大学，便去城市打工，没有技术，低档次打工，挣个吃喝和房租，无法帮助贫困家庭。职教中心，就是让他们切断贫困代际传递的链条，找到一劳永逸的脱贫之路。

苦心人，天不负。如今郑霸毕业了，被长春一汽录用了。与郑霸一样，这里有多少学子实现了人生梦想！

阜平老百姓看见一个个贫困孩子从职教中心毕业，走上工作岗位，他们感慨地说，旧事翻出新花样来了。以前也扶贫，今天

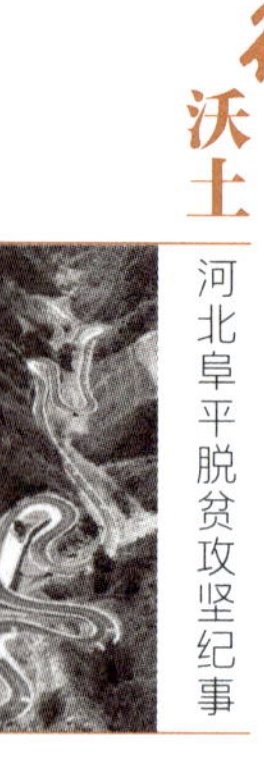

国管局的帮扶为什么和以前的帮扶不一样呢？

深秋的太行山层林尽染，一派色彩斑斓的天地。朦胧的远山，笼罩着一层轻纱，影影绰绰，在缥缈的云烟中忽远忽近，若即若离，就像是几笔淡墨，抹在蓝色的天边。崇山峻岭笼罩在一片灰沉沉的云雾之中，被太阳遗弃的群山，像一个个健硕的巨人，昂首耸立在云端。雷伯勇走在太行山山路上，看着眼前的自然风光，想到山下正处在贫困线上的乡亲们，强烈感受到了扶贫工作的紧迫性，他要立刻马不停蹄地忙碌起来，尽快有一个好的开端。他得知国管局扶贫村庄是黑崖沟和平石头村，还得知，前任扶贫在黑崖沟搞了光伏养老工程、蔬菜瓜果大棚，雷伯勇就想在平石头村做点文章。

雷伯勇在平石头村调研，龙泉关镇平石头村人口 162 人，人均耕地 1.5 亩，村里种植玉米土豆，养猪养牛，外出打工的人较多，收入很低，自从引来食用菌大棚，老百姓日子渐渐好转，但是，村里唯独没有手工业。如今小村出名了，与骆驼湾不同，平石头村出名源于刘强东。2017 年冬天，京东集团董事局主席刘强东，受聘成为阜平平石头村名誉村主任。同时，京东中国特色阜平馆正式开馆。刘强东的电商与阜平平石头村有机联姻，使平石头村的农产品走向全国。雷伯勇感觉，扶贫工作不能眉毛胡子一把抓，应该突出重点，有了京东这个平台，平石头村为什么不发展手工业呢，借用京东电商平台销售手工业产品。

2019 年 8 月，雷伯勇将调研情况向国管局党组汇报，与阜平县委县政府沟通，抓住职业教育、健康医疗、电子商务、产业引进等关键领域，精准发力、重点突破，解决实际困难。说到在平石头村建设手工工厂，李宝荣局长和党组同志们非常支持。雷伯勇回到阜平就找到县长助理高利鹏，谈了他对平石头村的想法。

高利鹏是保定高碑店白沟过来的挂职干部，阜平的手工业大多是他从白沟拉过来的。高利鹏微笑着说："雷县长，好事啊，平石头村缺手工业，我听雷县长指挥！"

雷伯勇说："你是专家，我听你的。"

高利鹏想了想，说："第一步呢，我们得跟平石头村支书顾路红结合，他答应了，我们再去白沟拉老板过来谈。投资优惠模式呢，估计您都知道了。"

雷伯勇试探着说："村里顾支书说好了，没有问题。下面就靠您到白沟拉老板过来，听说您的面子好大的。"

高利鹏谦逊地说："雷县长过奖了，我有啥面子，靠着一些好朋友帮忙，白沟的老板让我拉得差不多了。当然还有，据说河北欣知语服装有限公司王海宾董事长还没有过来投资呢。"

雷伯勇说："那招商的事，就拜托您啦！需要的话我随时过去拜访人家，当然，欢迎王海宾董事长过来，我们好好招待。"

高利鹏答应着走了。

高利鹏是个利索人，啥事说办就办，没有几天，王海宾董事长回信了，说他到阜平考察。雷伯勇、高利鹏和顾路红支书热情接待了王海宾。

建厂的时候，雷伯勇多次到平石头村解决难题。起初，他们遇到了一些问题，比如老百姓不愿参与，细细调查，得知村里许多贫困户媳妇多是四川、云南的，手工业一般都靠女人，而这里的外地媳妇个个能干，女人承包食用菌大棚挣得相对多。于是，雷伯勇和顾路红支书挨家挨户做工作。

天黑了，黑得总想让人闭眼睛。傍晚时高利鹏来了，吃了饭，雷伯勇和顾路红想让他看看建好的厂房。顾路红拿着大门钥匙，开门的时候，顾路红不小心被铁门划了个大口子，顿时血流如注。雷

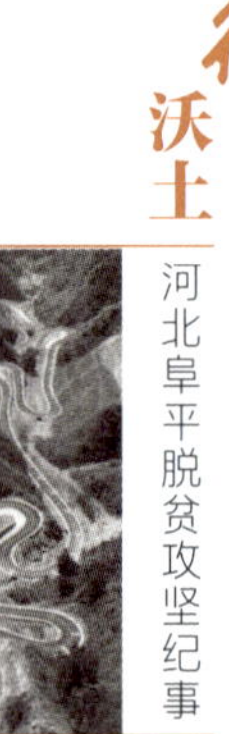

伯勇和高利鹏用手机电筒一照，吓了一跳，让他赶紧到医院包扎。

第二天，顾路红带着伤，与雷伯勇、王海宾操办开业仪式。

2019 年 9 月 10 日，金秋送爽。阜平春风树服饰有限公司在平石头村正式开业，热闹非凡。这是一家服装生产企业，设有两个扶贫车间，他们同时在天生桥镇大教厂村建了扶贫车间。国管局局长李宝荣，县委、龙泉关镇领导都来参加开业庆典，气氛轰轰烈烈。领导来了，这让雷伯勇非常兴奋，李宝荣局长鼓励他说："我们国管局在阜平，就是要真扶贫干实事，你素质高，方方面面都很优秀，在基层好好摔打一番，是多好的成长机会啊！"雷伯勇说："是啊，明年就是小康建设年了，我一定珍惜这次机会，撸起袖子加油干！"李宝荣局长和刘靖书记欣慰地笑了。刘靖书记对李宝荣局长说："李局长，全阜平老百姓都知道国管局啊，国管局派下来的扶贫干部，就是素质高，继承了党的优良传统，识大局顾大体，有高度，有情怀，关键时刻敢于担当，敢于打硬仗！"李宝荣局长笑了，他感觉到刘靖书记是发自肺腑之言。

平石头村的老百姓听说来了领导，猜想一定有好事要发生，拥挤着围过来看热闹，他们发现县里那些熟悉的领导，大多在这里露了脸。顾路红支书和高利鹏紧张地忙活，兴奋地跑前跑后。雷伯勇觉得在阜平干手工业，春风树在平石头村落地，已经不是什么新鲜事，服装厂也就 23 个工人，为何领导和百姓有这样高昂的激情？高利鹏一语道破天机："我操办了那么多，还是你们国管局影响大，这要看谁的扶贫点啊！"雷伯勇高兴之余，细细思量，又似乎有些道理。

雷伯勇信心更足了，谁说扶贫仅仅是吃苦？那种对苦难的认知，对自己人生的历练，会在未来工作生活中显现出来的。

2020 年 2 月 17 日，春风树服饰有限公司平石头村扶贫车间，在抗击疫情中复工复产。雷伯勇吃了多少苦头是可想而知的。阜平骆驼湾牌口罩，防疫期间销路很好，武汉疫情结束，全国缓解了，口罩又积压了，高利鹏愁得团团转。高利鹏脑子马上想到了雷伯勇，他们需要国管局帮助在北京拓展市场。雷伯勇爽快地答应了，在国家“两会”期间，雷伯勇把高利鹏叫到北京，化装成“推销员”，将阜平手工业产品——口罩、皮箱、鞋帽、衣服等等，推到了保定、石家庄和北京市场。雷伯勇的行动这么快，高利鹏都没料到。

如此一来，阜平的骆驼湾口罩影响渐大，外面的订单铺天盖地而来。

雷伯勇觉得这种艰苦和忙碌，在北京不能比，但带给人的是心灵的充实。人处在一种奋斗的状态，精神就会从琐碎的生活中得到升华。

雷伯勇在阜平感觉有做不完的事，一个接一个，虽说都不是大事，但关乎到老百姓的幸福指数，因此，辛苦并快乐着。一天下午，雷伯勇坐在轿车里缓慢行驶着，一阵猛烈的咳嗽声引起了他的注意。一个老头，蹲在地头冒虚汗，气喘吁吁，雷伯勇急忙让司机停住车，下去打探一番。老人说他得了一种慢性病，已经好久了。雷伯勇看着咳嗽得直不起腰来的老人，心中顿生怜悯之情。他搀扶着老人上了他的车，径直送到了乡卫生所。出来的时候，他脑子里突然冒出一个词汇：医疗帮扶。这也是落实扶贫中“两不愁三保障”的重要一环。雷伯勇从扶贫办公室陈业铭那里得到了阜平医疗现状，思考之后有了一个想法，解决群众看病难，是一个最大的民生问题。当时，阜平县委县政府正在给中医院选址，建设一座高标准的中医院，拟打造成三甲医院。

雷伯勇对陈业铭说：“中医院规划得非常好，需要我们国管局

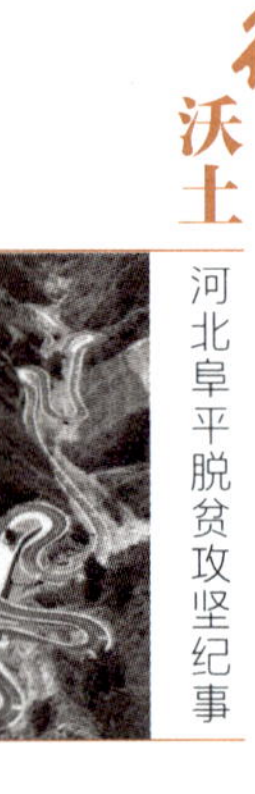

做什么就说啊！”

陈业铭说：“当然需要雷县长的帮助啦！”

陈业铭诚惶诚恐地问：“县卫生局反映，中医院工程缓慢，领导都着急了！但是，刘靖书记他们扶贫任务重，您是北京来的领导，看看怎么催一催。”

雷伯勇说：“好，看看什么原因，我试试啊！”

中医院工地工程进度缓慢，雷伯勇非常焦急，医院早用上一天，就会让百姓早一天受益。他一边走，一边思前想后，就到了项目建设单位中国建筑集团有限公司，他与相关领导沟通得十分顺畅，就工程进度问题达成了共识。之后，他又马不停蹄地回京去了国家中医药管理局、中国中医科学院汇报，争取中医药国家队的支持。很快，中国中医科学院和下属几家医院派来了挂职干部和专家，一边建设，一边对中医院管理人员、医生进行培训，对医院科室规划、人员招聘、设备采购和管理运营提供全方位的帮扶。这一切都在中医院开张之后显出了效果，外地来中医院看病的病人，都感到惊讶，医院领导和医生都感谢雷伯勇县长的一番苦心！

雷伯勇胸中忽地发了热。病人突然有了生命的希望，兴奋会从心中洋溢到脸上。不管怎样，老百姓病治好了，有体力劳动了，这就让雷伯勇心花怒放，连走路的双腿都有了劲儿。

接下来，雷伯勇要抓一抓电商建设了。扶贫办主任陈业铭对电商发展，有着十分清醒的认识，他深知阜平电商的起步发展，离不开国管局的帮扶，自然对雷伯勇电商发展予以坚定支持了。阜平早在 2014 年，就和国管局一起合作，争取到了商务部电子商务进农村示范县项目。但是，发展过程也是一波三折，面临着产品种类单一、缺乏“三品一标”认证、物流成本较高等等问题。

雷伯勇非常重视电子商务。

工作是不是能够突破，要看领导是不是视野开阔。雷伯勇走访了 20 多家电商龙头企业，指导各企业完成“三品一标”认证和生产全程追溯体系建设，并仔细调研农民自有农产品情况，指导产品的精细包装，提升产品的品牌效应和附加值。他一口气接连去了供销总社、中国邮政集团、京东集团，诚挚邀请他们派代表来阜平指导，推动阜平网络平台建设。

2019 年，雷伯勇非常欣赏直播卖货模式。

他要求打造阜平电子商务新亮点。当年，阜平县产品全网销售额达到了 2 亿元，直接惠及建档立卡户 3663 户。

电子商务越走越远，走进了人类的未知。有多少只眼睛，就有多少种世相，有多少汗水，就会收获多少果实。天若有情，天也感动。国管局，阜平人心中响当当的名字，他们对阜平爱得真，爱得深，全力帮扶，真情奉献，赢得了阜平人民的尊敬和拥戴。

第十九章 女第一书记

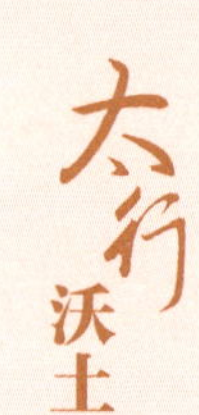

沃土

河北阜平脱贫攻坚纪事

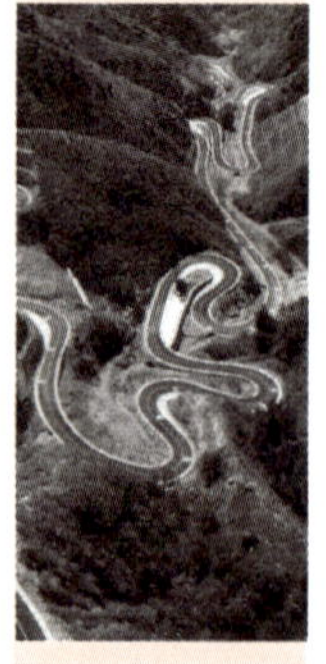

2018年7月1日，烈日如火。骆驼湾第一大院门前，聚集了好多老党员，他们表情凝重，面对墙壁上的入党誓词，举手宣誓：我志愿加入中国共产党……

引领宣誓的刘华格，是骆驼湾的女第一书记！

宣誓的时候，有人兴奋，有人激动，有人落泪了！宣誓结束以后，82岁的老支书陈德忠对刘华格说："刘书记，我好久没这么开心了，骆驼湾多少年没有这样的活动了，寺庙的庙会去了不少啊，都忘记自己是党员啦！"这位骆驼湾老党员，热泪盈出了眼眶。刘华格说："是啊，陈书记，党员必须讲党性，这样就会树立正气！"陈德忠频频点头。刘华格带领党员到村委会，给党员们上党课。在骆驼湾，她做过许多场讲座，那是农业科技方面的，只限技术，上党课就不一样了，结合阜平红色历史，结合今天扶贫故事，讲过去的苦难，讲今天的辉煌，讲党性，讲原则，讲奉献，晓之以理，动之以情，该让党员流泪的时候，听课的人就掩面而泣，该欢笑的时候，听课的人就笑得前仰后合。她驻村时说过一句话：先把自己变成他们，再把他们变成我们！其中，倾注了她的热望和理想。她不仅人长得漂亮，还有情怀，她从来不化妆，但是，天生模子好，高高的个子，大大的眼睛，长长的睫毛，她的身上洋溢着青春的活力与激情，谁见了都会受到感染和鼓舞。

2018年3月的一天，春天的大雁，排成"人"字形，鸣叫着飞向北方。刘华格与大雁一同来到骆驼湾任第一书记。省发改委能源局干部黄文忠作为驻村工作组成员，也被安排到了骆驼湾。同来的还有省农业厅办公室副主任科员唐超男，90后的北大研究生。刘华格是省农业厅农业技术推广研究员，主动报名到阜平扶贫的！正是这种毛遂自荐、自我奉献，让她与骆驼湾结缘，精神方面得到充实和提升！

刘华格感觉分到骆驼湾是她的幸运。山野，清风，让她心情越来越好了。当然，遇到通情达理的丈夫张志全，更是幸福的。按说，以刘华格家里的条件，离开家是有极大困难的。孩子面临高考，姥姥102岁，母亲82岁，婆婆75岁。老的老，小的小，都需要她照顾。丈夫张志全是省农业厅专家，毕业于河北科技师范学院，他会体贴人，听说刘华格报名了，表示坚决支持，可是，那样他就面临做家务，他从来没有干过家务。刘华格既感动又疑虑地问："你能行吗？"张志全说："老婆，我能行，放心吧！"果然是这样，刘华格不会开车，张志全开车把刘华格人和行李送到了骆驼湾。张志全为了让刘华格多睡会儿，昼夜为她出门远行打点行装，她好洁净，必须带着自己的被褥。一路上，张志全开着汽车，有一种隐隐的担忧："老婆，山沟里干三年，你受得了吗？"刘华格望着窗外太行山风景，微笑说："我是小姐身子丫环命，别人能干，我就能干！李保国老师为太行山人民致富，把命都搭上了，我吃这点苦算啥？骆驼湾的党建需要我！"张志全没有想到，陷入工作和家务的刘华格还保持着政治上的激情。从石家庄到骆驼湾，两个小时车程。到了骆驼湾，张志全也被骆驼湾美丽乡村吸引了！多美的小山村啊！可是，他不能久留，必须回到家里去，那里有琐碎的家务等待他，不管工作怎样忙，都要做一个彻底改变，学习做家务，千方百计地照顾这个家。用刘华格的话说，这叫男人的成长！

刘华格是善于独立思考的人，对骆驼湾的人和事有自己的判断。女人活着图什么呢？金钱，权力，荣誉，当然有这些并不坏，但是纯美的爱情和家庭温暖不是更金贵吗？

4月9日，刘华格主持召开全体党员大会。她感觉自己不是扶贫的，骆驼湾已经脱贫，经济层面事情解决了，应该关照农民的精神层面，她的使命是抓骆驼湾的党建。阜平县的党建出了名，中央党建领导小组，四个县级党建联系点，阜平就是其中之一。刘华格的任务是在党建中提升党员、干部、老百姓的精神境界！骆驼湾行政村包含骆驼湾村和瓦窑村两个自然村，一个支部，两个党小组，共有52名党员，27个在村里，参会人数是20人。会上大家相互熟悉一下，然后定下了去西柏坡和葫芦峪参观学习的事情。会后，刘华格建了一个骆驼湾党员群。

刘华格与村里老党员谈心，觉得自己渐渐成熟了，像是经历了许多沧桑，对某些事情完全有了不同看法。老党员也经历了几个阶段，过去揣着手等，后来背着手看，现在甩开手干！只要第一书记号召的事，党员愿意带头甩开手去干！她工作侧重党建，实际上是两手抓，一手抓党建，一手抓项目。

刘华格带领党员去西柏坡纪念馆参观，还去了那里的现代农业示范基地葫芦峪，党员们回来感慨地说："别看路不远，还是头回去，看看新中国怎样从西柏坡走来的，还有我们阜平的功劳呢，毛主席从城南庄到了花山村，从花山村去了西柏坡，才有了三大战役，才有了新中国，收获真的挺大啊！"有人还就生态农业、民宿旅游谈了自己想法。在这种正确思想支配下，大家工作态度认真、踏实了。有几个回村的青年，还向刘华格递交了入党申请书！

刘华格高兴了，看见自己的党员群里，党员们纷纷留言，谈感想，谈体会，他们希望刘华格再次举办参观学习的活动。

刘华格分别点赞，一一回答。

刘华格跟顾瑞利商量做一幅标语：凝心聚力促发展，攻坚克难奔小康！顾瑞利端详了好一阵，说："好，华格书记，我们骆驼湾是到了奔小康的阶段了！哪天我听你上党课！"

刘华格欣慰地笑了。

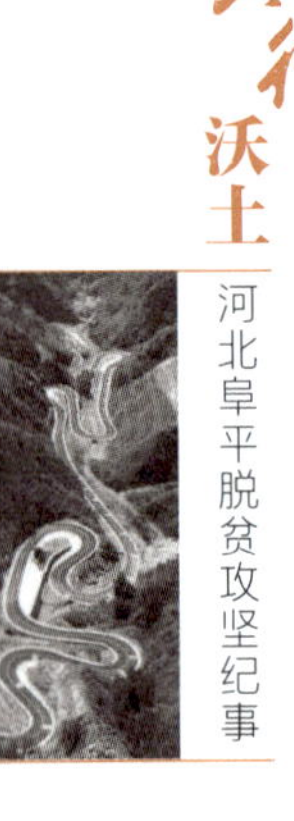

2019年7月1日，这一天，刘华格上党课，顾瑞利支书来了，他带着一个小笔记本，默默记录。令顾瑞利惊奇的是，党员们也带笔记本了，后来，一打听，原来是刘华格给他们买的笔记本。刘华格发现人多了，来了42名党员，在北京打工的党员，主动跟公司请假，自发租了一辆面包车，提前一天赶到骆驼湾，踊跃参加听党课。刘华格有些惊讶，如果不是亲眼见，说打工党员租车回乡听党课，都不会有人相信。她提出租车费是不是需要报销？租车的党员激动地说："刘书记，不需要报销，我们还要按时交上党费，不管我们在哪儿，永远是骆驼湾的党员。共产党员不能跟组织讲条件，不能讨价还价，谢谢组织还想着我们啊！我们回家听了党课，回京打工也硬气啊！"刘华格感觉到这是发自肺腑的真话。

党员李爱明听得入了神。他在北京打工认识了妻子，妻子来过一次骆驼湾，嫌骆驼湾贫穷，交通不便，一直不愿回来。2015年，食用菌大棚火了，他妻子主动说："爱明，我们回骆驼湾包食用菌大棚吧！"李爱明想起家里的老人，欣然答应。他们带着孩子回到骆驼湾，享受政府贷款优惠，承包了两个食用菌大棚，同时经营民宿，年收入12万元。妻子高兴了，再也不嫌弃他穷了，两个孩子在龙泉关镇学校读书，妻子娘家人每年还到骆驼湾住上一阵，享受好山好水好空气。刘华格看李爱明是一棵好苗子，介绍他入党，还当选了村委会副主任。

刘华格讲党课的时候，驻村工作组黄文忠跟着听课，听完了，他依托省能源局购买了两棵光伏树，赠给骆驼湾村集体。每棵光伏树每月均产电1200度，全年产电1.2万度，能连续发电25年。黄文忠一带头，好多党员纷纷认购光伏树……

刘华格组织建立了骆驼湾党员义务活动日。每月15日，骆驼湾党员开始活动：帮助宣讲党的政策，帮助老人打扫卫生，特别是向困难家庭捐款。这样既树立了党的形象，也提升了党员素质。顾润金老书记对刘华格说："刘书记这一抓党建啊，党员变化真是太大了，过去有一些党员，见面就要申请低保，争抢当贫困户，如今见了我儿子，他们就问有活干没有啊？给我承包食用菌大棚吧，让我到旅游公司干杂活吧！思想观念都变了！"刘华格说："是啊，党建，中央和省委那么重视，这不是形式，更是内容，一抓就灵啊！最后受益的还是骆驼湾老百姓啊！"

52 岁的村民聂二妮就是一个受益者。

聂二妮几年前右腿摔伤，2020 年初，男人唐彦锁车祸去世，两个孩子上学，家里即刻返贫。刘华格知道后，到了聂二妮家，先是在党员活动日里，为聂二妮家打扫卫生，洗衣裳。党员们走后，刘华格悄悄走到聂二妮身边，看见聂二妮哭成了泪人。聂二妮说："这是我家的事，怎能麻烦两旁世人呢？"刘华格抬手替她擦去脸上的泪水，轻轻说："你错了，他们怎么是两旁世人？他们是骆驼湾的党员！以后，你家的事，就是他们的事，不能客气啊！"聂二妮揩着脸上的泪水说："谢谢您，刘书记！"刘华格也感动了，眼眶一红，坐在聂二妮的旁边。聂二妮扑在她怀里失声痛哭，刘华格也跟着流泪了："彦锁走了，我们都是你的亲人，政府不会不管你的，顾书记也会过来看你的！你跟我说说，都是啥事？"聂二妮说了说，孩子读书，食用菌大棚转包，申请低保，等等一些事。刘华格拿出笔记本，一个一个记下了，安慰了一阵，急匆匆走了。

刘华格在群里动员党员捐款 3600 元，送给聂二妮。聂二妮丈夫唐彦锁承包的食用菌大棚，刘华格也张罗着转包了，商量转包过程中，她多次到聂二妮家协商。刘华格将捐款递到聂二妮手

上，聂二妮颤抖着手接过，要给刘华格跪下，刘华格拦住她，说："二妮，别感谢我，这是党员们的心意，都是自愿捐的。食用菌大棚转包出去了，低保给你申请了，这几天就下来啦！"聂二妮说："大恩不言谢，我不说客气话了，我就叫你华格妹妹啦！"刘华格想了想问："对，就叫我妹妹。你还有啥需要我做的吗？"聂二妮哭丧着脸，痛惜地摇着头说："没有了，没有了，你替我做的够多的啦！说实话，如果不是孩子，如果不是你们待我好，我真的不想活着啦！"刘华格看着她一脸可怜相，忍不住鼻子一酸，二妮丈夫活着，有食用菌大棚在，日子勉强过得下去，现在她的身体料理不动大棚，没了那份收入日子怎能过得下去呢？刘华格说："二妮姐，你可不能这么想，我还有一个想法，不知你是怎么想的？县里从白沟引进了手工艺厂，顾家台生产皮包，骆驼湾生产插花，这活儿坐着轮椅也能干！计件工资，我觉得凭你的心灵手巧，每月能挣一千多块！"她似乎有一种魔力，将二妮的目光吸在脸上。聂二妮眼睛亮了，说："那我试试，可是，我行吗？别给人家添累赘啊！"

刘华格鼓励聂二妮说："你行，一定行！"

第二天早上，刘华格推着聂二妮去了骆驼湾手工艺厂。聂二妮开始干一些插花一类的简单活，慢慢地，就适应了所有动手的活。聂二妮到手工艺厂工作，家里就没有收拾，显得凌乱不堪。隔了几天，刘华格带领党员义务活动，给聂二妮收拾屋子、院子，让聂二妮没有后顾之忧，然后她推着聂二妮的轮椅去了村里插花厂，聂二妮感动地说："哎，刘书记，我想到但干不了的事，您帮我干了，我想不到的事，您也替我想了，我咋感谢您哩？"

刘华格说："我是第一书记，你的事都是分内的事！"

刘华格整天闲不住，在她眼里，老百姓的事，没有小事。64

岁的村民顾廷春一家，因为食用菌大棚的事情闹了起来！老伴李树梅跟他打架，打到村委会。刘华格调节家庭纠纷，得知是因为食用菌大棚。顾廷春家原来承包了两个大棚。当时，顾廷春经营的大棚，一等菇产出低，比邻居收入少，骆驼湾旅游火爆，一年20万人来到骆驼湾观光旅游，顾廷春是一家之主，想搞家庭旅游，退出食用菌大棚，顾廷春对李树梅说："大棚挣钱，但是太累，还有风险，我们干脆退出大棚，搞旅游吧！"李树梅骂起来："说了半天，你还是要翘屁股，远走高飞啊！当初，为包这两个大棚，学习技术，多不容易啊！我不同意！"顾廷春说："我就想闯一闯，头碰破了，那是我顾廷春活该！"最终，李树梅还是没有掰过顾廷春，把食用菌大棚给退了，退了之后，立马就后悔了。李树梅天天跟他争吵，两人就打到了村委会。刘华格听见以为有了什么灾祸，一听原来是承包食用菌大棚的事，这件事看来并不严重。刘华格答应给他们要回大棚。顾廷春和李树梅连连道谢。没过几天，还有几家退包的农户，也要求重新承包食用菌大棚。刘华格去了阜平嘉鑫种植有限公司，因为食用菌市场抢手，要回大棚有些困难，刘华格经过多次协商，要回了11个大棚，顾廷春和其他几户农民都如愿了，重新承包了食用菌大棚。

有一天，刘靖县长到骆驼湾看望刘华格，听说刘华格大学学的养鸡专业。就这个话题，两人聊得很热烈。刘靖说："县里啊，有好多村养鸡，有肉鸡，也有蛋鸡，可是技术上总是出问题。听说你是这方面专家，你能不能到县城给他们做个技术讲座啊？"

刘华格愣了愣说："刘县长怎么知道我学养鸡专业？"

刘靖笑了，说："你这骆驼湾第一书记，又是大美女，是我们阜平的名人啊！都在夸你，议论你，我当县长的还不知道，不是太官僚啦？怎么样，你答应我啦？"

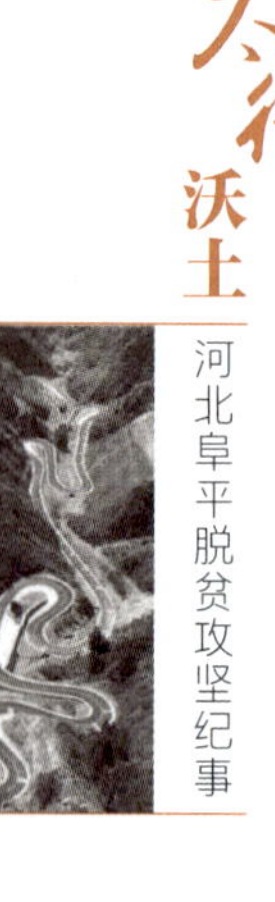

刘华格激动地说："刘县长，不瞒你说，抓党建是我到骆驼湾学的，说到老本行啊，我真有许多想法呢！"

刘靖往前凑了凑，好奇地望着刘华格："有什么想法，说说看！"

刘华格说："养鸡技术辅导，我答应你啦！我们阜平食用菌产业发展这么好，规模这么大，用过的菌棒废弃在大棚旁边，既污染环境，又占土地，还不美观，应该废物回收利用！我有一个大胆的设想，鸡粪与菌棒结合，研究一种新肥料，用于果园和药材养殖！"

刘靖惊得目瞪口呆，兴奋地浑身起了鸡皮疙瘩："好想法，这是意外收获啊！清除废弃菌棒，果林买肥料，每年需要好多费用！如果成了，钱省下了，本身就是创收啊！我支持你，好好研究，需要科研经费我拨给你，等你成功了，我们县委县政府给你庆功！"

刘华格谦逊地说："我可不是好大喜功的人，如果不成功，你别怪我，如果成功，也别庆功，算是我给阜平做了点实事，也对得起李保国老师啦！"说着，她的眼圈红了。

刘靖愣了愣："李保国老师？"

刘华格说："李老师种植核桃，我研究核桃树下养鸡，也算他的学生吧！"

刘靖说："李保国是你老师，要不你主动报名来阜平当第一书记呢！李保国可是我们的榜样，我们心中的英雄啊！名师出高徒，出高徒！"

刘靖县长干事是雷厉风行。一切都很快敲定了！

刘华格带着箱子去了县城，县城没什么高楼大厦，街道两边是矮楼，街道虽然有些破旧，但是门铺齐全，看起来像个山区县城的街道。住下以后，她在县城街道逛了逛。县城一片灯火闪跳，家家户户也许围在一起开始吃晚饭呢。此刻，谁能知道，刘华格在孤独中思念省城的家人，不吃饭也不饿。忽然眼前出现幻觉，自己与丈夫、老人和孩子吃饭呢，可是，瞬间幻觉就消失了！对于她，暂时失去亲人团聚的温暖，而获得了心灵上的成长！

简单休整一下，刘华格就连续做了几场养鸡技术辅导，效果良好，养鸡大户都加上了她的微信，有啥问题，她都耐心解答。紧接着，肥料科研也启动了。刘华格又忙又累，走课堂，下鸡粪加工厂、试验室。骆驼湾那边也电话不断，民宿开业了，骆驼湾旅游火爆，停车成为一大难题，村里研究决定，建设一个大型停车场。涉及征地，停车场占地波及60户农民。按土地流转价格分红，有的人家反对，顾瑞利急眼了，骂了街，有人告状到刘华格这里，刘华格赶紧回村做农户工作，劝好了，再回到县城的试验室。忙归忙，但是，她生活很充实，每天都兴奋着，激动着。石家庄那边，老人住院了，丈夫张志全得了皮肤病，发烧，她也只能电话安慰，几乎抽不出一点空闲回一趟石家庄。张志全没有一句埋怨的话，只是连连叹息。夜深的时候，刘华格梦见家里了，梦见丈夫躺在病床上昏睡着，嘴里念叨着她的名字。醒来，独自一人落泪。是啊，她是城里人，没有吃过这样的苦，一个女人家的生活就该是这个样子吗？老师李保国闪现了，老师没有说话，微微笑着，却给了她力量，也给了她灵感。她一骨碌爬起来，继续做那个鸡饲料和菌棒配比方案……

天不负人，功夫不负人，刘华格终于成功了！

一晃就是几个月。刘华格往返于县城和村里，现在可以安心回到骆驼湾了！

顾瑞利亲自开车接刘华格回到骆驼湾，她拉着箱子从车里下

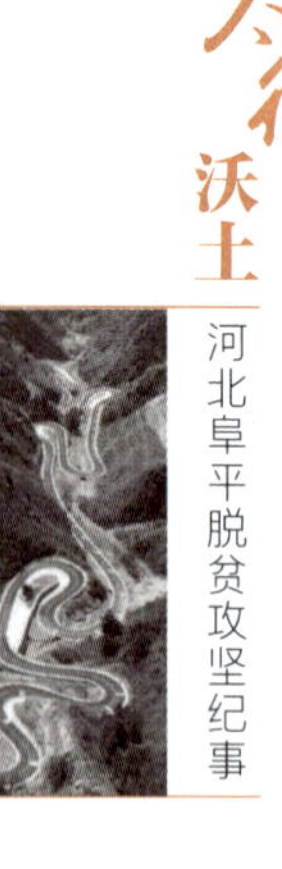

来，村委和同志们纷纷出来迎接她凯旋。刘华格不在的日子，他们觉得村里少了点什么，她回来，让大家感到温暖踏实。

下午，顾瑞利开车带刘华格上山，商量药材一条沟的事情。

骆驼湾村西南三里地，就是瓦窑村。瓦窑村西头的山湾里，一片黑色的食用菌大棚，顾瑞利说，骆驼湾土地流转 713 亩，其中食用菌大棚 100 亩，没有连片，东一块西一块，如果连片将是多么壮观的场景啊！地少，没有流转土地了，种药材只能往东扩充了。顾瑞利开车再往山上走，到了一个山冈，这里是一条宽阔的沟谷，沟谷里长满了树木和杂草。这是药材一条沟的首选！刘华格一眼看中了这个地方，看来顾瑞利有眼力！翻过了这道沟，山更高，林子更深，越来越让人视野开阔。到了山顶，刘华格突然来了灵感：将药材沟与观光大棚、高端花卉结合起来，产业与旅游形成良性互动！顾瑞利完全赞同，说要把这个理念融入总体设计里面。

刘华格对顾瑞利培养提升，也有自己的一套想法。顾瑞利品德好，有担当，有情怀，但因为文化低，经过商，做党的工作缺少耐心和经验。她就想推荐他到外地培训学习。学习与不学习就是不一样。比如说停车场征地吧，老百姓一闹，他脑子乱哄哄的，全然没了主意，还把刘华格搬回来。如果顾瑞利掌握了思想工作办法，就不会激化矛盾，应该耐心宣讲旅游发展的好处，让百姓从心里想通这件事！顾瑞利学习的机会终于来了，中央组织部全国性办班，培训村支书，刘华格给他报名了。学习地点在陕西延安文安驿镇梁家河村，习总书记当村支书的地方。顾瑞利高兴地去了，参观梁家河村村史展览，学习习总书记当年是怎样当村支书的。一周的学习，顾瑞利整整记了两大本笔记，几个观点让他深受启发。学习是领导干部的充电器，作为党的干部，不能忘本，不能忘了群众是衣食父母。干事是领导干部的基本功。当年，习总书记带领梁家河村民和知青打坝淤地造就良田，建成陕西省第一口沼气池。他先后帮村里通了电，修了桥，翻建了小学，给穷困农民看病。党的干部要时刻牢记党的宗旨，始终同人民群众同甘苦，共患难，把改善民生增进人民福祉作为根本目标。顾瑞利确实收获不小，刘华格查看了他的笔记本，细心观察他的行动。顾瑞利有了深刻的变化，他表情严峻，十足的男子汉，穿戴也改变了经商留下的痕迹，穿着朴实，更接近老百姓了，老百姓在他心中的分量越来越重了。

除了党建，刘华格思考的另一个重要问题是，骆驼湾人富裕之后怎么办？灵感闪现，她与顾瑞利商量，2019 年年终腊月，搞一个大型的“迎新春，促发展”村民茶话会。

刘华格操办茶话会，告诫自己一定要操办好，千万不能有纰漏，闹出笑话。消息马上传遍了骆驼湾和瓦窑村。几天来，人们议论这个充满喜庆年味的茶话会，热心期盼这一天快快到来。刘华格凭借自己丰富的想象力，组织村里 58 人的霸王鞭秧歌队彩排，定制了演出服装，紧张地进行排练。这队形，这响声，这彩绸，上下飞舞，打出了骆驼湾人堂皇英武的霸气！

彩排现场，吸引了黑压压一片人。刘华格感觉骆驼湾人渴望健康的文化生活。她亲临排练现场，叮嘱大家：精神饱满，眼神要亮，一定要把霸王鞭打出骆驼湾人富裕之后的精气神儿来！大家齐声喊：一定完成任务！刘华格笑了，她心中有底，夏天，龙泉关文化艺术节在骆驼湾举行，那一次霸王鞭秧歌队表现突出！

不仅是霸王鞭秧歌队，还有整个茶话会流程，都是刘华格负责设计。骆驼湾人普遍文化程度低，消极痕迹斑驳可见。现在要通过茶话会，话扶贫，话干劲，话富裕，话幸福！

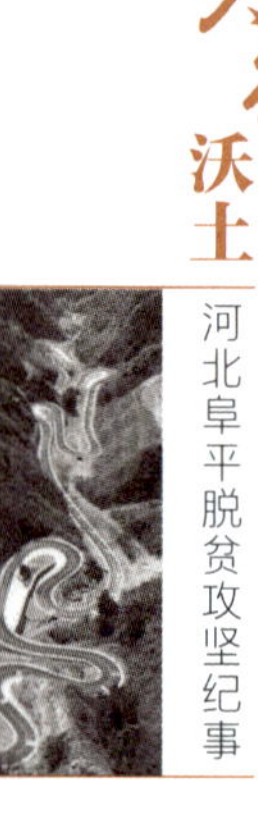

这一天终于到来。骆驼湾的小礼堂里，300 多名老百姓来了，25 桌都没盛下。人们喜气盈盈，有说有笑。茶话会，像阳光，像清风，驱散了人们胸中缭乱的迷雾，迎来了美好的新生活！顾瑞利支书，没有用讲稿，却说出了极其温暖鼓劲的话。刘俊亮书记讲话，更是幽默，温情，有一种亲和力。

刘华格也讲话了，赢得了一片掌声。这一刻，她抬头看见了远处热泪盈眶、热烈鼓掌的聂二妮。刘华格忽然明白了，要把自己对未来生活的激情传递给乡亲们。望着乡亲们的笑脸，她好像把世间的事情全弄懂了。刘华格笑着笑着，两行泪水从她的眼睛里涌了出来。这哭、这笑，这成功、这欢乐，是多少辛酸和痛苦换来的啊！我的太行山啊，我的阜平啊，我的骆驼湾啊，我永远把你们珍藏在心底了……

第二十章　黑崖沟的夜莺

河北阜平脱贫攻坚纪事

他像一只夜莺，走到哪里哪里就亮起来。

周合伟出生在保定市阜平县吴王口村，笔名冷山。冷山个头不高，白白的脸庞，大大的眼睛，自带微卷的黑发，朴素中透着贵气，孤独中透着文气，厚实、庄重、飘逸。

他毕业于南京艺术学院设计学院，毕业后在景德镇创办了陶艺公司。冷山虽然不是纯粹的油画家，但是他有文化情怀，回故乡搞文化扶贫的想法不是心血来潮。

几年前他在景德镇聚餐，从电视上看到习近平总书记到自己的家乡阜平，去看望骆驼湾和顾家台的困难群众，冷山激动了好几天。“阜平要变了，我应该为老家做点事。”他想到了“艺术乡建”这个扶贫项目，心里升腾起一种豪情。但他并没有头脑一热就蛮干，而是细细准备，虽然对于艺术乡建自己是个新兵，但时代的条件和机遇不可错过。

2019 年正月里的一天，雪花飞扬，准备充分的冷山驱车赶到龙泉关镇。刘俊亮书记热情接待了他，吃完便饭后，带他到了黑崖沟。冷山看着高山、村庄、山坡上的樱桃园、高耸的大桥，眼睛一亮，双手有些颤抖，仿佛未来激动人心的日子已经在眼前展开。这一刻，他想承担点什么，既是黑崖沟需要自己，也是自己需要黑崖沟。妻子常常责怪他是个理想主义者，理想主义者难道不好吗？尽管理想主义时代结束了，但是阜平红色的文化滋养了他，用他的知识回报故乡，是他心中永久的理想。

刘俊亮带冷山到黑崖沟村主任赵利民家吃饭，村支书赵志国也到了。赵主任漂亮的妻子姜红燕做得一手好菜，冷山感觉饭菜很香，在城市里几乎闻不到这种香。冷山向刘俊亮敬酒，激动地说：“刘书记，我喜欢这个地方！”刘俊亮微笑着说：“那就别走啦！黑崖沟属于就地提升村，我们有意打造文化旅游村，这里是你施

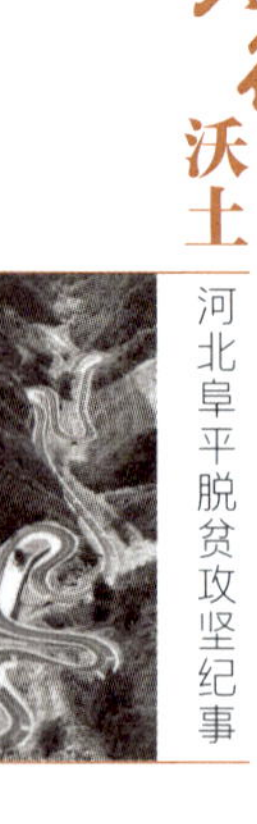

展理想的舞台！”

赵利民一直在发懵，不知道冷山到村里究竟干啥来了。

刘俊亮走后，冷山想在黑崖沟走一走，看看这里需要他做什么。他转到养猪的老顾家里，见到了樱桃园老板李建立，李建立见到艺术家分外亲切，俩人有说不完的话。

冷山笑着问：“你是黑崖沟人吗？”

李建立说：“不是，我是高阜口人！”

冷山眨了眨眼问：“为什么在黑崖沟承包樱桃园？”

李建立憨憨一笑：“黑崖沟山水好，人更好，我这是扶贫项目，樱桃属于山果开发！”

冷山问：“投资多少？”

李建立说：“我的樱桃园流转一百多亩地，总投资六百万！”

冷山又问：“什么样子的管理方式呢？资金从哪里来的？”

李建立舒展着眉头说：“首先是政府下拨四十万的启动资金，这是扶贫基金。我过去开矿，为了保护山林，矿山统一关闭了，手里有点儿积蓄。现在我流转了黑崖沟乡亲们的土地，雇佣乡亲们给樱桃园干活儿，浇水、剪枝、采摘，我按月发工资，年终还要给他们土地分红！樱桃销路挺好，乡亲们都脱贫啦！”

冷山用欣赏的目光望着他：“你是好样儿的，向你学习！”

两个年轻人的手紧紧握在一起。

李建立带着冷山到了樱桃园。冬天的樱桃园小路，远看像驼黄色的绳头，樱桃树枝挂着白雪，寒流刚过，天气明显好转了。冷风并没有冻掉他们的热情，二人兴致盎然地走着。李建立带着冷山进了一个大大的木屋别墅。别墅只有一层，但是设计新颖，有点儿海外风格。走到别墅里边，暖风扑面，李建立请冷山喝茶。喝茶的时候，冷山与李建立谈了自己扎根黑崖沟的想法，李建立笑着说："欢迎你，我这樱桃园里的别墅可以免费供你使用！"冷山感动了："谢谢你，好人呀！"李建立说："我们都是阜平人，你是有文化的人，愿意来到黑崖沟，应该支持！你来了，这里人气就旺了，黑崖沟就有希望啦！"李建立憨笑时的表情，以及他的诚实、友善、热情，让冷山永远忘不了。

李建立告诉冷山，黑崖沟缺少文化滋养。黑崖沟属于就地提升村老百姓刚刚摆脱贫困，精神上亟需给养。冷山有了一个大胆的设想，在黑崖沟建设一个免费画室，让孩子、中年人、老人都来学习画画，画家乡的山水，画英雄，潜移默化地提升精神境界！

回到家，冷山把这个想法一说，家里即刻炸了锅。父亲差点儿栽倒，大声吼："你个大学生，毕业以后在外混得好好的，回黑崖沟扶贫？你的前途不就完了吗？"

冷山梗着脖子犟："你说啥是前途？"

父亲喊道："啥叫前途？前途就是有钱就图。啥叫理想？理想就是有利就想！"他的声音里有杂音，呼噜呼噜的。冷山对父亲的话失望至极，他的脑袋像撞上了什么东西，顿时一阵迷糊。

母亲深深叹息一声，坐在炕沿儿上，默默无语。丈夫的意见，她也有同感，毕竟贫困之家培养个大学生不容易，既然在城市里已经安家生子，就过一种世俗而幸福的生活。扶贫，当娘的没有意见，为人行善，是他们祖上的家风，如今家里过上了好日子，不就是靠党和政府扶贫吗？土地流转、菌菇大棚，这可是政府干的事，你一个个人怎么扶贫？一个人浑身是铁能打几个钉？儿子的选择，在她看来实在是不可思议。

母亲揩了一下眼睛，嘟囔说："小儿，别怪你爸生气，这么大的事，你可要想周全喽啊！"

父亲黑着脸继续吼："乱弹琴，老婆孩子都在南京，赶紧回

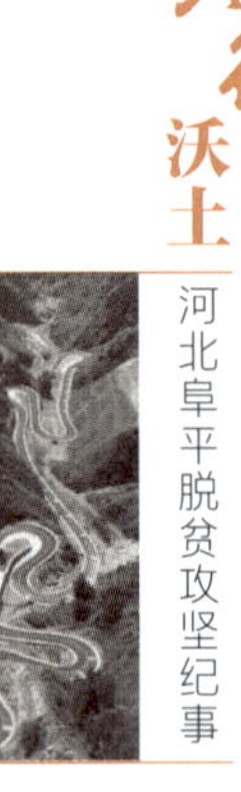

去！”

冷山脸色慌慌地站在屋里，懵了。

父亲喊：“咱把丑话说头哩，你要是任性胡来可不行！”他呼呼喘着，内心是心疼的、难过的。

一瞬间，冷山心中是孤单的，孤单不是寂寞，而是无奈的寂寥。其实，景德镇那里有许多让他牵肠挂肚的事，公司怎样继续经营？家庭怎么处理？女儿培养怎么办？这些都是他必须面对的问题。但是，人生有得就有失。

屋里沉默了，房间弥漫着看不清的白气。冷山望着纠结的母亲，母亲的脸又幻化出奶奶的模样。他的心头一热，几乎落下眼泪。奶奶瘦弱，眼睛井一样陷在深处。奶奶没有文化，说不出什么深刻道理，但是言传身教，影响着冷山的人生观。他想起了小时候的一件事，村里一户邻居，常常找奶奶借盐吃，奶奶从来没有让人家空过手。那人前脚刚走，小冷山仰着脖子问：“奶奶，他家为啥老借盐？借了也不还！以后不能再借给他们啦！”奶奶训斥他：“你不懂，人家不到穷得活不下去的地步，怎么会张嘴借盐呢？”小冷山接着问：“她为啥不管别人家借？咱家也不富裕啊！”奶奶和蔼地说：“咱这山里的日子，哪家不是东凑西借，苦苦巴巴的？”冷山眨巴着眼睛。奶奶慈祥地微笑着说：“傻孩子，也就奶奶心眼儿好，别人不会借给她！”此时他似乎明白了什么。虽然他家也穷，但是奶奶帮助过村里很多人，那都是从牙缝儿里挤出来的。奶奶就像一根蜡烛，燃烧自己，照亮了小山村的人心。奶奶去世的时候，乡亲们都来参加葬礼。奶奶留给自己的是一笔精神财富：自强，悲悯，助人。对弱者的体恤和帮助，不正是你今天要追求的吗？

山里天黑得早，内心的狂热与犹豫折磨着他，使他难以入眠。

他想反正也睡不着，干脆就不睡了。他一骨碌爬起来，独自沿着村子走了几圈儿。他的两眼迷迷瞪瞪，看月亮都是模糊的，被黑暗包裹的世间万物就更是一片混沌了。他索性不走了，坐在一块石头上呆呆地想心事。有几个村民发现了他，悄悄议论他可能是一个怀才不遇的人。要不就是一个看破红尘的人。再不就是一个自命不凡的家伙！只有他自己明白，他是要完成一种精神的还乡。这个世界，每天都在变化着，有人倒霉了，有人走运了，有人创造了历史，有人被历史抛弃。有人说：人生到处都是康庄大道。这是骗人的话，其实人生的路很窄很窄，就在那短暂的选择中。你走上这条道，就永远告别了那条道。在南京读大学的时候，冷山读了路遥的小说《平凡的世界》。主人公孙少安、孙少平，虽然出身贫穷，平凡却不平庸，不甘受命运摆布，在苦难中奋起，即使失败了，也有勇气面对生活的担当，获得了劳动者的尊严。自己虽然也是草根，生活的路有困难，有坎坷，但不绝望，不气馁。虽然开了公司，也没有大富大贵，但是从小到大跟着爷爷奶奶、姥姥姥爷，跟着父母，唯一不缺的一样东西，就是爱，爱让他充实，让他富有。他到黑崖沟文化扶贫，带给乡亲们的不是钱，是人的精神，是美好情怀，是爱心！

风停在唇边，突然没有安全感，需要大山的拥抱，但冷山有了莫名的兴奋。他不要那一套泛泛之谈，他要遵从自己内心的呼唤，做一个创造历史的人！

黑崖沟就是他创造新生活的最好平台。不论结果是悲是喜，总算在这个世界上拼了一场！有了这样的认识，就会珍重生活，而不会玩世不恭。故乡给了他激情，这激情像一团火，在内心燃烧起来，同时也给他注入一种强大的内在力量。

天亮了，村里最后一遍鸡叫，冷山回到家，见到父亲，他不

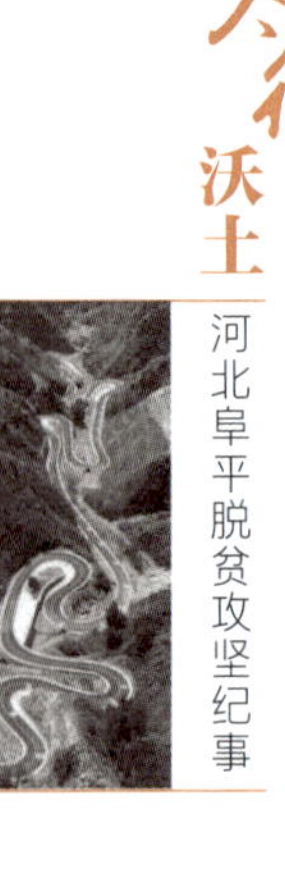

再与父亲争吵。父亲是勤劳的，他敬重父亲。如果他是一棵成材的树，父亲就是土壤、铺路石，是泥土里的根。父亲慢慢会想通的。

冷山内心已经决定了：回到阜平，回到黑崖沟。

春节后，冷山要开车回南京了。母亲佝偻着腰望着他，他摇下车窗向母亲挥手。汽车缓缓离开，他远远地看见母亲身后的小屋中，飘起一束灰白的炊烟。炊烟缓缓散到空中，消失在山顶，一股说不出来的温暖和甜蜜刹那间涌上心头，他忍不住鼻子一酸，几乎落下泪来。

永远叫我动情依恋的太行山啊！等着我，我很快就回来啦！

冷山回来了，在黑崖沟办起了冷山公益画院。

六月里，黑崖沟的樱桃红了，黑崖沟樱桃艺术节开幕了。艺术节格外隆重，有艺术家来，也有许多游客。樱桃艺术节之后，冷山的画院也开业了。冷山笑了，笑容里有阳光的味道。

画院设在人民大戏台右侧的黑崖沟村委会。村委会办公室连着会议室，从会议室左拐，就看见一个走廊，走廊墙壁上悬挂着孩子们的画，一律是油画。再左拐，就到了冷山的公益画院。严格说，是冷山教村民画画的地方，画院有二百多平方米，画板、画笔、颜料、小椅子，摆得满满当当，都是免费提供。冷山讲课除了讲艺术理念，还讲家国情怀，并且有一个硬性规定，只要是来学习画画的村民，学满七天就可以全部免费。

一朵野山花初绽了，淡雅又娇艳，水土养分充足，随便插在院里、屋角、墙头，它们都会肆意地开着，香气烂漫。冷山看着村民在画画，无比欣慰，好像一下子找到了根。生活可以漂泊，可以孤独，但是灵魂必须有所归依。他体会到了什么叫“培根铸魂”！

令冷山没有想到的是，狗小也来报名参加冷山的画院。狗小叫张拥军，聋哑人，五十岁。他母亲改嫁到山西，女儿成了家，妻子有残疾，几年前去世了，狗小特别想学画画。那天，狗小去见冷山，担心冷山不收他，还特意打扮了一番。尽管脸上褶皱像一根酱瓜，但他的衣服规规整整，戴着眼镜，还戴上了手表，兜里装着一盒高级香烟。

冷山让狗小拿树枝在地上画画，狗小画了几只小鸡、小狗。冷山觉得狗小画得挺好，就用肢体语言与狗小交流，狗小也“哇哇”叫着比划胳膊。冷山对狗小竖起大拇指。

狗小胸中涌满了欢愉，急忙给冷山递烟。冷山收下了狗小。狗小画画进步很快，思想觉悟也有所提升。

村里有一位英雄陈万昌，当过村支书，还是省级劳模。1985年，各家各户通自来水，他去龙泉关镇拉水管，途中遇到一场车祸，陈万昌为了营救两个残疾人光荣牺牲。陈万昌是黑崖沟的英雄，村民们崇尚英雄，为陈万昌雕了塑像。冷山发动村民把雕像摆在画院的走廊里，有时搬进课堂，供孩子、村民们写生，画英雄成为一种风气。

狗小朝着陈万昌的塑像敬礼。狗小自己是残疾人，内心敬仰陈万昌。一天中午，大雨倾盆而下，窗子被吹开，瓢泼的雨水飞进来，淋到陈万昌的塑像上。走廊里没有人，狗小看见被雨水浇湿的石膏英雄塑像，“哇”地叫了一声，猛扑过去，一把抱起了塑像，用自己的衣服紧紧遮盖住塑像，而墙壁上挂着的自己的画却被大雨淋湿了！

狗小保护英雄陈万昌塑像的行为得到了大家的表扬。通过画画，狗小的精神境界提升了！

奇迹还在后面。那一天，冷山带领孩子们和狗小上山写生。到了歪头山脚下，设卡的护林员把他们截住了。护林员放下杆子，

严肃地说："你是谁？你不能上山。"冷山疑惑地问："别人能，我为什么不能啊？"护林员说："村里有规定，防火啊！"冷山刚要说话，狗小急眼了，猛地扑过来，大喊："抬起！"

冷山和护林员都惊呆了："狗小会说话了！"

冷山愣着眼说："你刚才说什么，再说一遍！"

狗小红着脸吼："抬起！"

冷山拍打着他的背，惊奇地说："狗小，狗小会……会说话了。"

孩子们跳着脚欢呼起来。

狗小通过画画会说话的消息，在黑崖沟传开了。黑崖沟老百姓十分好奇，出来就逗他，他都简单地回答。

狗小不仅在画板上画画，在墙壁上画画，还在草帽上画画。

冷山在骆驼湾为狗小举办了个人画展。县委书记刘靖自掏腰包，花二十元买了狗小的一顶手绘草帽，还与狗小做了简单的交谈。刘书记对黑崖沟建设文化产业村坚定了信心。冷山的画院不仅使孩子们得到了艺术的熏陶，还产生了不少积极的效应，比如村主任赵利民的妻子姜红燕，在保定跟孩子陪读，人生地不熟，思念家乡，很是孤独。她假期回来跟冷山学画画，在保定陪读期间就通过画画打发时间，慢慢心情得到了纾解。

公益画院的不远处是东坪村，闲暇的时候冷山经常来这里转转，散散心，顺便看望跟他学陶艺的村民老蔚。按理说，老蔚也是他公益画院的一员，只是他不画油画，而是迷恋上了陶艺。以前老蔚喜欢雕刻，从大山里挖来树根，雕刻成花鸟或动物，活灵活现。见到冷山，听说他从景德镇来，老蔚就向冷山请教陶艺的问题。冷山第一次来到老蔚的小院，看见根雕、泥巴和木条，感觉他是个酷爱艺术的人。

老蔚在冷山的帮助下，很快在自家院里建起了烧陶的炉子。老蔚由一位种地的农民，摇身一变成为“陶艺家”！

冷山经常回景德镇，因为那里的公司还在运营。冷山回景德镇一般不坐高铁和飞机，大多是开车去，这样方便带一些东西。有一次他从景德镇给老蔚带回来一车的泥、釉和一些设备。老蔚分外感动，心想一定要搞好陶艺。后来老蔚还弄得有模有样了，作品在骆驼湾集市上销路不错，既充实了生活，还有了收入，两全其美，冷山的苦心总算没有白费。

秋后的山风渐渐凉了，冷山徒步走过石桥走进东坪村，感到寒气钻到脖领里去了。这次冷山没有见到老蔚，到了村里他才知道，东坪村的村民都搬迁到龙泉关镇集中安置小区了。他碰上村里最后一对老人搬家，东西都装好了，没有什么可带走的家具，车斗里都是一些破破烂烂的东西。看着冯福生和老伴周玉兰依依不舍的模样，冷山心中为之一震。周玉兰颤颤地走到窗前，将塑料窗户捅了个洞，两只猫在洞前钻来钻去，周玉兰抱着猫亲了又亲。冯福生双手紧紧抱住了香椿树，眼泪顺着老人眼角的皱褶淌了下来……

冷山有些感动，抬头望了望冯福生拥抱的香椿树，粗壮的树干撑起巨大的树伞。他走过去与老人交谈，冯福生说这棵香椿树50年了，50年前他与老伴儿结婚时共同栽下的，如今已经长成参天大树了。冯福生老伴儿说：“老头儿爱植树，我爱养猫。”说着，她又辛酸地叹气了。

冷山抬头望见山坡，这片山上明显树木茂盛，这都是冯福生老汉栽的树木，还都是自费买的树苗。冯福生今年77岁了，见到冷山便来了兴致，抬手指认他当年种的石榴树、槐树、杏树、李子树、桃树、落叶松和核桃树。冷山听明白了，这棵香椿树是周

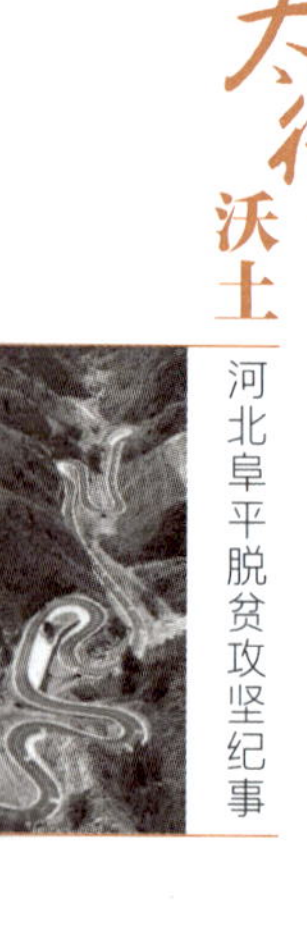

玉兰的嫁妆，自从冯福生与老伴儿结婚时亲手栽下香椿树，就把种树当成爱老伴儿的一种方式了！大山里的庄稼人全部智慧在哪？在于想干什么干什么！他觉得他们的爱情方式更为真实，更接近自然。男人植树，女人浇水，日子虽然穷困，但是他们因植树而幸福，有了生命的寄托。冯福生说："香椿树是有灵性的，有一年我种树摔下大山，昏迷了，人们把我背下来，坐在香椿树下就缓过来了！"

"您家几口人，这要搬哪儿啊？"冷山打听着。

冯福生说："5 口人，每人 25 平方米，我们家在龙泉关镇安置了 100 平方米大房子！"冷山愣了愣问："应该 125 平方米啊？"冯福生笑了笑说："儿子媳妇户口没有在村里，如今他们都在北京一家医院工作。"冷山问："您家脱贫了吗？"周玉兰说："早就脱贫了，土地流转分红，国家补助款，加上孩子给的，够花的！"冯福生补充说："说心里话，我们舍不得离开大山，早晨听鸡叫，中午听猪叫，晚上听狗叫，夜里听猫叫，多好啊！可是党和政府对我们老百姓好啊，得感谢政府啊，政府给了新房子，不能不去，冬天有暖气哩！"

"噗嗒"一声，两只猫突然跳到门口的一块巨石上。冷山看见猫的脚下有四个并排的小洞，黑黑的洞。他疑惑地问："大爷，这是干什么用的啊？"冯福生说："放炮用的炮眼儿，逢年过节插上二雷子炮，'嘭'一响钻天的那种，我跟你大娘结婚时，我亲手用锤子凿的！"

冷山伸手摸了摸石头上的炮眼儿，一个一个摸，眼前幻化出东坪村过年的喜庆，那时候的小村庄该有多红火啊！

司机开始用汽笛声催促两位老人了。冯福生和周玉兰突然跪在老宅前，不知是给老宅还是给香椿树，连连叩了三个响头！

冯福生搀扶着周玉兰起身，缓缓上了汽车与冷山挥手告别，汽车颠簸着驶出东坪村，慢慢消失在山路上。两位老人也探出头，久久回望着村庄的影子、歪头山的影子、树木的影子、父老乡亲的影子以及他的猫的影子，越来越远……

冷山与两位老人挥手的时候，不知不觉地流泪了。东坪村安静了，现在只有他一人，冷山随心所欲地对着大山吼了一通，除了大山的回音，还招来四处乱窜的猫。

老百姓上楼了，猫留在了村里，一地的流浪猫，几十只，“嗖嗖”乱窜，“喵喵”叫着，处于自生自灭的状态了。冷山脑子里轰地打了一个闪念，他要向刘俊亮书记反映，把这个小村保留下来！

猫在冷山眼前跳来跳去，猫村的创意逐渐清晰！对，建设一个猫村，专门收留乡亲们搬迁后的留守村猫，还让画院的画友们集中画猫，这将是一个不小的文化慈善产业！

事情总是有坎坷，冷山的文化扶贫也遇到阻挠。有人认为劳民伤财，画画不能像菌菇一样，马上给黑崖沟百姓带来实际利益。也有人说，脑袋刚刚几天不顶玉米花了，画啥画？还油画，洋东西，这玩意儿能换钱吗？还有人说，这会影响孩子学习，影响升学率！持有这种看法的，不仅有村民，也有村干部。

冷山听到这种杂音，心中有些委屈。他独自一人站在樱桃园，一阵狂风袭来，冷山的头上落满树叶。在黑崖沟搞公益画院，没有占村里便宜，甚至从景德镇公司拿钱贴补。既然黑崖沟老百姓想不通，他也不想解释，那就专心在东坪打造猫村。

刘俊亮听了冷山的猫村设想，很感兴趣。一次偶然的机会，刘俊亮把黑崖沟村民对冷山的质疑及他的打算，向贾瑞生县长作了汇报。

贾瑞生迟疑了一下，问：“冷山在黑崖沟，没有伤害百姓利益

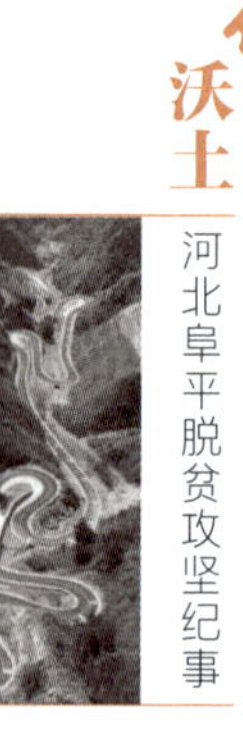

吧？”

刘俊亮摇头说：“没有，他的办公场地是樱桃园老板主动借用的，村里只是提供了村委会闲置房间，当了画院。画院办得挺好，参加学画的孩子、妇女、老人都有，聋哑人狗小也参加了！到画院学画一律免费，听说画室开销是他景德镇公司贴补的。”

贾瑞生激动地说：“刘书记，我在黑崖沟调研的时候见到过冷山，聊了聊，感觉他有情怀，有爱心，有才气。我也看了你们龙泉关镇党委关于黑崖沟发展文化旅游的报告，非常好！阜平过去穷，如今脱贫了，脱贫以后路怎么走？就是靠文化来培根铸魂，老百姓精神富有了，才能真正幸福。冷山公益画院开了个好头，我们要坚定不移地支持他！”

刘俊亮说：“好的，我也这样看，回去做村民的工作。还有，冷山去了东坪村，这个村全部搬迁了。老百姓走的时候，留下一些猫。他发现了大批流浪猫，想打造一个‘猫村’，不仅养猫，还要让农民画猫。南方有个画老虎的村庄，靠画画致富，他们想弄个猫村，开发以猫为主题的旅游景区。拍乡建电影，画猫，然后打出品牌。”

贾瑞生哈哈笑了，毫不犹豫地说：“好点子！冷山是我们阜平太行山走出去的大学生，见多识广，我就说嘛，天生我材必有用啊！猫，温顺可爱，还能让城里孩子们到这里旅游，看猫，画猫。将来，黑崖沟文化村、东坪猫村与骆驼湾、顾家台民宿旅游结合起来，龙泉关镇的旅游就能与城南庄的红色旅游有机衔接啦！”

刘俊亮笑了：“贾县长，这是一步好棋啊！”

贾瑞生说：“好牌，要打好；好棋，要下好。阜平能有今天的巨变，是党和政府领导、社会各界支持的结果，我们阜平人一定要感恩啊！所以，提升文化水平非常重要，没有文化的人是不懂得感恩的。利益伙伴两肋插刀，只限有利可图，利散了，就袖手旁观，过河拆桥，这是一种恶习，我们不能染上社会病。我们感恩，不能停留在嘴上，要付诸实施。”

冷山的文化扶贫故事在阜平逐渐传开了，身边更多的人为黑崖沟艺术乡建增砖添瓦，黑崖沟正迎来一个崭新的开始。

这一天，冷山的女儿奇奇从南京过来了。看见女儿逐渐长高的个头，冷山心中万分感慨。因为自己的选择，孩子少了陪伴，他对于女儿是愧疚的。冷山让女儿与画院的孩子们见面，带她到黑崖沟看山看水，女儿的脸像过年一样快活。可是，一不小心女儿登山摔了一跤，两条腿拧巴着，有瘀血，变得青紫。冷山心疼地揉着女儿的腿，然后背着女儿下山了，一边下山一边问：“奇奇，你喜欢黑崖沟吗？”女儿天真地说：“喜欢！”冷山欣慰地笑了。女儿说：“爸爸，我要把妈妈叫来，让她看一看。”冷山没有吭声，心中一阵刺痛，妻子虽然没来，能够放女儿来到黑崖沟他已经知足了。冷山对女儿说：“妈妈有妈妈的生活，不要勉强她，你在城里好好读书，节假日过来到黑崖沟玩，这里会让你身体健壮，让你学到城里学不到的东西！”女儿点点头嗯了一声。冷山觉得女儿长大了，理解父亲了，他的盼望里升起一团暖意。其实泪花一直在奇奇的眼眶里打转，只是冷山没有看见。

冷山的父亲听说县领导表扬了儿子，说他有功劳，他更加糊涂了。他建画院，功劳在哪呢？还说冷山是潜力股，以后作用价值会更大。在孙女奇奇的请求下，他首次到黑崖沟看望儿子。

黑崖沟他以前来过很多次，可自从儿子到了这，他就再也不愿来了，他总是觉得老脸挂不住，觉得儿子是瞎折腾。爷爷牵着孙女的手，缓缓走到村委会一侧的画院，看见儿子正在画院讲课，台下有孩子、妇女和老人听课。父亲怕打扰他，就拉着孙女的小

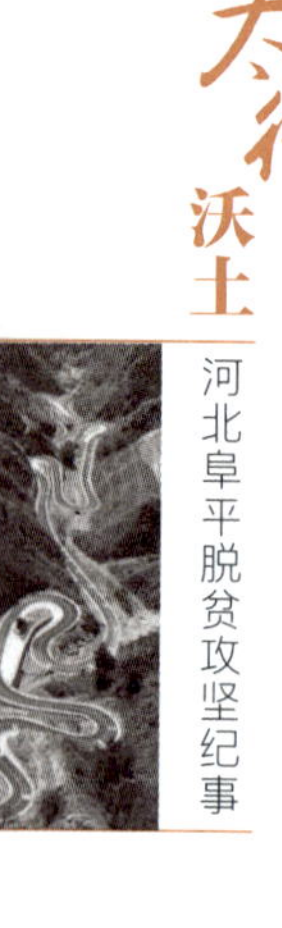

手隔着玻璃窗子望着，听着……有时候他还听到“哗啦啦”的掌声。他不懂儿子在干什么，但是有一点他懂了，儿子回来是对的。

奇奇拉着爷爷的手说：“爷爷，我们进去吧。”“奇奇，你去吧，爷爷外边待会儿。”孙女一跳一跳地过去了。

室外阳光扑面，父亲从烟布袋里挖了一锅烟，蹲在地上默默地吸起来，眼睛似乎挂着几颗泪珠。

父亲在懊悔自己当初的错吗？周家在吴王口村几辈也没出个识文断字的先生，自己和老伴儿也是睁眼瞎，除了种地，日子过瞎了。如果不是政府扶贫，自家哪有今天的幸福生活？唉！世界咋变，说来说去总是识字人的天下。儿子有文化，眼界总比庄稼人开阔。儿子热心公益，建了画院，竟然还有这些人追随他。世道真的不一样了，当初他竭力反对儿子，除了脸面上的原因，还担心儿子在黑崖沟怎样挣钱生活。如今冷山这不活得好好的嘛！还为黑崖沟做了贡献，成了对社会有用的人，也为周家赢得了荣耀！当初自己拼命反对，一定是错了……

父亲吐了一口烟，欣慰地舒了口气，站立起来，慢慢走向了黑崖沟的村路。

正好课间休息，冷山和女儿出来迎接父亲，可是老人转身走了。冷山望着父亲远去的背影，喊了一声：“爸，等一等，我陪您转转。”

父亲没有回头，也没吭声，默默地走了。冷山知道父亲的脾气，便不再喊叫，也没有追赶父亲。冷山正要坐下来安安静静地看会书，樱桃园老板李建立来了，一副忧心忡忡的样子。最近李建立乱事缠身，一种抑郁的思绪促使他找冷山喝几杯酒，痛痛快快说一说心里话。

冷山看看李建立，笑笑，说：“我们就在樱桃园食堂喝吧。”喝酒之前，他带李建立登上了黑崖沟后山的白衣寺。寺庙建于明朝，清朝进行了重修，里面有大肚弥勒佛，有观音菩萨。特别是白衣观音足蹬莲花，怀抱婴孩，慈眉善目，和蔼可亲。李建立对白衣寺非常熟悉，他说："你请我到白衣寺来，是想用佛家思想启发我解脱烦恼吗？"冷山带李建立来到门口的古松前，说："不是的，我是请你看门口这棵千年古松的，听说当年聂荣臻元帅在这里指挥过一场战役，你看这树上还残留着子弹的痕迹，树枝当时被炸弹炸去了一枝，说明了什么？"

李建立有些疑惑："说明这佛家圣地，也是革命圣地！"

冷山毫不隐瞒，哈哈大笑起来："好，说来这两个圣地其实都是文化，我们今天晚上好好聊聊啊！"

下山的时候已是黄昏。冷山和李建立默默走着，他有些心里话要跟李建立说，因为刚来的时候，李建立慷慨帮助了自己，于是两个年轻人的心碰到了一起。一个是文化扶贫，一个是产业扶贫，多么难得的默契啊！

冷山和李建立来到樱桃园喝酒。其实常年喝酒使李建立感到胃受到了很大伤害，时常疼痛。他老婆叮嘱他近期不能喝酒了，可是他今天一定要破例开喝。

吃什么喝什么都无所谓了，黑崖沟脱贫了，谁都不短口吃喝，更别说是李建立这样的老板了。冷山和李建立喝的是当地的枣杠子酒。几杯酒下肚，冷山问建立："你有啥想不开的？哪出事了？家庭还是樱桃园？"

李建立一筹莫展地叹了口气："我还想在外地上马樱桃园，家里不同意，闹得挺僵，我也不知道咋办了！"

冷山红了脸说："首先对你的创业精神我非常赞同，但是凡事要来回想，站在家人和你个人幸福角度想一想。"

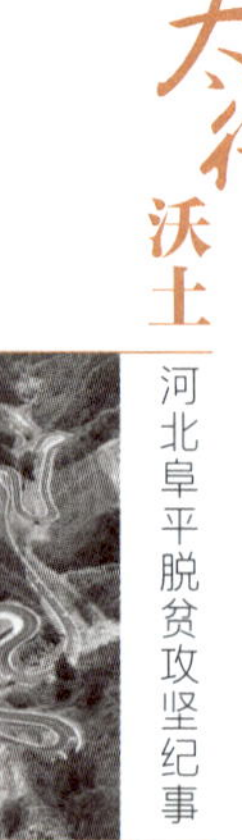

李建立愣起眼，不太明白。冷山想了想说："我给你举个例子，美国大老板贝克尔，刚刚毕业说自己富裕了就是幸福，拼命追求财富，二十八岁就成功了，过上上等人的豪华生活。豪车豪宅、一百多家店铺，绝对的人生赢家，但是他的生活越来越糟，他的时间全部投入到工作和应酬中，飞机上错过与母亲的最后离别，孩子日渐疏远，妻子失望离开，自己身体也垮了，人们簇拥他，恭敬他，但他内心是一种挫败、懊悔和痛苦！"

李建立身上的每个细胞都绷紧了，他简直听怔了，就那么傻傻地端着酒杯……

冷山嘴上的酒气似乎要喷到对方的脸上："宁吃仙桃一口，不吃烂杏一筐。养好樱桃，多陪陪家人，学学画画，如果不愿意画画，就读读书，那样会精神愉快。可能啊，那个樱桃园会挣钱，会更体现你的价值。可是人啊，舍得就是有得有失，学会舍弃，就能够获得。我回乡了，以世俗眼光看，舍了景德镇得到黑崖沟，还有下一步的猫村，对我个人来讲黑崖沟哪有景德镇好挣钱啊。表面看这是傻子行为，失败的举动，可是看乡亲们高兴我充实，这种愉快是别人体会不到的！科学征服了世界，美术美化了世界，艺术营养了灵魂！可是有人诋毁我，黑崖沟脱贫了才来到这里，明显是对黑崖沟有所图嘛！当然也有人赞扬我文化扶贫！"

李建立仰脸干了一杯，说："你有文化，加上政府支持，听说刘靖书记和贾县长都力挺你呢，黑崖沟真的需要你。我自从见到你就觉得你是干事的，阜平和黑崖沟是脱贫了，甚至有人富裕了，富裕就一定能够幸福吗？未必！幸福是需要精神层面的。"

冷山拍着李建立的肩膀说："李总，你这不是挺明白嘛！我今天喝高啦，哥们儿之间说点儿心里话，乡亲们脱贫了，别看文化低，可是精神上比我富有。真的，反过来乡亲们的温情也给了我这个游子以最大的精神力量，一切都是相互的，你说是吗？”

李建立忽然眼睛一亮：“你能这么想问题？”

冷山说：“是啊，你说你想找我倾诉，其实我也想找你说说心里话。我得承认，我是一匹狼，太行山上的狼，在南京那样的城市混，在景德镇混，为了那点利益，得装成羊，小心翼翼地活着，有意思吗？”

李建立摇着胳膊，声音提高了八度：“好了，不说啦，我都明白了！”

冷山继续说：“李总，你应该明白了，我俩为啥去拜白衣寺。大道至简，道理明白了，你就能够破解心中的魔！”

李建立嘿嘿一笑：“人都说我在转型吧，其实种樱桃不是我强项，可是命运让我种上了樱桃。人都说我穷，其实我不穷；人都说我富，其实我不富。富贵一黄粱，转眼化尘埃，我们俩最后给黑崖沟的还是这份情、这份爱。这辈子有情有爱，就算没有白活！”两人碰杯，一饮而尽。

冷山又与李建立说了说猫村的设想，李建立说要参与投资，两人再次举杯。

冷山思维上的高明可见一斑，这样的谈话对于李建立是一种精神启迪，同时也是巨大的考验。对于任何一个活过的人，谁又没有拥有时间？一旦失去时间，才会觉出你曾经是多么富有，而今已追悔莫及！他从冷山身上感受到，人呐，特别是年轻人，如果放弃了对生命意义的追求，就等于放弃了生活！

李建立晃晃着走了……

冷山酒量不行，喝多了就和衣而眠。梦中有许多猫在叫，他的猫文化产业村破土动工了！一觉醒来，外边的樱桃树正挑着月亮，月光把忧郁和冷清涂在他的脸上。啊，月亮！他忽然奇怪地

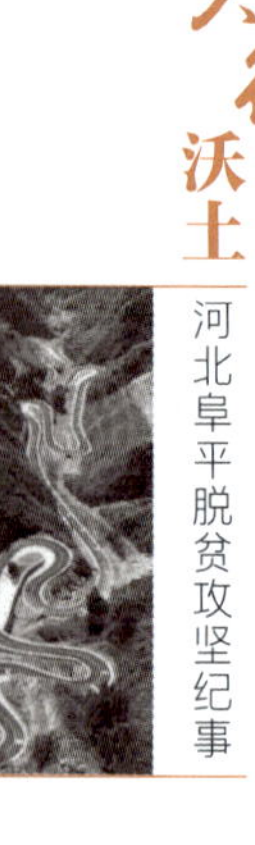

想月亮是不是天庭的贫困户，需要人间用尽激情与力量，用尽离别与孤独去精准帮扶？冷山酒醒就睡不着了，对着月亮轻轻哼唱起了喜欢的歌曲《终有一天等到你》。人生是一场等待，没有归期，没有结局，可我还是相信，终有一天等到你……

好消息传来。2020 年 4 月 20 日，习近平总书记在陕西秦岭考察扶贫工作时指出：脱贫摘帽不是终点，而是新生活、新奋斗的起点。接下来要做好乡村振兴的大文章，推动乡村的产业、人才、文化、生态、组织等全面振兴。

太行山上的夜莺翩翩起舞，闪闪发亮。

刘俊亮书记马上组织学习，成立乡村振兴学堂，认真落实。黑崖沟在抗击新冠肺炎疫情期间，为了配合打造黑崖沟文化旅游村，还专门挂牌成立了启福旅游开发有限公司，总投资三千万元的文化旅游项目开始兴建……

2020 年 6 月 20 日，猫村正式开村。冷山投资二十多万元在东坪村启动了第二个乡建内容——猫村！狗小和各地来的画友们开始喂猫，画猫，现场购买狗小画儿的人越来越多。狗小和猫村一起成为社会关注的焦点，吸引着全国各地的艺术家和游客……

2020 年，冷山的黑崖沟艺术乡建之花正在开放，结果的时间也指日可待。

夜莺在夜色里闪亮，有人把冷山比喻成太行山上的夜莺。他当之无愧。

第二十一章　我们相信未来

河北阜平脱贫攻坚纪事

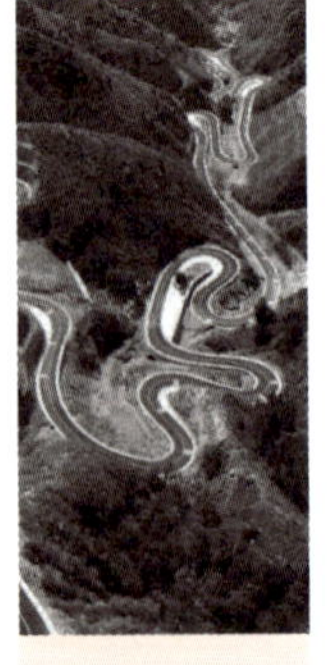

桃李不言，静待花开。

郝国赤书记退休之前，再次登上阜东台地最高层，放眼望去，偌大的工业园区，一层一层，阶梯状铺开，园区有现代化地下管廊，其质量与雄安相同。顺着山坡看，南侧有新建的中医院，有刚刚落成的职教中心，一片开阔的世界，一片壮观的福地。左边看，满眼梯田，弯弯曲曲；右边瞅，满是白色星点，那是栽树的土窝。远处就看见东庄村和西庄村的陵园墓地了！

风总是要变的，就像季节总要变化一样。郝国赤书记回想那一阵峥嵘岁月，心潮澎湃。在郝国赤的努力争取下，高铁项目批下来了，阜平将是新高铁的一站！

郝国赤想，如果东庄西庄不拆迁，难以有今天的局面。可是当初，人们思想观念还是模糊的，少数人甚至是抵触的，各种杂音干扰着工作。有人在公开场合说，阜平当前首要任务是扶贫，中医院算什么扶贫？职业技术学校算什么扶贫？

空谈误国，实干兴邦！大力发展职业教育，是夯基固本的必要之举！郝国赤讨厌这一类人，明明是外行，还把话说成跟真理似的。长于空谈，短于做事。在郝国赤的思维里，不仅腐败是坏官，不做事也是坏官，坏官好人骂，好官坏人骂！

权威和定力是靠力量和智慧树立起来的！当年太行山采矿，污染了胭脂河，河里的鱼都没有了，群众反应强烈，郝国赤决定清理煤场，停止矿山开采，这一举措，削去了一些老板的利益。郝国赤不是抛弃这些矿主，毕竟，在那个特殊时期，他们对阜平有过贡献，他和县领导一起帮助矿主转型，一个个优惠政策出台，好多矿主成功转型，让那些曾经误会他的矿主愧悔长叹，热泪滚滚。是啊，绿水青山是自然财富，也是经济财富。从保护环境的角度，从生态旅游角度，乱采滥伐，必须坚定不移地制止！

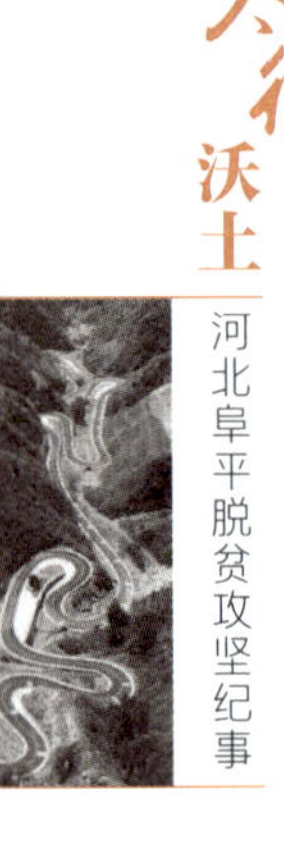

郝国赤记得，阜平职教中心总投资12亿元，阻力非常大！

郝国赤在大会上讲，商鞅变法，支持者也是少数，难道错了吗？关键时刻，领导者必须站出来，敢于承担风险。领导者的信心和预见力从哪里来？从经验和眼光中来，从人民群众对未来的期盼中来！前两年，食用菌刚刚试验的时候，在城南庄并不成功，别人看到了风险，提心吊胆，而郝国赤却在危机中看到了生机。谁变革，谁扛得住，谁就能赢得最后胜利。真正的问题不好解决时，要完成智慧的转换，超水平实现自己许下的诺言。现在，他忽然又有了这样的思考：我们作为阜平的地方官员，既要对阜平的今天负责，还要对阜平的未来负责。生活的魅力就在于它的不可知，相信未来，从长远眼光看，我们必须去为明天做努力！教育，非常重要，这也是扶贫的重要一环！扶贫就是扶技术，扶智慧，扶诚信，人一旦有了技能，一人就业，就能全家脱贫，甚至全家致富！中国成为世界制造业大国，未来最缺的是技术人才，投资12亿元建设“高大上”的职业教育中心，培养优秀技术人才，这个学校将为阜平赢得未来！讨论中国经济，一些精英人士，开始考虑以教育为革新的软实力。阜平人重教育，也是有传统的。当年城南庄的荣臻小学，后来搬进北京更名八一小学。1994年，阜平职教中心已经建立，政府把“发展职教，志在富民”作为职业教育的办学目标，大力支持县职教中心，突出富民目的，改革教学模式，在山沟里做出了职业教育富民的大文章，向社会输送了一批技能型人才，走出了一条山村职教之路。但是，那时的职教中心规模小，项目少，远远不能适应当今新的需求了，必须完成一个质的跨越！统一思想，形成共识，一切就紧锣密鼓地开始了！

2016年腊月，东庄西庄的大拆迁开始了！

阜平人有个老观念：穷不搬家，富不迁坟！所以，一个沉重的忧虑果然被传言证实了。东庄西庄的拆迁遇到了一个很大的难题！阜平扶贫中，拆迁房屋，住上高楼，难度不大，县里和乡政府能够有序协调，难度最大的还在迁坟！富不迁坟，就是传统难题，阜平实行土葬，坟地比较分散，做工作难度大，坟地不能迁，就等于房子也不能动，在老百姓眼里，活人和死人是一个整体。

因为阜平干部主力都在扶贫第一线，拆迁坟地的事情委托给河北建设集团园林工程公司。园林公司是负责职校的园林规划和施工的，对于迁坟这块硬骨头，他们还是有些怵头的。尽管这样，保定筑邦园林董事长崔伟京和建设集团园林公司老总张涛还是接受了。两家公司是多年合作单位，公司挑头做这事，比政府出面灵活一些。大家是一盘棋，牵一发而动全身。郝国赤书记叮嘱张涛说："这是敏感事情，工期固然重要，但是，一定耐心做老百姓工作，让老百姓满意！"

张涛去东庄与村长陈和新商量，然后又到西庄与辛文义村长协商，东奔西跑，磨破了嘴皮子。后来张涛才明白，迁坟涉及两层，一是坟地去处，二是两棵古柏怎样安置。

东庄的一位老者说："死人的房子，不能说平就平啦！"

张涛解释说："大爷，不是平坟，是迁坟，山上选了好风水，把坟地迁过去！"

迁坟和平坟都是动坟，背着抱着一般沉，老者还是想不通。老者说："都上楼了，我们这些老人没了，丧事咋办啊？"

张涛说："统一到墓地去办啊！墓地建设，考虑到这问题啦！"

长者不住地咳嗽，频频摇头。

在保定市开"两会"的时候，张涛和崔伟京向郝国赤汇报了东庄西庄的迁坟动员情况，同时商议了职校整体园林设计方案。

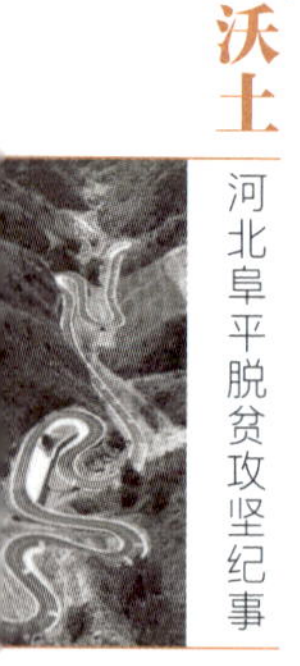

2017年秋天，受冷空气影响，一夜之间，阜平大地被裹上了冬装。这个季节里，公墓建成了！

在公墓大门口，张涛拉了拉衣领说："还真冷了！"冷节气并没有影响建设者们的热情，他们为了让老百姓满意，在设计上，广泛征求老百姓意见。有人信风水，有人不信，不管信不信，首先请风水大师看了墓地，风水是好的。另外，设计了大面积的家族祖坟墓地，还有中型的、小型的。墓地大门口，富丽堂皇，汉白玉大理石牌楼，雕刻了活灵活现的九龙壁。在最高处，乡里出资建了一个亭子，亭子下面，是各个属相的造型，鸡、猪、马、羊等依次排开。这些都是祭祀烧纸用的。村民到山上来看墓地，还是满意的，恢复理智的村民朴实地点点头，不再唱反调了。

第一个带头迁坟的是杨发金。他是阜平西庄村人，大家族，在北京当干部，当过驻外大使，他带着家人回乡看了看墓地，比较满意。他不仅自己带头迁坟，还劝大家尽快行动，他感动地说："习总书记能到阜平来，这是千载难逢的好机会，不能因死去的人影响活人脱贫啊！"说得真诚又得体。张涛他们在杨发金的建议下，出台了一个优惠政策，谁先选址，谁家能够得到好位置，补助2000元，行动慢的，可能选不到好位置，还可能面临补助的缩减。榜样的力量是无穷的。这一招挺灵，村干部和党员带头，人们争先恐后选址迁坟……

2015年4月，阜平启动了阜东产业园区建设。园区占地12.64平方公里，重点发展先进装备制造、绿色安全农副产品加工等产业，科学布局，发展空间巨大，已经具备"九平一通"的企业落户条件。

2017年10月，规模宏伟的阜平职教中心建成了！

职教中心建筑，典雅，高贵，让人欣喜，让人留恋，让人震撼！保定长城汽车捐赠职教中心1000万元的汽车。职教中心占地340亩，二期工程仍在建设中。每届招收6000名学生，来自河北、山西和内蒙古的贫困生免费上学，这不是扶贫是什么呢？工业园铺开的是阜平人的未来，阜平人未来的宏图大业！职教中心就出支撑这宏图大业的人才基石！老百姓的日子越过越红火，脸上泛着兴奋的红光！人们醒悟了，更加佩服郝国赤的深刻洞察力和预见能力，后悔当初解不开这个疙瘩。

可是，让大伙儿郁闷的是，郝国赤书记马上退休了！人们从郝国赤悲壮的表情里，看到了一种壮志未酬的依恋！

郝国赤想到自己即将离开阜平，有许多感慨，也有遗憾。遗憾的是，他没能等到2020年，政府宣布阜平完全脱贫的那一天啊！他走到人生工作的最后一幕了，不管台下是掌声，还是指责，还是悄无声息，只要问心无愧，就可以安然走下舞台了。郝国赤平静地说："退休是正常的，每个人都有这一天，年轻人比我干得好，他们会带领阜平迈上新台阶，走向新天地！"人们牢记着他的谆谆教诲，也敬佩他的胸怀。

月光皎洁，太行山如银似水。同志们，再见了！祝福你，我的阜平！

感恩有你，风雨同路！

出乎郝国赤意料的是，县里的领导同志们、老百姓们，都自发给他送行。此时相送，意味着更重的情谊，正如李白的诗歌所讲：桃花潭水三千尺，不及汪伦送我情。大家胜似亲人，与郝国赤难舍难分，挥泪而别。人们还播放了歌曲《好大一棵树》为他送行：欢乐你不笑，痛苦你不哭，撒给大地多少绿荫，那是爱的音符，你的胸怀在蓝天，深情藏沃土……

太行山的晚风把郝国赤热烫的泪珠吹落了，洒在脚下那片沙

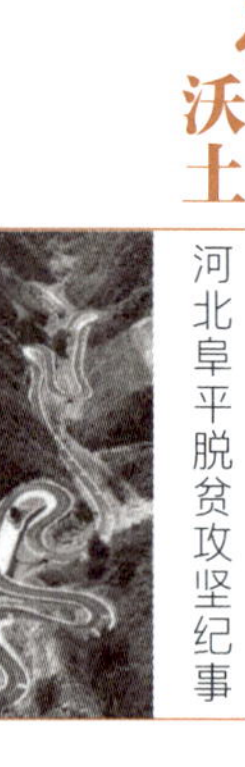

石土地上。

每人心中都有一杆秤。郝国赤正直、坦荡、无私、亲民，让他在阜平的岁月，赢得了极高的威望和普遍的尊敬，这种威望和尊敬，在他退休之后越来越明显地体现出来。

刘靖接任县委书记，继续带领阜平人民脱贫攻坚！我们相信，阜平的未来会更美好！

第二十二章　乡村振兴之路

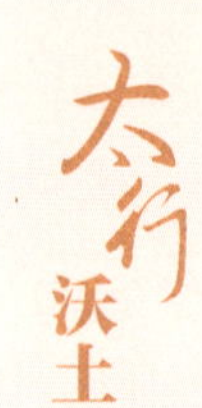

河北阜平脱贫攻坚纪事

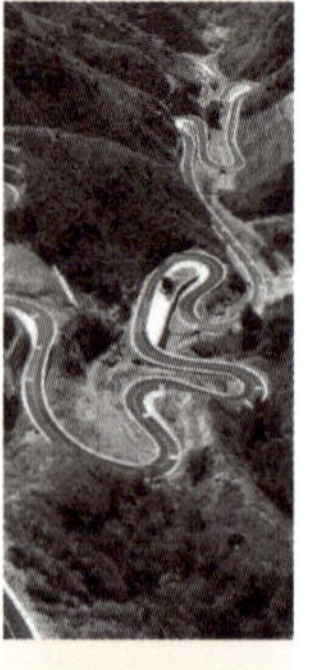

在阜平人眼里，乡村振兴或许只是个概念。

老百姓的嘴里，很少有天下大事，但是，家国大事平民百姓向来津津乐道，他们对乡村振兴有属于自己的想象。

在许皞思维里，乡村振兴是立体的，可触可感的。

许皞，57岁，著名教授，河北农大资源与环境科学院院长，九三学社保定市主委，河北保定政协副主席。他中等身材，白白的脸庞，坚毅、儒雅、睿智，细长的眼睛闪闪发亮。尽管表情生动，毕竟年龄到了，微笑起来眼角显出鱼尾纹。他感觉，日子眨眼就溜走了，秋霜似的白发笼上了额头鬓角。

人生余下的时光，许皞要干点什么呢？

其实，许皞是学土地资源的，社会需要他为“三农问题”做的研究课题很多，他为什么一头钻进了太行山？

桃花开了，枣花开了，太行山如蒸霞一般。

许皞觉得湿润的山风无比凉爽。他走进太行山，轻踏石阶而上，仰望辽道背、歪头山、玫瑰坨、黄落伞、百草坨等山峰，他深深感到，走进太行山，时间无需太长，足以让人发生判若两人、一言难尽的改变。花朵的芬芳滋养了生命。许皞在一块青石板上缓缓坐下来，他觉得，坐在那里，在一种宁静的状态中，用心去体悟、倾听大自然的天籁之音。大山神奇的陌生感，厚厚的隔膜，就会慢慢消除，他整个身心渐渐与大自然融为一体，达成一种默契，心灵得到净化与升华。他独自一人在歪头山上的青石板上，一坐就是6个小时。他如入幻境，仿佛在他眼睛的后面，还有一双眼睛，大山的眼睛。许皞忽然想与大山对话了。他深沉地问：“大山，你会做什么？”

大山的回声，神秘而悠远。

许皞问：“你不允许我们做什么？”

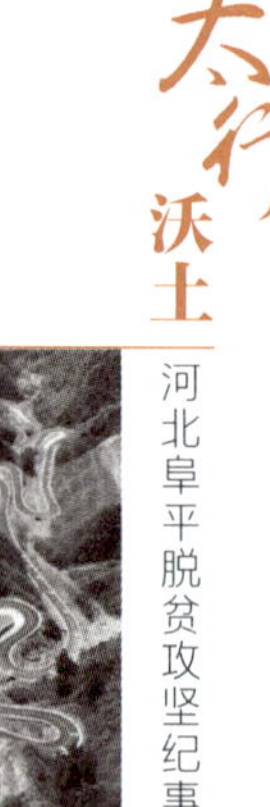

大山的回声，温声细语，耐人寻味。

许皞表情凝重，眼睛微微睁开，在看与不看之间，刹那间，头脑里灵光闪现，得出一个振奋人心的结论：把自然看懂了，到处都是财富！

这一切，似乎有些空灵，却又真真切切。这个命题与习近平总书记提出的“绿水青山就是金山银山”不正是一脉相承的吗！

过去，人们一提阜平就随口说，那儿是穷山恶水。穷山里的阜平人，似乎走入绝境，有时候像孩子一般在太行山里幻想，会不会有奇迹让他们摆脱厄运呢？许皞从大自然中得到暗示：大自然的美，可以转换成旅游财富模式。要使卵石臻于完美，并非锤的打击，而是水的且歌且舞。

阜平在东西 40 公里距离内高差 2000 多米，随高度变化，气温、降水、土壤、植物、农耕、民俗等发生有规律的变化，再加上阜平有古老的太古界古老地层，以及对应的地质地貌，这些汇集起来是难得的财富来源，关键是，如何把妨碍人们生产生活导致贫困的高山深谷转化成财富，需要深刻思考！

从岩层分布看，这里有太古界的变质岩出露。组成这里的基底岩系太行山区太古界，分为阜平群和五台群。阜平群有片麻岩、变质岩、大理岩等，而这种古老的变质岩，唯阜平独有。

人对于自然要有敬畏之心。要顺天而行，顺应自然规律寻觅财富，从资源特色中找出路。阜平的高山深谷和丰富的地质现象是发展特色旅游难得的条件。敬畏变质岩，让人们了解变质岩，再与对应的地质地貌现象结合，这便形成了地质旅游。

许皞想，有这样的地形地貌、有这样的底层、有这样的气候、有这样的饮食、有这样的文化，只要用起来，阜平会不振自兴的！

说到许皞与阜平的缘分，得益于贾瑞生县长的诚挚邀请。2017年底，河北省开两会，贾瑞生当时还在保定莲池区当区长。两人在人大会上相识，并结下深厚的友谊。2018年7月，贾瑞生调任阜平任县长，在人大会议上两人再相遇，许皞说，乡村振兴，只要找对了路子，乡村不振自兴！贾瑞生被说愣了，这让他产生许多联想，诱他走进各种角色。许皞说："我明白，你们想的是阜平的未来。"贾瑞生说："我们的未来往哪儿想啊？"许皞微微一笑："当然是脱贫攻坚与乡村振兴的衔接了。"贾瑞生哈哈笑了："您是专家，那就等您出山啦！"说着，贾瑞生站起身给许皞鞠了三个躬。真真切切的一声邀请，许皞被这位年轻的县长感动了。在与贾瑞生的交往中，许皞感觉这位高碑店长大的青年，讲仁义，讲义气，有思想，站位高，办事诚信可靠。许皞欣然答应了贾瑞生的邀请。由于常年在基层，贾瑞生对"三农"思考较多，而许皞恰恰是研究"三农"问题的教授，两人有着共同的思考：在脱贫之后，怎样让农民、农村和农业获得可持续发展，实现乡村振兴！

贾瑞生到阜平当县长，与刘靖书记商量：阜平脱贫攻坚即将结束，下一步从哪里突破？实现乡村振兴？请许皞到阜平调研把脉，尽早布置，提前破局。

夜里，贾瑞生久久无眠，陷入了深沉的思索中……

按乡村振兴的要求，乡村产业兴旺，生态宜居，乡风文明，治理有效，生活富裕。这些不是口号随便说说的，需要阜平人拿出脱贫攻坚的精神继续向前拼搏、落实到位！从哪里破解呢？他去保定与许皞再次商讨，两人促膝彻夜长谈，对一些萦绕于心难以破解的难题，进行了深入的探讨，碰撞出了许多思想火花，心中各自有了尽管不成熟但有助于今后思考的答案。

2019年夏天，许皞召集专家团队，在阜平搞了一个阜平资源

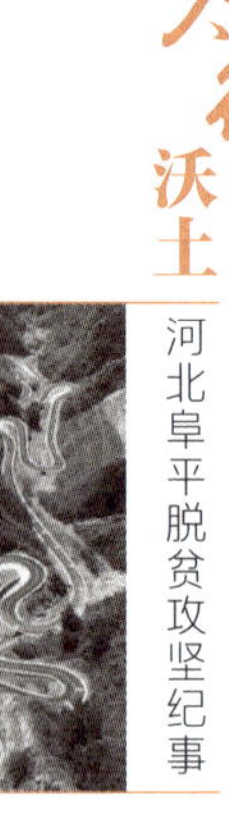

信息全信息调查。河北农大资源与环境科学学院等8个学院的专家、教授、博士生、硕士生，齐聚阜平，走村串户，调查阜平自然资源、社会资源、人文资源等等。为了乡村振兴，发现资源，开发潜力。许皞带领专家们走遍了阜平的山山水水，让大家零距离地触摸到了阜平的一草一木，这激发了他们的睿智灵光，相继提出了不少建设性的指导意见，许皞为此十分欣喜。

更让许皞欣喜的是，由于大山隔离，阜平四个地方的人的脸谱竟然不同。他的描述让贾瑞生县长感到惊奇。细细琢磨，还真是如此。许皞微笑着说："骆驼湾人短方脸、浓眉毛，城南庄人长方脸、轻眉毛，这包装好了，不就是旅游资源吗？"

由人的脸，想到事。往事浮现出来，历历在目，恍如昨日，想停都停不下来。调研结果很快出来，阜平产业振兴这一项，许皞给作出了"三级四层"资源特色产业体系。产业分级：第一级，旅游业；第二级，农业；第三级，工业。四层定位是：以旅游业为主导，农业服务于旅游业，工业服务于旅游和农业，服务业服务于旅游、农业和工业。

刘靖和贾瑞生对许皞的研究成果非常认可。许皞的发现立意新颖，见解独到，反映了旅游的内在规律，以及对阜平新的认知、新的感受，给人以新的启迪。他们心中涌起无限的喜悦和力量。旅游，是他们经常冒出来的想法，可是没有系统和高度，许皞的设想大大增加了他们的信心。

许皞胸有成竹地说："世界上的事，就怕认真，我们开发旅游资源就得认真！"

刘靖和贾瑞生心悦诚服地倾听着。

许皞走在黑崖沟的山坡上，看见一位放羊的老人。老人仰身靠着山石唱《晕头叹》：晕大爷在亭中自寻思，思想起，世态炎凉实在可恨，如今是敬富不敬贫，贫在深山无人问，富在深山有远亲……

许皞笑了笑说："大爷，这歌词过时了，如今你们黑崖沟脱贫了，贫在深山有人问，穷在深山有远亲……"

老头儿不唱了，点了一锅旱烟，吧嗒吧嗒地抽着。

许皞抬手指了指歪头山："你顺着沟捡，到处都是钱啊！"

老头儿愣了愣，叹息说："有钱你早捡走了，还轮得着我这放羊的？"

许皞笑着："现在你不信，以后你就明白喽！"

老头儿对许皞的话大惑不解，他不愿听忽悠人的话，嘟囔说："哪有天上掉馅饼的事儿啊！"说着赶着羊群下坡走了。

许皞继续向歪头山攀登……

旅游产业，这小小的口号，转化成生产力，便会格外引人注目。许皞又有了新发现：阜平红色旅游资源有目共睹，这一项会越做越大。自然资源开发，潜力巨大。未来将人的观念从"以人为本"向"以自然为本"转变，从人的基本要求来看，"食"，田园生态绝对重要，蔬菜基本是有机蔬菜，从有机蔬菜转向当地的原种食品，人们开始关心土壤、树木和河流，把这些当成自己的孩子。乡村美丽的环境，将成为城市人追求的主要目标，随着老龄化社会到来，"空心村"将为乡村带来新的希望，城市将会留下"空心城"。阜平的九沟十八寨，沟里保持原貌，造寨时候看山形、水形，量身定制，保护环境又得财富。其实，山还是那座山，人还是这些人，资源没有改变，只是看待资源的眼光变了，结局必然发生改变。阜平人在未来要重新拥有它，让山山水水，一石一木焕发新的青春。许皞是乐观的，这种乐观是信念，以后将信念变成行动，那是一片即将降临的摇钱树、聚宝盆。

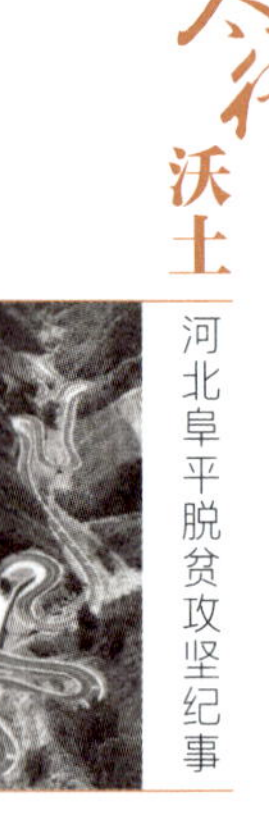

许皞说："一日看四季！"

常规是一年四季轮回，赶上一天能看到四季轮回，绝对是新鲜事，将来会吸引多少游客观光？

比如歪头山，海拔 2286.2 米，位于龙泉关与寿长寺两地与山西省交界处，是保定市最高峰。如果在一座山峰一个寨建设 5 个饭店，分别在 5 个海拔高度，午饭在山顶吃，晚饭在山腰吃，夜宵在山下吃，吃饭与观光在不同海拔地，感觉就是不同的，气候上如同经历了四季，游客带着孩子游玩，探寻这种变化，既得到知识，又品到情趣。

调查中看到阜平的饮食，许皞感觉太丰富了。阜平 300 吃，按海拔高度分成组合，形成阜平海拔餐饮系列，将会助推阜平的旅游。豆腐、摊黄子、煎饼、扒糕、顾家笼包、烧饼、凉粉等等，数不胜数。旅游中品尝小吃是一种时尚，特别是经过疫情后，这种乡野小吃更受都市人青睐。

许皞觉得，只有生命美丽的时候，世界才是美丽的。山野闲趣，营造一种浪漫，今人已多难得。登一座山，就像读一本书，煮一壶茶，焚一炷香，抚一首曲，优雅、清畅、安魂。这样的资源不正适合康养和旅游吗？还有，工作快节奏、精神极度紧张的亚健康人群，可以到阜平疗养，到山上晒太阳，倾听树叶落地的声音，病情得到医治或缓解。难道这不是康养旅游吗？

阜平民间工艺美术历史悠久，品种丰富，有泥塑、蜡塑、扎纸、柳编、年画、木刻、砖雕、石刻、剪纸、布贴、花灯等 30 多种，特别是剪纸，在民间妇女中流传甚广，相当普及，不乏佳作。有的女孩随便捡到纸片，抓起剪子就能剪出一花、一草、一动物。这些都是将来需要开发的旅游资源。许皞的观点：只要观念变了，一条毛毛虫都会变成美丽的蝴蝶。我们不能将这些老祖宗留给我们的遗产束之高阁，要以活态化方式呈现阜平民间技艺，促进乡村振兴。

许皞考察了胭脂河，那有云花溪谷旅游，在阜平夏庄乡境内，毗邻佛教圣地五台山。这个旅游项目以胭脂河漂流为主，融户外运动、亲水娱乐、文化休闲为一体，勇敢挑战释放压力，让人在享受美丽山水中感受大自然的魅力。

一个突出问题是，山地、土地规模化多功能利用，需要调整土地关系，经营权共享，促进土地规模化运营，创造多尺度多功能土地利用方式，打造空间连续体产品，实现“一地多用，一田多产”财富叠加，构建阜平海拔特色旅游业。旅游带动百业兴的局面必将到来，山地林果、食用菌、硒鸽、手工业等产业都将为旅游服务，旅游反过来促进产业振兴，形成良性互动。产业拉动农民职业化，促进村落多功能升级，真正走上“三农化一农”路径。

许皞在几个衔接中，进行了深入分析和探索。

完成几个衔接，一是国家战略意图与阜平地方优势的衔接；二是脱贫摘帽与乡村振兴的衔接；三是经营权共享与地方人才承接能力的衔接；四是乡村振兴与城乡融合发展的衔接。完成几个机制的建立，一是传统分散生产向空间连续体开发跃升机制；二是政府与企业与小农户的衔接机制；三是分散的农户与分散的中等收入人群的衔接机制；四是农村社会管理与城乡融合社会管理的衔接机制。解决几个问题，比如现代化经营手段理念与地方运营能力的矛盾，科技队伍专业性强与乡村振兴需求综合性强的矛盾，解决脱贫攻坚外援的再利用问题，等等。这些问题都被许皞研究得十分透彻。

2020 年 6 月 25 日，这一天是端午节。

一场暴雨刚过，天气清爽。刘靖书记和贾瑞生县长没有回家过节，而是来到了许皞的阜平工作室，要和他一起过节，看望这

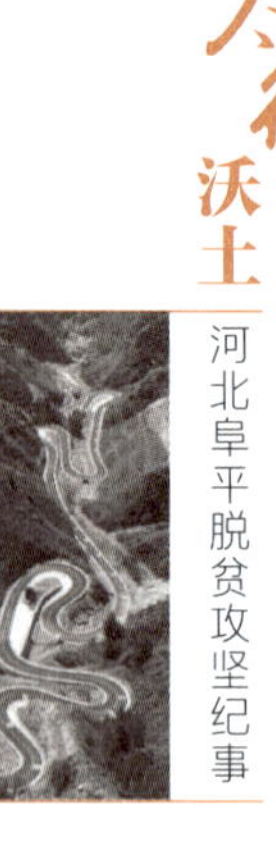

个研究团队。杨贵明也在，他是河北农大为阜平派来的挂职副县长，阜平人，如今是河北农大资源与环境科学院副院长，也是许皞的助手。许皞与他们促膝长谈，话题是大旅游与阜平产业振兴的具体思路。

刘靖和贾瑞生感激地说："谢谢许主席啊！"

他们清楚，许皞团队的探索，不是他的个人行为，他是阜平政府的特聘专家，大家都有一种敢为天下先的义士之感，为阜平探索未来创新之路，所以，他们也就更心悦诚服地倾听许皞的讲解。旅游中，活态化、体验化、科技化、艺术化、文创化、游戏化、节庆化和全息化，将成为创新模式。

许皞讲得头头是道，大家听得鸦雀无声。

刘靖的眼睛稍稍眯起，认真听着，用心记着。作为一方主官，面对老百姓殷切期盼的眼神，面对阜平转型升级的具体现状，他的思路渐渐清晰了。

振作起精神来，走上阜平的振兴之路，那就是希望！

阜平人牢固树立"创新、协调、绿色、开放、共享"的发展理念，走中国特色社会主义乡村振兴道路。他们已经把脱贫攻坚与乡村振兴无缝对接，阜平必然在未来实现生态小循环：智慧互联、立体多维、高质高效、文旅度假的全产业链的全景化现代农业，构建现代化农业产业体系、生产体系和经营体系，推动形成城乡融合发展，为农业现代化奠定坚实基础！

阜平人走上了乡村振兴的康庄大道……

第二十三章 脚踏大地唱华章

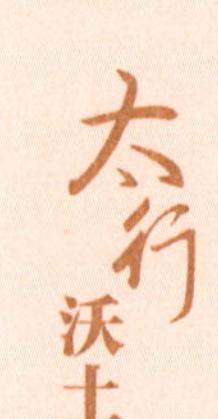

太行沃土

河北阜平脱贫攻坚纪事

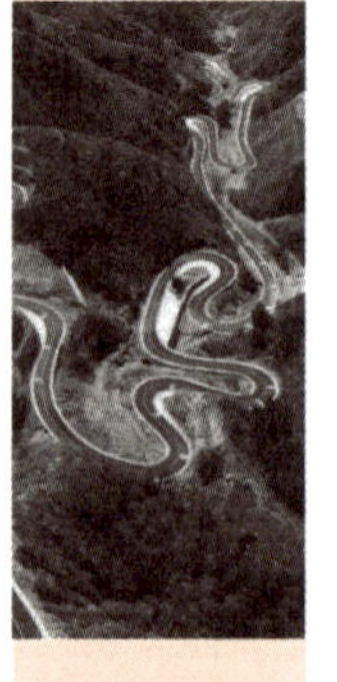

脱贫攻坚，铸造了新的中国精神！

阜平扶贫，不仅是国家扶贫的起点，也为人类扶贫竖起了一个标杆！一个质量与速度的标杆，一个精神与力量的标杆！

脱贫攻坚，不仅仅是中国故事，也是人类故事。其艰难，其奋斗，其荣耀，值得载入人类发展史册！其实，人类的发展史是一部饥饿史，或是一部战胜饥饿的历史！人类最大的挑战，除了战争，就是面对饥饿和贫困的威胁。饥饿容易让人类看到生命的尽头，贫困致使人类的生命绝望，造成人类为世界悲伤，为自己痛哭。如何让人类脱贫？如何提升扶贫效率？如何合理配置扶贫资源？如何激发政府和个体生命的内在潜力？

这是人类应该思考的问题！

有一位英国记者问：中国人来英国投资不少，到世界各地都有投资，如果中国有那么多钱给其他国家投资，那么为什么不用这些钱发展中国贫困地区呢？回答这个问题的是剑桥大学的一位博士，名叫Janusdongye，他不仅当场回答，还写了一篇文章《14亿中国人是如何喂饱自己的？》。他到过中国甘肃、贵州、云南、广西，那里的发展速度让他震撼，他从这几个省份真实数据入手，谈中国政府和人民为了脱贫攻坚都做了什么。中国没有放弃任何一个偏远地区，一砖一瓦的建设连通了每一个角落，高铁不计成本地通过去了，让教育、物流流通到每一个山村，让电力，点亮每一个乡村。文章在英国轰动了，世界沉默了！他说不要用傲慢和偏见的眼光看待今天的中国了，中国人用自己的行动向世界证明，中国的脱贫攻坚是人类最美丽的风景！

贫穷往往限制我们的想象力，改革开放之初，中国有多穷？只有经历过的人知道。40多年来，已有6亿人脱贫，党的十八大之后，2012年12月29日到30日，习总书记亲自来到阜平骆驼

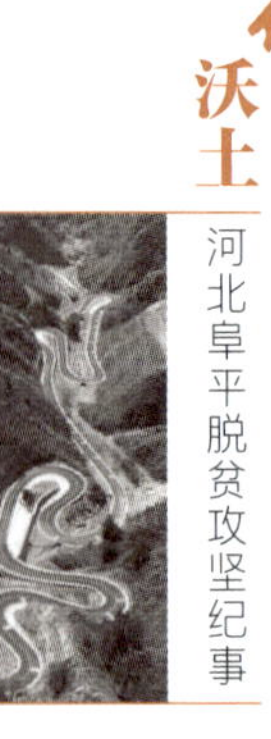

湾、顾家台看望困难群众，目的是了解中国最贫困地方群众的真实情况，思考经济社会发展的短板，共商全面建成小康社会的大计。为了确保习总书记考察中，见群众，听真话，摸实情，绝不允许弄虚作假，阜平党政领导落实很好，让习总书记真切体验到了百姓疾苦，细究贫困症结。老百姓期盼的小康，是习总书记心里的一本民生账。从阜平开始，向全国吹响扶贫攻坚的号角！之后，习总书记又走遍了全国各地的无数贫困地区，慰问困难群众，特别是在湖南十八洞村，提出"精准扶贫"的理念，到2020年，最后贫困的几千万人口正式脱贫！这些人，大多是深山里的农民！人类有史以来，何曾有过政府组织人力物力，到深山老林、荒漠旷野扶贫开发？一切为了人民！坚持人民至上，依靠人民，造福人民，根植人民！只有中国共产党、中国政府，敢于自我设定全民进入小康的期限，党和政府带领全国人民，以踏石留印、抓铁有痕的精神打赢了这场扶贫攻坚战，帮助贫困人口逃离了苦境，贫困县全部摘帽儿！

只要有信心，黄土变成金！习总书记的这句话，一语惊醒梦中人，如今在阜平百姓中间深入人心。

路走对了，就不怕远！

鸟群消失在太行山遥远的天空，天地恢复了宁静，落霞红得像花一样。我们仿佛闻到了太行山的花香，有花便有了诗情，每个漆黑的夜晚，花儿都悄然醒着。啊，太行山，生命的摇篮，革命的圣地，人类的故乡，在太行山神奇的土地上，两种红色巧妙地衔接、融合、升华了，整整跨越了70年，阜平人骨头是硬的，骨头缝里藏着人间的风景。在实现民族复兴的征程中，阜平人民脱贫致富，这是他们的光荣与梦想！他们获得了应有的尊严，在心灵的炼狱中升华，以此带来的是内心的富有、辽阔、专注、澄澈。他们完成了凤凰涅槃式的生命转换！

聂荣臻元帅曾说：阜平不富，死不瞑目！

苦心人，天不负！ 2020 年 2 月 29 日，河北省人民政府发布通知：经河北省扶贫开发和脱贫工作领导小组同意，批准围场满族蒙古族自治县等 13 个县和涿鹿县赵家鹏区退出贫困县。其中就含有阜平县，这标志着河北省贫困县全部“摘帽”！河北省委书记王东峰向阜平县委书记刘靖表示衷心祝贺！几年来，王东峰书记多次到阜平走访慰问困难群众，现场解决实际问题，他强调，坚持以人民为中心，切实把习近平总书记和党中央的关怀送到群众心坎上！阜平县正式脱贫摘帽儿啦！惊人的喜讯，来得突然，又在情理之中，县扶贫办工作人员报告最后一个农民成功脱贫的那一刻，还是哽咽了。明媚的阳光带来金色的消息，带给人惊喜，同时还有微微的颤抖！这一天，来得太不容易了，阜平人可以告慰在晋察冀献身的英烈，更可以让聂荣臻元帅含笑九泉了！

天若有情，天亦感动！

有人断言，脱贫攻坚大业，有时要付出比战争更大的坚韧，需穿越生活表象而抵达生命的本真。说到中国乡村贫困，不能绕开以往所说的“三农”问题，不能把问题简单化，要寻找问题真相，揭示问题的根本症结。俗话讲：一方水土养一方人！四维之中，水为命之象，土为命之基。水土有特定的气场和依托，亘古不变，就像绵延起伏的太行山，然而在阜平，在骆驼湾，很长的日子里，穷困的农民都绝望流泪，诅咒发誓：下辈子可别托生在阜平啦！这意味着，哪怕地老天荒，也要逃离太行山混到城里去！也意味着，一方水土不能养一方人了！走吧，阜平的青年人走了，留下离别时的祈愿。他们含泪说，等我们在外边活得好了，就回来接老人，尽床头之孝。其实，男人离开了故乡，倒插门，祈愿

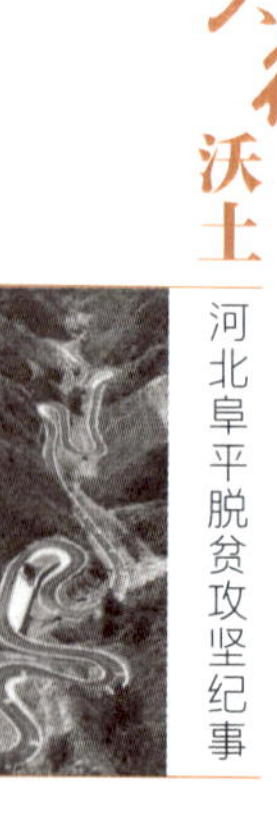

飘荡在空中，很少有能力把老人接走，留守老人和儿童，在村庄靠玉米和土豆艰难度日。在阜平最困难的时候，有人说：走吧，别回阜平啦！这句话戳到了政府领导和民众的痛点，其中的辛酸几人能懂？那挥之不去的悲伤啊！悲伤的源头是什么？

太行山不冷，冷在人的心里，这里的最寒冷之处，是让人看到因贫穷而找不回的尊严！

人同此心，心同此理。所有的辛酸和悲伤都来自对幸福的追求！河北人民、阜平人民，不信邪不屈服，用双脚去探索没有路的路。他们觉得，世上本没有敌人，真正的敌人只有自己！那是一种大山背负者的心灵觉醒，追溯生命的艰难蜕变。在深入扶贫攻坚阶段，尝试探索国家扶贫政策遭遇的难题和需要修正的路径，及时向国务院扶贫办汇报。阜平样本，展示了一个典型贫困县怎样的脱贫攻坚之路！

那是摆脱苦难的开始！

阜平扶贫攻坚之路，是在曲折坎坷中走来的。成长就是一个不断发现自己被欺骗，而又不断觉醒的过程。成长很残酷，成长的代价是沉重的，有时是致命的！世上本没有欺骗，是你的无知和愚昧在追逐谎言。历史常常在捉弄着人们，在求生存的轨道上兜了一个大圈之后，又回到生活的某个原点。谁能忘记，阜平以前脱贫之路显然迷惘，两养两种模式怎样破局？养牛养羊，种植大枣核桃，养牛的失败，曾经让阜平人迷惑不已。革命年代，阜平不就是靠这些吗？今天怎么就不符合阜平实际了呢？倦鸟的幸运在于迷途知返。穷则思变。下一步，怎么办？怎么办？

太行山的山顶，旭日东升！

2013 年 11 月，“精准扶贫”概念提出后，便成为阜平扶贫工作的核心。阜平人终于醒悟了，警惕过去的一种误区，将扶贫变成向社会争取资源的捷径，阜平干部群众终于明白，突然机遇降临，要用务实精神，沉着应战，有效避免扶贫送款再返贫的怪圈，把国家大量输血变成内部生长肌理。他们按照“企业＋园区＋农户”的带贫模式，真正把高效林果、手工业加工、食用菌、特色养殖等产业与区域大经济圈对接，让产品有了大市场，农民不仅营收脱贫，而且有了抗风险能力，彻底解决了“两不愁三保障”。吃不愁，穿不愁，住房、教育、医疗得到充分的保障。2020 年，全面建成小康社会，到了脱贫攻坚认真算账的时候，对账本和扶贫手册把关严格，算收支账、时间账、医疗账、教育账，决不急功近利，决不虚报政绩，赢得了人民的信任！从骆驼湾的笑声，到整个阜平农民的神态，再到整个干部队伍的精神风貌，都透出深深的幸福之意。我们总结阜平扶贫成果，还有一个重要收获：锻炼了一支优质的干部队伍，尤其是年轻干部在淬火中成长。扶贫攻坚中，我们对比一下，当初干部队伍什么样子？现在是什么状态？简直是天壤之别。我们的阜平干部，千钧重担压身，真刀真枪磨砺，在扶贫攻坚中打开了视野，锤炼了心志，增强了本领，成为一支有希望、能担当、靠得住的钢铁队伍，赢得了党和人民的高度信任！一位妈妈到食用菌工地找自己的儿子，儿子是科级干部，与老百姓一同劳动，穿着普通的衣裳，脸晒黑了，身上满是泥土，接待人员故意不喊，让老妈妈自己辨认自己的儿子，老妈妈摇着头说：“让我认儿子，真的认不出来了！”干部不仅转变了作风，而且还练就了分辨是非的眼睛，培育了能够严肃思考党和国家命运的头脑……是啊，我们的干部围绕阜平人民对美好生活的追求，一步一个脚印，一棒接着一棒地往前走，在有限的时间里，完成了艰难的跨越，我们绷紧的神经经历了一次峰回路转的惊喜！

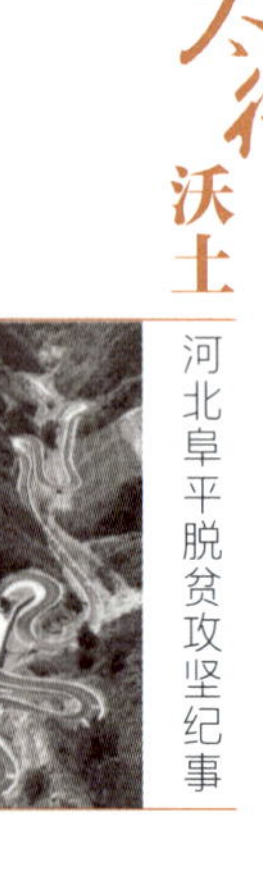

啊，太行山啊，与我们的生命一样，勇敢而巍峨。那是一脉我们永远看不够的风景，那苍凉凌厉的风声，是阅尽艰辛的无字之书！

乌云在溃退，云缝里露出碧蓝的天空。比贫穷更可怕的是人心，精神扶贫比物质扶贫更重要！我们欣喜地看到老百姓的成长，他们在脱贫之后体味到了什么是幸福。幸福，或者说是人生价值，包括心灵的富有。核心价值观得到完美诠释！党和政府的扶贫政策，赢得了民心，老百姓有了爱心，品尝到了人生无限的幸福！过去，贫穷限制了他们的想象，也压抑了他们的幸福。脱贫以后，他们还明白了另外一个道理：幸福是一种感觉，也是一种姿态。过去无数艰难困苦的岁月里，何尝不包含着人生的幸福?!

脱贫的阜平人，感觉有一个遥远的地方在召唤，他们不间断地做着远行的梦！让人敬佩的是，他们在扶贫攻坚中锻炼了队伍，还培育了珍贵的感恩情怀，他们正式宣告，将自己的优势产业硒鸽养殖输入到新疆贫困地区。同时，他们还说，老百姓如果素质不高，即便脱贫也不会感受到幸福的！于是，阜平人结合红色文化，对脱贫群众进行文化扶贫、精神扶贫，将扶贫与乡村振兴有机结合，将脱贫攻坚推向更高境界！这是怎样一种无畏的豪气！这是阜平扶贫干部的奋斗精神与百姓精神风貌给人的启迪。那是激荡人心的力量，是脱贫攻坚时代命题之中最鲜活的注脚！

天光降吉祥，地德载兴隆。财富不是天上掉下来的，幸福也不是天上掉下来的，需要我们去努力奋斗！成功的这一刻，太行山苏醒了，就像天眼一样照亮了人们的灵魂！

阜平是苦难的，阜平也是光荣的。阜平曾经占据了尴尬的两极。阜平的确有其特殊性，三区合一：革命老区，太行山区，贫困地区。深入到历史深处，飘荡着岁月的风情。历史有聂荣臻元帅领导晋察冀历史之红，毛主席曾在城南庄、花山村工作生活过；今天，有习近平总书记看望骆驼湾和顾家台困难群众。全国脱贫攻坚的号角，从这里吹响：在扶贫的路上，不能落下一个贫困家庭，不能丢下一个贫困群众！这是新时代之红，这就像阜平老百姓扭秧歌用的霸王鞭，两头都是红绸子，红得像燃烧的火焰。火焰像是一束光，一座灯塔，引领人们走向远方！生活不只有拼搏，还有诗与远方……

梦里的，存在的，虚幻的，该留下的留下了，该走的化为尘埃永远消失了。我们常常想，脱贫攻坚最该留下的是什么呢？

真正塑造人格的是挫折和苦难。在脱贫攻坚的路上，扶贫攻坚应该留下的是不屈的精神！人的精神不是活出来的，是练出来的，拼出来的，是数代阜平人薪火相传的结晶！我们走进晋察冀边区纪念馆，感受红色的时代精神资源。我们消耗着历史上太行山的精神资源，今天的脱贫攻坚又成为新的精神资源的提供者。

阜平脱贫了，他们想得最多的是，脱贫之后怎么办？

答案就在阜平人的行动中：升级致富，文化育人，乡村振兴！我们说乡村振兴的力度最终体现在精神气度上，精神资源有两个层面：一个是我们共产党人坚定的理想信念，另一个是人民的内在精神能力。把自己的血肉，连同自己的灵魂，筑起我们新的长城！这其中也是要求我们有充沛的精神资源。透过脱贫攻坚的故事去深挖，寻找其精神力量。我们看到了人类道德力量、价值秩序和人文关怀，找到新的精神增长点，追寻一种至高的精神境界，感受精神的阳光和雨露。人的精神成长，离不开土地。人民应该怎样面对琐碎的日常生活的贫困问题，在迈向富裕的进程中，完成精神的超越？在现实中寻找精神之光，去照亮世界！那些干部，那些普通贫困户，成为创造历史的英雄。奉献也是爱，但这一切

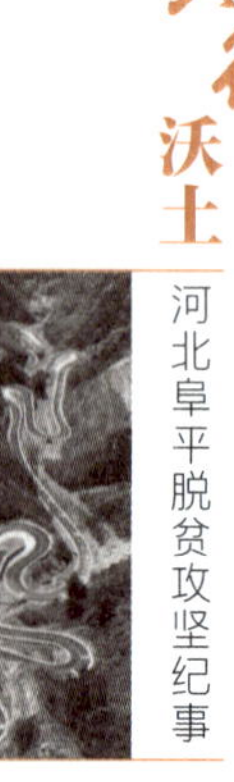

都要爱的烛照。现代人更多是享受，而不是爱，享受是掠夺，而爱是施与。二者有着本质的区别。他们用无畏的行动，把崇高和卑劣截然分开了，用人间大爱完成了灵魂的审视，而达到对人的精神关照。从这个意义上说，脱贫攻坚也是对人性的真正拷问，扶贫故事本身也揭示了人类精神生活的深刻层面。

英雄不会从天而降，只因我们挺身而出。扶贫是一场不声不响的战争，幕后却是一场阻击战，面对贫穷这个强敌，献身的时刻已到，等待着一场决战，为了生存，为了百姓幸福，他们豁出去了，有人甚至牺牲了自己的生命！请记住那些英勇不屈的身影吧！

我们仿佛看到了，英雄们激情洋溢、恣意挥洒的泪雨。在太行山上，无数驻村干部，第一书记，驻村工作组，以及那些阜平当地的脱贫干部，脚踏实地，不离不弃，鞠躬尽瘁，至死不渝！还有那些为创造新生活而奋斗的阜平人民，由懒惰变勤劳，奋勇拼搏的故事，都应该载入史册。这里不仅仅有起承转合的故事，还有扶贫干部与人民群众建立的血浓于水的真挚感情，那是无尽的爱。爱得真，爱得深，便会感到生命的坚韧与情感的深厚！

我们自豪地说，我们给记忆命名，给阜平脱贫攻坚命名，像点燃心中的一盏明灯，这是历史留给后人的精神财富。这样的记忆，让我们的生命有了归属，有了顾盼，有了呼应。给我们身边普通的英雄命名，因为他们的痴心，因为共产党人的初心！党员干部的扶贫情怀，情到深处，志比钢坚。在百姓的冷暖间，彰显了道义和担当，在乡村振兴的道路上，抒写着情怀与热望。同时，党和政府在探索中，不断完善了扶贫攻坚的体制机制，完成了四梁八柱的顶层设计，这是脱贫攻坚制胜的法宝！一个人也好，一个国家也罢，为什么由穷变富？中国飞速发展的原因让有些人困惑，中国崛起的速度让有些人恐惧。通过表象看本质，我们相信，每一位亲临脱贫攻坚战场的人，都能找到相应的答案并作出深入精准的个性化思考！

在太行山，我们采集清晨的鸟鸣和夜晚的萤火！

信心决定态度，态度决定一切，放慢脚步，我们会看到不一样的风景。从泪水里走出来，就是汗水浇灌的花田，春水初生，春林茂盛。我们记住了脱贫攻坚的两个主体：一个主体是扶贫干部，一个主体是穷困户。这等于说，我们面对的是每一个人，每一个生命！我们没有回避人的贫困，没有虚化苦难和疼痛，没有遮盖现状和悲剧，拯救者的崇高也是人的崇高！人的理性与思想应该是崇高的，弘扬崇高也是扶贫对生命悲剧的强大反拨！只有生命美丽，世界才是美丽的。崇高的精神，永远留在人民心中。从群众中来到群众中去，赋予乡村振兴故事最蓬勃的生命力！

绿色阜平，有花的点缀，神鸟的守护，必然生机勃勃。产业升级了，绿水青山留住了。绿色被汗水染成，蓝天与山峦融为一体！啊，欢乐比痛苦还深沉！胭脂河水，静静地流淌着……

落魄的人在寻找还乡的路，这条路还有多远？

扶贫攻坚胜利之后，也留给我们一些警示和反思：怎样提高人的素质？“输血”只能解一时之困、救眼前之急，必须努力提高贫困人口的素质和自身的“造血”能力。怎样保持并提升乡村的造血功能？怎样改变人性的懒惰和其他弱点？我们看到，阜平职教中心的壮大，为社会培养一批批技术型人才，实现了造血功能的新跨越！可是，有个别地方，农民的素质没有提升，自己在打麻将，让年轻的第一书记给他家改造厕所挑大粪，心安理得，这种现象让人气愤，难道这一切都是应该的吗？难道自己吃苦，就忌妒别人的幸福吗？有的农民已经脱贫，本来是值得庆贺的，但是，这些农民却情绪低落，他们不让帮扶干部离开，担心未来会

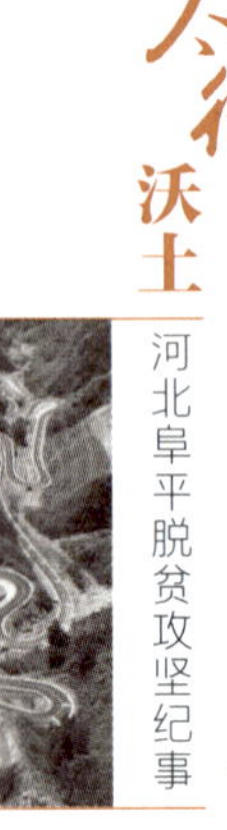

返贫，恐怕明天的事情没人管，家里什么繁琐的事情都交给帮扶干部，这是一种什么心理？脱贫农民笑了，扶贫干部却哭了，这笑，这哭，都是因为欢乐，哭的人知道而笑的人并不知道，这欢乐是多少痛苦煎熬换来的？当然，也有少数扶贫干部，自身素质不高，有人私自挪用扶贫款，有的对扶贫户吃拿卡要，这是一种什么行为？残酷的现实给我们敲响警钟：脱贫之后怎样教育农民，提升农民素质？怎样教育干部、提升干部精神境界？

生活不会这样结束，扶贫也没有结束，生活和扶贫会一直向前走去。目前，阜平人已经把脱贫攻坚与乡村振兴无缝对接，阜平必然在未来实现生态小循环：智慧互联、立体多维、高质高效、文旅度假的全产业链的全景化现代农业，构建现代化农业产业体系、生产体系和经营体系，推动形成城乡融合发展，为农业现代化奠定坚实基础！

2020年春天，突如其来的新冠肺炎疫情，为脱贫攻坚带来了新的挑战。阜平也与全国一样，战胜疫情，恢复生产！灾难是观照民族灵魂的镜子，中国政府和人民处理果断，不惧困难，不怕牺牲，英勇抗疫，不仅在自己国家取得胜利，从人类命运共同体的角度，为世界各国树立了标杆，还为世界各国抗击疫情贡献了经验和自己的力量。

多难兴邦！

我们常常在想，中华民族，要经历多少风雨和磨难，才能最终实现自己的伟大梦想？我们深深牢记，打铁还要自身硬。中华民族在历史上经历过无数磨难，包括饥饿贫穷，但从来没有被压垮过，而是愈挫愈勇，不断在磨难中成长，在磨难中奋起！

有时候，内心越是活跃和激烈，外表越是平静。一方有难，八方支援；一方贫困，同样是八方支援！抗击疫情也好，脱贫攻坚也罢，让世界看到了中华民族的强大凝聚力。团结一心，共渡难关，这是我们的文化传承，也是我们的骄傲！扶贫大业的成功，是民族伟大复兴的重要一环，上可以告慰列祖列宗，下对得起子孙后代！

山河无恙，共盼春来！

脱贫攻坚和乡村振兴的衔接也是一样，2020 年 12 月，中国将向世界宣布，全面进入小康社会！尽管我们也是发展中国家，但是，中国人民有韧性，中国人的勤劳举世皆知，中国人民无私帮助贫弱国家的人民脱贫，同样发挥了制度优势，贡献了中国经验和力量。站在人类的高度上，我们的视野和心胸超越了本土，以更加深沉博爱的眼光正视人类的贫困，以真心和真情，帮助世界上那些需要帮助的人，实现人类共同崛起的梦想！人类的共同理想是什么？不是霸权，也不是财团控制的慈善施舍，而是让人类准确地认识自身贫富差距，共同探索人类效率的黄金点，实现人类的共同富裕！

士不可以不弘毅，任重而道远！

这个世界，迎来了前所未有的大变局，每天发生的事情，都超出了人类的常情常理。巨变之中，有人变穷，有人变富，有人创造了历史，有人被历史抛弃了！但是，面对人类贫困，没有旁观者。尽管不同国家不同地域，穷困的原因有千万种，但是，我们永远没有借口抛弃穷人，永远没有理由放弃扶贫！脱贫攻坚，与人类的每一个成员息息相关，给我们打开一条人类不屈的生命通道！对于中国，阜平是一个小地方，对于世界，中国是屹立东方的一个国家。天地之间，有一种互助的磅礴！人类命运共同体，一带一路的开发建设，让我们关注着中国以外的广阔世界，东方文明插上了翅膀，渴望在更为广阔的天地里飞翔！中国帮助一些

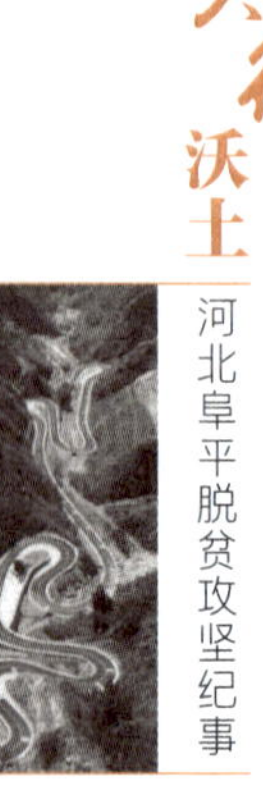

被欧美殖民的国家走出贫困，在相互平等尊重的前提下，帮助一些非洲国家发展基础设施建设，帮助别国脱贫致富！是啊，个人与时代紧密相连，家与国交融互通，中国人民在脱贫攻坚中将党和政府的意志化为民族精神与人格力量，拯救他人走出贫困之时，这里也有人性的发现和终极关怀的光芒，充分展示了人类的博爱之心，同时成就了人类济困脱贫的共同理想！

阜平的春天，过去一直是姗姗来迟的。如今，阜平人民最早嗅到春风的芳香。这里每一分每一秒都在上演着美丽动人的“阜平新传说”！阜平扶贫故事，就是中国故事！中国扶贫经验，也是全人类的经验，是一笔贮藏巨大能量的精神财富！

2020 年 6 月 8 日于北京初稿

2020 年 6 月 25 日修改于阜平

2020 年 9 月 22 日再改于阜平